CARPE

RPENTER'S GOTHIC

WILLIAM GADDIS

CARPENTER'S GOTHIC

カーペンターズ・ゴシック

ウィリアム・ギャディス

木原善彦 訳

国書刊行会

CARPENTER'S GOTHIC

カーペンターズ・ゴシック

イエバト、それとも、ノバト？（女はこのあたりにはノバトがいることに気づいていた。）鳥が空中を横切った。わずかに残った日の光の下では、色は分からなかった。最初、見たときには丸めた雑巾だと思ったのだが、実際、そうだったのかもしれない。それを投げつけられたのは、外にいるいちばん小柄な男の子だった。当たった頬に付いた泥を拭い、その子が翼をつかんで投げ返すと、今度は別の男の子が、折れた枝をバット代わりに、大きな枝を越えるほど高く打ち上げ、キャッチし、投げ返して、葉の渦の中に打ち込み、さらに、前夜の雨でできた水たまりに打ち込んだ。まるで、使い古されたシャトルコックが、打たれるたびに苦しみながら羽根を落としているようだ。そしてまた、行き止まりの黄色い標識に打ち込んだ。標識の立っている角の向かい側の家が、このくらいの時間になると男の子たちが戻っていく家だった。

電話が鳴ったとき、女は既に向き直っていた。はっとして、キッチンの電話に向かいながら時計を見上げた。まだ五時になっていなかった。あの時計、止まってるのかしら。太陽が山の向こうに沈み、外の明るさは失われていた。山とはいっても、川縁《かわべり》からそびえているものをこのあたりでそう呼んでいるだけだった。――もしもし？と女は言った。――どなたですって……？　ああ、はい、いいえ、いいえ、その人はここにはいません。その人は……いいえ、違います、いいえ。いいえ、私は……。その、その人の妻でもありません、違います。今申し上げたでしょう。ブースといいます。その人のことは知らないんです。ここは。最後まで聞いてください。この家は借りたばかりで、マキャンドレスさんがどこにいらっしゃるのか知りませんし、会ったこともありません。アルゼンチンからはがきが届きましたけど、それだけです。たしかリオでした。リオってアルゼンチンにあるんでしたよね？　いいえ、はがきだけ。ここの暖房のことが書いてありましたけど、はがきだけでした。申し訳ありません、お力になれなくて。誰かが玄関に……。いえ、では、失礼します。玄関に誰か来ているようですので……

その誰かが屈んで、さっきまで女が外を眺めて立っていた場所を覗き込んでいた。キッチンから階段の親柱、そして玄関までは一直線になっていた。ガラスの入った玄関のドアが今、音を立てて開いた。――待って！と女は立ち上がって、――待って、やめて、誰なの……

――ビブ？

――ああ。驚いた。

男は既に中に入って、ドアに背中でもたれ、体重をかけて閉めようとしていた。抱き締めてきた女の身体を支えながらも、抱き締め返すことはしなかった。――ごめん。驚かせるつもりは……

――外にいたときは誰なのか分からなかった。ドアを押して入ってきたときはとても大柄に見えたから、全然。どうやってここに？

――９Ｗ通りから来た。車は……

――じゃなくて、どうしてここが分かったの？

――アドルフだよ。アドルフが教えてくれたんだ……

――アドルフに言われて来たの？　何かあった？

――何もないよ、落ち着いて、ビブ、落ち着いて。とにかく、どうしたんだよ。

――ただ、ただ、不安に思っただけ。最近、とても不安なの。それだけ。それで、あなたが外にいるのを見たとき、私。アドルフに言われて来たって聞いて、何かがあったんだと思ったの。だって、いつも何かがあるんだもの。

――ビブ、そんなことは言ってないよ。アドルフに言われて来たなんて言ってないし……。男は暖炉を挟んだ反対側の椅子に座って足を投げ出した。女は擦り切れたソファーの端に腰を下ろし、膝を引き寄せ、両手を組んで顎に押し当てていた。――先週、やつに会ったとき、どこに引っ越したか聞いたんだ。どうなってるのか、俺には分からなくて……

――ねえ、どうやったらあなたに連絡が取れるのか知りたいものね。私たちがどこに引っ越したか、あなたに分かるわけがない。あなたは全然。あなたがどこにいるのか、私たちも知らないし、誰も知らないんだから。こんなふうに急に家に来て、その、ブーツ、自分のブーツを見てよ。ばらばらになりそう。それに、ほら、膝のところに穴が。上着も着てないし……

――いいかい、ビブ、ビブ……

――こんなに寒いのに！

――ねえ、ビブ、俺には寒いことも分からないと思ってるのかい？　十六時間も車を運転してきたんだ。ヒーターも点けないで、プラッツバラから引っ越し用トラックを運転してきたんだ。エンジンの冷却装置がいかれたから、暖房を切らなきゃならなかった。二回もだよ、あのくそポンコツは二回も故障して、すぐそこの９Ｗでまたエンコ。そしたら、地名の表示が目に入って、アドルフの言ってた引っ越し先がここだってことを思い出して、歩いてきたんだよ。それだけさ。

——疲れてるみたいね、と、ほとんどささやくような声で女が言った。——ずいぶん疲れてるみたい……そう言いながら女の手が疲れたようにだらりと垂れた。

——冗談だろ？　疲れてる？　くそトラックを運転したら誰だって……

——タバコはやめて。

男は火の気のない暖炉の火床をめがけてマッチとタバコを投げつけたが、暖炉の前の衝立《ついたて》に当たって落ちたので、破れた膝をついて拾った。——ビール、ある？

——見てみるけど、ないと思う。ポールはビールを飲まないから……

——やつはどこ？　車があったから家にいると思ったんだけど。

——あの車、壊れてるの。仕方ないから、今朝はバスで出かけた。あの人バスは嫌いなんだけど。ビリー……？　女は立ち上がり、キッチンから呼びかけていた。——ビリー？　女は時計を見上げて、——あの人、もうそろそろ帰ってくるから、できたら……

——言われなくても分かってるよ！　男は立ち上がり、壁に向かって、それからドアの脇の親柱から上に延びている手すりに向かって、そして家具に向かって大声でしゃべり、——ビブ？

——ビールはないわ。もしよかったら、今、紅茶を入れるところだから……

——ポールが帰ってくるまでに俺には消えてもらいたい、そう言いたいんだろ？　男はそう言いながら部屋の反対側まで行き、階段の下のドアを開けると、そこは暗い地下室につながっていた。手荒にそのドアを閉め、別のドアを開け、明かりも点けずに中に入り、便器の前に立った。——ビブ？　開いたドアから呼んだ。——二十ドル貸してくれないかな？

その前を通り過ぎるとき、カップが受け皿の上で音を立てた。——言っておけばよかった。ここのトイレは詰まってるの。二階のを使うように言っておけばよかった……

——もう手遅れ……と男がジッパーを引き上げながら出てきて、——二十ドル貸してくれないかな、ビブ？　あのトラックを向こうに届けたら、金が手に入る予定だったんだけど……

——でも、どうしたの、そのトラック。乗り捨てたの？

——くそ食らえさ。

——でも、道に置きっ放しにはできないわよ。そんな、通りの真ん中に……

——冗談だろ？　発電機がいかれてるんだ。一晩中、車を見張って徹夜しろとでも言うの？　あんなポンコツ、道に出しておけば、レッカー車で持ってくさ。

——でも、誰？　誰の車？　遠いところから、誰かさんのトラックを運転してきて、いったい何をするつもり……

——何をやってたと思う、ビブ？　七十五ドル稼ごうと頑張ってたんだよ。何をやってたと思ってるんだよ？

——でも、最近アドルフに会ったって、さっき言ってたから、てっきり……

——おいおい、ビブ、アドルフだって……？　男はまた椅子に座って、片方の手を拳にして、反対の手でその指をポキポキ鳴らした。——アドルフが俺に仕事をくれるわけない……

——それ、やめて。

——え、アドルフのこと？　あいつ……

——指を鳴らすのをやめてちょうだい。見てるといらいらする。

男は片方の手を反対の手でつかんだまま肩をすくめて、椅子に深く座り直した。――パネルで仕切ったあいつのオフィスに座ってたら、嫌でもくそ小銭の音が聞こえてくる。あいつには細かい金まで報告義務があるからね。信託財産、土地、訴訟、老人ホームの請求書。あいつの管財義務なんて、くそ食らえだ。ビブ。親父がアドルフを遺言執行人に指名したのも無理はないよ。あいつは片手で財産を守って、反対の手で信託財産を分配してやがる。あいつと銀行。銀行のスネディガーだ。あいつら二人の片方に、ちょっと金が欲しいって頼んだら、こういう支出にはもう一人の方が同意しないだろうなんて言うんだ。つまり親父は、こうなるように仕組んだんだよ。俺たちが自由にできないように……

――ええ、分かってるわ。私にも分かってる……

――俺たちが自由に……

――でも、もうすぐ終わりでしょ？　もうすぐ終わり。今度の春には、あなたは……

――それが信託なんだ、ビブ。それがまさに信託だよ。俺の言いたいのはそれなんだ。親父はそういうふうに仕組んでおいて、俺たちが財産に手出しできないようにして、俺たちの手に戻ってくるときには、もうなくなってしまってるのさ。二十三件の訴訟があるってアドルフが言ってた。親父が例の賄賂に金を使ったから、株主連中がその分を取り戻すために会社とあの財産に対して二十三件の裁判を起こしてるって。会社としては、できる限りあらゆる方策を尽くして、その訴訟に対処してるんだってさ。できる限りのあらゆる方策っていうのは、つまりアドルフのこと。アドルフとグライムズたちのことだよ。連中が解決を願ってると思う？　あらゆる方策なんて言ってる連中が、裁判の勝ち負けを気にすると思う？　あいつらはただ、いつまでも続けばいいと思ってるんだ。

裁判を休廷にして、延期にして、上訴して。やつらが受話器を取って、互いに話をして、そのたびに電話代は、あの財産から引かれる。まるでみんなが互いの膝に座って、鼻くそをほじりあってるみたいなものさ。一時間で二百ドル。あいつらみんなそうだ。ビブ。あいつらみんなグルなんだ。

——でも、そんなことを言ったって、どうしようも……

——アドルフのオフィスに行くと、いつも聞かされるよ。刑務所に放り込まれてもおかしくなかった親父を円満に引退させてくれたのは、アドルフのおかげなんだって。そうなればよかったんだ。親父は刑務所に放り込まれればよかった。ポールも一緒にな。それに……

——ビリー、お願いだから、そのことについては前と同じことを言いたくないの。何度も、何度も。ポールはただ言われたことをやっただけ。どっちみち、ポールが足を踏み入れるよりも前からずっと続いてたことよ。ポールはどうすればよかったって言うの？　それに、あれは違法行為じゃないってみんなが言ってたわ。新聞だって、あのとき……

——それなら、どうしてこれだけ裁判沙汰に？　違法じゃないなら、どうして二十三件も裁判が？　もし親父がウィリアム伯父さんみたいな間抜けだったら、今頃は刑務所にいたはずだろ？けど、親父はいつも逃げ足が速かった。いつもそうだった。ビブ。自分は床の上にくそをして、後始末は他人にさせる。親父のやり方はいつもそう。誰かが後始末をしてきた。いつもアドルフが後始末をしてたし、今でも後始末をしてる。アドルフのやつは、後始末の仕方以外、何にも知らないのさ。一時間で二百ドルも使って後始末して、最後には、財産なんか影も形もなくなるんだ。あいつが最近何をしたか、知ってる？　アドルフが？　ついこの前、イエール大学に一万ドル寄付したんだ、知ってた？　あの財産の中から一万ドルをイエールにだよ。反対に、こっちの人間はどうかといえば、一人はこのボロ家に住んでるし、俺はおんぼろ車を運転して……

――いいえ、ここは違う！　この家はきれいで、古めかしくて、昔からこんなところに住みたいと……

――おいおい、ビブ。ボロ家じゃないか。見ろよ。そこのアルコーブなんか、天井を見たら、今にも落ちてきそう。アドルフがロングビューの屋敷の銅ぶきの屋根にいくら使ったか、知ってる？あいつは最近戻ってきたところなんだ。あいつとグライムズとランドスタイナー、あいつらみんな、あそこに行ってたのさ。何をしに行ったと思う？　アドルフに言わせると、会社の資産を視察に行ったんだってさ。どうしてこの時期に行ったと思う？　カモ猟の季節だからだよ。向こうに行って、空を飛んでるカモが見えたら、一匹残らず射ち落とす。必要経費は全部あの財産から支払われる。アドルフは十二口径のパーディーの銃と、シアーズ・ローバック社の通信販売で買った銃とを見分けることさえできないくせに、あそこじゃ、何でも動く物めがけて射ちまくってるのさ。資産を守るとかいう口実で、屋根の修理に三万七千ドルを使うことを決めたんだ。三万七千ドルだよ。銅の屋根に。銅でふいた屋根は、時間が経つと緑色になるから、周囲の木にぶら下がってる苔とぴったり色が調和するんだって。はるかな眺め《ロングビュー》って呼んでるくらいだからね。実際には木が茂ってて、十フィート先も見えやしないのに……

――ああ、知ってるわよ。知ってる……！　受け皿がカップに当たって音を立て、女が下に置いた。――お願いだから、同じことを何度も言わないで！

――分かったよ、ビブ。でも、あの屋敷は俺たちに相続させてくれてもよかったと思わない？あそこか、ベッドフォードの屋敷。ベッドフォードの屋敷でもいいから。リリーに会ったんだけど……

――ベッドフォードをあなたに相続させる？　あなたが最後にあそこでやったパーティー、あんなことのあった後で、ベッドフォードをあなたに残してくれてもよかったなんて、本当にそう思ってるの？　あのパーティー。父さんがワシントンに出かけて留守にしてる間に、カーペットの上でタバコを消したり、ガラスを割ったり、スクイーキーがお風呂の中で失神したりしたのに？　それに、書斎にあった父さんの肖像画に誰かが蛍光塗料を使って帽子を描き加えて。あんなことのあった後で、あの家を残してくれると思ったの？

――少なくとも、姉さんに残してくれてもよかっただろ。

――私は昔から、あそこは好きじゃない。ベッドフォードに住んだりしたら、ポールはおかしくなっちゃう。

――ポールはここに住んでたっておかしくなるよ。リリーがベッドフォードに住んで、おかしくなっちゃえばいい。リリーがアドルフのオフィスから出てくるのを見たよ。この冬の暖房費用をせびろうとして、中でねばってた。あそこの水道管が、全部、破裂するんじゃないかって心配してるみたいだね。ビタ一文ももらえなかった。アドルフからは無理。昔からリリーのことを嫌ってたんだから。

――嫌ってたわけじゃない。ただ、大きな別荘があいう秘書のものになるっていうことが気に入らなかったから……

――ああいう秘書っていうのは、二十年間親父と愛人関係にあった秘書のこと？　それで、親父はリリーに汚い屋敷を残したけど、維持費は残さなかった、で、アドルフがすぐに家に飛び込んで、家具は全部持ち出したって？　いったいどこにあるのかな、あの二つあった嵌《は》め込み細工の大きなタンスと、どこかから輸入した椅子……

――ニューヨーク。全部、ニューヨークで保管してある。ここは家具付きで借りなきゃならなかったから。とりあえずしばらく、家主さんが家具を持っていってくれるまでは。家主さんっていうよりも、奥さんの物なんだけど。ここのものは全部、その人の物だと思う。でも、いろいろ手違いがあったりして……

――けどそもそも、ここで何をしてるんだい、ビブ。この古ぼけた、小さな町で、どうやって……

――私たちは、どうしてもニューヨークを出なくちゃならなかった。それだけのこと。ただ単に、代理人《エージェント》を通じてここを見つけて、借りることにしただけ。向こうで、最後にあなたと会ったときには、私は息もできない状態だった。あそこは汚くて、何もかも汚くて、空気も、通りも、全部。それにうるさいし。みんながすごいスピードで通りを走るからマシンガンみたいな音がするし、角では解体工事を始めたし。そこに新しいビルを建てようとしてて。発破が爆発するたびに、ポールは頭に血が上ってた。今でも夜中に目を覚まして……

――あいつの頭には前から血が上ってる。帰還してからはずっと上りっ放しさ。誰のせいなのかな。

――本人のせいじゃないわ！　もしあなたがもっと早く生まれてて……

――いいや、やめてくれよ、ビブ。あいつの言ってた、南部の将校とかいうでまかせのことを言ってんの？　あいつが通ってたアホ陸軍士官学校でもらったっていう、刃に名前が彫り込んである正装用のサーベルのこと？　それに、あいつのくそ親父が言ってたとかいう言葉？　将校として軍に入るのは運がいいとかいう……

——前にも言ったでしょ！　あなたには関係が。あなたには言わなきゃよかった。あなたには関係ない……

——やつは姉さんには言ったんだろ！　そんなことをぬけぬけと口に出せるやつは他にいない。あいつは頭に血が上ってるのさ。仕事を見つけることもできないし、仕事を探すこともできやしない。だから、事業《ビジネス》を始めようとしてるふりをしてるだけなんだ。アドルフのオフィスで、言ってたよ。自分は事業《ビジネス》を始めるんだって。

——本当のことよ。

——本当のこと？　事業《ビジネス》を始めるって、どこで？　ここで？　いったい何を始める気なのさ？洗濯屋？　洗濯板を買ってきて、それを姉さんに渡して……

——ビリー、やめて。お願い。専門的な相談を受ける会社を始めるの。コンサルタント会社みたいな。ポールは、以前、そういう仕事をしたことがあって……

——運び屋ポールって呼ばれてた頃の話かな。

——やめて！　同じことを何度も……。女は立ち上がってキッチンに入った。——二十ドル？それで足りる？

——ビブ？　男は後に付いてキッチンに入り、——分かってるだろ？　あいつが何を……

——お願い。その話はしたくない……。女は引き出しを開け、リネンのナプキンやテーブルマットの下を探り、——二十ドルだけ？　ほんとに、それで足りる？

――充分だよ……。女が屈んでナプキンを元に戻すとき、肩までむき出しになっているその腕のあざを、男が撫でた。――これはまたポールが？

――その話はしたくないって言ったでしょ！　女は身を引き離して、――ここにぶつけたの！私は、ちょっと、ちょっと……

――ちょっと本棚にぶつかっただけか。なるほどねえ……。男は紙幣をシャツのポケットに押し込んだ。――あの男が何のために姉さんと結婚したか、分かってるだろ。誰にでも分かる……

――分かったわよ！　私はただ……。女は男の後に付いて玄関まで来て、――私の望みはただ……

――俺の望みも同じだよ、ビブ……。男は親柱に軽く触《ふ》れながらドアを引き開け、外に出て、寒さに肩をすくめた。――ここに来てから具合はよくなった？　喘息《ぜんそく》の具合は？

――まだ分からないけど、よくなってると思う。あなたは大丈夫、ビリー？

――冗談だろ？

――でも、どこで。どこに泊まるつもり？　私たちには全然……

――シーラのところ。あそこしかないだろ。

――もう別れたんだと思ってた。あの子はてっきりインドに行ったんだと思ってたわ。

――戻ってきたんだ。

――電話をくれる？　電話？　ちょっと待って。郵便を取ってくれない？　外に出たくないから……。女はむき出しの腕を伸ばして郵便物を受け取り、男は郵便受けをバタンと閉じて、車寄せに停められた車のそばで立ち止まり、片方の手で車を揺さぶった。

――この車、どこが故障したんだい？

――知らない。ただ動かないの。お願い。電話あるでしょ、ビリー？　電話してね……？　女は部屋に入り、時計を見上げて、震えながら腰を下ろした。――はい、もしもし？　いいえ。いえ、でも、もうそろそろ帰ってくると思います。戻りましたら、こちらから電話をかけ直すように……。はい、いつでも結構です。今晩。今晩なら何時でも結構です。そう伝えます、はい……。電話を切って、そこに両手を置いたままもたれかかり、手の甲に額を付けて、一息入れた。するとドアの音が聞こえた。

――リズ……？

――あ。電話があったわ。たった今。かけてきたのは……

――あいつは外で何をやってる！

――何を。誰が……？

――ビリーだよ。おまえの弟のビリー。外で車の下に潜ってる。何をしに来たんだ？

――ああ。ついさっき。帰ったと思ってたんだけど……

――いつものあれか？　金を借りに来たのか？　どうやってここに。

――あの、ただ、ただ、突然やってきて……

――いつも突然来るんだな。金を貸したのか？

――貸せるわけないでしょ、ポール。たった九ドルしか残ってないんだから……

――よしよし。絶対貸すな。電話は？

――ええ。たった今。ユードさんとかいう人？　また向こうからかけるって。

――それだけ？

――ええ。いえ、マキャンドレスさん宛ての電話が。国税局の誰かから。ポール。いつになったら電話の件をちゃんとしてくれるの？　私は毎回、他人宛ての電話に出るばかりで……

――いいか、リズ。どうしようもないんだ。ここには会社名義で電話を取り付けてもらう。条件さえ整えばすぐにでも……

――だけど、ニューヨークで電話を止められたときには、未払いの電話料金が七百……

――だから会社名義で電話を付けるんだ！　なあ、リズ。玄関を入った途端に、こんなふうに責め立てるのはやめろ。電話くらいのことは我慢しなきゃ仕方がないだろ。そんな電話は切ればいい。それで、おまえの弟のことはどうなってる？　外でいったい何をしてやがるのか見てきてくれ。

――ひょっとすると修理してるのかも。つまり、車を。ビリーは……

――ローラースケートだって直せやしない。あの車は修理に出さなきゃ駄目だ。あのくそバスときたらどうしようもない。今だって三十分遅れ。９Ｗはずっと渋滞して、向こうの橋まで列になってた。

――９Ｗが？　大丈夫だった？　つまり、その……

――大丈夫？　三マイルも渋滞して列になってるって今教えてやっただろ。パトカーやら、レッカー車やら……。男はキッチンの入り口の方を見ていたが、階段下のドアの方へ向き直った。そしてそこの電灯をパチリと点けて、――リズ？　ほら。二度とあいつを家に入れるな。とにかく入れるな。あいつは家の中での生活の仕方を知らない。終わった後のトイレの流し方も知らないんだから……

――いえ。待って、ポール、待って！　流さないように私が言ったの。また詰まってるから。流したら……

――ちくしょう……

――だから、流さないでって言ったのに……

――遅過ぎるんだよ。な。床中びしょ濡れ。

――ポール、待って。ビリー……？　女は玄関に向かい、――ポール？　私が掃除するから。ビリー、何なの……？

――ちょっと来てくれないかな、ポール？　このポンコツ、エンジンがかかるかもしれない……。男は待たずにドアから手を離し、車寄せの砂利の上に仰向けに横たわった。――スターターが壊れてる。ポール？

――ちょっと待て……

――俺が下に潜ったら、手を伸ばしてキーを回して。

――待てよ、ビリー、待て！　いまいましい車が倒れそうだ。ジャッキ代わりに使ってるこの小さな棒切れ。こんなのじゃあ……

――待ってられない。もたもたしてたら暗くなって、何も見えなくなる……。男はブーツの踵《かかと》で落ち葉と砂利を掻くようにしながら、既に半分下に潜って、――用意は？

――待て……。車が大きく揺れた。男は離れたところに立って車内に手を伸ばし、何も言わない木片の傾き具合と、ロッカーパネルの下でしわになって肋骨のように波打っているジーンズとを見下ろしながら、唇を舐めた。

――さあ、回して！

男は手をいっぱいに伸ばして車から離れて立ち、キーを回して後ろに下がった。――やった。かかったぞ。

――止めて！

男の手が素早くスイッチに伸び、立ち上がろうとしているブーツと膝につまずきながら、後ろに下がった。――たぶんフライホイールの歯がこぼれたんだろうね。スターターのギアが欠けたところに当たって空回りしてたんだ。

――ああ。これ。とにかく、このくそ車のエンジンがかかった。

――たぶんスターターのギアも変形しちゃってる。新しいのに取り替えてもらわないと、また同じことになるね。いつまた壊れてもおかしくない……。川からの風が吹きつけて二人の襟が立ち、半分黄色くなった葉が角のカエデの木から一斉に飛んできた。――ありがとう、ポール。

――ありがとうって、どういう意味だ？

――今、いい業《カルマ》をもらったから、そのお礼を言ってるだけさ。手助けをするチャンスをもらった人は、今度生まれ変わったときに備えて、いい業《カルマ》を手に入れることになる。だろ？　だから、人助けのチャンスをもらったら感謝するべきだろ？

――おい、ビリー。恩の押し売りみたいなことは。俺が頼んだわけじゃないぞ。暗いのにあんなところに這いつくばって。支えてるのはこの小さな棒切れだけだし。ひょっとしたら車が倒れてきて……

――こんなふうに……？　そう言いながら、突然ブーツを蹴り出して棒切れに震動を与えると、車が倒れてきて、ロッカーパネルの下の砂利を撥ね上げた。——どうしてこうしなかったんだい、ポール。

——ビリー。いまいましい。冗談は……

——これが最後のチャンスだったかもね。今ならまだ、そうするだけの値打ちが少しはあるんだから。ほら……。男は車の中に手を伸ばしてイグニションからキーを抜き、放り投げた。——キーが差しっ放しになってるのをガキが見つけたら、面白半分に乗り逃げして、ドブの中に捨てちゃうよ。こんなおんぼろはね、ポール、乗り逃げしたって重窃盗罪にもならない。

——おまえならやりかねない、そうだろ！　俺が車の下に潜ってたら、やっただろ！　男は片膝をついて、落ち葉を掻き分けながら、キーを探し、——いい業《カルマ》だと。いつか。ビリー。ちくしょうめ。いい業《カルマ》がどんなものか、俺が教えてやる！　しかし、その言葉は風に押し返された。風は川から吹いてきて、指が掻き分けている落ち葉をざわざわと吹き散らし、死の保護色でほとんど落ち葉と見分けの付かない鳥の潰れた翼と泥だらけの肩羽根に吹きつけた。男は鍵を手にして真っ直ぐに立ち、坂を見下ろすと、風に当たって小さくすくんでいる人影が見えた。男は屈んで、鳥の足をつまんで拾い上げ、体から離して持ったまま、玄関のドアに向かった。

——ポール？　エンジンの音が聞こえたみたいだけど。直った？

——どうせまた壊れる。

——何を持って。まあ！

男はそれを持ったまま女の脇を通り過ぎ、ごみ箱に落とした。——ウィスキーは？

——冷蔵庫の中に、あなたが……

――ウィスキーが冷蔵庫の中でいったい何をやってる。

――あなたが昨日の夜、入れたのよ。

――じゃあ、何で出さなかった？　冷蔵庫のドアがカウンターに当たって音を立てた。――あいつは頭がおかしいな。おまえの弟。頭がいかれてる。

――ポール、お願い。弟は。私だって知ってるわ、ビリーが時々……

――時々！　さっきあいつが外で何をしたか、知ってるのか？

――車を直したんでしょ。あなたがそう言って……

――あいつは監禁しておかなきゃ駄目だ、リズ。危険だ。このグラスはきれいか？　あいつは、モーニングを着てうろつき回ってるおまえの伯父さんと一緒に、ペイン・ホイットニー〔有名な精神病患者施設〕に入れた方がいい。ズボンを穿かずにうろつき回ってるウィリアム伯父さんと一緒にペイン・ホイットニーに。

――あなたが服を畳んで冷蔵庫にしまった晩と同じことで……

――リズ。そんなことはしてない！　そんなことは絶対してない。それはおまえが何かで読んだ話だろ。

――面白かったわ。

――面白くなんかない。ユードは何時に電話をかけ直すって？

――後でかけ直すって言っただけ。ユードさんて誰？

――ユード牧師。依頼人だ。郵便は家に入れたのか？

――郵便は。ええ、どこかに。たしか、置いた場所は……

——おい、リズ。俺たちは組織的なやり方を取り入れなきゃならない。少なくとも、郵便は家に取り込んだ、それは良しとしよう。今度は、置く場所を決めなきゃならない。ここで事業《ビジネス》を始めようと思ったら、組織的なやり方を取り入れなきゃ駄目だ。俺が玄関を入ったら、どこに郵便があるのか分かってる必要がある。電話のそばにはメモ帳を置いておかなきゃ駄目だ。そうすれば誰から電話があったか……

——いえ。そこにあるわ。タマネギの入った袋の後ろ。私がここに入ってきたときに……

——それ見ろ。俺はここで仕事をやろうとしてるんだから、郵便を探すのに、いちいちタマネギの袋の下を調べるわけにはいかないじゃないか。俺の小切手、届いたか？

——調べなかった。知ら……

——くそ銀行め。あそこの誰かが担保の権利を握ってて、資産を全部凍結しやがった……。紙が破れ、——聞けよ。お客様各位……

——ポール？

——アメリカで最高の家具専門店で初めてお買い物をされる方は一割引でお買い求めいただける、と申し上げたら、興味がおありですか？　もし興味がおありなら、耳寄りな情報がございます。と申しますのは……

——ポール。外で何があったの？　ビリーとの間で。あなたは……

——何でもない。別に何でもない、リズ。あいつは狂ってる、それだけのことさ。あいつは監禁しておかなければ駄目。その方があいつのためだ。何のためにうちに家具が必要だっていうんだ。くそ銀行め。見ろよ。あのローンで三つの支払が遅れて、連中は俺を掃き捨てるって脅しをかけてるのに、今度は家具を売りつけようとしやがって。俺たちの持ち物は家具しかないっていうのに！

——私の望みはただ、あの家具が手元にあったらいいのにってことだけ。私の家具を時々見に行きたいわ。あの二つあった嵌め込み細工のタンスは、ひょっとしたらどこかに……

——いいか。いまいましい保管料金を払わないうちは、タンスはどこにも行きゃしない。あんなもの、ここに置くったってどこに置き場所があるんだ。

——いつか、いつか、リビングルームの壁を取り払って、ポーチに抜けられるようにしたら？　全部取り払って、ポーチに出られるようにアーチを造って、ポーチ全体をガラス張りにして、ロングビューにあった古いピアノを置いて……

——あの壁を抜いたら、このいまいましい家が倒れるぞ、リズ。何を言ってる。人の家を借りておいて、壁抜きを始めようってわけか？　紙が破れた。

——ただ、いつかって言っただけで……

——グスタフ・シャック、医学博士、二百六十ドル。いったい誰だ、グスタフ・シャックって？

——先週診てもらったお医者さん。ジャック・オーシーニが紹介してくれたんだけど、あそこでひどい……

——一回の診察で？　一回の診察で、二百六十ドル？

——色々な検査をしたの。話したでしょ。ひどい看護師さん。私に向かって大声でわめいて。私はほとんど息ができなかったのに。あの肺活量測定のとき、喘息《ぜんそく》の発作の最中だったのに、私に向かって大声でわめきたてて……

——肺活量測定、八十ドル。ＣＣ、百ドル。何なんだ、ＣＣって。総合的診察《コンプリヘンシブ・コンサルテーション》？　いったい……

――私には分からないわよ、ポール！　何もかもこんがらがってて、私はとても気分が悪くて、看護師さんは礼儀知らずで、先生はパーム・スプリングズにゴルフ休暇に出かけるところだったから急いでた。十分ほどしか診てもらってないわ。オーシーニ先生の紹介だからってことで診察してくれた。来週、専門医に診察してもらうときに、その検査の結果が分からないと困るから。専門医っていうのは、来週診てもらうドクター・キッシンジャーのこと。それで、シャック先生は検査結果を送る予定……

――ああ、分かったよ。リズ。分かった。だけど、二百六十……

――どうしようもないじゃない！　私には、他にどうしたらいいのか……

――分かった、こうしよう。二十五ドルだけ送って、残りは全額小切手に書き込め。オーシーニに電話で連絡を取れるか？

――電話した。ジュネーブにいるんだって。ジュネーブで開かれてる神経科医か何かの大きな大会で。

――じゃあ、あいつは向こうで新聞を読んで、キッツビーエルで少しスキーを楽しんで、馬の点検のためにドービルに立ち寄って、全部、税金のかからない必要経費に組み込んで、また今度の大きな出版パーティーには間に合うように帰国するってわけだ。今回もまたペーパーバックで大儲けして……

――でも、あの先生は私によくしてくれたのよ、ポール。いつも気前よく……

――気前よく？　やつに開業資金を提供してやったのはおまえの親父さんなんだから当たり前だ

ろ？　いいか。俺はあいつに話がある。リズ。今度、オーシーニから連絡があったら、あいつと話がしたいんだ。

――いやよ、ポール。いや。父さんが先生に始めさせた研究をあなたが邪魔しようとしてると思って先生が怒るわ。きっと怒る。先生は……

――そんなことの邪魔をするつもりはない。そんなことであいつと話がしたいと言ってるわけじゃない。ちくしょう。リズ。俺に偉そうな口を利くな！　男はグラスの上で瓶を傾け、――それは？

――これ？　女はそれを手渡して、――どこの国から来たのかも分からない。

――ザイール。誰か知り合いがいたかな、あんな。待てよ。ほら、マキャンドレス宛てだ。他の手紙と一緒にそこのドアに貼っておけ。復員軍人局からの小切手はいったいどこに……。紙が破れ、――保険会社からだ。係争中の本件における記録を完全なものとするため、航空会社に対するご請求に関連する医学的検査の予約をしていただきたく存じます。いったい連中は何を……

――知らない！　七回も検査したわ。十回かな。何回検査したか、分からないくらい。もう四年になるんだから。お医者さんたちにどこが痛いって言ったのかももう憶えてないし、今だって……

――今の症状なら俺が言ってやる……。その紙は男の手の中で丸められた。――くそ。俺が連中に教えてやる。今の症状は、めまいと、頭痛と……。男はテーブルの上でしわくちゃの紙を伸ばした。――この予約をしていただけない場合には、申し立てのあった傷害に対するご請求に支障を来す可能性がございます。俺が連中に教えてやる。

女は頭を手の中に沈め、手で支えて深く息を吸い、急に立ち上がり、流し台まで歩き、ペーパータオルを取って洟をかみ、また何もないのにせきたてられた様子で外を見た。街灯がテラスにまた一、二枚の木の葉を落とした。——何時頃に食事にする？と、ようやく女が口を開いた。

——立っているうちに氷をくれないか？

女は立ったまま外を見ていた。——ポール？

——エリューセラ〔バハマ諸島の島〕に誰か知り合いがいるのか？

——いない。女はペーパータオルを手の中で丸めながらそう言って、多色石版刷りの、緑色の海に浮かんだけばけばしい色合いのボートに目を向けた。——あ。それ、エディーからのはがき。

——あの女は今もインド人を引きずり回してるのか？

——知らない。けど、エディーには会いたいわ。

——へえ。はっきり言って、俺にはあんな女、いてもいなくても一緒だ。

——いつもそういう言い方をするのはやめてよ。私のたった一人の。エディーは昔からいちばんの親友なの。昔から。エディーは昔から……

——いいか。俺をあんな目に遭わせたのはグライムズだぞ、なのに、まさか俺に……

——あれはエディーのせいじゃない！　エディーが父親に指示をしたとでも思ってるの？　そもそも父親が何をしてるか、知ってるとでも思ってるの？　あれは、あなたとグライムズさんと父さんの会社の問題でしょ。私が父さんに指示をしたことがある？　父さんのことで私を責める人がいる？

——分かったよ、リズ。けど、ちくしょう、エディーは、何が起こったか分かってたんだろ？

おまえの親父が辞めて、グライムズが社長になったときに。グライムズは望みのものを手に入れたじゃないか。何も俺まで追い出す必要はなかっただろ？　エディーが、おまえの親友なら、エディーが一言言ってくれてもよかったんじゃないか？　今、言ってくれてもいいだろ？　グライムズからアドルフに一言、誰にでもいいから一言、グライムズから航空会社に一言。あいつはあそこの重役なんだから。あいつは、その、この保険会社の重役もやってるんだ。この手紙を書いてきた保険会社の。あのときは、グライムズはうまくやったじゃないか。ＶＣＲがおまえの親父にかけてた保険のときは。おまえの親父の死に方に疑問があったから、保険会社は頑固に支払を拒否してた。そこでグライムズがＶＣＲの帽子を脱いで、保険会社の帽子をかぶったら、会社は文句も言わずに二千万ドル払って、ＶＣＲの金回りがよくなって、株価が数ポイント上がって、いつの間にかまた、グライムズが運転席に戻ってた。何もかもが妙な感じだったな、リズ。ちょうど金が必要になったときに、あの二千万ドルが舞い込んだんだから。氷は持ってきた？

女は椅子に手を置き、腰を下ろして言った。——いいえ。ささやきに近い声だった。

——つまり俺の言ってるのは、あれはおまえのものだってことだ。近いうちにおまえのものになる財産だ。二、三千ドル出してくれるようにアドルフに一言言ってくれれば、俺たちはこのどん底から抜け出せる。ちょっと早めに俺たちの財産の一部を引き出すだけのことだろ。信託財産の一部を。全部が引き出せるようになったら、そのくらいの金額は惜しくもない。何でもない金額だ。二、三千ドル。アドルフに一言言ってくれれば、俺たちは……

——まあ、無理ね。ビリーが最近アドルフと話をしたらしいけど、アドルフは全然取り合って……

――ビリー、あのいまいましいビリー！　あいつは何に金を使ってるんだ？　毎月、おまえと同じ金額を信託財産の中から受け取ってるんだろ。あいつは何に使ってる！　さっきの格好を見たか？　あんな格好でアドルフのところに行って、アドルフにどうしろって言うんだ？　おまえのために信託財産の中から金を取り出してきたら、ビリーが汚い手を出して待ち受けてるだけじゃないか？　あいつは何に金を使ってるんだ！　リズ？

――何。

――聞こえただろ。あいつもおまえと同じ額を……

――それなら、私たちは何にお金を使ってるの！　ペーパータオルが女の手の中で破れた。――私たちは何に使ってるの。弟と同じ金額を受け取って。ポール、私たちはそのお金を何に使ってるの！

――いや、まあ、待てよ、リズ。それは。待てよ。俺たちはちょっとしたことをやろうとしてる。ちょっとしたことを始めようとしてるんだ、リズ。文明的な生活をしようとしてる。このいまいましいどん底から抜け出して、文明的な生活をするんだよ、リズ。俺はここで仕事を始めて、その金を使っただけの値打ちのあることをしようとしてる。ところがあいつは、金を軽蔑してることを見せびらかしたいだけなのさ。金だけじゃなくすべてのものを軽蔑してることを。ひどい金の使い方を見つければ、それだけ喜ぶ。あいつの金の使い方はそんなふうなんだ。ロックバンド、ホモ、ヤクの取引をしてる黒人、仏教徒のたわごと。あいつはまた外で、俺に説教しやがった。あいつに付いて回ってる、チベットのやつらから教わった業《カルマ》とかいうたわごとさ。同じだよ。リズ。同じいまいましいたわごと。赤い毛布を身体に巻いた怪しいイガグリ頭の坊さんがあいつから金を受け取って、それがあいつの手助けだって説教するのと同じことだ。お金や、お金を渡す相手や、その金の出所の社会体制に対する軽蔑を見せるチャンスを与えてるんだそうだ。あのいまいましいガキども、ギターをかついだり、髪の毛をピンクに染めたりして行進してるガキどもが金をたかったり、だまし取ったり、ヤクを売ったりしてるのと同じこと。二、三ドルだまし取るためにくだらないいんちきを考え出して、それで喜んでるのと同じだ。あいつらが絶対にしないことが一つだけある。自分で金を稼ぐってことさ。あいつは五セントだって稼いだことがあるのか？　生まれてから一日でも働いたことがあるのか？

――あるわ、ポール。あるわよ。仕事をしてたから、さっきここに来てたの。遠いところから車を運転して……

――金を借りるためだろ。そのためにさっきここに来たんだろ？　金を借りようとして？

――ええ。でも、それだけじゃなくて……

――俺が言ってるのはな、リズ。俺が言おうとしてるのはこういうことだ。金のために働くってことはお金を尊重するってことだ。あいつはただ、金のために働いてる人間を軽蔑してることを見せびらかすだけのために金を欲しがってる。何かをやろうとしている人や、何かをまとめようとしてる人や、おまえの親父さんみたいに何かを作り上げようとしてる人を軽蔑してることを見せびらかしたいのさ。俺たちはそれがどういうことか分かるよな、リズ。それがどういうことなのか。俺が会社に入ったとき、おまえの親父さんは、俺には例の仕事がこなせると思った。俺なら現場で状況を判断して、事態を把握して、任務を遂行するためには多少の危険も冒すことができると、親父さんは思ったんだ。全部、おまえのいまいましい弟なら絶対にしない仕事だ。やろうという努力さえしない。だから、あいつはいまだに俺に復讐しようとしたり、親父さんに仕返しをしようとしたり、誰彼構わず仕返しをしようとしてるのさ。こっちはどん底から抜け出そうと努力してるだけなのに。あの離婚扶助手当を免除してもらおうと思ってるだけなのに。審問の予定が決まったんだ。近々呼び出しがある。見ろ、この請求書。こんなにたくさんの請求書……。男はグラスを持ち上げて、口を手で拭いながら口から離し、――どうしていつも縁の欠けたグラスばかり当たるのか教えてほしいな？　リズ？

――何？

――おまえに尋ねてるんだよ、どうしていつも。問題はおまえが俺の話を聞いてないってことだ。一緒になって俺の手助けをしてくれないじゃないか。つまり、要するに、俺がやろうとしてることを、まとめようとしてることを、おまえの弟がばらばらにしてるってことだ。俺は仕事を始めようとしてるのに。リズ。三つか四つの仕事だ。今、ギニアから黒人が来てる。向こうじゃ国会議員なんだが、着ているものは油染みだらけのボロコート。そいつが今、国務省の招待で刑務所とブロイラー飼育場の視察をしてる。目的は、向こうの刑務所システムを十世紀みたいな状態から改善することと、ブロイラー飼育を始めること。ひょっとしたら俺がそいつを連れて、テレホート〔インディアナ州の町〕のブロイラー飼育場と、その先にある大きな連邦刑務所に行くことになるかもしれない。そうしたら、この、もう一人の大物依頼者《クライアント》とうまく引き合わせるんだ。ヨーロッパから動物栄養学者を集めた大手の製薬会社だ。ブタを見たいと言ってる。テレホートにはブタもいるから、連中を連れ出して、ブタを見せる。で、ユードに会わせるのさ。たしかさっき電話をかけてきたって言ってた、ユード牧師に。今ある小さなラジオ局が世界中に取材網を持った全国放送のテレビ局になる予定だ。ユードはもうアフリカでの伝道活動を始めてる。福音を広め、仕事を軌道に乗せようとして、もう向こうで、けものの溜まり場のあの大陸で、〝救済の声〟ラジオ局を手に入れてる。アフリカに進出して、危険を冒して、うまくやって、このどん底から抜け出すんだ。このたくさんの請求書。見てみろ。銀行ローン、保管料金、旅行カード、ダイナーズ・クラブ、アメリカン・エキスプレス、弁護士、医者。何に金を使ってるかだって？　こういうところに金を使ってるのさ。一回の診察で二百六十ドル。一回で。こういうところにおまえが金を……

——どうしようもないじゃない、ポール！　もしあなたが。私が医者に行きたくて行ってると思ってるの？　行きたくて。あなたがレストランに行くみたいに？　航空券、レンタカー、モーテルの支払、ホテル。全部、あなたが使ったお金でしょ？　まさか私が無駄使いを……

——なあ。一度でいい。一度だけでいいから、はっきりさせておこうじゃないか、リズ。俺はちょっとしたことを始めようとしてる。ハムサンドイッチを食ったり、ビールを飲んだりするような貧乏臭いことをしてたら何も始められない。資金を掻き集めようとしてるときに、貧乏臭く長距離バス《グレーハウンド》に乗ったり、ＹＭＣＡに泊まったりするわけにはいかない。小銭が目的じゃないんだから、小銭をけちってても仕方がない。けちけちすれば小銭さえ手に入らなくなる。いいか。今、二、三……

——消して、ポール。

——え？

——タバコ。消して。

男はタバコを消す代わりにグラスを飲み干し、突然振り向いてドアをくぐり、火のない暖炉の前に立って深く煙を吸い込み、吐き出して、向き直り、階段の下の濡れた床の上の濡れた雑巾をじっと見た。――リズ……？　男は火の点いたままのタバコを火床に投げ込んだ。――このくそトイレはどうにかしないとな。リズ？

――何？

――こんな生活は続けられないと言ったんだ。文明人らしい生活をしようとしてるのに、おまえの弟がやってきて、床に小便をまき散らしやがる。俺たちには……

――分かったわよ！　そのままにしておいて。私が掃除するから。そのままにしておいて。

――あいつがどこに行っても、必ず誰かが後始末をするはめになる。どこに行っても、だ。おまえが後始末をする。アドルフが後始末をする。アドルフが今までにしてきたことは全部、あいつの後始末ばかり。あの、エンシノ〔ロサンゼルス市の一地区〕での車の事故。イエールの件。あいつが近寄ろうとするとどこの学校もあいつを蹴り出して、結局、金の力でイエールに入学。あいつが昔、俺に何て言ったか知ってるか？　あいつはホッケー選手として優秀だったから先生が第八学年から進級させてくれなかったって抜かしてた。おまえも知っての通り、留年の本当の理由は……

――ポール、何が言いたいの！　私に向かって大声を張り上げて。ビリーも私に向かって大声を出すし。まるで私がどうにかできるみたいに。まるで私が悪いみたいに。何が言いたいの！　もうすぐ終わりになるのに。あと、二、三か月で弟も二十五歳になる。大声を出していったい何になるって……

――要するに。リズ、要するにあいつは監禁しなきゃ駄目だってことさ。二十五歳まで監禁しておくべきだ。そうしないと二十五歳まで生きられない。要するに、この信託財産にはたった五パーセントしか利子が付かないってことだ。アドルフは配当収益のための投資はできないって言ってるが、グライムズはどうだ。アドルフと一緒に財産を信託されてる銀行の重役なんだろ？　グライムズが一言言ってくれれば。あいつが俺たちのために一言言ってくれると思うか？　俺たちっていう中にはビリーも入ってるんだぞ、それで口を利いてくれると思うか？　あのパーティー。スクイーキーが十五歳のときに、おまえの親父さんの風呂場で全裸で失神してるのが見つかった、あのパーティー。その父親のグライムズが指の一本でも動かすと……

――まあ、ポール。それは作り話よ。そんなことはなかった。ただの作り話。誰かが……

――エディーだろ。スクイーキーはエディーの妹だったよな。それで俺たちが話を知ったんだ。エディーから聞いて。おまえの親父さんがグライムズに電話した後で聞いたんだ。あんなことのあった後で、グライムズが俺たちのために指の一本でも動かしてくれると思うか？　配当収益のための投資はできない、長期の成長に重点をおいた投資をしなければならないってアドルフは言ってるが、グライムズが自分の銀行に一言言ってくれれば、十二パーセント、十五パーセントの利子が入ってくるんだ。だけど、その一言を言ってくれると思うか？　アドルフがビリーの後始末をするためにその金を使うと分かってて。あのインディアンとメキシコ人の混血だか何だかの女、あの女にアドルフは手切れ金を渡したんだぞ。それにシーラには飛行機の切符を買い与えた。シーラとギターと麻薬とお守りと他の仏教徒のがらくたをインド行きの飛行機に乗せるためにだ。長期的な成長？　どのくらいの長期？　一世代経ったら動物園みたいになるんじゃないか？　ビリーは歩くのにならなんにでもあれを突っ込んで、アドルフはそのすぐ後を付いていって、まくれ上がった女のスカートを下ろして金で片を付ける。家系の中に猿が混じらないようにな。それなのに俺たちにはそれさえできない。俺たちには子供さえ……

——ポール、私のせいじゃないわ！　それは、それは私のせいじゃ……

——そんなことは言ってないだろ。そんなことは言ってないぞ、リズ。そういうつもりじゃ……

——いいえ。そう言った。今も、そう言ってる。いつも言ってるわよ。私が病院で診てもらうたびに請求書を私のせいにするし。あの飛行機事故だって。あの事故まで私のせいにするし、それに……

——リズ、いいかげんにしろ……！　男は空《から》になったグラスを置いて、テーブルを回ってそばに来た。——飛行機事故をおまえのせいにできるわけがないだろ。

——でも、私のせいにしてる。ベッドに入るといつも、あの訴訟の話。あなたが航空会社相手に起こした裁判。ベッドに入るといつも……

——リズ。やめろ。いいか。俺が悪かった。そんなつもりで……

——いつも、俺が悪かったで済ませるのね。あなたはいつも。ねえ、やめて。やめて。そのタオルを私に貸して。やめて。髪形が崩れる……

しかし男はしゃがんで近寄り、その息が女の髪を揺らし、——リズ？　初めて会ったときのことを憶えてるか？　あの葬式の後で。俺が車の中で身を乗り出して、おまえのうなじが大好きなんだって言って……

——やめて……。女は離れて姿勢を低くしたが、男の手は肩に乗ったままだった。——そこに触ったら痛い……

——どうしてこんな服を？　男は手の届かないところに戻って、グラスに手を伸ばした。——夏からずっとその服は着てなかったのに。

――だけど、それが何か。私はただ……

――あざを見せびらかすためか？　名誉の負傷を見せびらかすために袖なしを着てるんだな。近所の人や、他の連中に見せて……

――近所の人なんて一人も知らない！

――それに弟にも。弟に見せびらかすんだろ？　おまえの……

――本棚にぶつかったって言っておいた。夕食は何時にする？

――本棚……。男はいつものように両手で、グラスの上に瓶を持ち上げた。片手で瓶を支えて、反対の手で下向きに押さえ、注ぎ口をグラスの上で下に向け、――本棚か。男は女の脇を通って部屋を出て、水を注ぐために行った流し台の前で再びつぶやいた。――どこにある？　どの本棚？　くそ本棚が一つでもあるのなら見せてみろ。ここには何でもそろってる。本棚以外のものなら何でも。博物館みたい。博物館に住んでるみたいだ。リズ……？　男は玄関に行き、絹《シルク》の笠がかけてある日本製のランプを点けた。明かりが、壁に掛かった額入りの刺繍細工を覆うガラスに男の荒削りな顔の影を映し出した。――いつになったら家具を持ち出してくれるのか、代理人《エージェント》が何か言ってなかったか？　リズ？

――奥さんが取りに来ることになってるって、それだけ。

――つまり、その女が置いていったものは棒切れ一本までそのままにして、生活しろってことか？　絵も、鏡も、植物も。ダイニングルームの植物、あれに全部、水をやり続けろって？　男はグラスを持ち上げ、半分飲んでグラスを下ろし、部屋を横切って、マントルピースの上にある瀬戸物の犬からちょうど手の幅だけ離れたところにグラスを置いた。――今にもその女が戻ってきそうだ。この家全体が。昼食に出かけて、夕食までに戻ってくるつもりでいるみたい……。男は指先で瀬戸物の犬を撫で、持ち上げると、手の中で折れた。――リズ？　誰かここを掃除する人を雇わなけりゃ……。男は半分になった犬を合わせ、元の場所に置いて、しゃがんで息を吹きかけ、また二つの破片を強く押しつけ、息を吹きかけ、手で払いのけて、グラスを手に持った。――置いてあったあのリストは？　水道屋、電気技師、薪屋なんかが書いてあったリスト。ここに来て掃除してくれる女の名前が載ってただろ？　男はアルコーブに行って、グラスを持ち上げて飲み干し、立ったまま、人気《ひとけ》のない道路のアスファルトに目をやり、窓ガラスを指でなぞってその指先を見た。――その女を呼んで窓を洗わせろ。外が見えないくらい煙で汚れて……。男が振り向いたとき、手にしているグラスは空《から》になっていた。――あのリストがどこにあるか分かってるのか？　女を呼んで掃除させるんだぞ。掃除させてみて、ちゃんと、痛っ……！

――ポール？

――このコーヒーテーブルは、いまいましい部屋のど真ん中に置かなけりゃならないのか？　ここを歩くといつも足がぶつかる。

――他にどこに置くの？　置き場所なんてないじゃ……

――このトイレは修理してもらわないとな。

――私にどうしろっていうの？　水道屋さんには電話したって言ったでしょ。そしたら、排水管のトラップを直すにはあの部屋に入らなくちゃできないって。

――鍵を壊すように言え。あのくそ南京錠を壊すように言ったらいい。マキャンドレスってやつ、アルゼンチンにいるのか、ザイールか、どこにいるんだ。煙で汚れたこの窓ガラスを見ろ。きっと今頃はどこかのがん病棟に入ってるさ。どうしたらいいんだ。家を借りたらあの部屋だけ鍵が掛かってて、そこの書類に近づく権利はやつのものだって契約書には書いてある。俺たちはどうすれば……？　やつが昔のクリーニング券を探しに来るのをここで待つしかないのか？　そうしてるうちにも、おまえの弟がここで床に小便をまき散らしてるのに？　あのリストがどこにあるか、分かってるのか？　電話しろ。南京錠を壊して中に入って、くそ排水管を直すように言うんだ……。男は部屋に戻って瓶の前に立ち、——新しい錠を付けさせて、鍵は代理人《エージェント》に渡しとけ。もしマキャンドレスが現れたら、代理人《エージェント》から鍵を受け取るようにすればいい。

——お金を置いてって。

——請求書は代理人《エージェント》に送るように言え。

——掃除婦に払うお金よ。その人……

——本当に郵便はこれで全部か？　男は再び座って郵便を掻き集め、——復員軍人局からの小切手は。いったいどこにある……。男は小切手ではなく新聞を見つけた。——夕食はどうなってる。

——ハムよ。あれの残り。

——この新聞記事読んだ？　この汚い東洋人たちは犬を引き取って食ってるんだぜ。

——お願いだからそれを消して、ポール。息が苦しい。

——俺たちは週に五ドルの金を払って人の猫に餌をやってるのに、目尻のつり上がった東洋人は動物愛護協会に訪ねていって、家でダックスフントのバーベキューをしてるのさ。セントバーナードを撫で回してる、この汚い東洋人を見ろ……

――ポール、それ消して。

――分かったよ！　男は女のティーカップにタバコを押しつけた。――子供の待ってる家に犬を持って帰るんだ。家族全員で一週間は食べられる。こいつらは……

――その人たちにはどうしようもないことじゃないの！　急に女が立ち上がり、男のそばを通ってリビングルームに入り、ただじっと立った。

――何だって？　やつらにはどうしようもないって、どういう意味で……

――とにかく、その人たちを汚い東洋人だとか、目のつり上がった東洋人だとか呼ぶのはやめて。そんな呼び方をしてたのは昔のことで、そんなふうに呼ぶのはよくない。そういう、汚いとか……。女はしゃがんで、濡れた床の上の雑巾に手を伸ばし、――私たちの味方だった人たちなんだから。その人たちは……

――リズ。ちくしょう。俺はあそこに行ったんだぞ、リズ……！　そして男の手が突然震えながら電話へと伸び、グラスをひっくり返した。――たぶんユードだ。

女はごみ箱まで行って息を整え、雑巾を中に落とす前に、一瞬、ぶら下げたまま止まった。ごみ箱の中では羽毛が、まだら模様なのか、それともただ泥にまみれただけなのか、まだ喉元の部分で茶色がかったピンク色に輝いていた。ノバトだった。

川から坂を上ってきて、立ち止まって息を整えた。女が再び上り始めると、年老いた犬が横に並んで歩きだして、その重い足取りに一歩一歩、とぼとぼと付いていった。低く垂れた頭は鼻と上唇まで白くなりつつあり、肘と膝は毛が抜けて皮膚が堅くなり、乾いた黒い毛は尾の方が薄くなっていた。もう少しで坂を上り切るというところで、再び女が立ち止まり、庭を囲った柵を片手でつかんで、反対の手で額を拭い、犬の爪に大胆なルビー色のマニキュアが塗ってあることに気が付いた。女と犬はまるで以前に何度もそうしたことがあるような様子で並んで道を渡り、崩れかけた煉瓦を上って玄関に着いた。犬は女の足元にまとわりついたが、ドアが後ろ手に閉められるのをじっと見つめたまま、外に置きざりにされた。

どこかで掃除機の音がゆっくりと静まった。――こんにちは?と呼びかけ、――こんにちは? ソクラートさん? 女の膝の横にある階段の親柱には、淡い緑色のバチスト生地の端切れで作った真珠ボタン付きのブラウスが掛けてあった。水の入ったバケツがキッチンの入り口をふさいでいた。――ソクラートさん?と女は言って、掃除機の附属品をがたがたいわせながら裸足で階段を下りてきた太めの花柄に向かって手を差し出した。――私、私がブースです。エリザ……

――コンニチハ。〔以下、原文のフランス語はカタカナにした〕

——ええ。その……と女は手を下ろした。——コンニチハ……。女は脇へよけた。——来てくれてありがとう。ゴキゲンヨウ？

——アタラシイソウジキガイリマス。

——ええ。え。何。ナニ？

——アタラシイソウジキガイリマス、オクサマ。

——ああ、そうね。ソウネ。

——コレハダメデス。

——その通りね。そう。その、その掃除機は、ソウ、そう、かなり古いでしょ。デモ、デモ、ソレハトテモタイセツナモノ。ほ、ほこりキレイニスルノニタイセツ。ほこり、ワカリマスカ。ワタシ、喘息《ぜんそく》、ダカラ……

——ハイ？

——そう。その。つまり、つまり。トニカク、アナタハ、ヨクシゴトシマシタ……。女は後ろに下がり、——つまり、今日はとても暖かくて、あなたも立派に仕事をしてくださった、トニカク……

——ハイ、オクサマ。

掃除機ががたがたと音を立てて通り過ぎ、女はしゃがんで、コーヒーテーブルにぶつけた脛《すね》を押さえて、擦り切れたソファーの端に深く腰を下ろした。灰が細かい灰色の粉になり、暖炉から炉床にこぼれ落ちて積もっていた。部屋の反対側では、アルコーブのカーテンをつなぎ合わせている長くて繊細な蜘蛛の巣がダイニングルームから差し込んでくる日の光に当たって光っていた。——マダム・ソクラート？　ココハ、モウオワリマシタ？　つまり、ここの掃除は？

――ナンデショウカ？とキッチンから返事があった。

――ココ？　ココノ、シツナイ？　ココハ、ゼンブ……

――キタナイコト、アリマセン、オクサマ！

――いいえ。そうじゃないの。キタナイじゃない。汚いと言ってるんじゃなくて。シツナイよ。つまり。その。ヘヤ、コノヘヤ？　ココハ、オワッタ？

――ハイ、オクサマ。

女がマントルピースの前に立って瀬戸物の犬をくっつけようとしていると、電話が鳴った。ダイニングルームを通り抜けた後、水浸しのキッチンの床で転びそうになった。女が四つん這いになって、バケツの回りを緑色のバチストで拭いていた。――ちょっとごめんなさい……。女はそれをよけて通り、そして――もしもし……？　いいえ、私は……。その人はここにはいません。いいえ。どうすれば連絡が取れるのか、私にも……。もしもし？　もしもし？　女は電話を切り、バケツが近寄ってきたので足を上げて椅子の横木に掛けて、――まったく！　どうしてみんな、礼儀知らずなのかしら！

――ハイ？と床から返事があった。

――この人たち。マキャンドレスさんを探してる人たち。ムッシュ・マキャンドレスヲサガシテルヒト。ナニカ。デ、デンワハ、アリマシタカ。つまり、午前中に電話はありませんでしたか？ケサ？

――ハイ、オクサマ、タクサン。

——私の言ってるのは。あなたの言いたいのは、つまり、たくさん電話があったってこと？　女は電話の横の何も書かれていないメモ帳を見て、——でも、誰から。誰から電話があったんですか？

——ワカリマセン、オクサマ。

——それなら、誰にかけてきた電話だったんですか。つまり、ムッシュ・マキャンドレスニ？　ケサ？

——オコッテマシタ、ハイ。

——え？

——ケサ、ハイ。オコッテマシタ。

——誰？　ダレ？

——ダンナサマデス、ハイ。ケサキテタヒトデス。

——え、彼を探しに？　誰かがマキャンドレスさんを訪ねてきたんですか？　ムッシュ・マキャンドレスノコトデスカ？

——ムッシュ・マキャンドレスノコトデス、ハイ。オコッテマシタ。

——ええ、それはさっき聞いた。怒っていたというのはさっき聞きました。でも、誰なんですか？　ダレ？

——ムッシュ・マキャンドレスデス、ハイ……。床の拭き跡が足元まで近づき、——ソコノヘヤ、ハイレマセンデシタ。ダレカガカギヲカエタッテ、イッテマシタ。オコッテマシタ……

——いえ、ちょっと、待って、待って。ヨクキイテクダサイ。本人が。あなたの言っているのは、ムッシュ・マキャンドレスガココニキタノデスカ？　ここに？　本人が来たんですか？

——ケサ、ハイ、オクサマ。

——でもマキャンドレスさんは。どうして私に言わなかったんです！　マキャンドレスさんは何をしに……

——ソノヘヤニ……。女は濡れた手で後ろのドアを指し示しながら、——オコッテマシタ、ケサキテミタラハイレナカッタカラ……

——ええ、ええ、それは聞きました。それで、中に入れなかったからオコッテタわけですね。どうして電話をくれなかったのかしら。先週そこのパイプを修理したときに新しい錠を付けてもらったんです。どうして電話をくれなかったのかしら。代理人《エージェント》が鍵を持っているんだから、不動産代理人《エージェント》のところに行けばよかったのに。何か言付けはありましたか？　どこに連絡すれば。ドコニデンワヲカケタラヨイデスカ？　それとも、またいらっしゃるとか、今度はいつ来るとか？　カレハモドリマスカ？

——イイエ、オクサマ。

——私たちにどうしてほしいのか、さっぱり分かりませんね……。バケツが近くに来たので女は立ち上がり、バケツの横を通り抜け、——何も言ってませんでした？　ナニカ？　どこに連絡すれば。ドコニデンワヲカケタラヨイデスカ？　女は入り口で振り向き、——連絡を取りたがってる人たちがどこに電話をかけたらいいのか、言ってませんでしたか？　その、私も少しオコッテいるんです……。ダイニングルームの椅子に手をかけて靴を脱ぎ、足取りは目的もなく再びリビングルームへ、そしてマントルピースへと向かった。——マダム？　マダム・ソクラート……？　女は壊れた犬を強く押しつけた。——コノイヌハ？　コノイヌハドウシタノデスカ、コレ、コワレテマスヨ？

——ハイ？

——いえ。何でもありません。気にしないで。ナンデモ……。女はそれに背を向け、うつろな目と同様にあてもなく歩きだした。その視線を突然いくつかの言葉がとらえ、あてもなく向けられた視線の弱みにつけこんだ。

四億一千二百万ドルの記録的損失
ゼネラルモーターズ社の調査報告

ぶしつけな態度で読めと命令するその見出しは、昨日のものか、それとも一昨日のものか分からなかったが、そのときも今もまったく意味を持たず、混乱を増し、空虚を広げているだけだった。女は視線を他の場所、どこでもいいから別の場所へと向けようとし、静かに抱き締めてくれそうな暖炉の向こうのアームチェアーの方へ、さらにそこからも逃げ出して玄関の対称的なガラスの方へと向けた。

——オクサマ？

——あ！　私。驚いた……。

——イヌノコトデスカ、オクサマ？　外の煉瓦のところで年老いた犬がうずくまって、堅くなった肘の皮膚を赤い爪で掻いていた。——アレハシラナイイヌデス、オクサマ。

——それは、違うの。気にしないで。ナンデモアリマセン。あの犬はただ。あの犬はただ、まるでここの飼い犬みたいに振る舞っているだけ。いえ。ちょっと。ちょっと待って。尋ねたいことが。コノカグ。この家具全部？　つまり、その、オクサンノ、カ、カグノヨウネ？

——ハイ？

——マダム・マキャンドレス、ネ、クルノデスカ。つまり、家具を全部持ち出すために？　トリニ、クルノデスカ？

——ワカリマセン、オクサマ。

——だって、どれもこれも。つまり、とても素敵なものも、いくつかあるでしょ？　ハクブツカンミタイ、でしょ。ほら、ソノイス？　これは紫檀ですよね。私ならよく知らない借家人にこんな立派な椅子を使わせたりしない。それに、この花瓶。これはセーブル焼きの高級磁器ね。ソウデショ？　だって、全部が見事に調和していて、私は今までにこんなふうに、こんなふうに適切に、部屋を整えたことがなかったから。これだって……。女は屈んで、ひょっとするとシクラメンだったのかもしれない、ピンクの絹《シルク》のような垂れ下がった花びらに息を吹きかけ、まき上がったほこりから離れて立った。——マダム？　マダム・ソクラート……？　勢いよく水が流れる音と、流しにバケツが当たる音がキッチンから聞こえた。——きっと急に出ていくことになったんでしょうね。急に。もしそうでなければ、全部をこのままにして出ていくはずありませんよね……。そしてキッチンの入り口に戻って、——マダム？　ドノクライマエデスカ、オクサンガ、マダム・マキャンドレスガ。つまり、奥さんはいつ頃出ていったんですか？

——ハイ？　バケツが床に下ろされた。

——奥さんはいつ頃。イツ、オクサンハデテイキマシタカ？

——ワカリマセン、オクサマ。

——そうね。でも、あなたはここでずっと仕事をしてきたんだから、いつ頃出ていったのか、大体の見当はつくでしょ。ダイタイノカンガエデ……

——ワカリマセン、オクサマ。

——でも……。女はそこに立って、自分に向けられた背中を見て黙り込んだ。のんきな腕は無愛想に白い壁やコンロや流し台や窓の桟を拭き、窓の向こうではでたらめに伸びた桑の木の枝の間から差す陽光の中で色の変わった木の葉がテラスを埋めていた。と、不意に、——カワイイヒト？

——ハ？

——奥さんは、マダム・マキャンドレスハ、オクサンハカワイイヒトデスカ？

——シリマセン、オクサマ。

——ええ、でも、かわいらしい方かどうかは知ってるでしょ、カワイイ。奥さん。若いかどうかは？　つまり、オクサンヲ、シッテルデショ、ダッテ……

——シリマセン、オクサマ。

——でも、奥さんが。知らないの？　アナタハ、シラナイノデスカ、つまり、どんな人かも？でも、それは。その、妙じゃありませんか、ネ？

——ハイ、オクサマ。

女はリビングに戻って新聞を拾い、下に置き、鳥の野外ガイドを拾い上げ、ウミアイサ〔ウミガモの一種〕のぼさぼさの冠毛とうぬぼれに満ちてずんぐりした体つきを眺めた。その鳥は見たことがなかった。

——オクサマ？と、擦り切れたパンプスを窮屈そうに履きながらキッチンの入り口から女が言った。

——ああ、ああ、終わったんですね、あ。チョットマッテ……ダイニングを通って、キッチンの引き出しを開け、ナプキンの下、テーブルマットの下を探って、——じゃあ、ニジュウゴドル？

——サンジュウドルデス、オクサマ。

——え……？　女はもう一枚五ドル札を取り出した。

——ソレト、バスダイヲ、オクサマ。

——ああ、その。交通費ね、はい。はい。イクラ……

——イチドルデス、オクサマ。ゴジュウセント、ソノオウフクデス。

——ハイ……。女は財布を取り出して、——ジャア、ドウモ……

——コンドノカヨウビニシマスカ、オクサマ？

——今度の火曜日に、ええ。いえ、駄目だわ。いえ、つまりその、そのことをお話ししておきたかったんだけど、その、ヒツヨウナサソウダカラ、その、たぶん、ちょっと様子を見て、こちらからまたお電話をするようにした方がいいんじゃありませんか、私の都合の。ワタシカラアナタニデンワシタラ……

——モウ、コナクテモイイノデスネ。

——ええ、そう、でも、今度の火曜日じゃなくて、その、またこちらからお電話します。分かってくださると思うんだけど、マダム・ソクラート、何となく私、その、アナタノシゴトハ、トテモヨカッタ、全部、きれいになってるんだけど……

——ワカリマシタ、オクサマ……ドアが開いて、——ソレカラ、カギヲ。

——ああ、鍵ね、はい、ありがとう、アリガトウ。すみませんがそこの、あ、待って、待って、すみませんが、ソコニ、アリマスカ、ハ、ハガキ……郵便受けの方へ腕を突き出すしぐさをして、

——ソノナカニ、ハガキ……？　そして女は郵便を腕に抱えてじっと立ったまま、花柄がよろめきながら一定の足取りで坂を下りていくのを見ていた。その様子はまるで、無数の葉を背景にした真っ赤なハイビスカスが川のような黒い道に沿って打ち上げられているようだった。女はその間、顎《あご》を引いて何とか息をしようとしていた。再び顎を上げたときには、もう電話は鳴り止んでいた。女はドアを閉め、そこに掛けてある刺繍細工のガラスに映る乱れた赤毛を見て後ろに一歩下がり、髪を後ろに掻き上げ、そこに映った生気の無い顔の向こうを見た。ガラスの下では、針細工独特の静寂の中にアルファベットすべての文字が並び、刺繍されている詩の行間には神聖なる余暇の小言、惨めな日常が見えた。〝ナプキンを待っている間に、スープが冷めて……〟

　女はマントルピースにあった瀬戸物の犬の二つのかけらを持ってキッチンに入り、接着剤を見つけて、流し台の前でその二つのかけらを押しつけた。ポキッという音を立てて片方の耳が取れ、血の滴の付いた親指を唇に当てながら、先ほどよりもゆっくりとごみ箱の方へ歩いていった。そのごみ箱のいちばん上に載っていたのは、エリューセラから出たボートのけばけばしい姿、そして、屈み込んでコーヒーの粉を払ってみると、破れた一枚の手紙に断片的に、見慣れない大きな文字で、誰のせい、私のせいじゃない、信じてもらうために、他にいったいどうしたら、と書かれていた。もっと下の方では、ボタンを引きちぎった濡れたバチスト地のボロ布の下に**至急転送**とザイールのスタンプが押された封筒の破れた半分があって、それを掘り出そうとしていると電話が鳴ったので、

親指を唇に当てて立ち上がり、血を舐めて、——何夫人ですって……？　いいえ、残念ですが、興味はありません、興味が……。ここはとても小さな通りですし、近所にどんな人が住んでいるのかもよく知らないんです……。いいえ、いいですか、おたくのがん撲滅の行進には参加できません、がんは好きじゃありませんが、がんのことを考えるのも好きじゃないんです、そういうことですから……はい、どういたしまして、失礼します。

ものの動いた気配が女の目を上げさせ、目は時計に留まった。動いているのは木の葉越しの日光がキッチンの白い壁に描くまだら模様だけで、それは静かに息をするような動きだった。やがて女が動きだし、ラジオのスイッチを入れるとすぐに、ミルウォーキーがインディアンズに四対一で勝ったことを教えてくれたが、それがどんなスポーツの試合だったのかは教えてくれなかった。女はラジオを切って、カップにミルクを注いで二階に上がり、テレビを点け、ブラウスを脱いで枕に埋まった。

　ドルの両替はどこでできますか？
　ドルノリョウガエハドコデデキマスカ？〔ここから原文のスペイン語はカタカナにした〕

女は自分の唇を動かした。

　ホテルで両替はできますか？
　ホテルデリョウガエハデキマスカ？

画面の唇に合わせて女の唇も動いた。

何時に銀行は開きますか？
ナンジニ……

——ナンジニ……。この場所でも、葉で散り散りになった太陽が女のむき出しの背中から昇り、開いた唇の上に当たっているこの場所でも、まぶしくて閉じられたまぶたの上でその動きは続き、明暗法で描かれた絵が柔らかく反射されるようにしみ通り、その絵の中で動きを構成するのは静寂と静寂に包まれた女だけで、太陽がさらに昇るにつれて漂うように流れていた時間は、電話によって打ち砕かれた。女はそこに手を伸ばすときミルクをこぼした。

——誰ですか、オペレーターさん……？　はい、そうです、私がそうです、今電話に出てる私が、その、誰からですか、誰……。ああ！　ええ、つないでください、オペレーターさん、はい、エディー？　うれしいわ、うん、今どこ、帰ってきたの？　はがきを受け取ったわ、エリューセラから……ああ。いいえ、ただ会えたらいいのにと思っただけ……。じゃあ今、そっちではジャックと一緒？　あの人はジュネーブだと思ってた、オフィスでそう聞いたから……。え、ほんと、エディー、あなたが……？　だからみんな言ってたでしょ、こうなるんじゃないかって。あれを持ち逃げした例のとんでもないビルマ人みたいに……。まあ、そうじゃなければいいとは思うけど、待って、聞こえない……

ベッドの足元の方では、ねずみが猫を大きなハンマーでぺしゃんこに潰していたが、女は電話線を伸ばしてそこまで行き、消した。——え？　何でもない、ちょっと通りの音がうるさくて。エディー、いつ帰ってくる……？　うん、そうできたらいいんだけど、とても。ここに移ったばかりだし、ポールは仕事でずいぶん忙しくて……。いいえ、一戸建て、古くてきれいなビクトリア朝風の家、ハドソン川のすぐそばにあって、塔が、家の角には塔が付いてて、窓がたくさんあって、そんな家にいるの。すぐ外に川と林があって、今、その木の葉が全部……。いいえ、まだ借りたばかり。別にその、知り合いに借りたわけじゃないけど、きっとあなたも気に入るわ、ここの家具も。椅子もサイドボードも紫檀製で、アルコーブのカーテンは厚い絹《シルク》の生地で金模様も入ってて、とってもきれいなランプと絹《シルク》みたいな花があるし、あなたが来てくれるのが待ち遠しい、ほんとに、チイサナハクブツカンミタイ、ゼンブ……〔原文フランス語〕。え、エディー、そう？　本当……？　いえ、まあ、ちょっと練習してるっていうか、うん、今日、うちに来てた、うちにいらしてた女性は、こっちに引っ越してから会った人なんだけど、長い間ハイチに住んでらして、うちでお昼をご一緒して、ずっとフランス語でお話ししてたから。特にフランス語の勉強をしたわけじゃ……。いいえ、まだ、こっちに移ってきてから日が浅いから。でも、ポールは、ね、ポールはいろんな人に会って、新しく始めた仕事の依頼人《クライアント》たちのことでとても忙しくしてる。今朝の新聞にも依頼人の一人が大きく取り上げられてたわ。ポールの次の計画は……え？　いいえ、ほんとに？　私には一言も言ってなかった。それでお父さんは何ておっしゃって……。まあ、エディー、本当……。うん、まあ、ポールは南部人らしいっていうか、その、わざと南部人らしく振る舞うときがあるから。でも、ポールはロングビューの屋敷を見たこともないし、あなたのお父さんにどう思われているかも分かってるはずだから、どうしてそんなことが許されると思ったのか私にはさっぱり見当も付かないわ、待って……

ティッシュ箱は手の届かないところにあったので立ち上がって取りに行き、戻って、――エディー……？　こぼれたミルクを吸い取りながら、――いえ、大、大丈夫。エディー、ほんとよ、エディー、大丈夫。ポールが悪いわけじゃないの。ただ、時々短気を起こすことがあって、父さんの件以来ここのところうまくいってないことがいろいろあったから。でも今、ほんとに一生懸命……。いいえ、いいえ、ずいぶんよくなったわ。ニューヨークの後だと、ここの空気はきれいだし。それからジャックに、いい先生を紹介してくれてありがとうって伝えてね。お医者さんの……。誰？　聖ティム学園にいたあの女の子？　まあ、大変……ええ、あのバイク乗りの男と手が切れたと思ったら今度は、本当に大変……。いえ、父さんが言ってたからそれは知ってる。父さんはいつも言ってた、金で買える最高の上院議員はあの子の父親だって。でも私たちがワシントンにいたときにはいつもあの人が……。え、セティーの父親に対抗して？　あの人がセティーの父親の対立候補に……？　ああ、知ってる、ええ、そっちで本人に会ったの？　でも、その、黒人なんでしょ……？まあ、エディー、ほんと。まさかあなた……。ええ、もちろん、絶対、絶対誰にも言わないけど、そのことをお父さんが知ったらショック死するわよ……。まあ、エディー、本当……！　うん、もちろんそれは分かってるけど、でも……。どこで？　スクイーキーと？　スクイーキーは例のどこかで見つけたベースプレーヤーとハワイにいると思ってたのに……え、むちゃくちゃね、本当？要はお金目当てだって分かってたけど、それにしてもむちゃくちゃ。本当にあの子は何でも簡単に信じるから……。いいえ、まだこの近所にいるわ、先週ここに来たの。引っ越し用トラックを運転してどこかに行く途中に顔を見せに来たんだけど、ほら、ポールとはお互いに顔も見たくないっていう仲だから……。いいえ、問題はそれだけじゃなくて、そのことと土地と訴訟と信託財産と。アドルフと信託財産と。こんなことは早く終わってほしいわ、弟は誰にでも八つ当たりするし、例のシーラっていう女の子を捕まえて、その子は数珠なんか持ってて髪の毛は三センチくらいだし、仏教と麻薬と仲間の話ばかり。その、仏教っていうのは欲望や利己心やエゴなんかから解放されることだと思ってたけど、弟の友人には二メートル半もある汚い髪を牛の糞みたいに頭に載っけてる人がいて、それでみんなが牛糞《カウパイ》って呼んでるらしいんだけど、アクロンの出身で、あんなにすごい罵り合いやあんなにたくさんのエゴは見たことない。見てると本当に気が重くなる、ほんとに悲しくなる。だって、その女の子の父親、シーラの父親も、イーストサイドでドライクリーニングの店をやってて、娘がビリーと同棲してる部屋の家賃を払ってるんだけど、それはビリーが金持ちだと思ってたからそうしただけで、今では何もかもビリーのせいにして、シーラがインドに行ったときにはその父親が首を突っ込んできて……え？　ああ、エディー、ごめんなさい、こんなに長話するつもりじゃなかったんだけど、話してるうちに……。知ってる、うん、知ってるけど……。いいえ、まだジャックの見つけてくれた老人ホームにいる。誰も会ってない、誰も面会に行ってない。会いに行ってもこっちが誰か分からないし、ただ眠っているみたいで。アドルフは請求書のことで文句を言ってるけど誰も……。いいえ、私は元気、エディー、本当に、私は元気、何も問題はなくて、ずっと……。いいえ、全然、その、あれは完成したら小説みたいなものになる予定だったんだけど、こっちに越してきてから全然手をつけてなくて、一字も書いてないし、原稿も見てない。いろいろと、こっちの人たちのことで、がん撲滅のチャリティーとか、いろいろ忙しくて、今、その、スペイン語の勉強も始めたのよ。まだ始めたばかり。さっきもあなたから電話がかかってきたとき、ちょうどレッスンから帰ってきたところに、あなたからの電話が……

女はミルク浸しの山を脇に押しやって新しいティッシュを顔に当てて、――エディー？　本当に会いたいわ、ぜひ来てほしいな、とっても、とっても天気がいいし、穏やかで、暖かくて、秋とは思えないくらい、それに木の葉が全部黄色になって、一か所、川のそばには一か所だけ赤くなってるところがあって、本当に……。ええ、そうね、エディー、早く会えるといいわね。電話をくれてありがとう、でも電話代が馬鹿にならないから、そろそろ……エディー？　じゃあね……

　女が座って親指の血の斑点を見ていると外から叫び声が聞こえ、窓のそばまで行ってみると、男の子たち（なぜかいつも男の子ばかりだ）がひどく卑猥な言葉を発しながら突風のように坂を駆け上がってくるところだった。女は窓に背中を向けて廊下に出、階段に向かい、下りて、アルコーブの窓辺で息を整えた。反対の角では、山手の家の老人が腰を屈めて木の葉をちりとりに掃き入れ、腰を伸ばして、それを体の前に水平に持ったまままるで捧げ物のように運び、その動きの一つ一つ、すり足で歩く一歩一歩を、ふたの開いたごみ箱に向かいながら不安そうに計算していた。男は儀式的配慮をしながらごみ箱にそれを空け、箒《ほうき》を司教杖のように真っ直ぐに立て、足元を確かめて、乾いた額をぬぐい、ずれた眼鏡を直し、いやらしいまなざしを上に向け、まだ落ちていない祝福に黄色く満たされた枝を見上げた。女はキッチンに逃げ込んだ。そして片手に受話器を持ち、反対の手で電話帳をめくって、手を止め、ダイヤルを回した。――はい、もしもし？　ちょっとお尋ねしたいことが。モンテゴ・ベイ〔ジャマイカ北海岸の保養地〕行きの飛行機はありますか……？　ええ、その、日取りはまだ分からないんですが、その、とりあえず料金をお尋ねしたくて……。は？　ああ、往復で、ええ、はい。だって、当然往復ってことになりますよね……

　数分後に女が出てきたテラスでは、太陽が、黄色くなったカエデのこずえの影を斜面の芝生に落とし、影の先は格子柵に達し、柵は夏の間に茂ったハマベブドウ〔野生のぶどう〕の下で今にも崩れ落ちそうになっていたが、ハマベブドウも既に濡れたような黄色に変わり、茶色の斑《ふ》が混じり、セイヨウミザクラ〔野生の桜〕を苦しめようとむなしく伸びた下の方の葉は緑色の血管が走る手のように見え、枝は皮を剝がれて、ざらざらした幹同様にねじれ、よじれ、枯れ、枝の一本には人の頭ほどの瘤《こぶ》と拳ほどの大きさの包囊《ほうのう》がいくつかあった。神に見放されたラオコーン〔ギリシャ神話で、アポロ神殿の祭司。トロイ戦争でギリシャ軍の木馬の計略を見破ったが、アポロンが送った二匹の海蛇に巻き殺された〕のようなこの桜の木は、葉のあるところでは黄色でもなく黄色以外の色でもない色が吹き出し、枝は、少し薄黄色がかったツルウメモドキと死に急いで朱色に染まったアメリカヅタとの通り道になっていた。女はカケスの叫び声を追って視線を上げ、柵の端まで弧を描いた青い弓形の軌跡を見た。カケスは戻ってきて頭突きをするようなしぐさで戯れた。アカイスカ、モズ、コキアシシギ《レッサー・イエローレッグズ》〔いずれも鳥の一種〕が女の膝の上に開かれた鳥類図鑑のページの上ではばたき、他方で、頭上にある桑の木の枝の中では動くものは何もなく、ただリスだけが何も考えることなく家の屋根の上に跳び移り、わずかに木々の間から見える空には雲一つなく、カエデのこずえから隠れていつのまにか山の向こうに沈んだ太陽にはもう手をかざすことなく、女は深く椅子に座ったが、太陽が沈んだ後に残されたものはただ冷たい空気だけで、それは女の全身を震わせ、女を家の中へ送り返した。

がらんとした部屋から親柱越しに、玄関に人影が立っているのが見え、まだノックの音が反響しているかのように、より鋭く耳障りなせわしない音が聞こえ、女が近寄ると短く刈った頭が動いた。

――はい……?とドアを開けると茶色のまだらのツイードが現れ、――何か……

――マキャンドレス?　男が反り身になって立っているので、黄土色のズボンが女の背丈ほどになっていた。

――あ、ああ、お入りになって、はい、本当によかった、戻ってきてくださって、私たちは……

――今、いるんですか？

――誰が。じゃあ、あなたは……

――マキャンドレスですよ、さっきも言いましたよね。ここはやつの家なんでしょう？

――ええ、はい、マキャンドレスさんの家ですが……

――あんたは誰。やつのいちばん新しいあれ？

――いちばん新しい何ですか？　何のことだか……

――やつが赤毛の女と付き合うなんて初めて知ったな。あいつは？

――どこにいるのか知りません、ええ、それに違います、おたくが誰なのか知りませんが、私はマキャンドレスさんが付き合った最初の赤毛女でもないし、いちばん新しい何かでもありません。私たちはただこの家を借りて……

――まあ、落ち着いて、細かいことはいいから。あいつが最後にここへ来たのはいつ？

――今日の午前中に来てたんですが……

――どこに行ったんです？

――知りません！　どこに行ったのか知りません、私は会わなかったんです、どんな人かも知りません！　それに、ちょっと、待って、入らないで……女は男のブーツの先をドアで押さえた。

――ちょっと待って、待って……丸い目が鋭く女の後方に飛び、女のブラウスの前を降下し、再び女の目に戻って、――最近、あいつのあそこがどんなところをほじくっていようと、そんなことはどうでもいいんです。やつと話があって寄っただけだから。会ったらやつに伝えてもらえませんか？　レスターが話をしに立ち寄ったって。

——でも、会うことはありませんし、それに、名字は、レスター何さん……——レスターが来たってことだけ伝えてください……ブーツの先が引っ込んで、——あいつにはそれで通じます……女はドアを閉め、細長い黄土色の脚が道路の黒いアスファルトの上を気取った足取りできびきびと進むのを見つめ、黒い車が木の葉を巻き上げながら山手の生け垣から動きだして、坂を下りるためにUターンしながらちりとりを潰していったときも、まだそこに立っていた。キッチンに戻ると三千五百万人のアメリカ人が充分に読み書きができず、それとは別に二千五百万人がまったく文字を読むことができないということをラジオが女に警告した。女はそれを消して、植物に水をやるために水差しをいっぱいにし、電話と鉛筆と何か書くものに飛びつこうとしてそれをこぼし、——はい、ちょっとお待ちください……女は鳥類図鑑を開き、ウミアイサの下に電話番号をメモした。二階の寝室に戻って新しいブラウスのボタンをかけていると、下でトイレを流す音がした。——ポール……?

——誰?

——ポールなの?

——いいですか、マリンズさん、お力にはなれません……男は既に電話に出ていた。——ここにはいません、ここに住んでるわけでもないし、どこにいるのかも知らないし、知りたくもない。もし……。ええ、じゃあ、娘さんは何でインドから戻ってきたんだ! ちくしょうめ、うちにできることなんて何にもない……ええ、こちらこそ失礼、じゃ!

——ポール、そんなに失礼な態度を取らなくてもよかったのに。あのかわいそうなおじさんはただ……

——リズ、俺はかわいそうなおじさんにはもううんざりだ！　あのかわいそうなおじさんとその狂った娘には、俺たちがしてやれることなんてない。そのことを早く頭に叩き込んだ方があいつのためになる。娘が二週間前、どこかの僧院に行くって言って、それ以来連絡がないらしい。どうせ今頃、森の中でおまえのいまいましい弟と一緒に悟りを求めてるんだろ。あの女のしてることといったら男にやらせることだけだ。呪文を書いたお守りを身に付けて鈴を鳴らしながらうろつき回ってるのは、あいつらが好きでやってることなのに、俺たちにどうしろって？　おまえのいまいましい弟の後ろに付いて回って、後始末をしろとでも……

——ええ、でも、つまり、その、あなたももう少し……女は男の後ろに回って明かりを点けて、

——もう少し相手が納得するような話し方をしたら……

——いったい何を納得させる！　あいつらは今頃、森の中でヤクを打ってギターを弾いてやがる。例の空《から》っぽの店の前であいつらの歌に俺たちも付き合わされたあの晩みたいに。黄色い布を掛けて、ここが寺だとかほざいてたよな。ペットショップが火事になったみたいな大騒ぎだった。いったい何を納得させろって……。男は手に空《から》のグラスを持って立ち、——玄関を入った途端にいつもと同じいまいましいことの繰り返し、おまえの弟の後始末。電話を取った途端に……

——ポール！　何、顔に油が、それにシャツも。どうしたの？

——おまえのいまいましい弟の後始末だよ、今、言っただろ！　ウェストサイド・ハイウェイのど真ん中であの車、くそ車が立ち往生さ、エンジンをかけようとして道の真ん中で死ぬところだった。言っただろ、あいつにはローラースケートの修理も無理だって。しまいには黒人がレッカー車に乗って現れて、車を引っ張っていって、ありったけの金をふんだくりやがった。それからおまえ

に電話をかけようと一時間粘ってたのに、何やってた？　話し中、話し中、話し中、いったい何やってた？

——別に……女は座って、グラスの縁に瓶を傾けている男の手に目を落とした。——分からない、私は……

——一時間だ、リズ、一時間電話をかけようとしてたんだ。何やってた！

——うん、それは、エディーから電話が。

——一時間？　エディーから一時間も電話？

——でもエディーが。その、丸々一時間ってことはないと思う、エディーはただ……

——リズ、一時間だ、丸々一時間、電話が通じなかった、他の人もそうだ。おまえに渡したリストの人も全員な。俺が待ってた電話も。例の刑務所とニワトリ飼育場見学の黒人のことで、国務省から電話は？　それからブタの？　ブタを見せるために栄養学者を招待した製薬会社から電話は？

——いいえ、その人たちからは、その、誰からも電話は……

——電話がなかったってどうして分かる？　おまえは一時間エディーと電話で話して、誰かが電話をかけても話し中。人から電話があっても、どうやっておまえに分かるんだ。俺はちょっとしたことを始めようとして、依頼人を一列に並べて、自宅のオフィスに電話をかけて確認を取ってくださいって言ってるのに、おまえはエディーと話し中？　少しは力になってくれ、リズ、仕事が軌道に乗るまで俺の後押しをしてくれ、俺の頼んでるのはたったそれだけなのに。家でごろごろして、一日中何もすることなんてないくせに、それだけのこともできないのか？　ユード牧師のことだってそうだ。こっちへ来たばかりで靴に付いた南部の赤土をまだ掻き落としてない。そんなやつには助言して仕事を片づける人間が必要だ。全国放送のテレビ、メディアセンター、アフリカの〝救済の声〟ラジオ、こういう一つ一つの仕事をな。こういうことをまとめるには、明晰でしっかりした頭の持ち主がプランを練ることが必要なんだ。俺は今朝の新聞にやつのことを取り上げさせた。そのことで電話があるはずなのに。もしも自分の電話の相手が家のキッチン兼オフィスにいると分かったら、それにタマネギの袋の下にファイルがあるなんて知ったら、電話をかけ直したりするか？

——その人の電話ならあったわ、ポール、私はそのことを……

——おまえがそのことをどうした。電話があったとしても、おまえはエディーと電話してたんだろ？　俺は最高に運がいい。やつから電話があっても、おまえがエディーとしゃべってて通じないんだから。何の用で電話をかけてきた？

——ただ、ただ電話をくれただけだって言ってたでしょ。今、旅行をしてて……

——あのいまいましい女はいつも旅行中。男はグラスを空《から》にして下に置き、——あの女はエリューセラを買い取って閉じこもってればいい。

——もうあそこにはいない、今はモンテゴ・ベイにいるの。たまたまジュネーブから戻る途中のジャック・オーシーニに会って、モンテゴ・ベイに連れていってくれたんだって。

——言った通りだろ？　ジュネーブで十分間新聞を読んで、エリューセラに立ち寄って、頭のいかれたブロンド女を引っかけて、モンテゴ・ベイに飛んで行って、プールの脇に腰かけて、医療相談係としてろくでもない本を書き上げる。言った通りだろ？　やつに話があるって伝えたか？

——その、エディーは、あまりその……

——先週言っただろ、今度あいつから連絡があったら、俺から話があるって。エディーにそう伝えたのか？

――うん、いいえ、ええ、言った、ええ、うん、連絡するって言ってた。先生が戻ったら電話するって言ってた。エディーは……

――いいか、大事なことなんだ、リズ、つまり、俺が電話電話って言うのはこのことさ。仕事を始めようと思えばこういう大事な電話があるってこと。アドルフの話だと、オーシーニはまた財産から十万ドル取ろうとしてるらしい。おまえに話したかな？　アドルフの話だと……

――ああ、ポール、ほんとに。アドルフが言ってたけど……。女は冷蔵庫のドアを大きく開けて、

――そのことには口を出さないでって頼んだでしょ。話がややこしくなるだけだから……

――いいか、俺に指図するな、リズ。いつでも俺に指図しようとしやがって、おい、ここに氷を入れてくれないか？　オーシーニは、おまえの親父が創ってやった八百万ドルの基金の上にあぐらをかいてるくせに、今度は十万ドルの運営費を取りに来て、親父さんの遺志を果たすために研究を続けたいなんてアドルフに言ってる。八百万ドルはどうなったんだ？　人間を何人か縛りつけて、眠らせて、目の動きをチェックして、夢を探って、今度は新発見を発表するために十万ドルが必要ときた。じゃあ、八百万ドルはいったいどうなった？　いいか、オーシーニは投資してくれる人間を探しているだけのことかもしれない。遊んでる金、静かな隠れ場所を探してる金を。要はビジネスの話、単なるビジネスだ。どこかの頭のいかれた女とプールの脇でごろごろしたいのなら……

――分かった！　でも、でもエディーのことを頭のいかれたブロンドだなんて言うのはよして。夕食は何時にする？　あのチキンがあるけど。

――ああ、いいか、リズ、あの女はジャック・オーシーニと風呂の中でいちゃつきながら何をし

てる？　ここに水を入れてくれないか？　あの女、結婚したと思ってた。去年の冬のあのインド野郎と。自称医学生さん、汚い長いおむつをした野郎。ジージーボーイ夫人になったと思ってた。ミスター・ジージーボーイは今どこだ？

――いいえ、エディーはジージーボーイ夫人じゃないし、あの男の人がどこにいるのか知らない。二人は別れた。夕食は食べる？

――ミスター・ジージーボーイに手切れ金を払ったときに親父さんがどんな顔をしたのか、見てみたかったな……

――あのお父さんはそんなこと全然知らないわ。

――知らない？　グライムズが？　娘が男をお払い箱にするたびに、あいつが片を付けてるじゃないか。金を使わずに済んだのは、トラベラーズ・チェックを持ち逃げしたあのビルマ人のときだけだろ。おまえの弟のビリーに金を払ってスクイーキーに手を出させないようにしたときと同じで、毎回毎回……

――いいえ、あのお父さんはお金なんか払ってない。エディーには自分のお金がある。自分のお金があって、早くそのお金を使ってしまいたいと思ってるんだから。

――俺もエディーと一発やりゃよかった。

――そうね。

――冗談だよ、リズ、俺が言いたいのは……

――したの？

――おい、俺はあの女を知らなかったんだぞ。おまえに会うまでは全然知らなかった。

——そうね、じゃあ、その後は。その後はどう？

——リズ、いいか……男はテーブルの脚につまずいて、——どうすれば……

——いや、やめて、ポール、お願いやめて……女はコンロの前で身をかわした。——これにブロッコリーも添える？　昨日の残りだけど。

——それで、どういう意味だ、エディーがお金を早く使ってしまいたがってるっていうのは！男はテーブルに戻って、空《から》にしたグラスを音を立てて置いた。——娘が好きなときに元金に手をつけられるような信託財産をグライムズが準備してるってことなら……

——ポール、人の話を聞いてないのね。前に話したのに全然聞いてない。セントルイスにいたおばさんが、年取ってひどい人で、皆に嫌われてたんだけど、ただただ悪意で、意地悪で九十六まで長生きをしたの。人にお金をあげたことは一度もなくて、死んでも誰も喜ばないようなときになっても死なななくて、エディーは昔から嫌ってた。小さい頃にはおばさんのところに行って、一緒にいなくちゃならないこともあったんだって。それで、そのおばさんがエディーに二百万ドルか三百万ドルか知らないけど遺産を残してくれたときには、エディーがすごく怒って、それ以来仕返しのためにそのお金を使ってしまおうと必死なのよ。ブロッコリーも添えるの、要らないの。

——分かった、じゃあ、一つだけ教えてくれ。リズ？　瓶の首がグラスの縁に震えながら当たり、男はそれを下に押しつけて震えを押さえ、——一つだけ。おまえの友達のエディー、親友のエディーが二百万か三百万の金を厄介払いしようとしてる、そうだろ？　俺たちは今、外が見えないほど穴の中にはまり込んでる。で、教えてほしいのは、ちょっと援助を頼んでみようかってことが、どうしておまえには思いつかないのか、その理由を……

——理由はなくてもそういうことはしないものなの。特に親友に対しては、親友には頼めないこともある、それが理由。あなたには無理だなんて思われたくない。あなたが今やってるすごいこと、あなたが今こんなことをやってるって私が自慢してること、あなたには本当にそういうことができるし、私たちにはエディーの援助も誰の助けも要らないって、そう思わせたいの、それが理由よ！あなたがすごい人だって、こんな投資やなんかができるなんて頭が良いって思わせたい。だって、私の結婚した相手はわけの分からないジージーボーイさんじゃないんだから。それが理由よ！

——分かった、聞け。聞けよ。俺たちは投資してくれる人間を探してるって、さっき話したよな。エディーは余分な現金を持ってて、俺の仕事が順調なことも知ってる。五十万くらい出してくれてもいいじゃないか、ただのビジネス。親友とか何とか関係なしだ。税金逃れもできるし、金は安全だし、何の問題が……

——もう、すべて、ポール、すべて問題よ、おかげでブロッコリーも焦がしちゃった。エディーは税金逃れなんてしたいと思ってないし、安全なところに預けたいとも思ってないし、あのおばさんに仕返しをしたいだけなんだから……

——リズ、その婆さんは死んだんだろ！

——そんなことはどうでもいい！　エディーがお金を使ってしまいたいのなら、向こうで会ったあのビクター・スイートみたいな人に寄付したいと思ってるのなら、そうしたって構わないでしょ。こんなのでもブロッコリー食べる？

——おまえの弟やあいつの汚らしい仏教徒の仲間と同じ、いまいましい、同じことじゃないか。どうしてビクター・スイートに金をやらなきゃならないんだ。

――政治のためにお金が要るのよ、上院議員になりたがってるから、当選するためには皆と同じようにお金が要る。

――いいや、なあ、リズ。ビクター・スイート？　あいつは野犬狩り係にでも立候補すりゃ……。今までだって全然……

――でも、エディーが魅力的な人だって。平和と軍縮を望んでて、たくさん本も読んでて、誠実で、本当に仲間を助けたがってるって。向こうのパーティーで知り合って、魅力的だって言ってる。

――リズ、あの男は感傷的《センチメンタル》で、頭は支離滅裂だ。黒人票はあいつには回らない。紙袋の中の蟻だってあいつには付いていかない。仲間を助けたいって言っても、立候補者に指名されるのさえ無理だな。あの男がモンテゴ・ベイのパーティーで何をやってるんだ。

――指名されるための資金集めか何か。知らない。私には関係ない。はい。ブロッコリーは食べなくてもいい。

――ああ、氷はどこだ。持ってき。リズ？　どこに行く？

――どこにも。ここにいる。

――だけど、何が……

――煙よ、ポール、あなたのタバコ、その煙。

――ああ、分かった、けど、リズ？と、片手で煙を扇ぎながら、反対の手で皿の縁でそれを押し消して灰をブロッコリーにまぶし、――リズ？　おまえは食べないのか？

――さあ。後で食べるかも。知らない。

――じゃあどうして。その、俺だって今すぐ食べたいなんて言わなかっただろ……。男はテーブルに両肘をついてチキンの残りを皿の向こうまで追いかけ、――リズ？　ビクター・スイートが上院議員になりたがってるって？　まさか、ティーケルの対抗馬としてワシントンで立候補するんじゃ……？　男は灰まみれのチキンを突き刺して、――石の壁にぶつかるようなもんだ。ティーケルは三十年前からあそこに居座って、何もかもバックに付けてる。政府からグライムズみたいなやつまで。エディーの父親のグライムズだ、あのくそグライムズ。だからあの女はこんなことをしてるんじゃないのか？　父親を困らせるために？　俺はティーケルとお近付きになれればこんなどん底から抜け出せるのに……男はブロッコリーに触れていない別の塊を突き刺し、――あの女、ティーケルがどんな男かも知らないんじゃないか？　リズ？　まるで俺は独り言を言ってるみたいじゃないか。

――その通りよ。

――え？　俺が訊いてるのはエディーがティーケルのことを……

――そんなことは私には分からない、ポール。私たちはセティーの話をしただけ。セティーがひどい事故に遭って、やけどを負ったって教えてくれた、それはもうひどい……

――誰。どこのセティー。

――その人の娘。ティーケル上院議員の娘。セティーは今……

――まさか、おまえの知り合いなのか？　娘と知り合い？

――今言ったでしょ、聖ティム学園で私たちは親友だった。セティーは……

――いや、おい、待て待て……男は汁の滴《したた》るフォークを振り回しながらキッチンに入ってきて、

――いいか、ティーケルとお近付きになれれば俺たちはどん底から抜け出せる。その女に一言口添

えをしてもらえないかな。

――口添え。どういう……

――ティーケルだよ、リズ、ティーケル。やつが一言言ってくれれば、俺たちは森から抜け出せる……男はフォークから一口かじりとって、噛みながら――一週間前からずっと言ってるだろ。ネットワークの件でユードのはまってる穴。請求書の支払ができなくて、放送免許が取り上げられそうなんだ。一週間前からずっと言ってるじゃないか。ユードは投資を募って、衛星テレビ放送計画を始めようとしてる。放送免許に関する公聴会を開いてるのはティーケルで、ティーケルが選んだ男が連邦通信委員会を運営してる。口添えをしてもらえるか？

――してもらえるって。誰が口添えを……

――その娘、今知り合いだって言っただろ、ティーケルの……

――入院してるって、全身やけどを負ってるって言ったのよ。飛行機でテキサスのやけど治療センターに運ばれて、生きるか死ぬかの瀬戸際なの！

――それなら、おまえ。じゃあ、恐らくやつは見舞いに行くだろうな、ひょっとしたら娘が口添えを、リズ？　男はフォークを振りながら女の後を追って、――おまえどこに……

――どこに行くのか自分でも分からないわよ！　女は流しに寄りかかって、――人が苦しみながらベッドに横たわってるっていうのに、あなたの考えることといったら口添えをしてもらうことだけ。セティーのことなんて考えてない、それに、病院で横たわってる気分がどんなものか、あなたには全然……

――待て、リズ。待てよ……グラスは再び空《から》になって、激しく下ろされて、――俺がどのくらい長い間入院してたか知ってるだろ？　何週間入院してたか。腹を吹き飛ばされて、どこでもいいから針の刺せるところには管をつなげて、瓶に入った血漿《けっしょう》が管を流れるのを見てたこと。両脚とも動かせなくて、脚があるのかどうかも分からなくて、衛生兵の野郎が俺の腕の中で針を折りやがって、針が動かないようにテープで留めて、手も伸ばせなくて、金玉が付いてるのかどうか確かめるのも恐くて手が伸ばせなかった、金玉だ、リズ！　二十二歳だったんだぞ。

――いや、その話はしたくない……女はペーパータオルをちぎり取ったが、一方の手と他方の手の間でそれをよじっただけで、まだ流しにもたれたまま、――私、私、疲れたから二階に上がるわ。ごめんなさい、ブロッコリーを……

――いや、いい。待て……男はブロッコリーのしおれた花を突き刺して、――電話はあった？

――同じことをさっき訊いたわ、ポール。ユード牧師から電話があったって言ったでしょ、ユードさんが……

――どうして言わなかった。新聞に載ってた記事のことで連絡を取りたかったんだ。記事を見たって？

――見たから電話してきたの。あなたが見たかどうか訊くために。ユードさんは……

――さっき言っただろ、リズ。俺が記事を載せたんだ。

――あなたが？　記事を載せた？

――俺が載せた。今やってるいろんなことは全部それなんだ。俺はメディアコンサルタントとして手を貸して、全国の大衆の目をやつに向けさせる、いつも俺が言ってるのはそのことだ。手を貸して、するべきことをする。どこにある？　持ってるのか？

——ここのどこか。家には持って入ったけど、どうして全国の大衆の目を向けさせたいの、あの記事には……

——分からないか、リズ？　分からないのか？　ネットワークがやつの放送免許を奪い取ろうとしてるから、やつをマスコミに取り上げさせて、ティーケルみたいな政治家たちに見せつけてやるんだよ。ユードが田舎の方でどれほど支持を集めてるのかを。三千万、四千万の支持者だ、リズ、みんな選挙権を持ってる。キリスト教再生派、創造説信者、イスラエルのユダヤ人キリスト教徒と瓜二つの浸礼派、それにウェストバージニア州のヘビ使い派〔ヘビを使った儀式をするキリスト教の一宗派〕の連中もいる。その一人一人が票になるってことがティーケルには分からないとでも？　もうすぐ選挙の年なのに、そんなことが分からない政治家がいると思うのか？　政治的に利益になるもので、ティーケルの指紋が付いてないものなんか一つもない。情報局、委員会、農業、軍隊。リップ・ヴァン・ウィンクル〔米国版の浦島太郎〕よりも上の長老格だ。アフリカ食糧援助計画でマルクス主義と戦ってることでいつも一面に顔を出してる。一方、ユードはアフリカ伝道に取りかかって、〝救済の声〟ラジオ局が福音を広めてる。同じことじゃないか。どういうところに票が転がってるか、ティーケルは知ってる。やつの鶴の一声で、ユードの衛星放送はうまくスタートできる。新聞はどこ、その新聞記事を持ってこいよ。アドルフに渡して、グライムズ経由でティーケルに見てもらえるかどうか訊こうと思ってたんだ。どこだ。新聞はどこ。

——新聞は。探してみる、だけど、グライムズさんを通して何を見せたいと思ってるのか、さっぱり分からない。どうして電話なんかしたの。あなたから電話があったってエディーが言ってた。ロングビューのことで、ロングビューを引き継ぐって電話したそうだけど……

――今その話をしてるんだよ、リズ、さっきからその話をしてるだろ！　投資の話をしてただろ？　資金集めの？　アドルフや銀行がみんな、あの屋敷を処分しようとしてるって言っただろ。ロングビュー、あの千六百エーカーは金を食うばかり。母屋には部屋が二十四個、離れが五棟、奴隷小屋を入れれば十二棟。客用のコテージに改装したら百人は泊まれる、会議も開ける。馬小屋をメディアセンターに改造して、中に映画館を作って、やつの放送免許を認可してもらって、全世界放送システムを築き上げる、すべてはこの仕事のことなんだ、リズ。ピーディー川の畔でやつが開いてる学校は、カマボコみたいなプレハブ校舎と中古のスクールバスを並べてるようなところなんだが、五十ワットのちゃちなラジオ局を始めたら、サンベルト地域のあちこちから手紙が届くようになって、どれにも五ドルか十ドル札が入ってたんだ。テレビも大当たり。でも、金は全部アフリカ伝道につぎ込まれてるから、請求書の支払ができない。ネットワークがそれを口実にしてやつの放送免許を取り上げようとしてる。ティーケルが連邦通信委員会に一言言ってくれれば、計画を進められる。ティーケルがグライムズに一言言ってくれれば、資金の調達ができる。ロングビューをきれいにして、資金集めができる。グライムズにこれが理解できると思うか？　あのむかつく爺《じじい》は俺に、慎重派の法則とやらを講釈しやがった。管財人としては、それが慎重な人間のする投資かどうかを自問しなければならない、だと。ちくしょうめ、慎重な人間なんて関係ない。いまだに例の賄賂のことを密告したのが俺だと思ってやがる。あいつが俺に何をしようとしたか知ってるだろ？　ＶＣＲの秘密情報がマスコミに漏れたとき、ブリュッセルでの揉み消し交渉のメンバーにあいつが入ってて、俺をだまして知ってることを聞き出そうとしやがった。俺に濡れ衣《ぎぬ》を着せようと……

――じゃあ、そもそも、どうして電話なんかしたの。あなたのことをどう思ってるか分かってるのに、ほら。はい、新聞。まったく、どうして全国の大衆の目をユード牧師に向けさせようとしてるの。男の子を溺れさせたなんて逆効果……

——リズ、人の話を聞いてないな。子供が溺れたなんていう話はしてない。俺が流した記事の話をしてるんだぞ、ユードの大々的なアフリ。どこの子供が溺れたって。

——三面か四面。ユードさんの写真が載ってる。ピーディー川で九歳の少年に洗礼を施しているときに……

——まさか、おい、おい、待て、何だって……ブロッコリーの花がフォークの上で震え、——ちくしょう……と新聞をめくって、——ちくしょう。どうして言わなかった。見ろ。いまいましい、同じ写真。俺が渡したのと同じ写真を使いやがった。ちくしょう、リズ、どうして俺に言わなかった。

——ポール、話したでしょ。彼が……

——でも、二つ載ってるとは言わなかっただろ！　ウェイン・フィッカート、ウェイン・フィッカート少年と老人、二人の頭を押さえていると突然、川の流れに、ちくしょう。二つ。おまえは二つ載ってるとは……

——全部は読んでなかったから。私が言ったのはただユードさんが……

——電話をかけてきたって言ったんだよな、あいつが電話を。番号はどこ、電話番号を言ってなかったか？

——聞いた、うん。メモしたんだけど……

——じゃあ、どこだ！　いまいましいメモ帳が電話の横にあっただろ。そのためにちゃんと電話の横にメモ帳を置いてあったはずだ。

――分かってる。そのとき水をこぼして。だからどこか別のところにメモしたんだけど、思い出せ……

――おい、考えろ、リズ！　考えろ！　男は立ち上がって、電話帳、紙ナプキン、女がよじってしわくちゃにしたペーパータオルなど、番号が書き留めてある可能性のあるものを何でもつかみ、封筒の裏を見て、――郵便。これが今日の？　郵便を持って入ったなんて聞いてないぞ。

――ええ、ちゃんとそこにあるでしょ、ポール、目の前にちゃんとある。どっちにしても請求書ばかり、請求書と、何か、キリスト教を復興する、あ、待って、待って、それ、マキャンドレスさん宛てでしょ？　きれいな切手が貼ってあることしか気づかなかったけど、タイからの、それはちゃんと……

――俺が片づけておく、と男はつぶやきながら、封筒を裏返してはそこらじゅうに投げた。

――ほらそれ、私がドアのところに……

――俺が片づけるって言っただろ！　男はその手紙を伏せて、上に肘を置いた。――いいから電話番号を探してくれないか？　どこにメモした？　紙が破れ、――ダン＝レイ精算社、こいつら。聞けよ。貴君のいまいましいシャック医師への小切手による不完全な支払をお預かりする所存のないことをお知らせいたします。私どもは料金の全額および訴訟費用と利子を求めて貴君を告訴するようシャック医師の弁護人に通告する予定であることをお知らせいたします。おい、リズ、このスタンプとかいうやつ、こいつ、おまえを法廷に引きずり出すって言ってるぞ、リズ？

――え、と女は聞き取れないような声でつぶやいた。青いフェルトペンを押しつけているために唇はじっと動かず、生気のないまなざしは毛羽立ったトサカの付いたエルトン・ユード牧師の横顔がで**少年溺死**に取り囲まれているところに向けられ、混乱が目に入らないように目を細め、ペンを下ろし、――思い出そうとしてるの、どこに……

――俺の話を聞け。ほら、やつらがおまえを法廷に引きずり出そうとしてるって教えてやってるんだぞ。人が来ても玄関を開けるな。スタンプってやつがおまえを召喚する役人だ、みすぼらしい令状送達役人。近づいてきたら、一マイル離れてても分かる。踵《かかと》の潰れた靴を履いて、絶望的な身なりをした連中さ。召喚状一通届けたら七ドルもらえるんだが、手渡ししなけりゃならない、令状を持って相手に触れなきゃならない。疲れ切った男が玄関に来て、ドアを開けたら、ブースさん？とだけ言うのさ。書類を押しつけて終わり。ドアは開けるな。番号は見つかったか？　手の中で紙が破れ、――ほら、やっと来た。気が付かなかったのか？　請求書しかないって言ってたな、一週間前から俺は障碍者小切手を待ってた。連中のコンピュータから俺の名前が消えたのかと思った、おまえが気を付けて調べてると思ってたのに、リズ……紙が破れ、――ユーント医師。ＯＶが五十ドル、誰だ、ユーント医師って？

――それは。何でもない、いえ、私は今何とかして……

――考えろ、リズ！　考えろ！　ちくしょう、番号をどこにやったんだ、どこかに書き留めたって言ったよな……男はエリューセラ沖で小さなボートが浮かんでいる汚れた景色を見て、それを振り、――ちょっとしたことを始めようとしても、ちくしょう、リズ、こんな状態じゃあ何も始められやしない、番号をメモして、なくして、あとは一日中エディーと電話。わざわざメモ帳を電話のそばにおいて、すぐにメモできるように。他に誰かから電話は。他に電話は？　リズ？

――たくさん。

――え?

ペン先が動いて、新聞に青色をはためかせるのを女はじっと見つめ、目を大きく開いてより大きな空虚を眺めて、――午前中にたくさん電話があったって、マダム・ソクラートが。

――え、誰? いったい誰のことを……

――マダム・ソクラートっていうのは掃除に来た人よ、ポール。掃除に来させろってあなたが言ってた女の人。今朝たくさん電話があったって言ってた、でもハイチ人だから英語は全然しゃべれなくて、応対ができなかったの。

――でも、その女、だけど、どうしておまえが電話に出なかったんだ! どうして……

――ニューヨークにいたからよ、ポール……ペンが新聞の上で震え、――今朝私をニューヨークまで車で送ったことを忘れたの? キッシンジャー先生に診てもらうために。向こうに着いたら、私の記録がシャック先生から届いてないって言われたから、わざわざシャック先生のオフィスに行ったのに、先生はまだ休暇から戻ってなくて、看護師、ひどい看護師が私にわめきたてて、記録は送ったたってキッシンジャー先生のオフィスに電話をかけた。その後、今度は、まだ送ってませんでしたのですぐ送ります、でもシャック先生の許可がないと手渡せないって言われたから、私はもう一度……

――おい、リズ、そんなことは関係ない……

――私には関係ある! それで、もう一度、キッシンジャー先生に会いに行ったけど、先生はヨーロッパに出かけるところだった。私はほとんど息もできなくて、次回の予約をして、それで家に戻った。私、私は地下鉄に乗って、バスターミナルまで行って、それからバスで家に帰ったのよ。

——なあ、おい、リズ、俺はそんなつもりで……

——そんなつもりで言ったんじゃない、いつもそうよ。わざわざ地下鉄で行ったのに無駄足。息もできなかったのに。そんなつもりで言ったんじゃないって、いつもそう。セティーはやけどで死にそうなのに、あなたは、あなたは……

——おい、リズ、リズ……

女はペンを落とし、息をついで、うつろな目で新聞の写真を見つめていた。突然、女の椅子が床を引っ掻きながら後ろに下がり、壁に当たった。——鳥の図鑑はどこ、あれに書いた、ほら……それは盛りつけのときに押しやったまま砂糖入れの上にあった。女は親指でそれをめくり、——ほら……とページを広げて、ムネアカアイサのところを開いて、——これが番号、ユード牧師の、ほら、どこかに書いたと思ったもの。

——待て……と男は言いながら既にダイヤルを回し始めて、——リズ？

——二階に上がる。

親柱を回って——やあ、エルトン？　おまえか……？という声が階段を上って廊下の端まで女を追いかけて、——変だよな、ああ、たしかに……。女は尻でドアを押した。明かりは指先によって生き返ったテレビ画面の鉛色のオーラだけで、画面では、マントを着た人物が渦巻く霧の中へと下りていった。丘の頂に月がかかっていた。まだ雲のように青白く、しかし一瞬明るくなり、女はスカートのファスナーをゆるめ、ブラウスを開き、湿った手拭いを持ってベッドの端に戻った。馬が近づいてきた。かなり近かったが、まだ見えなかった。と、そのパカパカという音に加えて、生け垣の下からザワザワと音がし、足元のハシバミの茎の間から大きな犬がすっと現れ、その姿は木々を背景にして白黒の色のせいで際立っていた。後を追うように背の高い駿馬とそれに乗った人が現れ、女がブラウスを脱ぐのと同時に、人と馬が倒れた。街道に張った氷の上で滑ったのだ。犬が飛ぶように戻ってきて主人が危機に陥っているのを見て、馬がうめくのを聞き、夜の丘がこだまを返すまで吠え続けたが、その声は体の大きさに比例して低かった。

――まったくその通りだ、エルトン、という声が一階から廊下を通ってやってきて、――ユダヤ人のリベラル紙が……女は立ち上がってドアを閉め、戻って、突然向けられたオーソン・ウェルズのまなざしからむき出しの胸を隠した。男は毛皮の襟と留め金付きの乗馬用外套を着て、表情は厳めしく、眉が濃かった。目としかめた眉は、邪魔をされて怒っているように見え、今、どこから来たのかね、すぐこの下か？　狭間胸壁のあるあの家のことを言っているのか？と尋ねて、ソーンフィールド屋敷を指差すと、月が屋敷の上に白い光を当てていたので、西の空との対照で一塊の影のように見える周りの森から際立って青白く浮かび上がり、こう尋ねた。誰の屋敷なのかね？　ロチェスター様のお宅です。ロチェスター氏を知っているのか？　いいえ、お会いしたことはございません。どこにいるのか教えてくれないか？　いいえ、私は……

――リズ？　女がシーツを引っ張って、テーブルの上に開けられたクリームの瓶から頬骨の線に沿って指先を動かしていると、盛り上がった音楽に合わせて鞍に上がった男が鞭をくれと言って手を伸ばした。ドアが音を立てて開き、――リズ！　いったいどういうことだ！　拍車の付いた靴が触れると馬は跳び上がって後足で立ち、その後、跳ねるように駆けだした。犬が急いでその後を追った。人と馬と犬と、三者すべてが消え去った。男は音量を下げ、灰色の光の中で新聞を振り回していた。――見ろ！　どうしてこんな……と男はベッドの上に座り、――さっき、こんなことをしたのか？　下で一緒に座ってたときに？

女はじっと見ていたが、自分の発する音以外には何の助けも得られなかった。

――こんな、こんな、この家には子供は要らないな、子供がいるようなもんじゃないか！　まるで、子供が。下で座ってたとき、俺の目の前に座っていまいましい青いペンを持って、何てことを！

――ああ、ポール、そんなつもりじゃ……

――どうしてこんなことを！　こういうのはファイルしておかないと駄目なんだ、リズ、ユードにコピーを送らなきゃならないのに！　こんなもの送れないぞ、見ろ、ぎざぎざの青い羽根、シャツに小さな点々模様、いまいましい鳥の格好でもさせるつもりか？

――私はただ何とかして……

――何とかして何だ、あいつを鳥みたいに、百二十センチくらいしか身長がないからって、こんなふうに禿げ頭の後ろにぎざぎざの羽根を付けて、ずんぐりむっくりのアヒルの子みたいな格好をさせなきゃならないのか？

――ポール、私はただ、つまり、そうやってるうちに電話番号をどこに書いたか思い出したのよ、だって、その人、まるで、だってその人を見てるうちにあの絵を思い出したから……

――何の、何の絵、アヒルの絵か？　せっかくよく写ってる写真なのに、リズ、これは俺が自分で手渡したんだ、俺が新聞社に渡したのに、見ろ、おまえが漫画に描き替えちまった、見ろ。やつに箔を付ける、そのために新聞に載せてもらったのに、大真面目な話なんだぞ、リズ。向こうじゃ三千万、四千万人の人たちがポケットに一ドルずつ持ってる、真面目な話だ、リズ、分からないか？　何とかしてやつを新聞に載せてもらって、ちょっと箔を付けようとしてるのに？　あっちでは人が、善良で正直で信心深い人たちが、溺れてるっていうのに、おまえはそれを漫画にするのか？

女はシーツを引き上げた。男は既に向こうを向き、ベッドの足側にうずくまるように座り込み、肩を落としてしばらくの間、へたり込んだ腰痛患者の痛みが直るまで治療を施している魔女のようなしぐさを続けていたが、再び立ち上がって、汚れたユード牧師の横顔をくしゃくしゃに丸めて、――ちくしょう、リズ。ちょっとしたことを始めようとしてるのに、誰が電話をかけてきたのかも分かりゃしない、たった一件、たった一件かかってきた電話なのに、鳥の本なんかにメモするから見つからない、郵便も見つからない。少なくとも郵便は取り込むようになった、その点はやっとクリアしたわけだ。郵便受けを開けるくらいのことはできるって自分に言い聞かせて、やっとそれができた、他のことも同じようにできないか？　俺たちは漫画番組を作ろうとしてるわけじゃないって自分に言い聞かせてみろ。男は丸めた紙をごみ箱の影めがけて放り、――これをファイルしに行ったんだ、このざまを見る前にな、そしたら、いまいましいファイルも見つからない、リズ？

――え……？

――最後に見たのは……男は屈んで靴をほどき、――最後にしまったのはマキャンドレスの切り抜きだ、いつだったかな、日曜の新聞？　見つかりゃしない、あの、待て、俺が出る、ひょっとすると……男は電話に手を伸ばし、――誰……？　そんな女、聞いたことないな、ああ、番号間違い……真っ直ぐに立って、蹴るように靴を脱ぎ、ズボンを脱ぐときに転びそうになって鏡台の角を手でつかみ、やっとむき出しになった脚を広げて立ち、シャツのボタンと格闘し、下の方を掻くために片手を伸ばし、そのまま腕をだらりと垂らした。昇り始めた月の厳かな行進を背景に、膨れ上がった前兆がシルエットとして浮かんでいた。丘の向こうから昇った丸い月は、丘の頂上から離れていくときには上を向いているように見え、真夜中の闇の中で、底知れぬ深いところ、測り知れぬ遠いところにある天頂を目指していた。そして震える星々が月の後を追っていた。

——ポール？

男が再び電話を取った。——え……？　いいか、さっき言っただろ、ここにはアイリーンなんて女はいない、くそ番号間違いだ！　男は女の横に勢いよく倒れ込んだ。

——その人が奥さんかもしれない、今の電話のアイリーンさんって、あの人の……

——誰の？

——マキャンドレスさん。ひょっとすると、奥さんがアイリーン・マッキャ……

——その女、当分待たされることになるな。

——あ、言おうと思ってたんだけど……と、体を起こして肘で支え、——今朝……

——国家反逆隠匿罪、二十年は食らうかな。

——ポール？

——おまえに言おうと思ってたんだ、今朝、グリッソムと話して、俺の上訴請求を月曜日ってことに決めてもらった……男の腕が女の肩の下に入り、——毎月毎月、復員軍人局の小切手を生活費として渡すのをストップできたら、俺たちにも少しは日の光が見えてくる。

——ポール、私、私、二、三日出かけてもいい？

男の手が女の胸を包んだ。——どこに。

——ちょっと、どこか、私……

——今、ここで、いろいろな仕事をしてる最中だ、リズ、分かってるだろ……手が胸を念入りに揉んで、——ちょっと仕事が軌道に乗ってきたら、一週間くらいどこかに二人で行ける。

——いいえ、じゃなくて、私一人で。

——え、じゃあ、おまえ一人ってどういうこと、いろんな仕事の最中なのに、ここにいなけりゃ駄目だ。ユードの件を軌道に乗せなきゃならない、明日も三、四件電話が来るし、おまえは電話番をしなけりゃ駄目だ……男は女を引き寄せて、両脚を平らに伸ばしたので、あばらから下腹部にかけて鉛色になった傷痕を見ていた女の視線はテレビ画面に向かった。そこでは大きなダイニングルームの二枚戸が開け放たれ、樫の木の階段の下の方の段を暖かい光が満たし、部屋の暖炉には快い火が焚かれているのが見え、カーテンと磨かれた家具が最高に心地よい輝きの中で照らし出されていたが、男の手が膨らみをつかんで邪魔をした。——あの医者には電話したのか、リズ？　保険請求のための予約は？　男の手が下がってきて女の膝を撫でるように開き、男の脚が上に乗った。

——リズ？

——ええ、電話は、電話は明日かける……

——おい、急がなきゃ駄目だぞ、俺の連携訴訟を進めるために、病院に行って検査を受けろ……男の指が硬くなり、広がり、苛立ちながら規則正しい動きで探り、つかむと、女の膝が落ち、——障碍者手当を取り戻したら現金が少し手に入る。グリッソムは弁護依頼料に千ドルと、この件を進めるのに示談金の六十パーセントの支払をしろって……男は女の上の、手が割り込んでいたところで力を抜き、――賠償金五十万、すべておまえの飛行機裁判にかかってる……男の手が退却して女の膝を包み、――教えてやれ、あの事故以来おまえの体調がどうなってるか、教えてやれ、俺が、俺がそのせいで何を失ったか。痛いか?

――いえ、その、膝はあまり強く触ったら……と女は鋭く息をして、――そこはあざが……男の頭がその場で沈み、テレビ画面からの光が汗に輝く男の背中の緊張を強調し、女の顔は灰色のまま取り残された。画面では、低く太く押し殺された悪魔のような笑い声が発せられ、寝室のドアの鍵穴から聞こえてくるように思われた。女がじっと見つめていると、この世のものとは思われないその声が再び繰り返され、壁の向こうから聞こえているのだと分かった。まるで最初の衝動で起き上がろうとし、次の衝動で叫び声を上げようとしたかのように何か喉の鳴るような音とうめくような声が漏れた。足音は回廊を通って、三階の階段の方へ遠ざかった。女の震える手の下でドアが開くと、すぐ外にはロウソクが一本、火の点いたまま、まるで煙が立ち込めているかのように真っ暗な空気の漂う回廊の敷物の上に残されていた。何かがきしんだ。半開きのドアだった。そして、雲のような煙が中から勢いよく出てきた。寝室では炎の舌がベッドの周囲に飛び交って、カーテンに火が点き、シーツにまで燃え移りそうだった。炎と煙の中でオーソン・ウェルズは身動きもせず、深い眠りの中で大の字に横たわっていた。

――息を、息をしないと、と女がささやいて、ティッシュ箱に手を伸ばすために手を放すと、男が起きて家具にぶつかり、靴を踏んでつまずき、暗い廊下に出た。女は耳を澄ましたが何も聞こえなかった。かなり長い時間が経ったように思われたそのとき、靴を履いていない足が敷物を踏むのが聞こえ、パチンという音とともに男が画面を暗闇に変えた。

——ねえ、ほんとに、お願い、寝室でタバコは吸わないでって頼んだでしょ。

——ちょっと。分かった、ちょっとタバコを消せるものを探してるだけだ……男は皿を見つけ、窓辺で大きく吸った。外では、強くなってきた風に揺られた枝が目の前のガラスに街灯の光を撥ねかけていた。男はそこを親指でこすった。——リズ？と、まるで汚れた親指がはっきり見えるかのように、——その女、窓を洗ったのか？　掃除しに来た女に、ちゃんと窓を洗うように言ったか……

——時間がなかったの。早く、お願いだから消して！

——そいつ、一日中何やってたんだ？　男はすばやくもう一度吸ってから皿の上で揉み消し、——二十五ドルも取って、そいつはいったい何を……

——三十ドル、それに半日だけ。掃除しに来てたのよ。

——たしか二十五ドルって言ってただろ、おい、来週来たら、窓の掃除をさせろ、最初に窓から始めろって……男は手の届かないところにどさっと座り、——三十ドルか、英語のしゃべれるやつを探せ、電話の応対のできるやつを。ハイチ人なんて自分が何しにここに来てるか分かってないんだ。昔、あっちに行ってたときには連中の血を入れられた。医療班が安く手に入れてたからな。連中はくそほど貧乏だから、血を売ってたのさ。どんな血を入れられるか分かったもんじゃない。衛生兵どもに俺は言ってやったよ、それ以上針を俺に近づける前にそこにぶら下がってる瓶の中の血漿の出所をようく確かめた方が身のためだってな。

女は半分立ち上がって、ぴしっと音を立ててシーツを真っ直ぐに直し、ベッドカバーを上の方に引っ張った。——来週払う三十ドルを忘れないでね。

――たいていは、どっちにしても同じことだった……男は振り向いて毛布とシーツを取った。

――どうせ戦闘地域から戻ってきた負傷兵は黒人ばかりだったからな。

――それと交通費が一ドル……女は自分の方のベッドカバーをぴしっと音を立てて直した。――片道五十セントだって。


壁、あるいは何も映っていない鏡、どちらでも同じことだったが、その上にまき散らされた街灯の光を遮るようにまぶたが閉じた。その追いかけっこは、眠りと思われるものの間ずっと続き、時間と思われるものを運び去って、ついに目が開いたときにも、隣の寝息のように静かな動きが群れを成していた。女はベッドの端を下りて、部屋と自分の顔とを灰色に生き返らせた。曲がりくねった散歩道は月桂樹で縁取られ、端には巨大なセイヨウトチノキが立ち、木の根元の周りには椅子があって、柵までずっと道が下っていた。突然降りだした雨が窓に当たり、街灯を窓ガラスに飛び散らせていたので、女は毛布を引き上げ、目が霞んできて、再び大きく見開かれたときには雨が激しく打ちつけていた。この夜はいったいどうしてしまったのかしら？　すべてが影に覆われていた。そして、何がトチノキを苦しめているのかしら？　それはもだえ苦しみ、うめき、その間、風が月桂樹の歩道でうなり、雷が近くで響き渡り、稲妻がしきりに激しく光り、庭の下の方にある巨大なセイヨウトチノキに落ちて半分を打ち砕いた［ここでは、テレビで放映されているオーソン・ウェルズ主演の『ジェーン・エア』（一九四四、米）の描写が混じっている］。

朝から深く立ち込めている霧のために川はぼやけて見え、道路の黒い支流をゆっくり上ってくる郵便配達人の姿は川に棹をさした人影のように速度を変えない流れに運ばれて、落ち葉の積もった土手に沿って漂い、船着き場のように突き出た玄関のステップに達したが、配達人が郵便受けに手を伸ばす前に、偶然を装って早めに外に出ていた女がそれを受け取った。女は再び、濡らして丸めたペーパータオルでアルコーブのガラスを拭き、そのしかめたまなざしが向けられているのは郵便受けの向こう、遠くの亡霊、潰れたちりとりを持って角に立っている老人のよどみがちなリズムだった。二日降り続いた雨が一面に葉を落とし、窓の下から発した暗い流れには折れた枝まで浮かんでいた。女の動きが突然止まり、しかめた目が見開かれて、顔を直接覗き込むようにすぐそばに現れたくしゃくしゃのレインコート姿を見た。女は息をのんでバランスを取り、踏み台を下りた。それと同時にドアでノックの音がした。手の幅だけ開けた隙間から、擦り切れたレインコートの袖が見え、女の足がドアを押さえた。――はい？　何か……

――ブースさん？

――何か、まさか、スタンプさん？

男はただ女をじっと見ていた。顔は血の気が失せたように見え、差し出した手も同様に、以前はかなり日焼けしていたらしい色が褪せていた。——マキャンドレスです、と言った口調は女を見つめる目と同様に鈍く、——あなたがブースさん？

——ああ！　あ、はい、どうぞ……しかし、ドアがゆっくり押されるまで、女の足はドアを押さえていた。——私、全然……

——お邪魔にならないようにします、と男が入ってきて女の後ろを見て、先ほどと同じ目つきで部屋と部屋の中の品々を眺め、女を見定めるように、状況を確かめるようにじろじろと見た。——ちょっと書類を取りに来ただけです、お邪魔はしません。

——いえ、よかったわ、あなたが、あなたにお会いできて。どうしたら連絡が……

——先週来たんですが、その部屋に入れなくて、と女の脇を通ってキッチンに向かいながら、——ドアの鍵が新しくなってて入れなかったんです。

——ええ、知ってます、はい、配管工事の人に入ってもらう必要があって……

——聞きました。

——その、どこに連絡したらいいのか分かってたら。前もってお電話してくだされば……

——いいんです、面倒なだけですから。

——ええ、その、少し、その、少し私たちにも面倒なことがあるんです、マキャンドレスさん。住所か、電話番号か、何か連絡先を教えておいてくださるといいんですが、と女は男の後を付いてきた。——ボイラーの件でくださったはがきがありましたよね、でも、どこの国にいらっしゃるのかも分からなくて。どうやって新しい鍵を送ったらいいのかも。今も中に入ってもらうことができないんです、配管の人が……

——持ってますよ……と実際に鍵を出して、南京錠をガチャガチャいわせた。

——あ、はい、よかった、代理人《エージェント》に電話されたんですね。もしも連絡先が分かってれば。同じようなことがあるんですよ、いろんな人から電話があって、私たちには連絡先が分からないから……

——誰ですか。

——電話をかけてきた人ですか？　分かりません。国税局。他は分かりません。みんな、電話をかけてきては切るんです。あなたから連絡があったら伝言を伝えておきますよって言おうとすると切っちゃうんです。ずいぶん礼儀知らずの友達がいらっしゃるんですね。

——必ずしも友人とは限りませんよ、ブースさん……男は引き戸を開け、その場から中を覗いた。——電話は外してもらって構わないんですよ、という声が肩越しにやってきて、——代理人《エージェント》の話だと、準備が整うまで電話を残しておいてほしいって聞きましたが、私はどっちでも構いません。もしよければ、今、私から電話して取り外してもらうように……

——ああ、いいえ、そういうことじゃ、その、残しておいてくださって結構なんです、ええ、本当に、電話に出るのは全然構わないんです、ただ連絡先が分かれば、先方に教える連絡先が分かれば、無礼な電話やうちに来る人たち、あまりにも礼儀知らずだから、私……と女は急に話をやめた。話しかけていた相手は背中を向けたまま、まるで風の中でするように、冷え冷えとした何かの前兆から、船のデッキから身をかわすようにして、タバコに火を点けながら入り口にうずくまっていた。どんな人が訪ねてきたんですか、と男が尋ねた。

——一人、ええ、一人だけなんですけど、全然感じのいい人じゃありませんでした、名前さえちゃんと名乗らなかったんです、その、名字は言わずに名前だけ、思い出せませんけど。でも、小さくて丸くて、きつい感じの目で、まだらのジャケットを着て、黄色《イエロー》っぽい……

——何をしに来たんです？という返事が開いたドアから聞こえた。

——話があるって、あなたに話があるとだけ言ってました、と女は部屋に向かって言った。床に積まれた本が溝彫りの柱にもたせかけてあり、クルミ材が渦巻き形に彫り込まれているところまで達していたが、それは食器棚かサイドボードか何かの脚だった。女はじっと立ったまま何かすることを探すかのように、このキッチン、自分のキッチン、自分の家にいる理由になるものを探すかのように周囲を見回し、手には何も持たずに突っ立ったまま電話を見つめていると、電話が鳴った。

——はい？　はい、そうです……ああ……声が小さくなり、人の姿の見えない入り口に背を向けて、——テラノバ先生の予約のためです、はい……いいえ、それは例の件の関係で、例の……テーブルの端を回って、コードが届くぎりぎりのところまで遠ざかり、——飛行機事故の関係です、はい、でも、私の、その、私の裁判じゃなくて、夫の……声がさらに小さくなって、——夫の連携訴訟です、けがのせいで、私が儀式をできなくなったから……え？　いいえ、そうじゃなくて、夫婦の間の儀式です、けがのせいで……。え、今の？　それとも事故当時の……ささやきに近い声で——私は今、私は三十三です、私は……いえ、そうじゃなくて、三十……。いえ、今は駄目です、今までの経過を全部お話しするのは、今は無理です、後で……いえ、後でお電話ください。

動かない層のように溜まった煙が入り口を遮っていた。中では明かりが点けられ、ものの動く音、椅子か、引き出しの開けられる音がした。女は今朝のコーヒーカップを見つけ、流しでさっと洗った。テラスの向こうでは、一日が始まっても時間の経過を執行するものは時計だけしかないまま時が漂い、霧が何の特徴も見せずにかかっていた。女は外を見たときと同じように急に振り向いて玄関に戻り、濡れたタオルの固まりでガラスパネルに映った外の人影を拭いた。それは箒《ほうき》を棹のように使って進み、三歩ごとに立ち止まって前を見つめ、自分の位置を確かめていた。

やっと二度目にそれが聞こえたときには、女は自分の声の大きさに驚いた。――もしもし……？一言しゃべるたびに自信をつけて、――いいえ、大変申し訳ありません、上院議員さん。ポールは出かけているんです……受話器ばかりでなく、それを通り越して部屋の入り口に向かって話しながら――予定だと、まもなくワシントンに着きます。南部の方に行かなければならなかったので。ある仕事の件で急な用事ができたんです、何ですか……？　落ち着きを取り戻し、心からの謙遜さえ示して、――それは非常にありがたいお誘いなんですが、私からはお返事できません。もしポールに時間があったら、友人を連れて二、三日、モンテゴ・ベイにぜひ行きたいとは思ってるんです、でも、ご承知のように夫はいろいろと忙しくて……と、突然、開いた入り口がなくなった。ドアが閉められ、実際、バタンという音とともに閉じられた。――何でもない、いえ、今は話せない、私が……と、声が小さくなって、――ええ、じゃあ、後でかけ直して、後で電話を……

静かになると、声の中にあった苛立ちが、〝帽子は立派なのに顔は老ける〟と書かれた刺繍細工のガラスを拭く手に転移した。朝の郵便を集めた中からユーント医師、キッシンジャー医師、ダン＝レイ精算社をつまみ出し、丸めて投げ、B&G倉庫、アメリカがん協会、全米ライフル協会を開封しないで脇に置いた。キリスト教を復興するアメリカ人の会の光沢のあるページが洪水のように流れ、コミュニティー・カレッジの講義題目が開いて、ストレス・コントロール、自己主張成功術、反射学、指圧、睡眠制御と創造力養成について次々にミニ講座が繰り広げられた。ゴールド・コースト生花店を破って開けた。花束二百六十ドル？　苛立ちが目に上ってきて、どこを向いても付きまとった。次には、コーヒーテーブルの上にタウン・アンド・カントリーやナショナルジオグラフィックと並べて置かれた雑誌の表紙に載ったマサイ戦士の容赦のない不快な笑みに付きまとわれ、鳥類図鑑を手に取って、オグロシギとシャクシギ、クサシギ、タシギに逃げ場を求めた。鳥たちがあっという間に魔法で生み出してくれた休息は、次のページをめくった瞬間に消えてなくなった。女は立ち上がってキッチンを通り抜け、白いドアをノックした。——マキャンドレスさん？

まるでそこで待ち受けていたかのように、ドアが急に開いた。——今、思い出したんですが……そこに立っている女の指が本の間に挟まれたままになっていることが緊急の用事だと語っていた。——男の人があなたに会いに来たって話しましたよね？　レスター。その人、レスターっていう名前でした……それに対する返事は短いうなずきとぶつぶつと吐き捨てるような言葉だった。女がそこに立ったまま、入り口に立った男の後ろを見ると、タバコの煙の層を突き抜けて床から天井までいっぱいになった本棚、束になった書類、筒状に丸められた紙、笠のないランプ、革のケース、引き開けられたファイリングキャビネットがあった。——作家なんですか？と女は出し抜けに言った。

——地質学者です。

——まあ。こんなにたくさん本が、それに書類があるから、それにほら、あ！　ピアノをお持ちなんですね！　ピアノでしょ？　いろんなものが置いてあって、角のところだけ見えてたから食器棚か何か、古い立派なサイドボードかと。うちにもそういうのがあったんです、引き出しは全部ビロード張りになってて、銀の食器をしまってました。でも、それ、スピネット・ピアノ〔小型のピアノ〕ですよね、アルコーブに置けるんじゃありませんか？　リビングルームのアルコーブに……？　修理が必要なんです、と男は言った。共鳴板が反《そ》ってるので。——ああ。でも、あのアルコーブに置いたら素敵でしょうね、修理してもらうことはできませんか……？　どうしてです、お弾きになるんですか？　――ええ、まあ、でも、その、長い間やってないんです、ちょっとしたハイドンの曲とか、そういうのなら。でも、その、現代風の曲は全然、例えばドビュッシーなんか弾いたことがないし、それどころか……

調べておくようにします、と男は言って向こうを向き、――じゃあ、お忙しいでしょうから、どうかお構いなく。

――いいえ、いいんです。その、さっき、ちょうどあそこの窓の掃除をしてたんですが、煙でずいぶん曇ってました。たくさんタバコをお吸いになるんですね……。吸い過ぎですよ、と男が言って、光沢のある封筒を軽く叩いて紙にタバコの葉を落とした。――その机の上のあの窓みたいに、と女は男の後ろを顎で示して、――ほとんど向こうが見えないんです。

――私は別に向こうが見たいとは思いませんよ、ブースさん。さあ、どうか私には構わず……

――待って、灰皿を持ってきます……女は皿を持って戻るのも素早かった。――もし他に必要なものがあったら……男はテーブルの上に広げられた書類の静かな動乱を見下ろして、立ったまま身動きもせず、やっと元々使っていた灰皿に手を伸ばした。――その、つまり、もし紅茶か何かお飲みになるなら……女はドアの方に向き直ったときにつまずき、ピアノにもたせかけて積まれていた本を倒して、――あ、ごめんなさい、直し……

――いいですよ、ブースさん！　そのままで！

――ええ、分かりました、でも……と真っ直ぐに立って、――もし何か必要なものがあったら
……女はドアを出てキッチンで立ち止まり、リビングルームで再び立ち止まり、階段を上がって風

呂に水を溜め、蛇口を開けたときと同様に唐突に蛇口を閉め、廊下を進んで、誰もいない寝室を通り過ぎ、ブラウスを緩め、テレビ画面を生き返らせると、腸の下の方の不調の原因をアニメで示していた。女はそれを消した。いちばん上の引き出しのスカーフ、ブラウス、下着の下を探り、マニラ紙のフォルダーを取り出して、二十枚ほどの手書きのページをぱらぱらとめくったが、その中には削除線、余白に書かれた不満のコメント、こまごまとした挿入、つまらなくなった着想を数段落にわたって突き抜けている矢のようなバツ印があった。最後は放り出されたときのままだった。もし父と母が出会っていなければいったい何がどうなっていたか、もし父が由緒あるグロスポイント〔ミシガン州南東部の町〕出身の娘とではなく、学校の先生かコーラスガールと結婚していたら、あるいは、もし母が、今でも遠く離れた老人ホームの冷たい抱擁の中で黙って横たわっている母が出会ったのが若い作家で……

女はペンを見つけるのに必要な時間だけ立ち上がって、若い作家で、を線で消し、すぐに書き込んだのは、いくらか年上の男、男の過去には別の人生、別の女、どこかには妻さえいて……じっと動かない男の強健な手とその……厳《いかめ》しく均整の欠けた顔立ちには遠い太陽の記憶が刻まれ、その冷たく落ち着いた灰色の目の奥に隠されているのは……隠されている《belying》？　電話帳の下にあった辞書を見つけ、bely を探したが見つからなかった〔belyingの原形はbelyではなく、belie〕。

——ブースさん？

——あ！　女は立ち上がり、——はい？　男の声が階段を上がってきた。申し訳ありませんが電話をお借りしてもいいですか？　——ええ、はい、どうぞ！　鏡には聞き耳を立てて大きく見開かれた目が映っていたが、聞こえてくるのは下の道路の叫び声だけだったので女は顔をしかめ、外を見に行くと、例の少年たちが散らばって坂を上ってきて、互いに何かを投げ合っていた。その中でいちばん小さい子の靴だった。その子はずっと遅れて付いてきた。外ではまだ、女が立ち去ったときのまま霧が一日を引き止めていた。女はまるで自分が盗み聞きをされているかのようにそっと電話に手を伸ばして受話器を持ち上げたが、発信音しか聞こえず、同じように用心深く受話器を戻して、廊下を進み、洗面台の上に大きく身を乗り出すと目の周りのくまがより黒ずんで見えたので、それを明るいファンデーションで隠し、厚い唇の形を変え、まぶたには非常に薄い色で線を引き、髪の毛をやっつけ、引っ張り、再び頭を振ってふわっとさせ、主な部分に手直しの加えられた鏡と視線を交わしてから階段を下りた。

男はキッチンテーブルの前に立って、女がそこに置いていった鳥類図鑑をぱらぱらとめくっていたが、顔も上げずに再び、すいません、と言った。電話がつながるまで待たなくてはならないんです、何か回線の調子が悪いらしくて。

——ああ、そういうときは私なら、とにかく何回もダイヤルを回し続けますよ、そうしないと……

——国際電話なんです。

——ああ。ああ、そうですか、じゃあ、お掛けになって、リビングの方に。その、ちょうど紅茶を入れようと思ってたから……お酒はありますか？　そして、ええ、スコッチで結構です。男はチドリ、ハジロオオシギ、キアシシギ《イエローレッグズ》の大型のものと小型のものをめくりながら、あの部屋に誰か入りましたか？と突然尋ねた。配管工以外に誰か？　——え、いえ、いいえ、だって、鍵が掛かってましたから、私たちは……あなた方じゃありません、あなた方じゃなくて、他の誰かがという意味です、ここに来た男、その男は部屋に入りましたか？　――いいえ、ドアからは一歩も。あの人、足をドアに挟んでました。

――その男は私に会いたがってたとおっしゃいましたね？　何か訊いてましたか？

女は空《から》のグラスを持って振り返り、髪を掻き上げて、――あの人、私に訊きましたよ、私があなたの最初の赤毛女じゃないかって……しかしその微笑みは期待した成果を挙げられず、既にリビングルームに行こうとしてこちらに向けられた背中に跳ね返された。片手では氷がグラスに当たるカチンという音、反対の手では自分のカップが受け皿の上でカタカタいう音とともに女が部屋に入ると、あなたが掃除したらずいぶん窓がきれいになりましたね、とアルコーブに立った男が言った。あのツタはどうにかしないと、刈り込みが必要です。男が伸ばした手が当たって、グラスが落ちそうになった。女は自分のカップを手で押さえて座り、擦り切れたソファーの上で膝を固くした。

――それと、郵便は見ましたか？　そこのドアに留めておいたんです、タイからも一通。きれいな切手が貼ってあったから気が付いたんです。

タイ？　タイに知り合いはいません。――あそこには行ったことがありません……男は長い間の習慣のように袖付き椅子《ウィング・チェアー》〔背部が袖状に突き出た安楽椅子〕に深く腰かけた。

――あら。ああ、それと、待って、ええ、お尋ねしたかったんですが、アイリーンさんっておっしゃるんですか？　奥さん……？　男がうなずいたのは肯定の返事というよりも、否定できないからという様子だった。――こんなことをお尋ねするのは時々、電話でアイリーンさんはいますかって訊かれるからなんです。それに、ここの家具も全部、そのこともお訊きしたかったんですけど、代理人《エージェント》の話だと、全部奥さんのものだから、本人が取りに来るって、でも、いつになるかは分からないって聞きました。その、私たちには、倉庫に預けてるものがいろいろあって、前もって知っておきたいんです。ここの素敵な家具は全部。まるで、お昼の間だけ出かけたみたい。何かあるといけないから。マダム・ソクラートが、あの人が掃除をしてるときに半分に折ってしまって、私が接着剤でくっつけようとしてみたんですけど……。男はじっと見ていた暖炉から目を上げて、ちらりとそこを見て、マントルピースの上にあった小さな瀬戸物の犬、あれはもう壊れちゃったんですよ、私のものです、と言って、グラスを持ち上げた。気にしないでください。――まあ。でも、もちろん弁償はします、けど、私が言おうとしてたのは、奥さん、その、奥さんがいつ自分のものを取りにいらっしゃるか、お分かりになりませんか？　どこに連絡をすれば本人に訊けるかでも。だって、あなたに連絡が取れなかったら、連絡の取れないところにいらっしゃるんだったら、あなたはそこに何年もとどまることになるかもしれないし、二十年くらいお戻りにならないかもしれないから、その……

男は膝の上に足首を交差させて、立派な靴、あるいは元々は立派だった靴を見せたが、それは今では履き古され、内側には網目状のひび割れがあった。――二十年ですか、ブースさん？――ええ、その、いいえ、いえ、そういうことじゃ……男は女を真っ直ぐに見つめ、女は微笑みになりそうな表情をかろうじて装い、受け皿の上でカップをカタカタいわせながら、持ち上げて飲んだ。――だって、よく旅行をなさるんでしょ、お仕事で、たくさん旅行をしなければならないんでしょ、きっと、とても面白いお仕事ですよね、それに刺激もあって、待って、灰皿を取ってきます……男は炉床に灰を落とし、女は戻ってきて、男の前の雑誌の横にきれいな受け皿を置いた。――そういう場所。

——これはとても古い雑誌ですよ……男は乗り出してタバコを消した。マサイ族のこの記事、お読みになりましたか？

——はい、それ、読み終わったところです、ええ、興味深い話ですね、定期購読してるんですけど、なかなか読むのが追いつかなくて……電話のベルで男が半分椅子から立ち上がりかけていたが、再び女が立って、——いえ、私が出ます……そしてキッチンから——マ、マキャンドレスさん？　アカプルコにお電話されました？　え？　もしもし……？　ああ、いえ、エディーからでした、はい、いえ、でも今は駄目です、オペレーターさん。後でかけ直してほしいと伝えてもらえますか？

女が戻ってきたときには、男はお酒をひっくり返してしまっていて、濡れた雑誌を前にして立ち上がり、元に戻すのに苦労していたが、どちらかというと、単にグラスをしっかり持ち直すのに苦労しているようだった。——まあ、お手伝いしましょうか？　何か……

——いえ！　大、大丈夫です。

——すみません、ちょっと待っててください……女は窓辺から丸めたペーパータオルを取ってきて、——いいんです、古い雑誌ですから……戦士の赤褐色の髪、むき出しの歯、そしてむき出しの胸を拭いた。——この人、とても恐いですね、顔が。

——あなたがバンツー族ならね。

——何だったら？

——連中は牛を盗むんです。たしかお読みになったって……男はアルコーブに行って、ダイニングに戻り、グラスを握って立ったまま、隅に置かれた空《から》の食器棚を見た。

——ああ。ええ、その、時々、あまり集中しないで読むことがあるから……と立ち上がって男と同じところを見て、――きれいな瀬戸物を預けてあるんですよ、古いカンペール陶器、正確には瀬戸物じゃありませんけど、そこに置いたら素敵でしょうね、でも、いつ取りにいらっしゃるか分からないんです、アイリーンさんが。奥さんが。とても素敵な趣味をしてらして、何もかも、どこを見ても、奥さんのタッチが感じられますね。

――ポーチのここは、ペンキを塗り直してもらおうと思っています、と、ペンキの剝げた円柱を見ながら男が突然言った。

――ええ、はい、そこは使ってませんけど、私たちのためにそうしてくださるなら、とても……

――あなた方のためにするわけじゃありませんよ、ブースさん、この家のためにそうしようと思ってるんです……男はグラスに残った最後の一滴のためにグラスを持ち上げた。――この壁を全部取り払ってポーチを作って、ガラスでポーチを囲って、中にそこの植物を入れて温室みたいにしたいって。それが彼女の口癖でした。

――まあ！　偶然、だって、私……

――結局、そうはしませんでした。男はそう言って向こうを向いた。

――でも、びっくりするほど元気でしょ、その植物、必ず私が水をやるようにして……

――あれですか、そこの？　彼女が出ていってから三か月、水をやり続けた後でやっと造花だと気づきました。

――でも、奥さん。三か月？　でも、てっきり私は奥さんが出ていったのは、つい……

――出ていったのは二年前です、ブースさん。

電話は男宛てだった。――あなたがおかけになった電話です、マラカイボ〔ベネズエラの都市〕、ですか？

女は受話器を手から落としそうになりながら下に置き、リビングルームに戻ってアルコーブの窓のところに行き、部屋が許す限り遠くに離れたので、聞こえてくるのは――遅過ぎる……だけだった。まもなく男が汚れた茶封筒を抱えて部屋に入ってきて、レインコートを羽織りながら、今の電話代の請求がこちらに来ることはありませんから、と言って、ドアを開けた。――でも、まだ連絡先を伺っていませんよ、もし何か……

また来るときには先に電話するようにします、と男は後ろ手にドアを引きながら言った。お邪魔しました。女はよりゆっくりと歩いて戻り、アルコーブから離れて立った。霧が実体を与えていたわずかな光が暗い道路の上で急に衰えつつあった。そこに年老いた犬が現れ、男の横に並んで、木の葉が色を失うのに合わせて既に輪郭を失いつつある反対側の濡れた土手へと渡り、まるで以前に何度も一緒にその黒い流れに乗ったことがあるかのように歩いていくその姿を女は見ていた。

灰皿、グラス、丸めたタオル、そしてユーントト、キッシンジャーをまとめて片づけ、入ってランプを点け、屈んでテーブルの上のタバコの灰を吹き飛ばし、ごみ箱の上に屈み込んで、パンの包装紙、しなびたセロリ、焦げたトースト、古びたアドレス帳の下に、医者たちを深く埋め、アドレス帳に付いた濡れた紅茶の葉を振り落としてから、さらに深く掻き回して、しわくちゃになった封筒を二、三見つけたが、どれにも自分の国のありふれた切手が貼られていた。女は体を起こしながらアドレス帳のページをめくった。デュワーズ・ウィスキーの瓶のふたが流しに落ちているのを見つけ、瓶を持ったまま一瞬ためらった後、蛇口の下に持っていって、中に水を一オンス、二オンス入れてからふたをし、タマネギの袋の後ろに戻す前にさらに少し振った。

階段を上がって立ち止まり、風呂の湯を溜め、まだ手には古びたアドレス帳をしっかり持ったまま廊下を進んで、ブラウスを脱ぎ、寝室の明かりを点けて、靴を脱ぎ、ベッドの上に置いた書類の間に腰かけて、最後のページの上に屈み込み、その灰色の目の奥に隠されているのは……と女の唇が動いたとき、下でトイレの流れる音がした。

——リズ？　男は既に階段を上がり始めていた。電話の音が鳴り響いても女は手を止めることなく書類とフォルダーを片づけ、さらに古びたアドレス帳を素早く取って、タンスのいちばん上の引き出しから新しいブラウスを選びながら立っていた。——風呂の湯が出しっ放しだったぞ、と男がネクタイを外しながら入ってきて、——何でいまいましい電話に出ないんだ、もしもし……？　どこからだって、オペレーター……？　いや、コレクトコールは受けない、いや、アカプルコに知り合いなんかいない……と、ガチャリと電話を切った。——俺が出てる間に電話は？

——チック……女はゆっくりと息を整えながら言った。——昨日の夜。チックっていう人。

——電話番号を言ってなかったか？

——連絡できる番号はないって言ってた。ただ、今出てきた、またいつか電話するって伝えてくれって。

——ティーケルのオフィスからは何も言ってこないか？　男はジャケットを脱いで、シャツの前を開けながら、——空港に行くから車が迎えに来る。今夜向こうに行かなきゃならない。三時間前にその真上を飛んで来たのに、すぐにUターンして戻らなきゃならない。俺の鍵を見なかったか？　リズ？

——え。

——俺の鍵を見なかったかと訊いたんだ、いいか、急いでるんだ。朝の八時にワシントンで人に会う約束がある。連中がくそ召喚令状を正式に申請したってついさっき知った。鍵を持たずに家を出たら、おまえが留守だったときに家に入れないだろ……男は片方の足を蹴るようにしてズボンを脱いで、——帰ってきたら玄関のドアが開いてたぞ。二階に一人で。鍵を掛けておけって言っただろ、誰が入ってくるか分からないんだから。俺の鍵を見なかったか?

——なくなったわ、ポール。私のも。

——どういうことだ、私のも？　どこにやった。

——バスルームの洗面台の上の棚に置いてあったから、なくさないように、出かけるときに私のバッグの中に入れたの、そしたらバッグごと盗まれた。

——おまえの。おい、リズ、盗まれた？　ベッドの端に座った女を見下ろすように、脛から上は裸の男が立った。——いったいどうやって盗まれた。ドアには鍵を掛けておけって言っただろ？今帰ってきたら、玄関は開けっ放し。家の中にある。シャワーを浴びてくるから、その間に探せ。最後にどこで見たんだ、考えろ、リズ。考えろ！

——考える必要はないのよ、ポール、分かってるから。最後に見たのはサックス・デパート〔ニューヨーク五番街の高級百貨店〕のトイレ。トイレに入ってるときにバッグをフックに掛けてたんだけど、顔を上げたら、個室の上から手が伸びてくるのが見えて、なくなっちゃった。外に出たらもう誰もいなくて……

——おい、だけど。いったいサックスで何をやってたんだ、どうして……

——トイレを使ってたのよ！　普通の女の人みたいに買い物するために行ったんじゃない。六か月前に口座を止められて。お医者さんの帰りに少し時間があって、そこがサックスの近くだったから中に入ったの。サックスで自分には買えないいろんなものを見て、その後トイレに入った。どうやって家に戻ったんだろうって思わないの、気にならない？　女はドアに向かい、タンスの前を通り過ぎるときに引き出しを閉め、——財布をなくして、お金をなくして、鍵もなくて、何にもなしで。どうやって家に帰ったか？　それに、どうやって家に入ったか？

——おい、いや、リズ、なあ……

女は男をちらりと見て、目を落とした。男は茶色の靴下を片方だけ履いて、丸めて手につかんだ縞のパンツを振り回してそこに立っていた。——シャワーの水が流しっ放し。迎えの車はいつ来るの？

——三十分。なあ。やっとかなきゃならないことがある。シャワーを浴びてる間に来たら……

——私は下にいる。

男がテーブルの上に落としていった新聞が、拳ほどの大きさの黒い文字で女に襲いかかってきた。

涙の母「お祈りを
ウェイン坊やのために」

男がシャツをズボンに入れながら飛ぶように階段を下りてきたとき、女はまだそれをじっと見ていた。——見たか？　ワシントンポストが載せたぞ、本当に載せた、読んだか？

——何を。涙の……

——記事、記事、一面の記事。うまくポストが載せてくれた、本当に載せてくれた。リズ……？とキッチンから声が聞こえ、冷蔵庫のドアがバタンとカウンターに当たる音がした。——郵便は？

――すぐそこにあるでしょ……と言いながら女は手ぶらでキッチンに入ってきた。――何か食べるもの、要る？

――飛行機で食う……男はグラスの上で瓶の首を押さえつけていた。――軽食しか出ないけどな。もうじき迎えが来る。ソーダとクッキー。これだけ？　男は片手で郵便を散らかし、もう一方の手に受話器を持った。――何件か電話するぞ。リズ？

――ここよ。

――医者に診てもらったって言ったな、何が分かった。もしもし……？　やあ、エルトンいるかな？　俺、ポールだよ……。グリッソムと話したら、例の公判準備審問はいつ開かれてもおかしくないそうだ。その医者を引っ張り出してひどい症状を報告させろ、そうしないとおまえの裁判が棄却されて、俺の訴訟も一緒にお流れだ。いいか、グリッソムは手付金に千ドルよこせって。もしもし……？　ああ、エルトンにつないでくれるのを待ってるんだよ。裁判に負けたら千ドルが水の泡、この前と同じ。分かってるのか？　よくもあの裁判に負けたもんだよな？　あの女、向こうで公然と男と暮らしてるのに、堂々と。男の方は結婚する気はないって、グリッソムに言ってるらしい。結婚して仕事がうまく行かなかった場合にやつがあの女に渡せる金と比べたら、今、俺が払ってる生活費の方が多いからだ。そんなことを面と向かってグリッソムに言ったんだぞ。あの畜生がライトボックス［ネガやポジを明かりで透かして見るための箱型の照明器具］を作ったって全然稼ぎにならないから、俺がやつのライトボックスのために金を払うことになる。いまいましい判事が向こうに訪ねていったら、もしもし……？　いや、いつ出ていったんだ……。いや、いや、構わない、向こうで会うから。おまえにはまた後で電話する。いまいましい障碍者小切手がポケットに入ったと思ったら、すぐ反対側のポケットから出ていくんだ。何の話をしてた。

――ライトボックスを買う話。

――いいか、リズ、これは真面目な話だ。出かける前にこういう細かいことを片づけておかないと。一週間くらいは余裕を持って呼び出しを迎えられるように。いいか、アドルフの話だとスネディガーが俺の法律相談に乗ってくれるそうだ。あの畜生ども、俺を罠にかけようとしてる、いろいろと情報が漏れてるからびびってるんだ、もしもし？　マクファードルさんはいますか、俺は……。ジム・マクファードル、ああ、俺はポール・ブース。おまえの親父の死体に濡れ衣《ぎぬ》を着せて、ついでに俺も葬ろうとしてる。親父さんをローガン法〔国家間問題について個人が交渉することを禁じる法律〕で裁いて、財産は全部没収。会社から退職一時金二百万ドル、積み立ててきた退職金が三十万、それに加えて二百万の株式特別配当、市場より二割安く五十万株購入する権利、生命保険、ベッドフォード、ロングビュー、目に見えるもの全部。いいか、アドルフはロングビューを売ろうとしてるんだぞ？　あそこにメディアセンターを作るために俺が資金集めしてることを知ってるのに。手遅れにならないうちにおまえのお友達のオーシーニが姿を現したら、何とか株式選択権《オプション》だけでも確定できるかもしれない、そうしたら、もしもし？　もしもし？　誰……。今日は戻らない？　あの、じゃあ、代わってもらえないか、秘書の……え？　みんな今日は戻らない？　じゃあ、あんたは……あんたは何だって……？　いや、じゃあ、何であんたが電話に。あ、失礼……。失礼と言ったんだよ！　いまいましい掃除の女が電話に出やがって、おかげで電話代がかかったじゃないか。向こうはいつもこうだ。上院議員が街の外に出たら、スタッフ全員が終業時間までに帰っちまう。終業時間の、今何時だ、迎えの車がそろそろ来るな。おい、やつは何て言った？

——誰、ポール。

——医者だよ、医者に診てもらったって言ってただろ。医者に診てもらってどうだったか、五分前からずっと訊いてるだろ。

——四十分待たされた後で看護師に呼ばれた、裸でテーブルの上にうつ伏せになった、顎のところまで膝を持ち上げたまま、お尻以外は紙のシーツを掛けられてほったらかし、二十分経ってから先生が入ってきて、私の後ろに立った、震えるお尻に向かって、はじめましてブースさんって挨拶した、それから先生は指を……

——おい、ちょっと待て、リズ、おまえ……男はグラスを下ろして、——どうしてそんな口の利き方をするんだ。そういう……

——私の話を聞いてるかどうか確かめたかったの。

——ちゃんと聞いてるだろ！　男は再びグラスを手に取って、——生意気な教練指導官みたいな口の利き方をするな。何て言われたんだ。

——あといくつか検査が必要だって。また次のお医者さんを紹介するからって……

——なあ、リズ、いつまでもたらい回しにされてるわけにはいかない。言っただろ。例の事故の裁判になって、そこでおまえのひどい症状を医者が報告しなかったら、連携してる俺の裁判も窓から放り出される。五十万ドルがパーだ。急いで診断書をまとめるようにちゃんと言ったのか？

——お医者さんに向かってどうしろこうしろとは言えないわ、ポール。普通そんなことは……

——言えばいいだろ！　その医者、いまいましい保険会社の味方なんだろ？

——いまいましい保険会社の味方じゃない、違うわ。保険会社のお医者さんはドクター・テラノバ、来週診てもらうことになってる。今言ったお医者さんはジャック・オーシーニの紹介してくれた専門医で、私の……

——待て、オーシーニから電話は？　やつの弁護士からでも？　俺が紹介してやった投資の件を検討してみるって言ってたんだ。しばらく寝かしておきたい金がいくらかあるからって。あいつ最近になって、あの資産から四万ドルよこせって言ってきたんだ、この話はしたかな？　自分の基金のために十万ドルを搾り取ろうとしたらアドルフにはねつけられたもんだから、代わりにおまえの親父に対して四万ドル請求してきたのさ。親父さんの最後の二年間の専門的治療費だと。瓶が下りてきてグラスの縁に鋭く当たり、——親父さんにとどめをさして三途の川を渡すのが専門的治療か。それでアドルフは請求を資産の方に回して、四万ドルって小切手に書きなぐった。小切手に書きなぐってイエールに渡したときと同じ。あいつが行くところ行くところで尻ぬぐいだ。やつから電話は？

——アドルフのこと？

——オーシーニだよ、リズ、聞いてないじゃないか！　男は製氷皿をねじって、——今、訊いただろ、やつから……

——電話はなかった。誰から電話があったか話したでしょ。チックがかけてきた。オーシーニはまだ戻ってきてない。たぶんエディーと一緒。アカプルコに行くかもしれないってエディーが。そのときはまだモンテゴ……

——おい、ちくしょう！　製氷皿がガチャンと音を立てて下りた。——俺が帰ってきたとき電話が鳴ってたのに、おまえはここに座って、おまえは二階でベッドに座ってたくせに、どうして言わなかった！　言っただろ。あいつからの電話を待ってたんだぞ。俺が電話に出て、おまえにも聞こえただろ、アカプルコからの電話を断ったんだ。どうして言わな、待て、どこに……

——座るのよ。迎えの車は。

——そろそろ来る。何時だ。男は時計に目をやることもなく後を付いてきて、四角い氷を拾って手紙を集め、——リズ……？　指圧、反射学と創造力養成が、ごみ箱の中でアメリカがん協会に加わった。——郵便はこれで全部？　男は鍵の掛かったドアがいつの間にかすっきりしているのを見て立ち止まり、——マキャンドレスに来た手紙がここにたくさん貼りつけてあっただろ、あれは。

——取りに来た。

——どういう意味だ、誰が取りに来た。

——マキャンドレスさん……女は袖付き椅子に座って雑誌ナチュラルヒストリーのページをめくっていた。

——いや、本人が、本人がここに？

——本人、ええ、本人が部屋のものをいくつか取りに来た、でも結局、部屋に入れなくて……女はガールフレンドや母親と一緒に歌ったり踊ったりしている戦士たちを見ながら震えを抑え、——鍵が付け替えてあったから、とても困ってた。

——どうして教えてやらなかった。配管工が鍵を……

——私はここにいなかったのよ、ポール。お医者さんに診てもらうためにニューヨークに行ってた、その話はしたでしょ。

——ああ、よし、それでおまえはサックスでバッグをなくした。じゃあ、やつがここに来てたってどうして分かる。ここに入った？　ドアには鍵を掛けとけって言っただろ？

——ここはあの人の家なのよ、ポール。きっと鍵を持ってる。

——入ってみたら誰もいない。なあ、気に入らないな、リズ。犯罪者、あの男は犯罪者だ。昨日の新聞、おまえに見せてやらなかったか？　見せたろ？　やつは重罪で来週判決が出る、そこで司法取引をした。本当なら国家反逆隠匿のところを重罪隠匿にまけさせた。それでも十年は食らう。何をやろうとしてたか知ってるか？　小銭目当てのスリなんかとはわけが違う。東側に赤外線暗視スコープを売ってやがった。そんなやつが玄関から入ってきて何とも思わないのか？

女は顔を上げた。——その人、その人の写真載ってた？

——頭にすっぽり袋をかぶって証言してる写真。いまだに仲間を売ろうとしてる。その部屋に入ろうとしたのもたぶん、それが目的だ。証拠を持って行って、仲間を密告して、二年に減刑してもらう魂胆だ。冗談や何かじゃないぞ、リズ。おまえが一人でいるところにそんなやつが来たら、何が起こるか分からん。鍵を替えて、鍵を掛けとけ。家に入られたくないからな。

——契約書に書いてあるのよ、ポール、馬鹿げてる。あの人にはその部屋に入る権利がある。その部屋に入るためには家に入らなきゃならないじゃない。私たちを追い出すかも。まだ払ってないのよ、今月分の……

——家賃か、おい、ひょっとしたら必要ないかも、ひょっとしたら必要ないぞ。払わないで待つんだ、どうなるか。おい。やつが二年か十年食らってる間、俺たちは銀行口座に金を振り込む必要はない。やつには分かりっこないだろ？　塀の中にいるやつには何にもできないだろ？　国家反逆隠匿罪、リズ、それが逮捕容疑だ。いまいましい反逆者さ。いまいましい反逆者に金を渡すつもりじゃないだろうな？

——ポール、本当に。まだはっきりしたわけじゃないでしょ。マキャンドレスさんがその……

——頭に紙袋をかぶってうろつき回って、あの電話も。アフリカのいろんな国からの郵便。一週間前には存在してなかったような国から。大通りを歩いてたら、わけの分からん黒人が冗談半分に人の首に斬りつけてくるような国から。冗談じゃないんだぞ、リズ。あの部屋だって中に何があるか分かりゃしない。留守の間にずかずか家に入ってきやがって。そもそもやつが来たことがどうして分かる？

——留守だったなんて言ってないわ、ポール。私がいなかったって言ったのよ。マダム・ソクラートが。マキャンドレスさんはマダム・ソクラートを知ってる。それで私たちもあの人を呼んだんだから。私が家に帰ったら、来てたって、マキャンドレスさんが、マキャンドレスさんがオコッテ〔原文フランス語〕たって言ってたわ、その部屋に入れなかったから……

——オコッテただと、おい、その女どうにかしろ、リズ。金の無駄。電話の応対もできないんだろ？　窓の掃除をしたって？　男はいちばん近い窓のところに行って、親指で濡れた直線を描き、

——外が暗過ぎて何も、待てよ、車だ。きっと迎えだ。鞄《バッグ》は。

——ドアのそばに置いたまま。

光がアルコーブの窓を上り、男のそばの窓を通り過ぎ、黒い車が街灯の下でゆっくりと曲がった。

——こんな晩だから、たぶんどこかで道を間違えたんだろう……男が振り向いたときにはまるで突然手の中に現れたかのように手紙を見せびらかして、——B&G倉庫、請求書通り支払わないとオークションにかけるって。リズ？　俺たちが預けてるものだ、あの……

――聞こえてる。あなたの石を売ってどれだけのお金になるのかしら。

――ただの石じゃない。おい、その話を蒸し返すな。ベッドフォードから持ち出したおまえのものもある。八万、九万ドル相当だ。九百十ドル払えだと。いまいましい身代金か。九百、待てよ、リズ？　今思い出した、おい、現金あるか？　金がない。あるのはピーディー市民銀行の小切手だけ、有効かどうか。女が百って書くところを白って綴ってるんだ〔原文ではhundred（百）をhunerdと間違っている〕。葬式の間中、ずっと座ったまま、チーズ味のスナックを食ってた。リズ？　俺が置いていった五十ドル札は？

――あれはマダム・ソクラートに払うお金。

――それは結構。大したもんだ。五十ドル。いまいましい窓を掃除させても、全然、前と変わらない、何を……

――ねえ、窓を掃除しろって言うからあの人が。窓はちゃんと掃除してある！　人は一生懸命働いて、それに対して私たちは報酬を払うのよ。あの人たちには労働力しか売るものがないの、だから、私たちは引き換えに報酬を払う。払わなければあの人たちは。私たちが自分でするしかない。前と全然変わらないって言うのなら、自分で掃除すれば！

――いや、おい、待てよ、リズ、聞け……

――いえ、あなたこそ聞いて！　九百ドル、あの墓の中の、石の入ったあなたの箱、あんなの墓に入れといた方がいいわ。ほら、そっちの方、手に持ってるもう一枚の請求書、二百六十ドルの花？　何の花、どこにあるの？　半日かかって窓を掃除してる人間がいるのに、花束に二百六十ドル使ってるわけ？

――いったいどうしたんだ、リズ……。男はゆっくりと擦り切れたソファーに座り、苛立ちを押さえて膝に乗せた靴は、磨くことと房を付けることで上品さを模倣していた。──ちゃんと見たのか？　男は請求書を開いて、広げて見せたが、その顔は履き物と同じ程度には真に迫っていた。

──誰に贈ったか見た？　セティー・ティーケルって？

──私、いえ、私……

──話す時間がなかったけど、おまえの名前で贈った。話す時間がなかったんだ……そして安物の新しい靴と同じ程度に心を込めて女を見つめ、女が息を整え、厚めに輪郭を描いた唇をさらに引き締めるのを見て、──おまえが心配してることを伝えたがってるんじゃないかと思って……

──いえ、ポール、ごめんなさい、と女は言って、再び息が乱れ、少し目が上を向きかけたが、膝に乗せた足よりも上は見ることができない様子だった。やがて靴が下りるのとともに男は立ち上がり、女が失ったもののすべてを男が奪い返した。

──時々、おまえは俺より上に立とうとするよな、リズ。男の投げたマッチが女の前を通って暖炉に飛び、──早合点して結論に飛びつく。仕事をまとめようとして、な、いろんなことを手配して、万事うまくぴたっと組み合わさりそうになってるっていうのに。あれこれ忙しいんだ。だからいちいち全部のことは言わないし、おまえを混乱させたくもない。大きな青写真を見せてやろうとしたら、その隅っこをつまんで走り出して、ジャンプして、俺が言ったみたいに、早合点して結論に飛びつく。この花の件だって、全部がぴたっと組み合わさりそうなのに、花を贈ればおまえが早合点して、結局花のことで喧嘩になる。言ってること分かるか？

──ポール、ごめん。ごめんなさいって言ったでしょ。喧嘩をしてるわけじゃない、私はただ……

――ただ考えてなかった。リズ、おまえは考えてなかった。いいか。ひょっとしたら、俺にはよく分かってることでも、おまえにはよく分からないことがあるかもしれない。ひょっとしたら、おまえは分かりたいとも思ってないのかも。ひょっとしたら、分かりたいと思ってないから分からないのかも。分かるよ、リズ。だけど、とにかく見え見えなんだ。ものの見方が後ろ向きっていうか、時々おまえが俺に付いてきてない、俺の応援をしてないって感じがする。おまえが後ろに付いてるんだって感じさせてくれよ、リズ。分かるか？　男は大股で歩きだして、階段の親柱からアルコーブへ、句読点のように時々突然煙を吐き出しながら親柱まで戻って、玄関のドアから外を覗き、――ところで。今度、エディーと話す機会があったら、いろんな新聞にビクター・スイートと一緒に写ってただろ、調子に乗るなって言っとけ。物笑いの種になってるってな。スイートが指名選挙に勝てるくらいなら、リーマスじいや〔黒人民話に基づいたJ・C・ハリスの『リーマスじいやの歌と言葉』以下一連の短編物語の語り手である黒人の召使〕でも勝てる。やつの見込みはそんなもんだ。やつが勝つくらいならタール人形〔『リーマスじいや』物語に出てくるウサギどんをとらえるための人形〕でも勝てる。アフリカ食糧援助計画を持ったティーケルを向こうに回してるんだぞ。やつが第三世界の首根っこを押さえてる。スイートの人気なんてレノックス街の中だけ。どうしてグライムズの爺が自分で娘にブレーキをかけないんだ。俺の言うこと分かるか？　男は煙をアルコーブの窓まで引きずっていって、――見えるか、ここ？　隅の掃除さえしてない。窓掃除に五十ドル、それなのに隅の掃除さえできない。問題はエディーだけじゃない。リズ。問題はスイートがどこから本当の支援を受けてるかだ。例の平和団体と組んでるのはどこか。支援はきっと外部から来てる、どういう意味か分かるな。エディーも同じく黒いタールに染まってる。反対に俺たちは一面にでかでかとアフリカ伝道を唱えるユードを載せて票集めができる、分かるか？　この記事？　まさか、読んでないのか？

――ええ、その、まだ、私……

――さっき渡しただろ。何のために渡したと思ってる。最高の特集記者を回してくれたって言ったただろ？　俺がシャワーを浴びてる間に読んでると思ってたのに。このことを言ってるんだ、リズ、時々おまえがちゃんと付いてきてない気がするって。いったいこの二日間、俺がどこに行ってたと思ってる、おい……興奮して新聞紙を振り回し――一面丸々。聞けよ。きらきらと輝くピーディー川の青い水面に微笑みかけている明るい大空、それを背景に白く波打って浮かんでいる雲のように、ウェイン・フィッカートの無邪気な少年らしい夢は、一度はまとまった形になっていた。しかし、それを夢見た少年に現実として訪れることは決してない。今朝十時、ウェイン坊やはここ、彼の愛した川の、花の散りばめられた日の当たる土手に埋葬された。式では、キリスト教を復興するアメリカ人の会の活動的指導者エルトン・ユード牧師が、世界中にはびこる迷信と無知の勢力に対抗する永遠の聖戦の皮切りとなる一斉祝砲を命じ、目の前の土手の中に集まった、土手の中じゃなくて、土手の上が正しいよな、集まった人々、神を畏れる純粋な人々に代表されるキリスト教的価値観の復活を呼びかけた。公式のスポークスマンによると、これは俺のことだ、集まった人の数は六千人を超え、この人々こそが今日のアメリカを築き上げたのである。向こうの雰囲気をよくとらえてるだろ、この女。リズ？

――何？

――俺の言った通りだろ、連中の中でいちばんの記者だ、聞けよ。ユード牧師は多くの信奉者に聖書の熱心な研究家として知られており、この日も出エジプト記からの引用で川のテーマを盛り上げた。ならば、川の水をくんできて乾いた大地にまくがよい。川からくんできた水は地面で血に変わるであろう〔出《しゅつ》エジプト記四の九〕。彼は今アフリカに広がっている干魃《かんばつ》に言及し、かの暗黒大陸こそ、預言の中で数百万の魂が主の御名において刈り入れを待ち続けているとされる乾いた大地であると断じた。ラジオ放送の熱心な支持者と毎週全国放送されるテレビの視聴者とを引きつけてきたあの素朴で見事な語り口で、彼は先を続けた。テサロニケ人への第一の手紙に預言されている日が迫っていることを私たちは皆知っています。その日には主御自身が合図の号令とともに天から降ってこられ、キリストに結ばれて死んだ人たちがまず最初に復活し、それから私たち生き残っている者が、空中で主と出会うために彼らと一緒に雲に包まれて引き上げられます〔テサロニケ人への第一の手紙四の一六―一七〕。そして、救われない者たちはサタンの永遠の住処である燃える湖に投げ捨てられる運命なのです。私たちはこの数百万の魂を、救いのないまま永遠に見捨ててしまってもよいのでしょうか？　いいえ、友よ。精霊の……

――ポール……？

――聖別された私たちのアフリカ伝道は、まさにあなた方の祈りとあなた方の援助を必要としているのです。そして私はただ、彼らが救われ、イエス・キリストの血で洗われるのを見届けたいのです、リズ、何だ！

――ちょっと思ったんだけど、その、その記事は飛行機で読めばいいんじゃないかなって。もし……

――今読んでるんだ、リズ、ちゃんと読むのは今が初めてだからな。あいつは、もう、これをラジオで流した。テレビのために録画もした。問題は俺たちの向かう方向が違ってきたことだ。仕事を軌道に乗せるためには明晰でしっかりした頭脳が必要だから、あいつは俺をメディアコンサルタントとして雇ってる。俺たちの計画は例の新しいメディアセンターに向かって出発したはずなのに、あいつは向こうで何かを建てるって言いだした。どこまで読んだ。ここだ。ユード牧師はウェイン・フィッカートがキリストに仕える決意をした日を振り返り、この立派な若者がいつかキリスト教復興聖書伝道学校を巣立ち、世界の果ての果てまで主《しゅ》の言葉を携えていく姿を思い描いたことを述べ、ウェイン坊やが召されたときの絶望感を語った。私は心が沈んだまま、主の御心を求めて、あの悲しみの日の夕方、まさにこの場所に来たのです、とユード牧師は打ち明けた。すると突然、主の声が語りかけるのが聞こえたのです。主は私におっしゃいました。私たちが今集まっているまさにこの場所から、いつかウェイン坊やの魂が復活し、すばらしいキリスト教教育を受けた人々の軍勢に加わって、聖なる福音の言葉を世界の果てまで届けるのだ、と。なぜなら主は、限りない知恵と慈悲をもってウェイン坊やを汚れなく純粋なまま召されたからです。私たちの図書館や映画館にあふれかえる汚れ、私たちの教室を世俗的なヒューマニズムの祭壇に変えてしまった無神論者の進化論、全国の堕胎病院での百五十万という胎児の虐殺などに汚されることはなかったからです。

——ポール、ちょっと思ったんだけど、もし……

——何を思った、聞け。私はここに立ったまま、涙を流し……

——車が迎えに来る前に、もし何か食べたかったら、私が……

——飛行機で食う、おい、ちょっと氷を取ってくれ、主の目的を疑うという許されえない弱さのために、私は危うく、人を欺くサタンの計略に陥るところだったのです。なぜなら、聖なる御名において私たちを導くよう主がお選びになったのは、死すべき少年ウェイン坊やではなく、彼の純粋な魂だったからです。そして主の御心が、震える私に伝わったとき、突然、大預金者イザヤ〔原文では「預言者（prophet）」とあるべき部分が「儲け（profit）」になっている〕の声が次のように言われるのが聞こえたのです。大工《カーペンター》は寸法を計り、石筆で図を描き、のみで削り、コンパスで図を描き、人の形に似せ、人間の美しさに似せて作り、神殿に置く〔イザヤ書四四の一三〕。そして、高いところから聞こえたこの言葉の意味をじっと考えていると、それまで悲しみの一日であったものが突然、私の目の前で、栄光の一日のように見えてきたのです！　なぜならイエスが郷里ナザレに戻られたとき、人々はこう尋ねたではありませんか。この人は大工《カーペンター》の子ではないか、と〔マタイ福音書一三の五五〕。弱き人、疲れた人、世俗的なヒューマニズムの攻撃にさらされた私たちが今日ここに集まっているように、逆境と迫害の日々にあって主《しゅ》の絶対の真実を追い求める人、そのような人が逃げ込むことのできる大きな建物をお建てになり、簡単な大工道具を用いて、手近にある粗末な材料で父の家をお建てになり、そこにたくさんの部屋をお作りになったのはその方ではありませんか？　そして夕空の雲が切れたとき、私は目の前に見たのです。ここで。皆さんが立っている、この愛しい川の土手で。いくつもの建物が立ち、寮、日の当たる教室、ウェイン・フィッカート聖書学校の緑の球場。伝道のために暗黒アフリカの最暗部にまで完全な福音キリスト教徒を送り込み、主の与え給うたこの最後のチャンスに魂の刈り入れをして、リズ？　この奇跡を実現させるために、聞こえてるか？

——あなたのために氷を取りに来たのよ。

——少し水も入れてくれ。座って、祈りを込めて、ペンと小切手を手に取ってください、リズ？　いまいましいグラスの縁が欠けてる、別のを持ってきてくれ。なぜなら、愛すべき皆さんの力添えなしに主の目的は果たしえないからです。熱意のこもった行動への呼びかけの締めくくりになって、テレビカメラが近寄ったとき、ユード牧師は土地の購入に必要なお金の寄付と引き換えに、無料で、瓶に詰めたピーディー川の水を送ることを約束した。いつの日か、ガリラヤ湖で同じことが行われるのを彼は見たのである。演説の結びには黙示録から、天使はまた純粋な水の川を私に見せた、渇いているものは来るがよい、命の水が欲しい者は価なしに飲むがよい〔ヨハネの黙示録二二の一、一七〕、と引用した後、ユード牧師は横を向いて、式の間中ずっと静かに涙を流していた黒髪の闊達な女性を、かの少年の母親、ビリー・フィッカート夫人として紹介した。フィッカート夫人は式の雰囲気に圧倒されたらしく、涙を浮かべ、息子は洗礼を受け祝福に満ちて主《しゅ》の暖かい腕に抱かれましたと感謝の意を表すのが精いっぱいであった。ユード牧師は再び出エジプト記から、主は私の力、私の歌、主は私の救いとなってくださった〔出エジプト記一五の二〕、と引用し、退役軍人パーリー・ゲーツの低いバリトンの声に協力を求めると、呼ばれた彼が車椅子で進み出て、ダウン・バイ・ザ・リバーの合唱をリードし、その歌には、新たに今日のために特別にユード師自らが作った歌詞が使われた。歌に続いて一分間の黙禱《もくとう》を捧げた後は、ユード牧師の声が静かで穏やかに変わった。彼の前に集まった人々が顔を上げたときには、涙の跡が残るその顔の多くが明るい太陽の光に輝いていた。私は皆さんの努力に対する主の祝福のしるしを探しました、とその声は言った。彼らの前に輝きながら流れている川の乾燥した不毛の土手に華やかに揺れている一輪の青いルピナスの花〔テキサス州の州花〕を指差して、抑えた声で、あれはウェイン坊やに捧げられたものなのです。リズ、まだキッチンか？　中にちょっと氷も入れといてくれ……

女が入ってきて、男の前にグラスを置いた。――ウィスキーも少し足したわ、その方がいいかと……

――ああ、うん。もう少しだ、聞けよ。正式な式典に引き続いて、ユード牧師は、多くの熱心な信奉者を引きつけてきたあの親切な態度で人々の間を回り、周囲で皆が分け合ったり、食べたりしている大量のフライドチキンを、パンと魚の奇跡〔ヨハネによる福音書六の九―二七〕にたとえた。当日の参列者の中で特に精力的だったのはパーリー・ゲーツだった。彼の低いバリトンの声には人を鼓舞する力があり、各地でユード牧師のラジオ放送を聞いている人々によく知られている。がっしりした胸に善行勲章を輝かせ、キリスト教復興聖書伝道学校から贈られたばかりの電動式車椅子に乗って、集まった弔問者の間をきびきびと動き回り、老若を問わずすべての人に信仰と希望に満ちた明るい言葉をかけていた。少年の父親アール・フィッカート氏はこの式典には参加できなかった。氏は現在ミシシッピに住み、自動車産業に従事しているため。全体の雰囲気をよく伝えてるだろ、この女？

――誰のこと？

――この記者だよ、リズ、ほらここ。ドリス・チン。向こうでいちばんの記者。最後はこうだ、聞いてるか？　別の場所では、この日の式典に地味な花を添えるかのように、郡営墓地の墓石のない一角に霧雨が降っていた。郡刑務所から来た三人の囚人のシャベルの音だけが聞こえる静寂の中、名も知れぬ老浮浪者の遺骸が、リズ、何してる。部屋の中をうろうろ。今、いいものを読んで聞かせてやってるのに。

――何でもない……と女は窓から振り向いて、――ただちょっと、その、迎えの車が……

――じゃあ、おまえが読め、ほら……と立ち上がって、女の方にそのページを突き出し、――この列の下、その最後のところ。おまえが読んだときにどんな感じに響くか、試してみたいんだ。男は女の脇を通って階段の下のドアを開け、――読めよ、聞こえるから……

女は座って読み始めた。――州警察によると、この日の夜、一〇一号線で一台のスクールバスのブレーキが利かなくなり、谷に転落、三人が死亡、十四人がけがを負った。乗客は全員、バスを所有する付近のキリスト教復興聖書伝道学校の生徒で、ウェイン・フィッカート少年の葬儀に引き続いて行われた追悼式、当局発表では参加者五百名あまり、から帰る最後のグループだった……

——何だ、それは！　男の後ろで便座が大きな音を立て、——おい、貸せ、どこにそんなことが……

——ここ、あなたの言ったとこ……

——ちくしょうめ。男はベルトを締めて、——気が付かなかった。気が付かないように隅っこに付け加えやがって、見ろ。こんなことを書いてる。師にコメントを求めたが、連絡は取れなかった。ユード牧師はテキサスでの演説の準備中で、精神的導きを求めて引きこもっている模様……。新聞が丸まって落ち、——屋内の配管に金を払って、やっと一つ問題が片づいたと思ったら、今度はおんぼろスクールバスの件でいまいましい州幹線道路委員会が邪魔しに来た……。男は空《から》のグラスを持ったまま座り、——万事、うまくぴたっと組み合わさりそうになったら突然、何もかも、何やってる！

——ちょっと、もう一杯お酒を作ってあげようかと思って。

——酒、おまえの考えることは、俺が酒を欲しがってるってことだけか！　男は絞るように握ったグラスをコーヒーテーブルの上に激しく置いた。——何か作ってくれ、何か食うものを作ってくれるんじゃないのか、何か食っておきたいんだよ。いまいましい飛行機で出てくる食い物なんか、どこに行く……

——チキンがある、ちょっとつまむのならコールド・チキンが。取ってくる……。そのとき女は既にキッチンにいて、――ポール？　ラガーディア発の飛行機のことで誰かから電話。天気のせいで予定の飛行機はキャンセルになったんだって、それで……は？　もしもし……？　ポール？　ラガーディア発ニューヨーク行きのヘリコプターの席を取ってほしいかって、ポール……？　男は椅子の肘をドラムのように指で叩いていた。――席を取ってほし……

――聞こえてる！

――自分で電話に……

――必要ないって言ってるだろ！　その声はしわがれて、手は突然椅子の肘をつかんだが、それはまるで椅子の方が急によろめき、倒れそうになったかのようだった。その手は膨れた血管の下で筋が浮き上がっていた。――駄目だ、ヘリコプターは駄目だ……深く座り直して、両手を宙に上げ、血管が収まるのを見上げた。両手が下りてきて、男は何か、何でもいいから何かをつかもうと手を伸ばし、ナチュラルヒストリーを取って、じっと表紙を見ていた。――あのいまいましい班長そっくりだ、リズ？　男はそれを表紙を下にして落とし、タウン・アンド・カントリーに手を伸ばし、――こんな雑誌、どこから持ってきた？と、ひっくり返してスタンプを探して、――病院の待合室から雑誌を何冊も取ってきたのか。何でタウン・アンド・カントリーなんか持ってくる？　どうしてタイムとかニューズ・ウィークを持って帰らないんだ？　本当のことが書いてある雑誌を読めよ、こういうのじゃなくて。この医者か、今日診てもらったのは？　キッシンジャーか？

――聞こえないわ、ポール。今、そっちに行く。

――こいつ、あの有名なドクター・キッシンジャーか？　何でこんなやつに診てもらってる、肛門科だぞ。喘息《ぜんそく》のおまえがいったいどうして肛門科の医者に診てもらってるんだ。

——ポール、マヨネーズ要る？

——マヨネーズなんか要るか！　男は片手にグラスを持ち、他方の手で新聞を拾い上げてキッチンに入り、——新聞のここに写真が出てる。こいつ。何してる。

——チキンを切っただけ、何か……

——言っただろ、飛行機で食うって。写真を見ろ、このキッシンジャー？　アラブの首長に手術をするために出かけるところ。どうしてこんなやつに。

——顧問医師なの、ポール。ジャック・オーシーニの紹介で、先週診てもらう予定だった。診断の腕が最高だって……

——ほら、見ろよ。オゴダイ・シャー夫妻と一緒に写ってる。ちくしょう、この女、見ろ、后《きさき》のシャジャールは腹踊りの達人みたいだ。男も不細工な年寄りだな？　キッシンジャーはこの男の結腸切開手術をやりに行ったってさ。きっと百万ドルは請求しやがる。おまえはいくら取られた？

——私には……

——きっとおまえが病院を出る前に、もう請求書を送ってるんだろう。おまえ、保険の書類にサインはしたのか？　ちゃんと片づけておけよ、リズ。医療保険のことはちゃんとしてから、あれ、ドアの音か？　迎えだ、おい、電話するからな、向こうに……と突然男は黙った。ただそこに立っていた。女が後に付いて部屋に入ってから、やっと口を開き、——ノックするのも面倒なのか？

——やあ、ビブ……という声が男を通り越して、男には目もくれず、挨拶もなく、少し困惑した女の抱擁に飛び込んだ。

——素敵なスーツね、と女は言って、腕の長さ分だけ後ろに下がった。スーツはグレンチェックで、背中の切れ込み《ベンツ》が大きく入っていた。――ポール……と、一方の手はまだ袖をつかんだまま、他方の手はまるで初めて二人を紹介するようなしぐさで、――ポールは今空港に出かけるところだったから、迎えの車が来たのかと思ったの。

――元気そうだね、ビブ。

――いまいましい玄関の鍵は閉めとけって言っただろ、リズ……男はドアまで行って、湿気で膨張したドアを無理に枠にはめて閉めようとしながら外を見ると、角の向こうの生け垣に沿って停められた黒い車に街灯の光が反射していた。男はキッチンから聞こえる声に背を向けたままそこに立って、靴の踵《かかと》をコツコツいわせていたが、笑い声、女の笑い声を聞いて振り向いた。――リズ？　足音同様に鋭い声で――おい、明日の朝、マクファードルから電話があったら、上院議員にこう言うように伝えてくれ……

――B、U……

――ポール、ごめんなさい、何？

――何でもない！　男は戻って酒を満たし、――ジョークが済んでからでいい。

――いえ、何でもないの。ビリーがシーラの話をしてただけ。大きくBって書いてあるセーターを着て聖バルトロマイ教会に駆け込んで、今日は仏陀の誕生日って叫んだんだって。仏陀のためにお説教を聞きましょう。B……

――B？　U？　瓶の首が押さえつけられて、グラスに鋭く当たった、――自分でいまいましい仏教徒だって言ってるくせに、仏陀の綴りも知らないのか？〔仏陀の英語綴りはBuddhaなので、綴りを勘違いしているのはおそらくポール〕　どっちにしてもその話は嘘だ。俺は新聞で読んだよ。そいつ何しにきたんだ、いつもと同じか？　床に小便まき散らすためか、金を借りるため？

――いい業《カルマ》をあげようか、ポール。あんたのために。俺が十ドルくれって言ったら、それはあんたが善行をするチャンスだ。いい業《カルマ》を少し稼いでおいた方がいい、きっと先々必要になるから。

――聞いたか、リズ？　俺のため？　車のときと同じ。危うくこいつのせいで死ぬところだった、おい、ビリー、自分の業《カルマ》は大事にしまっとけ。男はグラスを持ち上げ、下ろし、そうしながら、目の前にゆったり座ったグレンチェックのくつろいだひだを目で追った。――その新品のスーツは。アドルフにいい業《カルマ》をやったのか？　アドルフからまた金を搾り取った？

――とんでもない……グレンチェックがだるそうに姿勢を変えた。ビブ、いったい何なのこの人？　女の手はまぶしそうに額に当てられたまま動かなかった。――あのねえ……と再びひだが動き、――アドルフからは一銭ももらってない。アドルフから手に入れたのは、あんたがロングビューを乗っ取ろうとしてるって情報だけ。南部から来た田舎者の巡回説教牧師のために、あそこをメディアセンターにするって。

――聞いたか、リズ？　聞いた？　同じ。結論に飛びつく、いまいましい、同じだ。おい、裁判が持ち上がる前にロングビューを売って財産リストから外そうとしてるって話、聞いてないのか？　株主が二十三件訴訟を起こしてたのが一つにまとまって、ＶＣＲと親父さんに対する三千四百万ドルの裁判に一本化したって、聞いてないのか？　グライムズ、スネディガー、親父さんの古いお友達がみんな、ＶＣＲに迫ってきたベルギー人たちと手を組んだ。株主どもに三千四百万ドルを手渡す前に、あいつらは証人席で、何も知らないって偽証するんだ。あいつらいったい、俺たちがどうやって向こうで商売してたと思ってやがるんだ。

——あんたが教えてやったら、ポール。鞄を持ってたのはあんたなんだから。

——ほらな。聞いたか、リズ？　こいつが車を壊したり、脚の付いてるものになら何にでもあそこを突っ込んだりしてる間に、向こうで仕事をしてたのは誰だ。四百ドルのスーツを着て人の家にずかずか上がり込んで、十ドル貸してほしいだと。あ、そうだ。現金箱に金はないか、リズ、空港までの車代。明日の朝、この小切手を銀行に持って行って、現金にできるかどうか訊いてみろ。

——ええ、私、ポール、今、家にお金は……

——いくらだい、その小切手、ビブ？

——百ドル、でも、小さな銀行。どこか……

——問題ない。たぶん、精算するのに普通の小切手より二、三日余計にかかるだけ……

——七十五ドルで引き取ってもいいよ、ポール。

——え？

——その小切手、七十五ドルで引き取る。

——どういうことだ、七十。百ドル、百ドルの小切手だぞ、七十五って何だ。

——現金で。だって、ほら、ピーディー市民銀行？　それにほら、そのサイン。ビリー・フィッカート？　誰、それ。あんたの引っかけた、わけの分からない南部の田舎女？

——ビリー、お願い。本当に現金にできるのなら、お願いだからちゃんと……

——いや。なあ、ビブ。だって、ポールはやり手の投資家だろ？　商業手形の割引のことは当然ご存じさ。巻いた札束がグレーのしわのどこか奥の方から出現して、しっかり拳に握られて机の上に乗り、——今、大きな仕事に取りかかってらっしゃって、ご友人がピーディー市民銀行に……

――黙らせろ、リズ、おい、車の音がした、迎えが来る前に大事な話がある。印税の前払いのことで電話があったら、まだ話してなかったけど、本の印税の前払い。出版社が興味を持ってるんだ。電話があったら、俺は二万ドルくらいを考えてるようだって。多少は譲歩の余地を残してな。車が来た。また向こうに着いたら電話を……

――でも、飛行機はどうするの？　女は立ち上がって、――ちゃんと向こうまで……

――行けるさ。

――八十ドルにしとくよ、ポール……男は巻いた札束をしっかり握って、――この金を受け取ってくれたら、大きな親切を施したことになるよ。善行のチャンスを与えたことになるんだ。つまり、俺にでっかい業《カルマ》を恵んでくれるってこと。

――いまいましい、リズ、こいつをどうにか。おい、ビリー、いまいましい業《カルマ》は大事にしまっとけ。頭を丸めて、赤い毛布にくるまって、いまいましい鉢《はち》を持ってトゥ・ドゥ通りに立っとけ。坊主が焼身自殺する場面を見たことは？　業《カルマ》のことが少しでも分かってるのか。おまえが今度生まれ変わったら……

――ビリー、お金を渡して！　全額現金にして！　ポールに渡しなさい。すると、巻いた札束の中心からさりげなく五十ドル札が二枚出て、テーブルの上に投げ出された。女はそれを拾って、玄関まで男の後を追った。――ねえ、ポール。女は男の手に札を握らせて、――私、まだ、セティーに贈った花束のこと、私まだ、ありがとうって……

――鍵は掛けとけ。

――ねえ、ポール……？　しかし、飛び込んでくるヘッドライトを遮るように、男は既に外に出てドアを閉めていた。車のドアの音がして、赤いランプが闇に消えるのを目で追ってから、女は振り向いた。——どうしてあんなことするの？　女はまだ玄関に立ったまま、背中でドアにもたれかかっていた。——どうしてああいうことをしないと気が済まないの。

——ああいうこと？　あいつ、小切手にサインもしなかった。金を引っつかんで逃げやがった。裏書きさえしてない。これじゃあ何の役にも立たない……。男は小切手を丸めてごみ箱に投げた。

——現金、要る？

——いいえ。でも、もし、前に貸したあの二十ドル、もしも……

——はい……と男は巻いた束に親指を突っ込んで、目で確かめることもせずに一枚をテーブルに落とした。——あいついったいどこに。家を出るのに車代も持たずに。やっぱ、あいつ、頭がおかしいよ、ビブ。いかれてる。

——ワシントン、と女は言って、皿を押しやり、——このチキン食べない？

——それにあれはいったいどういうこと。今日ここに電話したとき、タイヘン申し訳ありません、上院議員さん。まるで、エディーのとこのリーおばさんみたいなしゃべり方。私たちもモンテゴ・ベイにぜひ行きたいとは思ってるんです、でも、ご承知のように夫はタイヘン忙しくて。それに、さっきあいつがこの部屋に入ってきたときは、マク何とかから電話があったら上院議員に何かくだらないことを伝えろとか何とか。いったいどうなってるんだい。

——別に何でもない、と女は言って座り、——別に何でも。

——そのまま電話を切っちゃった。あいつのせいで姉さんまで頭がおかしくなってきたのかな。あいつがモンテゴ・ベイに連れていってくれる？　アトランティック・シティー〔ニューヨーク州と隣接するニュージャージー州の海岸行楽地〕にも連れていくわけない。最後に言ってたでまかせだってそうさ。印税の前払いの話。あいつが本を書く？　あいつには何もできない、ビブ、ろくに何も最後までやったことがない。大リゾート計画は、あいつを残して皆が手を引いた。次は映画。また姉さんのお金を使ってマルコ・ポーロの映画を撮るって、金がなくなったら映画のことなんかおくびにも出さない。こんなでまかせに付き合って、よくやってられるね。

――ただ、分からない。何かが起きて……

――だから、そのことだよ。何も起こりゃしない。あいつが玄関を入ってきて……

――いえ、私の言ってるのは、あの人が玄関を入ってくるまでは何も起こらないってこと。何だかよく分からないけど、終わってないことがあるうちは、生きてるって感じがする。まるで、その、ひょっとすると、何も起こらないのが恐いだけなのかも……

――何も起こりゃしない！　あいつはそのために姉さんをここに閉じ込めてるのさ。あいつは恐いんだ、姉さんの昔の友達が姉さんを見つけるのが。何かが起きるのを恐れてる。あいつは何かを最後までやるのが恐いから、何にもやり遂げられない。どうして出ていかない。荷物をまとめて出ていけよ、ビブ、な。俺はカリフォルニアに行く。待ってるから。今夜。荷物をまとめろよ、待っておくから。

――私、私できない。

――どうして、どうしてできない。メモを置いていったら。こんなでまかせはきれいさっぱり忘れたいって。このボロ家、じめじめして、陰気臭くて、日の当たるところでも何もかもが死にかけて。見ろよ。どうして出ていかないんだ。

――だって私、そんなのフェアじゃない……

――フェア？　おいおい、あいつに？　あいつがフェアだったことがあるの？　同じでまかせ、それも同じでまかせ。あいつは金のために結婚した。そして姉さんに、金を持ってることが悪いことみたいに思い込ませた。で、自分は無駄遣いし放題。事態が悪化すればするほど、余計に姉さんが悪いみたいに思い込ませて、とうとう姉さんの頭までおかしくなって、あいつが玄関を入ってくるまで何も起こらないって言いだす始末。そもそも他に誰がくそ玄関から入ってくるのさ。

女は目の前のテーブルに置かれたお札のベンジャミン・フランクリン〔百ドル紙幣（米国内ではあまり流通していない高額紙幣）にフランクリンの肖像が描かれている〕の優しい顔を、まるで視線を合わせようとしているかのように見つめていた。――誰も、と女は言った。――誰も。

――ねえ、ビブ？　男はドア枠にもたれて立ち、――前々から思ってたんだけど。今まで姉さんはいつも自分より劣ったやつを見つけてきたよね。ほら、あのアーノルドみたいに？　それにフロリダ出身のあの男。大俳優になるとか言ってたやつ、親父が家から追い出した。昔からそうなんだよな。あのキモいボビー・スタイナーとお医者さんごっこをしたのも同じこと。あいつには玉が一つしかないっていう噂だったよね？　あいつは姉さんをボートハウスに連れ込んで、パンティーを脱がせようとした。

――いえ、違う、ビリー、ほんとに……

――いや、冗談を言ってるんじゃないよ、ビブ。そういう本当に劣ったタイプの連中っていうか、本能みたいなもの。姉さんはいつでも赤毛の美少女役、真っ白な肌とか、彫りの深いきれいな頬骨とか何とか、何か傷つきやすいもの。だから連中は守ってやろうって気持ちと同時に、むちゃくちゃにしてしまいたい気持ちになる。姉さんはそんな連中しか自分に近づけない。そうすれば、パンティーを脱がされてるときでも自分の方が上に立てるから。昔からそう。三歳の俺にいたずらしたときも。おもちゃのベビーベッドの中で小さな人形の黄色いドレスを俺に着せて、姉さんのことをママって呼ばないと遊んでくれなかった。いや、笑い事じゃないよ、ビブ……しかし女は笑ってはいなかった。笑いと当惑との間で喉が詰まったような音だった。——姉さんが俺をジェニファーって呼んだときに返事をしなかったら、口も利いてくれなかった。男は振り向いてリビングルームを覗き込み、背中の方で拳を鳴らしながら戸口に立った。

——でも、あれは。ビリー、分かってるでしょ、あれが始まり。だって、あなたがたった一人の……

——ああ、始まりのことならよく分かってる！　あの、ご飯を食べてるときにふざけたことを言ったら、親父が俺を引っつかんで、皿を部屋の隅に、床の上に置いて、犬みたいな振る舞いをしたいやつは犬と同じ格好で食べろって言いやがった。俺は親父の犬だったのさ、親父が自分の犬畜生どもを手に入れるまでは。あのことは一生忘れない。親父は狂った大計画を次々に持ち出して、あちこちの社長に助言をして、企業戦略の中心人物、広大な鉱山帝国の中心人物、でまかせの中心人物になった。自分は人にあれこれ指図するだけ、後始末は全部、他の誰かにやらせた。親父は身の回りの人間全部をいじめてた。俺たちをいじめてたみたいに。母さんをいじめてたみたいに。姉さんをいじめて、それで姉さんはぎりぎりまで追い詰められてこうなった。劣ったやつを見つけるのさ。劣ったやつだと分かってて、逃げ出したいと思ってたのと同じタイプのやつと結婚した。だって、そもそもどうして親父がポールを雇ったと思う。自分と同じくらい劣った畜生野郎だったからさ。唯一違うところは、親父の方が切れ者だったってこと。賢かったっていう意味じゃない。でも、大きな違いだね。例えば、ポールが最初現れたときには、名誉の負傷をした英雄だって自慢して……

――ビリー、どうして、どうして！　それにあの人は口に出さない。そのことを口に出したことはないわ。人に訊かれても自分からは……

――じゃあ、誰が言ったのさ。誰が親父に言ったんだ。独身将校宿舎で寝てたらベトコンの工兵が押し入ってきて迫撃弾で撃たれたって。あれは親父の作り話？　戦闘に参加するのに青銅星章《ブロンズ・スター・メダル》〔空戦以外での功績に対する勲章〕に小さなバッジ、迷彩模様《カモフラージュ》ジャケットに派手派手のリボン、将校階級の金色の線章だって、光らないようにする規則があるのにいつもピカピカ。見せびらかすみたいに。あいつは小隊を任された。定員に足りないような小隊さ、三分の二はデトロイトやクリーブランド出身の黒人。誰も英雄なんかくそとも思ってないのに、あいつは見せびらかさなきゃ気が済まない。敵の絶好の標的になって、くそ小隊の全員を危険にさらした。親父もそう。部下を全員犠牲にしてでも自分が目立たなきゃ我慢できない性分。ポールから聞いた話を親父に言った？　入隊するとき、あいつの父親が言った言葉。あの畜生の父親が言った言葉。おまえは志願兵として入隊するだけの値打ちもないんだから、将校として入隊できるのはとても運がいいって。男はどこかのポケットからくしゃくしゃのタバコを取り出して、立ったまま火を点け、煙を吐き出して、――よくも姉さんにそんなこと。よくもそんな話を……

――カリフォルニアで何をするの、とようやく女が口を開いた。

――もしも何かやることがあるんだったらカリフォルニアに行ったりしない。ほら、ビブ、荷造りしろよ。明日の朝には向こうに着ける。

——できない。できない。ポールのことだけじゃない、やらなきゃならないことがいろいろある。お医者さんとか。飛行機事故の裁判で、早く向こうのお医者さんに診てもらわないと……

——もう診てもらったじゃないか、ビブ、五十回診てもらってる。それに他にも九十人の被害者が一緒だから、そのくらいのことで裁判に影響するわけない。

——私の裁判だけじゃない、ポールの裁判だって、ポールが。どうでもいい、うん、その話はしたくない。とにかく行けない。

——ポール！　それだよ。何もかも突き詰めたら、すべてはくそポールが問題。あいつの裁判？　くそ儀式ができなくなったから五十万ドルよこせっていうたわごと、あの裁判に勝てるって？　あきれた……男はいきなり、電話の横の何も書かれていないメモ帳に手を伸ばし、一緒にペンを取った。——姉さんが弱ってきたのはあいつのせい。遠い昔の飛行機事故のせいなんかじゃない。ほら……紙の上に数字が散りばめられた。——五十万ドル。一晩百ドルのコールガールを呼んだとしたら、毎晩呼んで五千日、つまり十三年間、毎晩やりまくり。こんなくだらないたわごとを聞き入れる裁判所がある？　男はメモ帳を押しやって、片方の手で他方の手を包み込んで指を鳴らし、女を見つめた。女は顔も上げず、動かなかった。と突然、男が立ち上がった。——あそこに行ったよ、と男は冷静な声で言った。——昨日、ホープウェルに。

——でも、何、と女は急に顔を上げた。——何で……

——別に。ただ行っただけ。男は向こうを向いて、——頭のいかれた年寄り連中が長いテーブルの周りに座らされて、ハロウィン用のナッツ入りカップケーキを作ってた。人生の終わりにある幼稚園みたいだったよ。母さんはそんな場所で、鼻に管を入れて横になったまま、俺が来てることも分かってなかった。ベッドの脇には大きな看板みたいなものが掛かってた。ここはニュージャージー州ホープウェル。きっと母さんが時々目を覚まして、ここはどこって訊くんだろうね。もう行かなきゃ、ビブ……男が近づいて、女の肩に手を置いた。——本当にいいの？　返事は、ゆっくり上げられた頭が横に振られただけだったが、女は一緒に歩きだし、玄関までは一緒に進んで、そこで男の手首を握った。

——泊まってかないの？

——十時までにはニューアーク〔ニューヨーク市郊外の空港〕に行かないと……それだけだった。女は全体重をドアにもたせかけて立ったまま、突然まぶしく光ったヘッドライトの中で身動きもせず、まもなくヘッドライトが窓に弧を描いて消えた。

家の中では、キッチンに戻るときもそうだったが、女はふと気が付くと立ち止まって耳を澄ましていることが今までよりも多くなっていた。何に耳を傾けているのかは、いつもの通り分からなかった。キッチンに戻って電源を入れた途端に、転倒した牽引トレーラーのためにＢＱＥ付近では車が迂回しているという情報を教えてくれたラジオをすぐに切り、百ドル札を拾って部屋の反対側まで行って、床に落ちたしわくちゃの小切手を見つけ、冷蔵庫のドアに押しつけて注意深くしわを伸ばし、その二つを引き出しのナプキンとテーブルマットの下にしまった。女が部屋を出ると同時に明かりが消え、**涙の母**が声もなく泣きわめいているコーヒーテーブルの上では、街灯の光の中でタウン・アンド・カントリーがマサイ族に威嚇されていた。

女はバスタブで、膝の内側の色の薄くなったあざを調べた。寝室でテレビ画面を生き返らせると、加速する列車の屋根の上で二人の男が揉み合っていて、列車が構脚橋を渡るとき、一人がもう一人を投げ落とした。女はタオルに包《くる》まってそれを見て、手足をばたつかせる人影が下の岩に叩きつけられる満足感を味わってから、タンスのいちばん上の引き出しを開けたが、その間、列車は走り続けていた。

二枚、続いてもう一枚の手のひら大のページが、古くなったアドレス帳から外れて落ちた。こまごまと乱雑に書かれたイニシャル、電話番号、横線で削除してある部分、書き込み、いくつもの大陸にわたり大洋を越える矢印。MHGゴルフ・リンク、ニュー・D、テレックス314573TZUPIN、ビル・R、マティディと電話番号の部分には線が引かれ、代わりにBAと新しい番号、GPRASHルワンダ基金と番号、ジェニー、デュポンサークルと番号、線で消されたソラントと番号、セイコと番号、ICと番号。女はその紙を適当に元に戻して、ベッドの上に広げられたフォルダーの中に落とし、そのままベッドに横になり、最後のページに向かって鉛筆を手に取り、いくらか年上の男、まで進んで、別の人生を削除線で消し、他のいくつもの人生と書き込み、別の女を他の女たちに変え、どこかを、今マラケシュにひっそり暮らしている妻に変え、じっと動かない男の強健な手を眺めながら鉛筆に付いた消しゴムを噛んでいると電話が鳴って、女は起き上がった。

——はい、もしもし……? いいえ、いいえ、今ここにはいません。どなた。もし電話があったら私から……。ええ、はい、さっき、少しだけここに戻っていたんですが、すぐに引き返さなければならなくて……は? ええ、ポールは、ええ、そう、もちろん、結婚してます。その、私が妻です。何か……もしもし?

女に向かって列車が突進してきた。女は胸のところでタオルを留めて立ち上がり、新ウェブスター中辞典を取ってきた。まるで自分がレールとレールとの間に仰向けになっているかのように、列車が轟音とともに真上を通過していった。Dのところを開けて、指を舐めながら、小走り（dogtrot）、飛び込み（dive）をめくり、ぼさぼさ（dishevel）、手荒れ（dishpan hands）を指が通り過ぎて、disinterested〔標準的には「公平無私な」の意、非標準的に（誤用とする辞書もある）「無関心な」の意〕にたどり着いた。そこにはまさに探していた間違った定義が載っていて、タイムズ紙お抱えの有識者の文章からの引用で裏づけられていた。女は冷淡（indifferent）〔この辞書のdisinterestedの項に類義語として挙げられている単語〕に下線を引き、それを記入し、鉛筆の先端で落ち着いたを突つき、じわじわといじめた。その冷たく落ち着いた無関心な目の奥に隠されているのは？　落ち着いたをぎざぎざの線で消し、指を舐めながら、狡猾（cunnings）を求めてCのページをめくり、割引（cut-rate）、ぶっきらぼう（curt）を過ぎ、くさび形文字（cuneiform）から下に移動して、突然、クンニリングス（cunnilingus）に目が止まった。指を唇に当ててゆっくりと読み、リンゲーレ（lingere）〔ラテン語で「舐める」〕の過去分詞形、詳しくはlick〔英語で「舐める」〕参照、と、そのとき再び電話が鳴った。

――はい？と言った後に咳払いをして、――はい？　もしもし……。女は再び枕の上に横になり、腹立たしいことに自分よりも若くてしかもブロンドの女がさっぱりした様子でシャワーから出てくるのを見た。――いいえ、違います。でも、でも、待ってください。待って、もしもし……？　その女の人。あなたがどなたか存じませんが、その、その人と話すために何回もここに電話をかける必要はありません。その人、いいですか、その人がここを出てから二年になるんです……

　画面上の女は瓶から出した何かを純潔な手足に愛撫するように塗りつけ、振り向いて女の方を真っ直ぐに見た。女は起き上がって、震えながらも断固とした指先を動かし、狡猾でぴたりと止まったが、目はそこを飛び越えて女陰（cunt）に進んでいた。そして、まるで何も邪魔が入らなかったかのように、まるでザイール、マラカイボ、マラケシュで二年という月日が経過しなかったかのように、――そういう場所……BA、マティディ、タイ？　あそこには行ったことがありません……女はまるで一度もベッドを離れなかったかのようにベッドに横たわったまま、――ここの素敵な家具は全部。まるで、お昼の間だけ出かけたみたい……湿って暖かだったタオルは冷たくなり、落ちていた。木々の間から入ってくる街灯の浮かれ騒ぎの中で、脚はベッドの上に丸められ、乳首は縮まって固くなっていた。一方の手が胸を撫で、あざに手が届くように曲げられた膝に触れ、固い爪の先を立ててゆっくりと滑り降りて盛り上がった勾配に達し、そこには震える両膝の緊張に閉じ込められた暖かな息とともにぬくもりが残っていたが、自分の声に驚いて遮られた。

――はい、もしもし！　あ……ああ、ごめ……と息を整えて、――すいません、マリンズさん、声が分からなかったものですから……咳払いをして、――いえ、いいえ、シーラさんにはしばらく会ってません、最後に会ったのは……分かってます、ええ、もちろん、そうですよね、娘さんの具合が良くないことは分かってますが……。いいえ、来ました、ビリーはさっきここに来てましたけど……一緒に？　いいえ、いえ、一緒じゃありませんでした、いいえ、弟は……。どこに行くのか、本人も分かってなかったみたいで、その、私にも分かりません、全然、何も言ってま……。連絡があれば、もちろんお知らせします、はい、はい……

膝を引いて、むき出しの肩の周りにタオルを巻き、そのページを見つめていると、震えが全身を走った。鉛筆をつかんで、じっと動かない男の強健な手とその厳《いかめ》しく均整の欠けた顔立ち、その冷たく落ち着いた無関心な目の上に濃い線を引き、ほんの一瞬止まってから、鉛筆で襲いかかった。関節の外れたような男の手には錆色のしみがあり、もろく崩れたような顔立ちは集金人と見間違うほど鈍く疲れて、絶望的に憂鬱な目の奥に隠されているのは、隠されているのは……。タオルが山になって床に落ち、女は裸のまま立ち上がって、両足を広げて仁王立ちになり、画面上で残忍に振り回されているはさみに刺された。画面の前を通り過ぎて、ぼろぼろの本を掘り出すと、表紙が、実際最初の二十数ページがなくなっていたので、ちょうど探していた一節が見え、鉛筆を持って座った。隠されているのは、今の彼は以前持っていた可能性の一部分だという感覚だった〔「今の彼は……」以下はジェイムズ・ヒルトン『失われた地平線』からの引用〕。

女はバスルームの鏡に向かって不安げに朝の挨拶をしたが返事はなかった。ガラスが曇っていた。茶色のソックスの塊とびしょぬれのタオルを踏みつけながら風呂に入り、風呂から出て、廊下を戻り、タンスの上の鏡と視線を交わすと、打ち沈んだ表情は厳しいものに変わり、目は胸に移り、開いたままの引き出しに移った。セーター、ブラウスを上《うわ》の空でひっくり返し、よく見ないで服を着て、最後に焦げたトーストのにおいで階段へ、一階へと引き寄せられた。

——リズ？

——昨日はずいぶん遅かったのね、私、全然……

——おい、これ、信じられない……男はパンツと黒いソックスという格好でキッチンテーブルに座って、トースターからの青い靄の中で書類を広げていた。——モンテゴ・ベイ、コレクトコール、三十九分。五十一ドル八十五セント。

——ああ、ああ、それ、きっとエディーからの……

——おい、エディーからの電話だってことは分かってる。知りたいのは、どうしてコレクトコールでかけてきたかだ。知りたいのは、どうしておまえがモンテゴ・ベイからのコレクトコールを受けたのかだ。

――だって、気が付かなかったのよ、ポール、オペレーターがエディーからの電話だって言うから、私はただ、とてもエディーと話がしたかったから……

――あの女はおばさんからもらった二百万ドルを使い果たそうとしてるんだろ、なのにコレクトコール？

――その、エディーは。分からないけど、ひょっとすると小銭がなかったのかも……

――小銭！　五十一ドル八十五セントが小銭？

――私には分から。もう、いつもお金……女は煮詰まったコーヒーを注ぎ、流しの前に立ったまま、テラスの上の変色した落ち葉の吹き溜まりにひっくり返っている屋外用椅子を見て、――どうしていつもお金の話ばかり……

――それはな、いつでも金が問題だからだ。これ見ろ。同じ郵便で届いてる。パーティーの招待状、ビクター・スイートのためにあの女が開くんだ。

――まあ！と女は振り向いて、――できたら私たち……

――寄付金二百ドル。なあ、おまえと知り合ってからずっとそう。おまえの裕福なお友達から届く招待状には必ず、隅っこに寄付金のことがこっそり書いてある。二百ドル、五百ドル。こいつらは他のみんなみたいにただでパーティーしないのか？　少しウィスキーを買って、友達を呼んで、パーティーをすることはないのか？

――それは、もちろん、ポール、この人たちは。つまり、こういうパーティーは慈善事業みたいなものだから、この人たち。私たちは別に参加する義務はないわ。

――参加する？　ビクター・スイートのための慈善パーティーに？　あの男がどこから支援を受

けてるか、話しただろ？　こんなパーティーに行ったら、出会う連中の半分はＫＧＢ。あいつがどこから指示を受けてるか、話したよな？　ティーケルに対抗してあいつを出馬させる。上院に代弁者を送り込んで軍備縮小を推し進めるつもりだ。いまいましい平和攻勢の一部さ。もう一つ教えてやろうか、リズ。あいつは刑務所に入ってた。頭のおかしなおまえのお友達が前科者のためにパーティー、何とも思わないのか。パーティーの経費は償却費用で税金がかからないし、手を汚さずに黒人の援助ができる。同じことさ、リズ。おまえの弟や、汚い仏教徒連中と同じこと。ビクター・スイートに金をやることでやつに対する軽蔑を示す。ビクター・スイートにくれてやることで金に対する軽蔑を示す。やつはブーツの中に溜まった小便をどうやったら外に出せるかも分からない。その方法はブーツの踵《かかと》の裏に書いてあるんだからな。ミスター・ジージーボーイを見ろ。例のビルマ人を見ろ。ああいうお金の本来の意味は、最高のもの、最高の食い物、最高の車、友達、弁護士、ブローカー、それから医者、そういうものを手に入れられるってことだろ。ところが、金は最低のものを引き寄せる、だからやつらはそれを買う、最低のものを買うんだ、すると最高のものがおびえてそこには近寄れなくなる。なぜかって、人は子供に金を残すわけじゃないからだ、実際起ることはそうじゃない。子供に金を残すんじゃなくて、金に子供を残すからそんなことになる。二、三世代経ったら、みんな狂ってしまうだろうな。

――みんなって誰、ポール。

――この大金の周りを見てみろよ、ディナーテーブルには一人や二人、頭のおかしいのが混じってるだろ？　ウィリアム伯父さんの縞々ズボンを連中が取り上げた、そうすればおっさんが病院送りになると思って。おっさんが最後に目撃されたときにはパンツ一枚で二番街を走ってた。十年前だったら、その場でお巡りに捕まってただろう、今じゃ、みんな、ただのジョギングだと思うだけ。振り返って見るやつもいない。おまえの親父を見ろ。ビリーはそこで床に小便をしやがるし、それに……

――私のことを言い忘れてるんじゃない？

――そんなことは言ってない、リズ、言ってないぞ、おまえの頭がおかしいなんて。たしかに妙なところはある、そうだろ、五年前に誰かが誰かの郵便受けにガラガラヘビを入れたって記事を新聞で読んだせいで、今でも郵便受けを怖がってるんだから。ティーケル上院議員と手を組もうとしてる俺にビクター・スイートの金集めに参加しろなんて言いだすし。

――そんなことは言ってないわ、ポール。女は窓の方を向いて顔を上げ、桑の木の高い枝に吹き流しのように掛かっている濡れたトイレットペーパーに目をやった。――ただ、私の友達のことは悪く言ってほしく……

――なあ、おい、リズ、だってこれはエディーのパーティーだろ？　五千ドルのガウンを着て、頭がお留守の馬鹿女が登場。集まった連中は一発ずつ……

――エディーのこと、エディーのことだけじゃない、セティーのことだって！　ユード牧師があのとんでもない花束を持ってテキサスの病院に現れたこと。しかも、セティーのお父さんがお見舞いに来たのと同じ日に。それに……

――違う、おい、リズ。結論に飛びつく、また最初から同じ言い合いをやり直さなくてもいい。偶然だ。たまたま二人が同じ日に……

――新聞社のカメラマンも偶然その場に居合わせた？　あなたの好きなドリス・チンさんも偶然

そこに来てて、ベッドの脇で牧師が優しくティーケル上院議員の腕を取って、一緒にひざまずいて祈りを捧げる様子を記事にした、本気で？

――同じ、リズ、同じこと、結論に飛びつく。おまえがあの花屋に電話をかけたりしなけりゃ……

――私じゃない、向こうが電話してきたの！　白いカーネーションで作った、百八十センチもある十字架の請求書のことで電話してきたのよ。セティーに贈った花。そんな変なもの想像もできないって言ったら、カードを添えて贈りましたって。ユード牧師の心からの何とか、キリストのはらわたの中の何とか、吐き気がした、何もかも本当に吐き気がした。

――おい、おまえからの花束ってことになってなかったのは悪かったたって謝っただろ、きっと花屋が注文を間違えたんだ、花屋が……

――ああ、良かった、私が贈ったことになってなくて。私の名前で花を贈ったたって言ってたわよね、あのぞっとする花、まるで葬式みたいな花。どうしてあんな嘘。ティーケル上院議員と手を組むのなら、あんなことしないで、どうしてそう言わないの。セティーを利用したりしないで。ただ利用してるだけ。半死半生の状態で寝てる人を。あなた、私のことなんて全然考えたことないでしょ、私が本当にセティーに会いたがってるんじゃないかとか。あなたの好きなユード牧師はどこからともなくズカズカ現れて、セティーをキリストの血で洗うために来たとか言ってるのに、あなたには全然思い浮かばなかったのよね、私が本気で会いたがってることなんか……

――なあ、おい、リズ、別に実害はなかったじゃないか、おい。コーヒー淹れてくれ、何時だ。時計は？

――バッグに入れてた。柱時計を見たら、と、柱時計を見ないで女は言った。その代わりに見たのは、葉の間に座り込んでいる猫だった。

――おい、柱時計は見たんだよ、リズ、五時二十三分。今、朝の五時二十三分？　きっと昨日の夜停電が……と、椅子に座ったまま体をひねったので、パンツのくすんだ格子縞から上に伸びている鉛色の傷跡がねじれ、ラジオのスイッチを入れるだけの簡単な動作でも、彫刻のような筋肉が稲妻のように肩から腕に走り、ラジオがすぐに勧誘を始めて、男にというよりも二人に、移民預金銀行にお金を預けるよう呼びかけた。――鎮静剤をたくさん打たれてるから、どっちみち何が起こってるか分かってない……目の前の請求書の山を鉛筆で突きながら、――だから、別に実害はなかった。ユードが遊説であっちに行ってることは話した？　神のお導きであそこにお祈りに行ったんだ、それがたまたま、父親がワシントンから見舞いに来たのと同じ日。何もかも単なる偶然だ。新聞のそこのところにも書いてあっただろ？　ユードは全国の新聞に信仰と祈りのメッセージを載せてる、神の摂理が、死の谷の影〔「死の影の谷」（詩篇二三の四）の言い間違い〕で二人を引き合わせたって言ってる。おまえには信仰心がないから……

――ああ、やめて、ポール、やめて！　お願いだから。

――何だ。お願いだから何。

――信仰心なんて持ち出さないで。

――ほら、今俺が言った通りだ。問題はな、おい、問題は、リズ、おまえが全体の構想を理解しようとしてないってこと。請求書、封筒、派手な色のダイレクトメールを散らかしながら男が近寄ってきて、ホッキョククジラ愛護協会を開いて手紙の裏側を広げ、――いいか。先の丸くなった鉛筆を持って、――これがティーケル……と不鮮明な丸が現れ、そこから一本の矢印が飛び出した。――やつの選挙区はここ……大まかに腎臓のような形をしたもの、――上院委員会と政府の政策関係の大御所の声がここ……何となく男根のような形をしたもの、――で、第三世界相手のアフリカ食料援助大計画がこれ……変形した足跡形の海岸線が突然離れたところにできて、矢印がそこに飛んだ。――そしてこれがユード……今度は十字形、そこから矢印が飛び出て、――同じ選挙区だ……それが腎臓に突き刺さり、――ところがほら。やつは衛星テレビ放送をやってる……強調のために十字に横線が加えられ、突然、普通のラテン十字から、三段の台上に乗ったカルヴァリ十字に変わり、ぎざぎざの線を放射して腎臓が破裂し、――やつは全国に知れ渡ってる。ずっと北のこのあたりから南のこの辺の黒人たちまで、選挙権を持った支持者を集めてる……どこにもつながってない不鮮明な印、――候補者の名前が印刷してある投票用紙に丸印を記入する程度のことならそいつらにもできるだろ？　議員は第三世界を相手に重大な役割を任されて、現状視察のために今向こうに出かけようとしてる。で、このまさしく同じ場所にユードの伝道会がある……真正十字架から矢が出て、離れた海岸線に刺さると、いくつもの小型の十字がにじみ出て足跡を侵略し、中を埋め尽くし、扁平足の形が浮かび上がったとき、電話が鳴った。

――もしもし？　誰、ちくしょう、ちょっと待て……男はその紙切れを救い出し、――ペーパータオルを……しかし女は既にペーパータオルをちぎり取って、電話のコードに引っ掛かって倒れたカップを元に戻し、コーヒーを拭き取っていた。コーヒーがこぼれた場所には、散らかった請求書、メモ、バスタオルの二十枚セットを郵便で注文すれば無料でデジタル・クオーツ時計が付いてきますという勧誘、本を買うように、レンチのセットを買うように、シールを集めるように、食器を売るように、お金を借りるように勧誘する手紙、苦しい試練と終末が来ると脅し、けばけばしい色合いの永遠の生命を招来するパンフレットの数々があった。――やあ、うん、ボビー・ジョーか？ちょうど電話をかけようと思ってた。今こっちのスタッフと一緒に朝食をとりながらミーティングをやってる、もうすぐ終わるところだ。おまえにも全体の構想について説明しておいた方がいいだろうと思ってな。それで、これからやろうとしてることの話なんだが……違う、映画じゃない、映画の話じゃない、そうじゃなくて次の大々的な売り込み活動のためのメディア戦略をどうするか、その細かい計画の話だ。手元に鉛筆は……？　それはやめておけ、うん、ちょっとややこしい話だからな、鉛筆を取ってこい、このまま待っておくから、リズ、このいまいましい、こぼれたものを片づけろ。こっちのこれは、このパンフレットは持っていかなきゃならない分だ……苦しい試練、キリスト教徒の戦いの地図、永遠へのガイド、刈り入れの時を押しやって、――コーヒーをもう一杯。タバコは？

――これから淹れなきゃならないわ、もう残って……

――映画のことで電話してると思ってやがる。あいつらはでかい映画を作るつもりなんだ、ウェイン・フィッカート物語って名づけて。あの子の母親を出演させて、もしもし？　鉛筆持ってきたか？　よし、じゃあ、全体の構想を言うぞ、俺たちは……映画じゃない、映画の話じゃないって言っただろ、いいか、おまえの父さんが次に人前に登場する機会を、総合的なメディア戦略の中でうまく利用するための話だ。この前、おまえの父さんを一面に載せてもらえたから、俺たちとしてはこのまま、また一面に載るように持っていきたいわけだ。それがいちばんの……。次に人前に出るときの話だって。あそこでは信仰復興運動はまだ始まったばかりだが、もうカリフォルニア全体を虜《とりこ》にして、録音もして、放送もした。車のヘッドライト、紫のリボン、あのパッケージ。今、おまえの……え……？　そうじゃない、いいか、今その話をしてるんだぞ、ボビー・ジョー、な、よく聞け。今、おまえの父さんに必要なのは、壇上での演説だ。壇上からしゃべればイメージに本当の威厳が備わるから。必要なのは……うん、たしかに今でも威厳はあるんだが、俺たちが示したいのは、本当に深刻な問題に対しておまえの父さんが一生懸命だってこと、それが……何だって……？　いや、待て、それは……。いいか、そんな話をしてるんじゃ……。そうじゃない、よく聞くんだ、ボビー・ジョー、カトリック信者が八億人いることは分かってる、もう刈り入れをしてもいい時期だって分かってる、だけど、まだ早まった行動は慎むことにしよう。俺の言ってるのは教育、学校教育。それで、近々南西部の教育者が集まる大きな大会があって、お父さんが基調演説のために呼ばれてるだろ？　有名な教育者が集まるんだ、テキサス、カンザス、ミシシッピ、オクラホマ、アーカンソー、アメリカ教育界の支柱になってる地域のあちこちから。そこで俺たちは……いや、ちょっと待て、そのことには触れない方がいい、スクールバスの窓を壊すとか、そんな話じゃない、いいか。ウェイン・フィッカート聖書学校を創立するって発表しただろ、そのことを……名前が違う？　いつ、お父さんとそんな約束を、そんな……。いやいや、だけど、それはおまえが小さな子供だった頃の古い話だろ。今さらボビー・ジョー・ユード聖書学校に名前を変えたりしたら、向こうのマスコミ連中が話をねじ曲げて妙なことを言いだすに決まってる。それで、向こうで話をする内容はだな、高い教育水準について。ウェイン・フィッカート聖書学校はその目的のために捧げられたものだからな。そういえば、おまえの出したあのすばらしいアイデアを取り入れて、男子学生は全員ジャケットとネクタイにするんだろ？　最初に話すのは、アカデミック《academic》な水準のことと……

え？　a、c、a、d、e、m、i、cだ。分かったか？　え……？　じゃあ、紙を取ってこい、このまま待っておくから、リズ？　いつまでも余計な手出しをしてないで、シャツを持ってきてくれ。

——シャツってどの……

——シャツはシャツだ、いまいましい、どんなシャツでもいい。こっちは凍死しそうな格好で突っ立ってるのに、あいつは紙を探しに行ってる。鉛筆を取りに行ったときに、当然、紙も要るってことが、もしもし？　準備はできたか……？　いや、全部はメモしなくていい。演説でしゃべる内容のポイントを一通り言うぞ。まず、何としても優れた教養が必要だってことを話す。今、この国で憲法《Constitution》を脅かしてるのと同じ勢力がいかに、優れた教養をも脅かしているかを話す。それが……え？　大文字のc、o、n、なあ、ボビー・ジョー、誰かきょうだいは……？　今何を漏らしたって？　違う、妹じゃなくて、ベティー・ジョーは、お姉さんのベティー・ジョー……どこに閉じこめられてる？　だけど、誰が……。男の子と手をつないでるところを見つかったって、別に大したことじゃ……。ああ。ああ、でも、きっといつか、本当にちゃんとした白人の男の子と出会うさ、くよくよすることはない。で、その辺に辞書は……？　じゃあ、本当に難しい単語だと思うけど、自力で頑張ってもらうしかないな、お父さんが辞書を取り寄せるまでの間は……。うん、お父さんはとにかく辞書を家に置いておくわけにはいかないんだ。辞書には汚い言葉が載ってるから。さあ、それじゃあ……分かった、できるだけ頑張れよ、いいか？　合衆国憲法が宗教の自由を保護していること、これはつまり学校でお祈りを強制する権利だ、分かるか？　次に学問の自由の話をする。聞いてる人たち、科学を教えてる人たちは、ここのところで本当に心強く感じるはずだ。さっき言った、憲法を台無しにしようとしてるのと同じ勢力が、科学教育をやめさせようとしてる。連中は言論の自由もなくそうとして、お父さんのテレビ番組を放映中止に追い込もうと、嘘の統計を使って視聴率を操作して、何もかも……何の話だって……？　いや、その、嘘つきの父、サタンの話は、今回はあまり立ち入りたくないんだ、ボビー・ジョー。今度の聴衆は本当に善良なアメリカ人だから、みんな分かってる。そんなことよりも、みんなに説いて聞かせたいのは、自由主義《リベラル》のマスコミ連中がひねり潰そうとしてるってことだ。お父さんが壇上に上がって、罪について説教したりできないように。アフリカ伝道を支援できないように、聖書学校が立派な教育を受けたキリスト教徒を送り出したりできないように……どこに……？　分かってる、ボビー・ジョー、だけど今は日本の話じゃない。たしかに刈り入れを必要としてる大きな畑だな、長い間、ほったらかしだ。あそこでは大量の油を頭にかけて救ってやらなきゃならない、それは分かってる。だけど、聴衆は日本のことを聞きに来るわけじゃない。小さな島にひしめき合ってる一億の日本人は仏教と神道にかかりきりだし、それにアメリカの選挙権は持ってない。やつらの刈り入れは後回しでいい。とりあえず今は、大陸を一つずつ取り込むことにしよう。それで、キリスト教はアメリカ人の宗教である、このことを訴える。悪の帝国の侵略に対抗する唯一の城壁ってことだ。それをお父さんが……ああ、うん、待て、そのことにはあまり立ち入らないで……。うん、なあ、いいか、集まる聴衆は恐らく既に刈り入れられた人たちだ。そうじゃなければ、そこに来ないからな。みんなが会場から出てきたら、外におまえがいて、いろんな物を販売する。襟に付けるウェイン坊やのピン、かっこいいウェイン坊やのロゴ入りTシャツ、パーリー・ゲーツの歌う、エルトン・ユード編クリスマス名曲集のレコードアルバム。きっと、いまいま、自由主義《リベラル》メディアのやつらが何もかもねじ曲げて記事を書く、まるでお祭り騒ぎみたいだとか……。誰、パーリー・ゲーツか？　どんなパレード……。まあ、おまえの父さんが、憲法に保障された武器携帯権について話をするときに、そのことを入れても構わないが、あまりそれには触れたくないんだ、ボビー・ジョー。自分たちが数多くの魂を救ったからサタンが怒り狂ってるっていう説教を聞いて、パーリー・ゲーツがずいぶん興奮してるのは俺も知ってる。だけど今回の聴衆は、全員が教育者なんだ。てことは、そこに来てるのは善良な白人、だからたぶんそういうのはあまり好みじゃない。やつは歌だけってことにした方がいい。ちょっと待て……受話器を股間に当てて、――こんなシャツしかなかったのか？

――どんなシャツでもいいって言うから……

――白いシャツだ、そこの椅子に掛かってるのでいい、もういい、自分で取る、もしもし？　ああ、それからもう一つ。お父さんに伝えてくれ。忘れずに演壇の上に旗を立てるように。演説のとき……。いやいや、いいか、第一面に写真が出て全国で読まれるんだから、北部の人も見ることになる。正規のアメリカ国旗にするのが無難だな。それから、演説が終わった後に記者会見を開く必要はないってことを伝えてくれ。どうせろくな……。ああ、集まるのは味方ばかりだって分かってるよ、ボビー・ジョー、だけど、自由主義《リベラル》メディアの手先が紛れ込んでたら話がねじ曲げられて、むちゃくちゃに叩かれる。おまえの父さんが、私はシオニストです、なぜならシオンの山〔ソロモンが神殿を建てたエルサレムの聖峰〕こそがイエス再臨の聖地だからって言ったときと同じようにな。しかし、イスラエルのユダヤ人全員が生まれ変わるまではイエスの再臨はありませんって話したとき。あのとき連中の新聞は、ユダヤ人は他の皆に憎まれてるからユダヤ人、そう発言したと書いた。自由主義《リベラル》マスコミを運営してるのは誰だと思ってるんだ、いいか。スピーチが終わったら客席に下りていって、優れた教育者の間を一回りするだけでいい、聞いてるか？　みんなの、今回の会議に登録してる全員の住所と名前を訊くんだ。聖書学校の学生を動員して郵送先リストの仕事をさせる、それが……。ああ、それなら瓶詰工場の夜勤を外して何人か連れていけ。誰かがピーディー川の水を受け取るのが一週間遅れるだけだ、それでそいつが死んだりするわけじゃない、それから、もう一つ。これからナショナル空港〔ワシントン郊外の国内線専用空港〕に誰かを俺の迎えにやるって、お父さんが言ってなかったか？　あそこの小さなギフトショップのところ……大丈夫、俺は赤いネクタイを着けていく。傾斜通路の先にある小さなギフトショップ、ちゃんとそこに来るように言ってくれ、いいか？　急がなきゃならない、俺は……大丈夫。俺たちは……。大丈夫だ、ボビー・ジョー、大……大丈夫。リズ？　何時。

——言ったでしょ、分から……

——くそラジオを点けたって時間を言わないし。自分で確かめる……男は再び受話器を取り、

——おい。もう一つ。スロトコって名前の男から連絡が来るかもしれない。アメリカ最高の名声を誇るワシントンの一流法律事務所の共同経営者《パートナー》だ。超優良、超一流だ。ちゃんとした証明書を持ってなきゃこの男には近寄れない。親父さんのＶＣＲ株選択権《オプション》のことを依頼した。電話があったらちゃんと、待て……受話器を強く耳に当ててから落とし、——急がないと。

——何時？　女は既に柱時計に手を伸ばしていた。

——遅刻だ、今すぐ着替えないと、それから、おい、これ、こぼれたのを拭いてくれないか？この書類は持っていかなきゃ……

五百万人のアメリカ人が気づかないまま糖尿病にかかっています、あなたもその一人かもしれませんとラジオが警告し、女はそこまで行ってラジオを消し、ペーパータオルをまた一枚切り

取り、冷蔵庫の中を見て、前の日に入れておいたヨーグルトを探したが見つからず、ちょうど紅茶を淹れ終わったとき、男がワイシャツのボタンをかけて裾をズボンに入れながら二階から下りてきた。――コーヒーは？

――いえ、今、紅茶を淹れたところだけど……

――何にも飲まないよりはましか、と男は女の脇を通って紅茶に手を伸ばし、――おい、どこに置いた、タバコ、見なかったか？

――見てないわ、ポール。

――この家じゃ、物のある場所を把握しておきたくても、タバコさえ。何の話をしてた。

――その、こう……

――コーヒーの話じゃない、何か大切な話、俺が二階に上がる前にしてた、大切な話。

――こういう名前のワシントンの弁護士から電話が来るかもしれないから覚えておけって、名前は……

――スロトコだ、いいか？ よく聞いておけよ。忘れないようにメモしとけ……男は先の丸まった鉛筆を見つけて、――ただの、何とかいう名前のワシントンの弁護士じゃない、リズ、最高の弁護士だ、政府内部の大物ともつながりがある。親父さんの株式選択権《オプション》を手に入れる件で、VCRが訴えられないうちにと思って、少し遺産の話をしておいた。市場価格の二割引と言ったって、株価が下がり続けてる。どこかから機密が漏れてる。ひょっとすると東側が偽情報を流してるだけなのかもな、向こうで緊張が高まってるから、それを一気にしぼませる魂胆なのかも。やつらの強力な平和攻勢の一部だ。そうして、軍縮軍縮って言ってるビクター・スイートみたいな頭の悪い連中の目をくらませる。先週おまえにやつの演説を読ませてやっただろ、やつは、ああすることで連中のために働いてるんだ。

——でも、あの、あの人の言ってるのはただ、私たちが常に心を開いておくべきだって、それだけだと思うけど……

——心を開く、そんなことしたら脳味噌が転がり落ちる、いいか、どこだったかな……乾いたま救出したページを見つけて、——ベルギーのシンジケートがこっちに来た、ひょっとするとやつらが株価を下げてるのかも、安く株を買うために。やつらはグライムズを抱き込んだ、で、グライムズは、やつはティーケルを抱き込んでる、だから今回の現地調査視察に行くのさ、だから連中はやつを上院に送って、新聞の一面に演説を載せるんだ。あそこにある戦略的鉱物資源保護地域のことを演説でしゃべって、そうして、合衆国の重大な利益を守るとか言って……そのページのしわを伸ばして平らにすると、鉛筆の線がぼやけて、包囲された海岸線にさらに近づき、——だからティーケルが割り込んできて、俺を聴聞会に出席させなかった。俺が参考人として、そんなのはどこの会社でもやってることです、向こうじゃ、仕事をするために賄賂を渡すか、さもなければ、仕事をあきらめるか、どっちかしかないんですって証言するんじゃないかって、びびってたんだ……端の開いた無限記号だろうか？　それとも魚か、ぞんざいに書かれた輪、——グライムズとＶＣＲの重役どもが最初から手綱を握ってたんだ。選挙が近づいてきて、今の政権には大勝することが求められてる。もうすぐ選挙。現政権は何としても大勝したがってる。勝てる選挙区ならどこでも。草の根支援運動を盛り上げて。だからティーケル陣営にはユードの郵送先リストが必要なんだ。向こうでは、主《しゅ》のために魂を刈り入れる伝道活動……突然、たくさんの０の群れ、——かたや、こっちではティーケルが票の刈り入れ……vの群れが現れ、矢を一本放ち、また一本、――グライムズからティーケルへ、ティーケルからユードへ、ユードから問題の場所へ、何もかもが行ったり来たり……さらにいくつもの矢、――すべての物からすべての物へ……まるであの日のクレシー〔百年戦争初期（一三四六）のフランス北部の戦場〕の空のように、雨あられと降る矢がそのページを暗く曇らせた。――リズ？

――え？　女はまだ濾《こ》し器の中で濡れていた葉を使って薄い紅茶を淹れ、桑の木の高い枝に掛かったわびしい花飾りを見つめ、柵に沿って目をやると、しみの付いたハマベブドウの葉がまだ二、三枚、絡み合った蔓にしがみついていた。他の葉は地面に落ちて、枯れた茶色のごみのようで、破れたスーパーの紙袋同然に、身元を明らかにする証拠は何も残されていなかった。さらに向こうに目をやると、まばらに葉の残ったセイヨウミザクラのこずえに向かうにつれ、まだ枯れずにいるアメリカヅタがより濃い赤色に輝き、ツルウメモドキの黄色い葉がより淡い色合いに変わっていた。そこに朝日が当たると、ためらいがちな黄色、ピンクがかった色にさえ見え、まるで、まるで、突然、こっそり出発しようとしているところを見とがめられたようで、まるで――ポール？

――ちゃんと聞いてるのか？　一つ一つの話を……

――私、向こうに行って、セティーの顔を見たいわ。

――つなぎ合わせてみろ、そうすれば、何を見たいって？

――セティーの顔。病院に行って顔を見たい。

――だけどおまえ、教えただろ、リズ、鎮静剤を打たれてるって教えてやっただろ、おまえが来てることなんか分かりゃしない。自動車会社を訴えるために弁護士が証言を取りに来たときだって、あの女は……

――そんなことを言ってるんじゃない！

――見舞いに行く時間ならたっぷりある、そのうち容態が……

――そのうち？　女はそこに立ったまま、先ほどから見ていた場所を見続けていた。――マダム・ソクラートに渡すお金を置いてってね。

男は深く椅子に腰かけて、まるで感心して黙り込んだかのように、目の前の乱雑な走り書きを見つめていた。――そのことを考えてみたんだけどな、リズ、窓を洗っても全然きれいになってない、電話の応対もできやしない、たぶん読み書きもできない、フランス語で誰かが電話してきても、仮にそんなことがあっても、その女はメモさえできない。その女を呼ばなくてもしばらくやっていけるんじゃないか、それから、おい。この記者、このドリス・チンから今日の午後電話があったら、俺は二、三日出かけるってことだけ言っておいてくれ、長くなっても四日だ、そう、この女に……

――私はここにはいないわ、ポール。

――どういう、どこに出かける、待て、おまえが取れ。男は女の方に電話を押しやって、――また、さっきのボビー・ジョーだったら、俺は今出たって言うんだ、それから……

――もしもし……？　ええ、その、ポールは、どなた……と言ってから受話器を胸に押し当てた。

――ユーリック軍曹。

――聞いたことない、待て、復員軍人局かもしれない、代われ、年金のことかも、もしもし……？　え……？　いいや、二十五、俺がいたのは第二十五歩兵隊だ、いったい……小隊長、いったいどういうことだ、誰が……いいか、俺は……いいや、いいか、俺は、医療保険、八十パーセント、その、どうやって俺の記録を手に入れた、誰が……。いいや、その、いいか、いいか、俺は、無理だ、今言っただろ、無理、とにかく忙しい、いや、俺は、失礼、いや、失礼……。男は一瞬強く受話器を握り締めてから電話を切った。――リズ？

――誰だったの、何の……

――俺のタバコは？

――いえ、いいえ、言ったでしょ、見かけな……

――そこの上着は？　調べてくれないか？　上着のポケット？

女は手ぶらで戻ってきた。――上着のポケットには……

――いまいましいカップ……カップが震え、男はこぼさないように手の震えを抑え、再び置いて、――欠けてる、口をつける縁のところが欠けてる、おい、電話があったら。もしも、もしも、その、男から電話があったら、その、何ていう名前だった、おまえはメモしたよな？　ワシントンの、その……

――スロトコさん。

――ワシントンのそのスロトコさんから電話があったら。俺に最後までしゃべらせろ。いいか、郵便なら、一流の法律事務所だから十ページくらいの手紙になって、単語一つで十ドル、イエスかノーかを聞きたいだけなのに。株式選択権《オプション》に関してイエスかノーかだけ訊きたい、午後に電話があるはずだ、もし電話が……

――ここにはいないわよ、ポール。お医者さんに予約してあるから。

――医者、いまいましい、リズ、いいか、おい……男は請求書を湿った山にして、――医者、医者、医者、こいつら全部足していったら、専属の医者を一人雇える。おまえが入院しないと医療保険がこっちを向いてくれないだろ。一つの病院に行くようにできないのか？　一か所の病院に入院して、何もかもはっきりさせるように？

——できればそうしたい。

——医者のところに行ったら別の医者に回されて、やつらは診察代を分配して、また別の医者に……

——今回は航空会社のお医者さんよ、ポール。この検査には必ず行けって、前からあなたが……

——分かった、行け、行け、何か問題があったら、俺のところに電話するように言え。頭痛、めまい、吐き気、俺から医者に詳しく説明してやる、何時だ、さっきおまえは時計を合わせたんじゃないのか。

——忘れないうちにマダム・ソクラートに払うお金をくれない？

——しつこいな！　男は立ち上がってポケットの奥を探り、——いつでも、人がこれからやろうとしてることを言いやがって……十ドル札、もう一枚、五ドル札を二枚、注意深くめくり取って

——少しは辛抱して人の話を聞くように……

——それと、交通費に一ドル。

——はい、はい！　しみったれたことを言いやがって。いまいましい弟と同じように五十一ドルが小銭だって言うくせに。おまえの弟も百ドルの小切手と引き替えに七十五ドルしかよこさないし。小切手の支払を止めるように言っておけばよかった。

——電話があったら、そう伝える？

男は半分部屋を出かけたところで立ち止まった。——誰から電話があったら？

――涙の母。それとも、今から自分で会いに行く？

――会う？　同じことだ、またその話か、と男は上着とネクタイを握り締めて戻ってきて、ポケットをまさぐり、――ここの電話番号を俺が教えたと？　たぶんボビー・ジョーから聞いたんだろ。最近、ダイエット道場に行かせて、ユードの信仰復興運動のためにシェイプアップさせたんだ。今じゃ、全国放送のテレビに出て、おかげで集計が追いつかないほどのスピードで寄付金が集まってる。本人はもう映画スター気取り。その話はいい……テーブルの上の書類を掻き集めて、床からも一つ救出し、――もう少しで忘れるところだった……書き殴りの紙を振り回しながら――リズ？

――ここよ。

――そこにいるのは分かってる！　いったい何だと思ってる、俺が。おい、メモしておいたんだ、ひょっとしたらおまえが手紙を書くのを手伝ってくれるんじゃないかって。今日の午後は家にいて、何もすることがないんだろ、座って、ぼーっと過ごすだけ？　最初は自分で書こうとしたけど、どうもちょっと、女性的な感じが出ない。メモを置いていくから何とかうまく仕上げてくれ。要は、素朴で正直な手紙に。サリー・ジョー・ユードから信者に宛てた手紙……

――サリー・ジョーって誰、奥さん？

――奥さんなんていない、リズ、奥さんは去年、飼料セールスマンと駆け落ちした。サリー・ジョーっていうのは母親だ、その人が……

――へえ、その人は手紙を書けないの？　手紙を書けないほどのお年寄り？

――年寄りだなんて言ってないだろ、リズ、四十になったばかりだ、そうじゃなくて……

――だけど、それなら、母親ってことはありえ……

――十四歳で結婚したからだ。向こうじゃ別に珍しいことじゃない、おい、人の話を遮るな。サリー・ジョーは字の読み書きがあまり得意じゃない、それで……

――悪いことを聞いちゃった。

――その通りだ。それで要は、今のうちに要点をざっと話すぞ。書き出しは、イエス・キリスト、キリスト教徒の母親の名において、親愛なる友人へ。こう書く。こうして個人的にお手紙を差し上げましたのは、実は、息子のエルトンのことが心配になったからです。あまり文学的な表現を使うなよ。極度に懸念を致しております、とか。これで読む連中を不安にさせるんだ。ただ、この正直で誠実なキリスト教徒の……

――ポール、私にはよく分からないけど、言わせてもらうと……

――よく分からないなら言うな。その通り、おまえには分かってない。次にこう書く。ある親愛なるキリスト教徒の母親から手紙をもらいました。テレビに映ったエルトンは具合が悪そうでしたが、お元気なのでしょうか、という内容でした。それで、ちゃんとしたキリスト教徒の母親が第一に望むのは、自分の息子の世話をきちんとすることだから、この手紙をサリー・ジョーが書いてるわけだ。今、起きてることを、これ以上黙って見ていられなくなったって言うために。エルトンは病気なのではありません、と書く。いまいましいほど衰弱した様子でテレビに出ているのは、迫害のせいです。神の御言葉を伝える活動を妨害しようとする勢力に迫害されているのです。いまいましい自由主義《リベラル》マスコミの嘘だらけの報道、発言をいちいち取り上げて話をねじ曲げる。モザンビークでの大々的な刈り入れのことだってそうだろ？　おまえに見せたか？

――いいえ、でも全然何の話か……

――〝救済の声〟ラジオと、モザンビークでやってる大々的な刈り入れの話だ。新聞がそれを取り上げて、何の刈り入れだって書きやがる。向こうじゃ、三年前から雨が降ってなくて、みんなが飢えて、失明して、ペラグラ〔ニコチン酸欠乏症候群〕、コレラ。皿に盛った豆の話じゃないことは連中だっていまいましいほど分かってる。主《しゅ》のために魂の刈り入れをする話なのに、何でも言葉をねじ曲げて。そういう種類のデマのせいで、伝道活動は一日で八千ドルの赤字。だからサリー・ジョーがこうして個人的な手紙を書いてる。夜中に目が覚める、とかそういうことだ、リズ、こういう女性的なタッチ。目を覚ますと、かわいそうなエルトンが神を求めて祈禱室を這いずり回っている音が聞こえる。二、三百万ドルの負債を抱えてる。さあ、望みは何だと思う。母親の望みは、リズ。

――何となく分かる気がする。

――そう、祈りのこもったささやかな贈り物。十ドル、二十ドルの援助。国を救おうとしてるエルトンの肩から、いまいましい経済的負担を取り除く。さもないと精神的に参ってしまうからな。

――ポール、ねえ、それって……

――とにかく、最後まで聞け、リズ。ちょっと辛抱して聞け。ここからが大事なところ。母親が言ってるのはアメリカのこと、アメリカのために祈ること、ユード牧師のために祈ることだ。結局、全部いまいましい同じこと。祈りのこもった贈り物、税控除の認められた贈り物を送ってください。だって、エルトンが参ったらサタンの思うつぼ。いまいましい国全体がおじゃんだ。やつは最後のチャンスだと訴えてる、この国がどれほど罪深い状況にあるのか、だから神はエルトンを選んで、最後の警告を電波に乗せた。国内のいろんな勢力がそれを徹底的に潰そうとしてる。みんなが急いで気合いを入れ直して聖霊を呼び寄せないと、この偉大な国の未来のすべては、エルトンの気力次第ってことになる。ひたすら息子のために祈って、ささやかな贈り物を届けてください。そうすれば、主《しゅ》はそれを使って、悪しきことを企むサタンの勢力をとどめることが、言ってること分かるか、リズ?

――とてもいい手紙ね、ポール。ただ、削った方がいいのは……

――いい? そう思うか?

――エルトンの健康のことでキリスト教徒の母親から手紙が来たっていうのは、うん、とてもいいタッチだわ。いまいましいっていう言葉は削った方がいいだろうけど、それ以外はなかなか。何だかんだ言っても、あなた、本の前渡し金をもらうって言ってたんだから、この手紙がちょうどいい練習になるんじゃ……

――女性作家の本を書いてるなんて言ったか? 男は襟の下に入れたネクタイを引っ張り、結ぶために交差させて、――でも、温かくて誠実な、女らしいタッチがまだ足りない、おい、おい、リズ。前に、小説を書き始めたって言ってたな? ちょっと前に?

――ずいぶん昔よ。

――小説を書くんなら、いろんな人物を作り上げるわけだ。人物をさまざまな状況に置いて、金持ちにしたり、離婚させたり、セックスさせたり。人物同士が会話する場面では、現実感を出すために登場人物になりきるんだろ? 同じことだ、リズ、十分間座って、愛すべき善良なキリスト教徒の母親サリー・ジョーになりきって、うまい手紙を書いてくれれば……

――ポール、本当にもう! 私、駄目、駄目、ドリス・チンに頼んだら、お得意の、花が点々と咲く、ピーディー川の土手に一本咲いたルピナスの花……

――一回くらい頼み事をしてもいいだろ？　俺に力は貸せない、俺に援助はできない？　喉のところで黒い格子縞を固く結び、――十分間座ってうまい手紙を書くこともできないって言うのか、善良なキリスト教徒になりきって……

――だって私は善良で忠実で読み書きのできないキリスト教徒の母親じゃない、だって私はサリー・ジョージャない！　女は窓に背中を向けて、後ろに回した両手で流しの端をしっかりつかんだ。

――それ、あなたのしていくネクタイ？

――これ、ネクタイじゃなかったら、何に見える！　たった一つの用事もできない、援助してくれない、力を貸してくれないくせに、そこに突っ立ってサリー・ジョーを馬鹿にして、今度は俺の服装を馬鹿にするのか？

――ネクタイのことを言っただけよ、ポール。

――俺のネクタイに文句があるのか！

女は色の薄い紅茶が入ったカップを手に取った。――誰かと空港で会うんでしょ？　傾斜通路の先にある小さなギフトショップで。だから赤いネクタイをしていくんじゃないの？

――それは、ちくしょう……と男は勢いよく椅子に座り、喉元の結び目を乱暴に緩めて、――いつも人がこれからしようとしてることを言いやがって……意気消沈した様子で椅子に座ったまま、矢と十字、0の軍団、vの群れ、矢としみを見つめていた。――話を一つにまとめようとしても、必ず誰かが邪魔をしようと待ち構えてる。みんなが期待通りにやってくれることを当てにしてるのに、いざ周りを見たら誰もいない。あの映画だって、俺が本腰を入れた途端にマルコ・ポーロ役のビッグ・スターがヤクのやり過ぎで入院。ロングビューを大きなメディア会議センターとして使う今回の構想だって、あれは俺のアイデアだ、リズ、アイデア全部俺のもの、それがあのざまさ。おまえのお友達のジャック・オーシーニが投資してくれることになってたのに、ユードの放送がなかなか認可されないからオーシーニが手を引いて、アドルフがロングビューを売り払って、足をすくいやがる。何もかもいまいましい、だからおまえに少し辛抱してくれって頼んでるんだ、リズ、少し力を貸してくれって、それだけなんだ。

女はカップの中身を流しに空けて、水を流しながらそこに立っていた。外では、落ち葉の上の猫の動きはほとんど目に見えず、下ではセイヨウミザクラの黄色とピンクが、太陽の光が当たらなくなるのとともに消え失せていた。女はじっと見続けた。——話を、話をまとめようとしてるのに、と男は女の後ろに回り、——ユードから一ドル搾り取ろうと思っても、あいつの方では国税局とのごたごた。郡保険局も閉鎖を迫ろうとしてる。新しい屋内配管が下水をそのままピーディー川に垂れ流してるって。それに例のスクールバス事故のことも、重箱の隅を突つくみたいに再調査。それに加えて、裁判所命令を持った女がどこからともなく現れた。やつが洗礼したホームレスを墓から掘り出す命令だ。あれは自分の兄だって言ってる。それに、パーリー・ゲーツを出させようとする。会場の中は白人教師で満員なのに、あいつらはゲーツを壇上に出させようとしてるんだ、車椅子、ゲーツを出させようと……

男が肩を落として座って手を見つめていると、女が振り向いて、——遅刻するんじゃないの、ポール、もしあなたが……

——おい、チックから電話は？　男は顔を上げ、——かけ直してきた？

——その、その人、いいえ、いいえ、今、出てきたところだっていう、この前の電話の後は。言ってたのはそれだけ。つまり、私、その人が誰だか知らなかったし……

——俺の部隊の通信兵だ。チックは通信兵だった……男は再び手を見つめ、まるで動かないように押さえているかのようにテーブルの上に手を重ねて、——何もかもいまいましい。あんなふうに、どこからともなく電話をかけてきやがって。電撃部隊の仲間で派手にパレードだと、ワシントンのベトナム戦争戦没者慰霊碑の前に集合、昔の仲間で集まりましょう、車椅子も用意しますだと……いまいましいコンスティテューション通りを行進して……手が左右に別れて、びしょ濡れのパンフレットをつかんだ。開いたページに見えているのは、芸術家の意図の凝り固まった限界によって、拷問の炎の上で黒を背景に逆さ吊りになった人影だった。——ゲーツを登場させるだって。両脚潰れて帰還してもパレードなしだったから、今度は自分一人でパレードだ。ボビー・ジョーまで、ユード、ユード牧師まで、今度は精霊の力を借りてカトリック教徒を相手に戦うなんて言いだした、ユダヤ人の悪口は言い飽きたんだと。主《しゅ》のためにたくさんの魂を刈り入れたからサタンが怒ってるって説教を聞いたら、ゲーツがその気になった。アンチキリストの勢力に対抗する信仰復興運動を進めるためにできる限りのことをしなさい、神も軍隊を遣わしてくれるって、ユードが言ったのさ、十字を抱いた勇敢な戦士たちが戦争に出撃していくって。会場は白人の教師でいっぱいなのに、戦闘装備のでかい黒人が車椅子で登場？　そんなことしたら、みんな、かんかんに怒るに決まってる。タバコは。もう行かなきゃ、おまえ、時計直したんじゃ……椅子が壁に当たった。男は小冊子を掻き集めて立ち上がり、——これは持っていく、時間が分からないからラジオを点けたと思ったのに。どこに行く。

——赤いネクタイを取りに、二階に。

——持ってる、リズ！　鞄の中にある、おい、いいかげんに、少しは辛抱して人の話を……男は立ったまま肩を揺すってジャケットを羽織り、喉のところの黒い結び目をほどいてポケットに押し込んで、少しずつ書類を丸めながらリビングルームに向かい、部屋の中で鞄を開けてそれを詰めた。——それから、おい……男はコーヒーテーブルの端に足を載せて、大げさなしぐさで靴紐を引っ張ると、ぷつんと切れて、——ちくしょう！　男は靴を脱いで椅子の端に腰かけた。紐を通そうとする手は震えていた。男は再び靴を履いて紐を結び、そこに座って、突然手を伸ばし、ナチュラルヒストリーをつかんだ。——ここに座るたびにいまいましい顔を見なけりゃならない、と手の中でそれを丸めて——偉そうにニヤついた顔、今でも夜には目に浮かぶ。もしさっきの、おい、リズ、もしさっきの、さっきのユーリック軍曹、やつが電話をかけてきたら切れ、とにかく切れ。帯、旗、ドラッカー、それに、切り取った耳を詰め込んだバッグ。とにかく切れ。あいつら。俺たちは閉め出されて列の後ろに並ぶんだ。八十パーセントの障碍、車椅子を用意するなんて抜かしやがって。雨の中に座って、母親たちが涙を流しながら、誰も発音できない名前の上を指でなぞる姿を見ろって言うのか。男は両手で雑誌を強くねじり、女に突き出し、——こんなもの、外に捨てろ。

——コートは要らないの？　女は男の後を追ってきた。

男は玄関のドアを開けていたが、そこに立ったまま外を見、顔を上げて、——ガキたちめ、見ろ、ハロウィンは今晩なのに待ち切れなかったんだ……。トイレットペーパーが電話線からぶら下がり、わびしい吹き流しになって、弧を描き、柵の向こうのフレームガレージの窓の上まで伸びている裸のカエデの枝に引っ掛かっていた。柵にはシェービングクリームでやっちまえ《ファック》と書いてあった。

——おい、ドアには鍵を掛けておけ。昨日の夜やりやがったんだ。今夜は何をしでかすか……男の手の重みが女の肩から落ち、――リズ？　ちゃんと辛抱しろよ、と男がドアを勢いよく閉めたので、カチンと鍵が掛かる音が、外からの脅威を閉め出したというよりも、自分を閉じこめたという恐れで女をおびえさせた。女が階段の親柱に手をやってバランスを整えてから振り向いて、キッチンに戻ると、先ほどからずっと独り言を言っていたラジオが、時宜を得たこの静寂を利用して、ロングアイランド湾で転覆したボートに乗っていた三人の男性が沿岸警備隊《コースト・ガード》のスリリングな救助活動によって救出されたと告げた。女はラジオを切り、少し困惑したように目を引き攣《つ》らせて、テーブルの上に男が置いたまま冷めた紅茶のカップを空け、洗わずに横に置いた。それを手始めに、朝が衰えていくにつれ、やりかけの家事を順番に片づけていった。バスルームの洗面器の中の乾いたランジェリーの束、廊下の床に点々と落ちている濡れたタオルとソックス、出したままの掃除機。さらにペーパータオルとスプレーを階段の上まで持っていったところで手すりにつかまり、バスルームに戻って静かに吐いた。

　道路の上に伸びている枝の高いところで、興奮したカラスの群れの鳴き声がして、女は突然目を覚まし、じっと横になっていた。胸が上がったり下がったりする女の息のリズムが、外の枝をそよがせる風によって寝室の中で揺れている光と影に、かすかなこだまを返していた。しばらくすると、女は急に電話の方を向き、ゆっくりとダイヤルを回して時刻を聞き、起き上がって、壊れ物を扱うように慎重に体を動かして鏡を探し、外の世界を探した。こずえのざわめいている場所から、下の方の道路、少年たちがばらばらに歩いているところへ目をやった。子供たちの顔には黒塗りがしてあって、手前の子と大き過ぎる帽子をかぶった向こうの子が、蹴り合ったり、殴り合ったりしながら、坂を上ってきた。家の前を不安混じりにちらっと見ると、郵便配達人が角を曲がって、すぐに見えなくなった。

　電線と枝から静かに漂っている花飾りを通り抜けて、一羽のカラスが撃たれたように落ち、もう一羽落ち、道路上で潰れたリスをついばんで、黒い翼を誇らしげに広げ、車が迫ってきたとき、その翼をして一人の少年が錆色のしみの付いた葉の渦の中の郵便受けまで道路を走ってきたとき、その翼を羽ばたかせた。柵の後ろで叫び声と笑い声がして、カボチャのかけらが宙に舞い、びくびくしながらカラスたちが戻ってきて、ついばみ、引きちぎり、どこかで動く気配がするたびに頭を上げ、やがて女が郵便受けに出たときには、手をいっぱいに伸ばして引き開ける女を静寂が包み込んだ。中は空《から》っぽに見えた。だがそのとき、柵の後ろから抑えた笑い声が聞こえ、女はその紙を手に持ったまま、服を着ていないブロンド女性の写真を見つめていた。充溢して膨らんだペニスが女の手に固く握り締められ、それは充血した亀頭からビーズ細工のような細い糸を引いている女の舌先のようなピンク色をしていた。その瞬間、ブロンド女性の目は明らかに共犯者同士の目配せのように女に向けられ、じっと凝視していた。それを丸めるところが少年たちによく見えるように振り向いたときには、震えは治まっていた。女は家に戻り、丸めた紙をキッチンテーブルの上に放り出した。

　それは、女が再び階段を下りてきたときにも、まだそこにあった。着替えをした女のまぶたにはアイラインが引かれていたが、その色は青白い頰の上では釣り合いが取れていなかった。電話に手を伸ばしたときには、まだ女の手には震えが残り、――誰、もしもし……？と言ったときにはまだ声に震えが残っていた。女は唾を飲み、咳払いをし、前のテーブルの上で、空いた手を動かして写真のしわを伸ばし、――すいません、どなたですか……ああ……その声は電話から女めがけて炸裂した。女は受話器を耳から離して持ち、写真の細かい部分を凝視した。まるで、見ていない間に何かが、どこか細かいところが変わったかもしれない、まるで数分後、数秒後に起こりそうだったことが、濡れた唇の上で突然起こっているかもしれないとでもいうように。その間、電話からは、非難の口調、苦しみに満ちたスタッカートが聞こえ、泣き叫び、急に静かになった。受話器を近づけて——すいません、マリンズさん。私には分かりません、どうしたら……女は再び怒りを爆発させている受話器を耳から離した。女の指先が動かない指を平らに伸ばした。動かない方の指は磨いた爪で目の前のごわごわした陰毛を大事そうに包み込んで、赤くたけり狂っている亀頭の裂け目までつやつやと光る上昇曲線沿いに膨れ上がった繊細な血管をなぞり、その先では、光るビーズ細工が細い線を引いて動かない舌まで伸び、口は食欲なく開けられ、マスカラを塗った目は動揺することなく、一筋の希望や期待も示さずに、女の目を見据えていた。——知りません、分かりません！ビリーには会ってませんし、どこにいるかも知りません！　申し訳ありませんが……手の中で写真を丸めて、——今は無理です、いえ、いえ、玄関に誰かが来てますから……その誰かが屈んで、中を覗き込み、——待って！　女はごみ箱に向かいながらそれを丸め、一緒にナチュラルヒストリーのしわだらけのマサイを手に取り、——待って……と玄関に出ながら息を整え、ノブをしっかり握り、そして——ああ……ドアを開けて、——マキャンドレスさん、すいません、私、お入りください……

しかし女がよろめいて親柱をつかんだので、男は立ち止まった。——どうしました？　びっくりさせるつもりはなかったんです。

——いえ、私、どうぞ、どうぞお入りになって、で、ご自由に……

——いえ、いえ、さあ、座って。男は女の腕を取り、実際、しっかりと手を握り、——びっくりさせるつもりはなかったんです。

――そうじゃないんです……そう言いながらも女は男の手を借りて、擦り切れたソファーまで行き、男の手が離れた途端に女の手は鋭く震えた。――あの、外のいたずらのせいなんです、外のハロウィンの……

――いまいましいこの世の中と同じことですよ……と男はよれよれのレインコートを脱ぎながら言った。――何もすることのない子供たちの仕業です。

――いえ、あれには、あれには悪意が……

――いえ、いえ、違います、違います、ただ愚かなだけです、ブースさん。世の中には悪意よりも愚かさの方がずっと多い……。レインコートのポケットから突き出している紙袋の中の何かが、コーヒーテーブルの横を通り過ぎるときにテーブルに当たって音を立て、男は注意してレインコートを持ち直し、キッチンから、――ブースさん？　お子さんがいらっしゃるんですか？

女は鋭く振り向いた。――は？　女が入ると、男はポケットから鍵を選び出しながら、丸や十字、稲妻、雨あられと降る矢を見下ろしていた――ああ、ああ、それ、それはただの、何でもないんです……。女は座った。その肘のところではぼろぼろの新聞紙の上で、紙袋に開いた穴から二つの目が見つめていた。――あの、マキャンドレスさんは？　女は濡れた請求書の山の下にそれをじわじわと押し込んで、――お子さんは？　子供はいません、ええ、と男は言いながら、南京錠に鍵を差し、ガタガタいわせて外した。――ああ、待って、待って、思い出して良かったわ。余分の鍵がありますか？　この家の？　男はうなずいた。どうしてです、なくしたんですか？　二つとも？

――いいえ、盗まれたんです。つまりバッグごと、中に鍵が二つとも入ってて、ばかばかしいと思われるかも知れませんけど……

——ばかばかしいとは思いませんよ。どこで。

——盗まれた場所？　サックスです。サックスの女子トイレ。私がたまたま……。いつ、と男が訊いた。——先週、一週間ほど前、私がたまたま……。他には何が入ってたんですか、クレジットカードとか？　運転免許とか？　ここの住所が分かるものは？　——分かりません、よく分からないんです、あまりお金は入ってませんでしたし、サックスのカードは入ってませんでした、どっちみち、もう無効なんですけど、それに、何も役に立つようなものは、免許も。免許は取ったことがないんです。その、運転の仕方も知りません。

男は輪から鍵を一つ外すのに苦労して不器用にねじり、顔をしかめてやっとそれを外して、——どうぞ……と手渡しながら、——ところで、私に会いたいってここに現れた例の男ですが、また来ましたか？

——ああ、あの人、いいえ。いいえ、あの礼儀知らずな人は来てません、私の知ってる限りでは、ですけど。でも最近は、家を留守にすることは少ないんです。家に鍵を掛けておけって言われてるから、ポールが出かけるときにはいつも留守番。そんなに遅くはなりません、と、間《ま》を空けたら男が引き開けたドアの向こうに消えてしまうかのように女は言葉を続けて、——私、遅くなるまでには戻ります。でも今、ポールは出張中だから二、三日は戻りませんし、私が帰ってくるまでに、たぶんマキャンドレスさんはここを出てしまってるから。その、もうすぐ出かけなきゃならないんです、午後に約束があるから、でも別に、どこかに行くってほどのことじゃないんですけど……。男は丸めたレインコートをつかんでドアの方に向き直り、電話でモンテゴ・ベイのことを話してらしたようですね？　――ああ、聞こえてました？　女は立ち上がってテーブルの端を回り、出かける前のこの会話に乗って、――この前、ここにいらしたときですね、ええ、私、そんなことを話してたかも、でも、延期しなくちゃならなかったんです。友人が向こうに。ポールの好きな人たちが。でも忙し過ぎて、最近は出張ばかり。全部仕事の用事なんです、南部の方とか、テキサスとか、ワシントンとか、その、あまり行きたいと思わないような場所ばかりで……。女が部屋の入り口まで来ると、男はドアを入ってすぐのところに立ったまま、まるでその混乱の中に、前に見たときと変わっている部分を探しているかのように部屋を見ていた。――万事、手はずが整うことをみんなが期待しているのに、気が付いたらいつも仕事をするのはポール。アイデアを出すのも全部ポールの仕事、それでみんなを当てにしてたら、周りを見回したときには誰も付いてきてなくて、だから余計にみんながポールのことを当てにして、それで……

――ええ、覚えてるうちにお話ししておきたいんですが、と、紙巻きタバコを作りながら、立っている女に背を向けたまま男が言った。――もし今でよければ、小切手を？

――はい、私、今そのお話をしようと……一歩下がった女の足元では本が雪崩《なだれ》を起こして散乱し、女は部屋に入ったときの用心深い足取りを取り戻した。――つまり、そういうわけで、時々ポールは家のことを忘れちゃうんです。今朝、出ていくときも銀行に持っていく小切手を私に渡し忘れて。その、郵送じゃ駄目ですか、家賃を、そうすれば私にも住所が。郵便は私が、でも、住所をまだお伺いしてないから。

――じゃあ、そうしてください、と男は言って、どこかで鉛筆を見つけ、要らなくなったカレンダーの隅を破り取った。仮の郵送先です、用事を片づけるまで友人のところに泊めてもらってます。

――そうですか……女は渡されたメモを元気のない声で読み、――本当の住所じゃないんですね、だって、これ、私書箱の番号。泊めてもらってるお友達の住所じゃないですよね。その方は、たぶん泊めてもらってるそのお友達は、奥さんが出ていかれた後にお知り合いになった方なんでしょうけど、私は別にそんなつもりでお訊きしたわけじゃ……

男は振り向いて、吐き出した煙越しにようやく女に顔を向け、書類、フォルダー、汚れた皿、コーヒーカップ、笠のないランプが散らばったテーブルにもたれて座った。――何年か前に知り合った男友達ですよ、と言って――家には今誰もいません。その男は海外に出かけてます。さあ、お邪魔をするつもりはありませんから。約束があるっておっしゃいましたね。私もここでいろいろとしなければならないことがありますし……

――ええ、詮索するつもりじゃなかったんですよ、ただ……と女はドアまで後ずさりして、――その、責める気はありません。この家で丸二年、一人暮らしをして、何もかもまるで、何もかも。ただ待ち続けて。あの絹《シルク》の造花みたいに。階段を下りるときにちょうど。待って、あ、待ってください。思い出したことが。今、その用事を始める前に。取ってきます……女が去り、男は手を伸ばして本棚から指紋の付いたグラスを取り、レインコートのポケットに入った紙袋から瓶を出し、きっかり一オンスを注いだ。グラスを空け、もう一本タバコを巻き、女が階段を下りる音を聞いて火を点けた。女の唇の線はより鮮明に引かれ、まぶたの上の線もでたらめさが減っていた。女はキッチンに入ってきて、古くなったアドレス帳を差し出した。――ごみ箱にありました、大事なものみたいだったから、私が……

――ごみ箱を調べてるんですか？

女は急に止まった。テーブル越しに男がそれを受け取った。――そんなつもりじゃなかったんです。ひょっとしたら間違って捨てちゃったんじゃないかと。大事なものみたいに……

――まあ、いいですよ、とつぶやき、立ったまま、言い足りないことがあるかのように手の中でそれをねじってから、ごみ箱の方へ行って、落とし、そこで立ち止まって、屈み、ごみの後を追うようにごみ箱に手を伸ばして、――これは、これ、もらっても？

――駄目、待って、駄目です、それは、いえ、私、待って……女は顔を真っ赤にしてテーブルの角をつかみ、――ああ、と息を整え、――ああ。男はナチュラルヒストリーを持って立ち上がった。

――捨てたのかと。

――いえ、構いません、はい、ええ、例の話ですよね、表紙に出てる？　牛を盗む話？　女の突然のあせりは、男の反応とマサイ族と牛泥棒とにすべてを賭けているようだった。まるで今、キッチンの中で、テーブルの端をつかみながら、そのことだけが問題であるかのように。

――ええ、ええ、そうです、と男は言った。――この連中は。世界中のすべての牛が自分たちのものだって昔から信じているんです。他の部族を襲うときには、自分たちが昔盗まれたものを取り戻しているだけだって言うんです。都合のいい作り話《フィクション》だと思いませんか……。男は女にその雑誌を差し出して、――お読みになりますか？　どっちみち、この記事が欲しいわけじゃないんです。ここに載ってるピルトダウン偽物事件の記事、ここだけ破り取らせてもらえたら……

――いいんですよ、いえ、いえ、破らずにそのままどうぞ。私、私、できればここにいて、ずっとお話ししてたいんですが、今、何時かお分かりになります？　夜の間に時計が止まって、私……

――二時二十分です。男は重ねて握られた手だけを見てそう答え、親柱に無造作に掛けられたコートのところまで急いで行く女の後を追った。

——暗くなる頃まで戻りません。その、最近は日の落ちるのが早いから。でも、何か必要なものがあれば、つまり、用事が長引くようなら、冷蔵庫に食べ物が。もし、その、ここを出る前にお腹が空いたら……。女はコートに手を伸ばしたが、既に男が手に持って広げていた。——だって、私が戻るのは暗くなってからだし、それにあれ、外のハロウィン、昨日の夜でも、あんないたずらをしたんだから……女は振り向いて、男が襟を直している白いうなじに突然ビーズ細工のように浮き出た汗から髪の毛を持ち上げるために、手を後ろにやって、——今日の夜はどんなことをしでかすか……。今夜、子供たちがすることなんて、せいぜい仮装して家に来る程度ですよ、と男は言った。ドアを開けると、風に舞う木の葉、わびしい吹き流し、道路の黒い流れを横切っているシェービングクリームの勧告が見えた。見慣れない冷たい川に入っていく人のように、女がためらいがちに道路の流れに足を踏み入れるのを男は見つめ、死肉をあさるカラスの脇を通り過ぎていくのを見ていた。カラスはほとんど翼を動かさなかった。やがて男がドアを押して閉めると、カチンと鍵が掛かった。

男はその場に立ったまま視線を手前に向けて、〝ボタンを合わせたときには……〟という刺繍細工の針でなぞられた沈黙を見、振り向いてアルコーブまで進み、そこに立って外を見た。シクラメンに目を留め、その絹《シルク》の花びらからほこりを払った。立ったまま、ダイニングルームの椅子の紫檀の湾曲を撫でて、植物を眺め、その向こうの、熊手のかかっていない芝生を見て、一歩歩くごとに緩くなった繰形《くりがた》を足で押さえ、キッチンに入り、その歩みが男を引き戸の中へ連れ戻した。男はそこに立ち止まり、少し近づいて本のタイトルを読み、一冊手に取ってほこりを吹き払い、元に戻したり、本の背を指でなぞったりしてから奥に進み、また一本タバコに火を点け、目の前に散らかった品々の上に別のフォルダーを広げた。書類をひっくり返し、一部を取り除き、別の一部を丸めて、足元の**風味豊かなグルメのポテトチップス！**の段ボールに放り込み、折り畳み、破り、また一本タバコを作って、肘のところの黄色い大理石のくぼみの中でまだくすぶっているタバコの横に置き、突然吐き出した灰色の息によって、その静止した青い煙を乱した。紙、図、詳細地図、黄ばんだ新聞の切り抜きを見つめ、再び立ち上がって、曇ったガラス窓越しに外を見た。外では、年老いた司祭がぎくしゃくと漂い、箒《ほうき》と潰れたちりとりを体の前に持って、よろよろとした足取りで前方のごみ捨て場に向かい、時折、疑うように立ち止まったかと思うと、姿勢を正し、頭上のトイレットペーパー飾りの中に詳細に現れている教義を仰ぎ見た。室内では、男がウィスキーをもう一オンス注ぎ、キッチンに戻り、ダイニングルームに行き、テーブルの角度を直し、周りに椅子を均等に並べ、いろいろな物に手を触れ、やがてその足取りが階段の上へと男を連れていった。廊下の奥の開いた寝室へ進み、その入り口に立って見ていた。誰もいないベッドをただ見ていた。びしょ濡れのタオルとソックスの山を通り過ぎ、バスルームの洗面器の中の白いフリルをしばらく眺めて、廊下を戻ったとき、何かが、鳥の翼の羽ばたきほどのわずかな動きが、階段の下のガラス越しに目に留まり、男は一歩後ろに下がった。次に音が、枝が鋭く揺れる程度のわずかな音がしてドアが開き、再び閉じたときには突然、人影が家の中に入っていた。止まり木に止まる鳥か何かのように、片方の手が親柱の上に置かれていた。――レスター？

――ここで何してる？

――知らなかったのか？　ここは私の家だ……。男は階段の上に現れて、――来るなら、前もって言ってくれれば、そうすれば手間が省けたのに……そして階段を下り、――倫理違反で告訴される危険まで冒して。

――何の話だ。

――サックスの女性用トイレ。

――またまた勘違いだな、マキャンドレス……実際、錠を開けるのに使ったプラスチックカードがまだ手の中にあった。――いつも勘違い……カードはまだらのツイードジャケットのポケットに突っ込まれた。男は周囲を見回しながらコーヒーテーブルのそばに立っていたが、そのジャケットは後ろから見ると、ただでさえ狭い肩幅をさらに狭くしているように見えた。――この古い家は面白いよな、どういうものか知ってるか？　男は上目遣いにあちこちを見て、――ハドソン風カーペンター・ゴシック建築、由緒ある建物だ、知ってたか？

――知ってるよ、レスター。

――すべて外側からデザインされてる。そこの、あの塔とか、屋根の尖塔とか。連中は外側の図面を描いてから、後で中に部屋を詰め込んだのさ……天井の繰形《くりがた》の線に沿って、それがアルコーブのアーチに突き当たるところの、ぼろぼろの漆喰製鬼板飾りまで視線を走らせて、――あそこは雨漏りしてる……まるで苦情を言うために、この家を買うために来たかのように、――ひどくなる前に直せ。最近は、赤毛の女が趣味なのか？

――それは彼女に訊くべきだったな。

アルコーブから暖炉へ、さらに奥へと男の足取りは視線の後を追って、電話が鳴ったときにはキッチンへと進み、テーブルのそばに立って、汚れ、十字、雨あられと降る矢を見ていると、電話が鳴り止んだ。――あの女には子供が？

――それは本人に訊くべきだったな。

今度は引き戸のそばに立って、――おまえはもう少しきれい好きだと思ってたよ、マキャンドレス。何だこれ、ガレージか？　雪崩《なだれ》を起こした本や、乾いて底に同心円の模様ができたグラスをまたいで中に入り、動かない煙の層を手で扇いで掻き回した。――タバコはやめたんじゃないのか……開いたファイリングキャビネットの端に半分もたれて、振り向いた。――この白いドアを外から見てみろ、ドアまでガレージみたいだ。この部屋の中は誰が改装を。本棚をたくさん入れたのはおまえか？　しかし、返事はタバコの煙と、指紋の付いたグラスを取るために伸ばされた手だけだった。――おまえの年齢《とし》だと、そういうのがいちばん体に悪いんだぞ。タバコとウィスキー。一緒に作用して血の流れを止める。足の親指を二本ともなくしたら、きっと俺の言うことの意味が分かる。

――手の親指は？

――ひょっとするとおまえの考えてることは正反対なのかもしれないな。ひょっとすると、あんなことは実際には起こらなかったのかも。ひょっとすると実際には、おまえのくだらない小説に書いてあるのと同じことが起こったのかも……。ブーツが、ぶら下がったまま金属製のファイリングキャビネットにバン、バンと当たった。――俺は一か月後に話を聞いた。ナイロビに戻ったときに初めて聞いた。ひょっとすると、ただの酒飲み話だったのかもな。

――いや、いや、そんなことを言っても無駄だ。君が突然手を引いたときには、私はまだ向こうにいた、それは君もよく知ってたはずだ。連中がセイコを捕まえてたことも。

――セイコはやつらの手下だったんだ。やつは何が起こるかを知ってた……。バン、バン、――おまえの悪いところはな、マキャンドレス、いつも他人のせいにすること。赤毛については何を知ってる。

――あの人たちは家を借りた。代理人《エージェント》を通じて。それだけ。そんなことが知りたいのか？　それを訊くためにわざわざここに？　私の健康を気遣って、建築様式についておしゃべりをする、そのためにわざわざ……

――ちょっと興味があっただけだ……。片方のブーツが突き出されて、床の上に積まれたマニラ紙のフォルダーを開いた。――おまえは家を貸した。じゃあ、おまえはここで何をしてる。

――いろいろと片づけを。私は片づけのために来た。君は。君はいったいここで何してる。

――片づけって。

――これ全部。全部だ。

――大変だな。おまえの年齢《とし》だと大変だろ……。ブーツが突つくと、マニラ紙のフォルダーからページがこぼれ出た。――何だこれ。

――読めばいい。持って帰って読め。

――読みたくはない。読む必要もない……。男はキャビネットの引き出しの上に屈み込んで、一つのフォルダーを脇に押しやり、もう一つのフォルダーも脇にやって、――手伝ってやろうか。ここを全部片づけるなら手伝いが必要だろ。男は手にいっぱい書類を取って、落ちそうになった書類を反対の手で押さえ、――事故保険証書がある。ブルンディのバイ・シム傷害保険会社、各地に便利な支社。死亡の際、五千ドル、受取人はレンドロ鉱山会社。あまりうれしいものじゃないな。

――一回きりの掛け捨て保険だ。一回の旅行にだけ有効な……

――おい、待て、待て。両手、両足、両目、片手、または片足、片目の欠損でも五千の支払。悪くないな。でもここには、手の親指のことは何も書いてない……。男は新しくタバコを巻いている紙の端からタバコの粉がこぼれるのを見ながら、――それから足の指のことも。手一本か、足一本、全部じゃないと駄目なんだ。欠損とは手首足首の位置、またはその上部で切れていることを意味するものとする。次回はたぶんもう少しおまえにもツキが回るさ……男はその紙を落とし、新たに封筒、チケットフォルダー、処方箋を手にいっぱい取って、――眼鏡が必要だとは知らなかった。こっちでは、おまえが眼鏡をかけてるのを見たことなかったからな。これはしまっておいた方がいい……。男は銀行券を差し出し、――いつか向こうに戻ったら、必要になるかも。これは何。

――漫画本だ。持って帰って読め。

――読みたくはない。

――いや、持って帰れ、持って帰れ。毒がなくて面白いぞ。それは神様が宇宙を造った話、そっちは、罪の報いの面白い話。持って帰って、地下鉄で配れ。

――おい、またその話か。

――またとは何だ？　おい、おい、レスター、君は宣教師だろ。君は安物の黒いスーツを着て、黒いネクタイを締めたがりがりの青年。安物の白いシャツを着て、それを毎晩自分で洗濯して……

――誰のために仕事をしてるんだ、マキャンドレス。男はファイリングキャビネットから下りて、新たなタバコの煙を手で扇ぎ、ブーツの先で床の上に積まれたフォルダーをひっくり返した。――ここの片づけは大変だぞ、だろ？　男が近づいてきて、巻いた地図を広げ、見慣れた海岸線が少し見えるところまで広げた後、手を離すと音を立てて再び丸まった。ノートを拾い上げ、白いページをぱらぱらとめくり、それを下に落として、色の付いた光沢のある四角形を掲げた。——何だこれ。

——何に見える。

——赤外線写真。赤外線写真くらい知ってる。どこ。場所はどこだ。男はそこに立ったまま、山になった雑誌、ジオタイムズ、地球物理学研究ジャーナル、サイエンスを蹴って、——俺たちは向こうで、しばらくの間おまえを見失った。テキサスにいたのか？　オクラホマ？　新聞でおまえの名前を見たような気がするんだが。

——君が新聞で何を読んだか、私に分かるわけがない。

——著名な専門家証人として法廷で証言。地球の年代に関する大家《たいか》。学校で科学を教えることに関する訴訟がよくあるだろ、そういう裁判で一人の権威として……

——創世記、余計な部分を削った創世記を学校の中で教えてる連中がいる。この漫画をどこから持ってきたと思ってる。連中に本当の科学を教えようとすれば、町から追い出される。地球は一万年以上昔からあるなんて言ったら、リンチ。同じことだ、独善的で、愚かで、いまいましい……

——これはおまえが書いたのか？　男は山の中に乱雑に広げてあった雑誌を取って、真っ直ぐに立った。——向こうで何を見つけた。

——向こうってどこ。

——グレゴリー断層。グレゴリー断層の話だ。

——何の話かは分かってる。上に書いてあるのは私の名前だろ？　持って帰れ、持って帰って読め。

――読みたくはない。クリンガーの指示であそこに？

――誰の指示でもない。

――向こうで何を見つけた。

――五十年前にリーキー夫妻〔英国の人類学者・考古学者夫妻。東アフリカで初期人類の人骨を発掘した〕が見つけたのと同じ。ルドルフ湖岸の火山灰から掘り出した化石。持って帰って読め。

――こういうことだけやってればいいんだよ、マキャンドレス。科学のお話を書くことだけやってれば。な？　雑誌が床の上に放り出されて、――おまえの小説なんて完全な出来損ない、だろ？　男は蜘蛛の巣まみれの巻いたキャンバス、白地に黒の巻いた革、あるいは黒地に白なのか、を蹴った。部屋の反対側に歩いていって、本棚に並んだ本を一列ずらっと見た。プレート・テクトニクス、第二回ゴンドワナ・シンポジウム、漂流する大陸、――ランシマン著十字軍の歴史、第二巻。一巻と三巻はどこだ。ギリシャ悲劇？　アラビア砂漠旅行記？　これは、例のバッタの話のやつじゃないか……男は詩集を引っぱり出して、ほこりを吹き払い、――ここは何でも一緒くた。おまえの頭の中と同じ。だろ？　男は本は開かず、そのまま戻した。――酒を四杯飲んだら、お得意の話を始めるんだよな、浮かれ騒ぐバッタたちが……

――違う、違う、違う。小さな人々だ、レスター。日溜まりでバッタのように浮かれ騒ぐ小さな人々は、過去のことなど顧みず、まして未来のことなど考えもせず、もしその気になって……〔米国詩人ロビンソン・ジェファーズからの引用〕

――おい、こんなところに聖書。

――愚かにも二十年周期で愚行を繰り返したなら。彼らは食べ、また笑い、労働をあざけり、戦争と……

――どうしてこんなところに聖書が。しかも逆さまだ。どうして逆さま。

――ダウティ〔英国の作家・旅行家（一八四三―一九二六）、『アラビア砂漠旅行記』の作者〕につまずいたんだろ。読め。持って帰って……

――読んだ。男はそれを引き抜いて正しい向きに直し、――聖書はこんな場所に用がない、だろ？　おまえは聖書に用がないだろ。

――君はいつも正しいな、という声が新たな煙の渦の中から聞こえた。――その帽子は別にベッドに用はない。そこのチキンは別に居間に用があるわけじゃない。同じように、君は用もないのに……

――またその話。

――君は何歳だった、十三か？　聖職に任命されたとき。二十歳のときには、例の安物のスーツを着て、向こうで二年間布教活動する契約をしたんだったな？　ルウェロ三角地帯でイスラエルの十の部族を復帰させて、ミズーリのどこかで再臨が起きるってバガンダ族〔主としてウガンダに居住〕に説いた。例の馬鹿天使と、その天使が隠した金の皿の話を持ち出して……

――言っただろ、その話はいい！　その話は聞いた、前に聞いた。その演説、そのたわごと、うわごと……

――いや、いや、いや、これは歴史だよ、レスター、五百年の歴史。君の仲間のポルトガル人が船でモンバサに行って、東海岸を荒らし回った。象牙、銅、銀、金山。真の信仰を広めながら、ザンベジ川の谷を上流に遡りながら、道すがら奴隷の売買。雄牛みたいなローマ法王が悪夢にお墨付きを与えた。聖書に用があるってそういう意味だろ？　私の持ってる本を点検するのがそんなに大変なら、あの本を捜せ。十五世紀バコンゴ王国のキリスト教改宗。読め。持って帰って読め。その隣の棚だ。ンジンガを洗礼して、ヨーロッパ風の服を着せて、礼儀作法を教えて、最後に、気づいたときには、国民全員がブラジルのプランテーションに売られてしまっていて、ヨーロッパ人が……

——自分の肺の内側がどうなってるか、考えたことあるか、マキャンドレス？　見ろこれ。これを見ろよ。男は振り向いて、漂う煙の中に手を伸ばし、散らかしたテーブルの端に立っている笠なしのランプを点け、黒く長い蜘蛛の巣をぶら下げたまま手を離し、——触ってみろ、どんな感触か。こんな感触だろうな。こんなふうに見えるんだろうな……。それが指にまとわりついたので、男はしゃがんでシマウマ革の前足の短い袖に手を伸ばし、そこで手をぬぐった。——もう長い命じゃないって、どこかの医者に言われたんじゃないのか。おまえを見失ったとき、たぶん医者にそう言われて姿を消したんだろうと思った。だけどおまえはそこまで馬鹿じゃない。おまえはいつでも他の誰よりも賢いからな。周りのやつらはみんなただのバッタだろ、こんなふうに……まるで先ほどからそれを捜していたかのように、黄色い表紙の本を取り出して、——見かけまで安っぽい。タイトルも。ペンネームも。

——ちゃんとした名前だ。電話帳で調べろ。本名じゃないというだけだ。

——この本で儲かった？

——金のために書いたんじゃない。

——そんなことは訊いてない。これは腐ってる、だろ？　男は本の背を折ってページを開き、

——鼻くそをほじりながら。聞けよ。泥の飛び散ったメルセデスの後部座席で鼻くそをほじりながら

ら、スライクは暗闇に身を潜め、男たちが死体を運ぶのを見つめていた、これ、俺のことだろ。スライク。こいつが俺ってことだろ？　俺が鼻くそをほじってるのなんて見たことがないくせに。ここ、ここが、この本の中で唯一いいところだ。この章の始まりのところ。こう書いてある。愚か者はならず者より危険だ。ならず者は少なくとも休むときがあるから。愚か者は休むことがない。どうしてここがいいか分かるか？　おまえが書いたんじゃないからだ。どうしておまえが書かなかったんだ？

——君が生まれる前にアナトール・フランスが書いたからだ。そこにそう書いてあるだろ？

——俺が鼻くそをほじってるのを見たことないだろ。むかつくんだよ、な、マキャンドレス？　どうしてこの男にスライクなんて名前を。どうしてこんな本を書いた。

——退屈してたんだ。

——おまえはいつも退屈してた。俺が初めて会ったときも退屈してた。俺がこの本を読むなんて思ってなかったろ？　クルックシャンクも登場させてるな、リドルって人物。やつやソラントや他の連中には、誰がこの本を書いたか分かりっこないと思ってたんだろ？

——連中が読むとも思わなかった。連中には他にすることが、もっとましなことがあるだろ？

——この本のことが報告されなかったと思うのか？　向こうじゃ何でも読むのさ、変な書類でもパスポートの偽造、電話の盗聴……

何でも、こんな屑《くず》でも。たぶん連中は仕返しだと思っただろうな。

——まさか、私がわざわざそんなことのために……

——ひょっとすると、秘密漏洩の元はおまえだと思ってるかもしれない。

――どんな秘密。

――ひょっとすると連中は……

――どんな秘密かと訊いたんだ。一度でいいからはっきり答えたらどうだ。

――おまえに嘘を言ったことはないぞ、マキャンドレス。

――本当のことを言わなかったことは、うんざりするほどある。

――嘘とは違う。

――違う？　私の銀行口座を止めたのも。国税局を使って私の銀行口座を止めたのは誰だ。

――微妙な一線があるんだ、覚えてるか？　真実と実際に起こることとの間には、微妙な一線がある、俺にそう言ったのは誰だ？　男は本を置いてそこに立ったまま、ぎらぎら輝くランプの下で書類をめくっていた。――覚えてるか？　昔はよく話したよな、そうだろ。

――君が正しいことを言ったのは、これが初めてだ。何でも、何、何……

――立派な咳だ。前に聞いたときより上達してる。練習したのか？　その咳がおまえに何かを伝えようとしてるとは思わないか？

――どうして教えてくれないんだ。真実をじゃない。君からそんなことを聞こうとは思わない。そうじゃなく、実際に起こったこと。あの年の未報告の収入の件で、どうして今になって、連中が急に私を追い回す。君だって知ってるだろ、私にあの金を渡したのは君なんだから。クルックシャンクはマティディで君の参謀長だったから、やつも知ってたはずだ。なのに突然、国税局以外は誰も知らないことになった。

――それなら何を心配してる、何も心配……

——心配してるんじゃない、ただうんざりしてるだけだ！　今でもクルックシャンクのために仕事を？

——俺は今でもクルックシャンクのために仕事をしてる。さっき言っただろ。俺は一度も……

——一度も私に嘘をついたことがない、ああ、それなら教えてくれ、いったい君は何を……

——何を心配してる。おまえが雇われていた記録はないんだろ？　秘密の作戦が行われたなんて、連中は否定する、おまえも分かってるだろ、それが局の方針だ。そんなことは誰でも知ってる。新聞にも書いてある。

——新聞に、新聞に書いてあるって。連中が頭に袋をかぶせて出廷させた、あの替え玉みたいにか？

——あの男みたいに。

——あれは誰。

——連中に訊けよ。クルックシャンクに聞け。

——君に訊いてる。君に訊いてるんだ、レスター、留守だと思って家に忍び込んできて、赤毛の女とか、くだらないことを言って。最近は赤毛が趣味なのかだと。まるで今でもムサイガ・クラブで一緒に座ってるみたいな口の利き方。あの後、連中が唇の薄いソマリ族の男を使って君を罠にかけて、クルックシャンクたちが……

——それは別。別問題だ、マキャンドレス。どっちにしても、おまえからは大して情報を得られなかった……。男は立ったまま、ピンクや青の色付きの板、ラベルの付いていない図表をひっくり返していた。——別ルートで入手してた情報以外に新しいことは何もなかった。おまえがクリンガーのために働くようになるまでは……男は詳細地図を取り上げてほこりを振り払い、キャビネットの上に広げた。――これがやつの採掘地？

――それが何なのか私は知らない。

――知らないことは言わなくてもいい。知ってることを言え。クリンガーは投資を集めようとしていた、ちょうどそのとき、やつはあのぼろぼろのタボラ中学校にいたおまえを引き抜いた、そうだろ？　それともおまえはもう首になってたのか。おまえにハンマーと虫眼鏡を持たせて、やつの買い占めた採掘地に詳しい調査の価値があるかどうかを調べさせた。おまえは戻ってきて、何を見つけたかを報告した。やつが調査許可証を持って現れたときには、おまえが描いたという地図を持ってた。やつは遠隔測定法や赤外線スキャン、七千エーカー全域にわたる八十平方メートルごとの高解像度写真なんかを持ってた。そして鉱山会議所で若い伝道師と土地売買の交渉をした。双方ともに、鉱脈が伝道会の土地まで伸びているのを知ってた。連中は既に伝道会の土地ぎりぎりのところまで坑道を掘ってたからな。ところが、伝道会がクリンガーに示した金額はびっくりするほど安かったから、やつはレンドロ、ピティアン鉱山、南アフリカ金属企業連合の間を駆けずり回って、伝道師の土地で見つけた鉱床に関する報告書を見せて、賭け金をさらに吊り上げようとした。この件は。

――その件がどうした。

――そのときの報告書。やつの報告書について、おまえの知ってることは。

――私が知ってるのは、君とクルックシャンクが書類の一枚一枚に目を通してるってことだ。私の知ってるのは、君が誰かに金を握らせて、書類を手当たり次第、全部コピーさせたってこと。

——見込みはどの程度だった。

——全部見たんだろ。クリンガーに訊け。

——クリンガーに訊け。

——とにかく、やつに訊けばいい。企画書は私が書いたわけじゃない、やつが自分で書いたんだ。私は見てない。

——おまえは何を見つけた。

——言っただろ。クリンガーに訊け。

——おまえがやつに最後に会ったのは。

——あれ以来会ってないし、おい、レスター、その箱、元通りにふたをしろ、それから元の場所に戻せ。何を捜してるのか知らないが、そこには入ってない。

——これがアイリーン？

——それがアイリーン。元に戻せ。

——かわいらしい女だな。こんなに若いとは聞いてなかったぞ……スナップ写真が箱の中に落ちて、男はそこに立ったまま、ふたをはめようとしていた。——クリンガーはインターコンチネンタルの裏の細い路地で見つかった。頭には穴が二つ開いてた。

——そのことか？　誰がクリンガーを殺したか、私が知ってると？　それが訊きたくてここに？

——誰が殺したかなんて、誰も気にしてない……。男は後ろのアームチェアーから今にもこぼれ落ちそうな山の上に手を伸ばして箱を置き、——誰がやってもおかしくない。やつはニュー・スタンレーの店を経営してるあの身持ちの悪い女に手を出そうとしてたから、その女が自分の夫だって言ってたアフリカーナ〔南アフリカ生まれの白人〕の仕業だろう。二人とも次の日には姿をくらましたしな。ここはダッハウ〔ミュンヘン北西のナチスの強制収容所（一九三三―四五）があった都市〕みたいだな、だろ？　男は手を伸ばして、二人の間に静かに立ち上っている青い煙の柱を崩し、――消してくれないか？　吸ってもいない、見ろ。置きっ放しで、煙が出てる。俺にまでタバコの煙を吸わせてる、そうだろ？

――それなら息を止めればいい。外に出て新鮮な空気を吸え。入ってきたときと同じように勝手に出ていけよ。

――赤毛はいつ戻る。

――知らないね。

男は金属製のファイリングキャビネットのところに戻り、瓶が持ち上がって汚いグラスにちょうど一オンス注ぐのを見つめ、突然、煙を出しているタバコに手を伸ばして、黄ばんだ大理石に押しつけて消した。――死にたいやつがタバコを吸うのは構わない。だけど、俺まで道連れにする必要はない、だろ？　ブーツの踵《かかと》がキャビネットの側面にバンバンと当たり始めた。――赤毛女の旦那については。

――家賃の支払が二か月遅れてる。知ってるのはそれだけだ。

――信用調査をさせただろ？　この家を貸すとき。

――私は何もさせてない。あの人たちが代理人《エージェント》に渡した一か月分の家賃の小切手は不渡りだったが、一週間後に換金できた、それだけの話だ。

――おまえは身の回りのことに用心が足りない、そうだろ。昔からそうだった……。男は前屈みになって、床の上のフォルダーから、ばらばらになったページを片手いっぱいにつかんで丸めた。

――国税局に追い回されて、たぶんおまえも金に困ってるだろ。男は近づいてきて、一ページを下に落とし、続けてもう一ページ、また一ページ、――いつも金に困ってた……顔を上げずに――おまえがクリンガーのためにやった仕事と引き換えに二千ドルやる。

――相変わらず金遣いが荒いな。

――現金で。ここにあるんだろ？　このごみ溜めのどこかに？

――今、君の見てるものがお目当てのものかもな。

――今見てるのものは違う！　今見てるのは、山のような、この。おまえは今、どうやって食べてる？　教科書を書いてるのか？

――そうしたこともある。

――腐った小説よりはましだな。教科書だけにすればよかったのに。

――教科書だけに？　スマックオーバーでの裁判がいったい何だと思ってる。

――いや、真面目な話だぞ、マキャンドレス。真面目な話。スマックオーバーの話はいい。二千ドルの現金。自分の靴を見てみろ、それ……

――あの裁判の話まで私のでっち上げだと？　その本のペンネームみたいに？　無知が深刻な問題じゃないと思ってるのか？　赤土、波打つような山々、鉄道、小さな川、そこに町が育って、道の両側に植えられた大木の枝がメインストリートの上を覆って、教養ある人物が町をシュマン・クベール〔フランス語で「覆われた道」。これがなまって「スマックオーバー」になったらしい〕と名づける。一世代か二世代の間、無知が腰を落ち着ければ、スマックオーバーの出来上がり。それが百年続いたらああいう裁判が起こる。暗黒の勢力に対抗して聖書を守るって。連中は聖書の一語一句を文字通りに解釈することで聖書の値打ちを下げてる。あそこまで聖書を堕落させることは、戦闘的な無神論者にだってとてもできない。子供の心に絡みついてる愚かさは矯正の鞭で追い出さなければならないと書いてあるから、鞭を使って子供の心の中から日の光を叩き出す。そして、悪魔の使いのヘビを捕まえろと書いてあるから、酒をしこたま飲んで、ズック袋の中に何匹ガラガラヘビが入るか〔英熟語として「胃袋に安ウィスキーが何杯入るか」の意〕確かめる。二百万年前の東アフリカのホモ・ハビリスの話をしたら、ホモ・サピエンスでも、ホモ何でも、そんな話をしたら連中は、ホモのことなら知ってますよって言う。ソドムの男たちがロトに向かって、男色がしたいからあんたのところに来てる二人の天使を連れてきてくれって言った話でしょう？ 申命記の、ソドム人の家を破壊する話でしょう？ レビ記に挙げられてる忌まわしい性関係でしょう？ パウロの書簡に出てくるみだらな感情、互いを求めて燃えたぎる色欲のことでしょう？ この話はおまえにはちょっときついか、レスター。聖書、西洋人が生み出した最も偉大な作品に用があるって話だったな、聖書に用がある連中なんて、せいぜいそういう……

――俺が言ってるのは、クリンガーのためにおまえが生み出した報告書のこと。向こうの、クリンガーの採掘地でおまえが何を見つけたかって話だ、マキャンドレス。スマックオーバーでおまえがやった、ちゃちなスタンドプレーのことじゃない。あんなのは六十年前にテネシーで片づいた話だ。おまえのわめいてる、創世記と進化論の話とか……

――片づいた？ その結果、丸一世代、進化論が教科書から消えて、まるでロボトミー手術を受けたみたいな教科書ばかりが出回ったのに。おい、おい、とんでもない。愚かさって習慣は、なかなか直らないものなんだ。ちょうどここに。さっき見かけたんだが……。紙、切り抜き、灰がテーブルの上のごみの左右にこぼれ、――ちくしょう！ 危うく瓶が倒れそうになって、――ジョージアでの生活がどんなものか。どこかこのあたりに……

――おまえの描いた地図、図表、野外メモ、その他全部、二千……

――ほら、ほら、待ってる間にこれを読め……不吉な黒色のパンフレット、――サバイバル教本《ハンドブック》。スマックオーバーから持ってきた小冊子だ。テサロニケ人への第二の手紙にあるみたいに、君のような人間が主《しゅ》に会うために引き上げられたとき、私のような人間がどうしたらいいかが書いてある。君たちは宇宙時代のピクニックで雲の上、残された私たちは……

――いつも勘違い。それはテサロニケ人への第一の手紙、四の一七。それに、俺がここに座って待ってるのは、ジョージアでの生活を知りたいからじゃない。俺が待ってるのはおまえの……

――いや、いや、これだ、これ、聞けよ。テネシーでのお祭り騒ぎで問題が解決したって？　これがジョージアの裁判官の言葉だ。聞け。ダーウィンの唱える猿神話が、慣習を無視した放任、堕胎、乱交、ピル、コンドーム、変態、妊娠、ポルノ療法、汚染、中毒、あらゆる種類の犯罪増加の原因となっているのである。男色、男根羨望、覗き屋はどうなんだ。この裁判官がちゃんと聖書を読んでると思うか？　サムエル記の、朝の光が差すまでに壁に立ち小便する浮浪者は何とかっていう話〔サムエル記上二五の二二で「ナバルに属する男」は「壁に立ち小便する男」と表現されている〕は？　イザヤ書の中の壁に座ってる男だって、自分のあれを飲んだんだろ〔イザヤ書三六の一二〕……

――二千だ。

――自分の小便を。そして食べたんだ、自分の……

――現金。現金で二千……男は胸のポケットを叩いた。――どうしてまた作ってるんだ、さっき俺がそっちのを消したばかりなのに。

――だから新しいのを作ってる。今も頭が鈍いみたいだな。当たり前だろ？　君がそっちのを消したから、私が新しいのを作る。完全に論理的な帰結だろ？　古生代、中生代、新生代っていう因果的連続性と同じ。すべての事実が真正面から君を見つめて、真実を明らかにしてた。あのときもすべての事実が霊長類連中を見つめて、真実を明らかにしてた。創世記の息の根を止めてた。微妙な線か、とんでもない、私は間違ってた。深い谷だ、深い谷があるんだ……

――じゃあ、いったい、どんな結果を望んでたんだ！　あの場所で何がどうなってほしかったんだ。聖書を信じるように育てられてきた一握りの純朴な人たちが……

――一握り！　国民の半分が一握り？　この国のいまいましい国民の半分近く、四十パーセントが、人間は八千年か一万年前にほとんど今のままの姿で創造されたと信じてるのに？　本気で信じてるのに？　最初の二ページに二つのバージョンがあるから、好きな方を選べってことさ。最初に動物がいて、その後、六日目くらいに人間、男と女とを神が創ったっていうバージョンか、あるいは、土から人間が生まれて、その後、動物が現れて、サマーキャンプの子供みたいに一列に並んで名前を付けてもらって、最後にスペアリブからミス・アメリカが創られたっていうバージョンか。神は闇から光を分け、海から川を分け、天空を創った。パンクー〔盤古。中国神話で原初の混沌の中に生まれた神〕とどこが違う？　中国と何が違う？　眠れる巨人が暗闇の中で目を覚まして、虚空を打つと天と地ができて、その息が……

――その息が風となり、その声が雷となり、汗が雨と露、一方の目が太陽に、他方の目が月になり、体に付いたノミが人間になった。前に聞いた。全部聞いたことがあるよ、マキャンドレス、おまえから聞いた。また同じ話を聞くためにわざわざ俺がここに来たと？　こんなたわごとをわめきたてるなんて、昔のおんぼろ学校に戻ったつもりか？　目の前の人間を誰彼構わずいじめて、脅して。おまえはそういうのが得意だからな。他の誰よりおまえは頭がいいからな。この腐った小説の主人公みたいに、この、フランク・キンキードみたいに……。男は黄色い表紙の本を再び手に取って、一度に五ページ、二十ページとめくって、――こいつは一度も鼻をほじらないな、立派な男だからそんなことはしないってわけか。これがおまえなんだろ。

――誰でもない。いったい小説を何だと思って……

――ここのところは？　こいつが疑いの海に進み出るところ。ここは最低だな。疑いの海に進み出る、最低だ。分かってるのか？　それから、あそこのところ。主人公が、自分の人生に不可避の進路を与えようとしてる場面。自分の人生を偶然の手から救い出し、運命にゆだねたいと望むところ。あんなのは信じられないだろうな、おまえのことを知らなければ、あんなしゃべり方をするやつがいるなんて信じられない。スマックオーバーでおまえが叱りつけてた霊長類連中みたいな人たちばかりで、自分と同じくらい賢い人間がいないからって、むちゃをやりまくる。いいことを教えてやろうか？　アメリカ人の大多数は知能指数がおよそ百だ、な？　そんな人たちに、三千万年前にサハラ砂漠ではエジプトピテクスが果物の食卓を囲んでたなんて話を？　シュマン・クベールなんて発音することもできない連中に、皆さんの先祖は一千万年前のアウストラロピテクスです、なんて言うのか？　男は新しく吐き出された煙を手で扇いで、――どうしてみんながおまえから逃げ出すか、考えたことは？　ここだ、このフランク・キンキードが、妻が自分から逃げ出しそうだってスライクに話してる場面。これ、アイリーンだろ。名前をグウェンに変えてるが、本当はアイリーンだろ。ニュー・スタンレーのバーに座ってるのがおまえだ。キンキードが話してる内容は、まるで人生が取り消し可能なものみたいに生きてる人たちのこと、自分の行為が招いた結果に対して責任を取ること。同じたわごと、同じ妄言……本がぱたんと閉じた。――おまえがクリンガーのためにやった仕事を五千ドルで買う。

――どうして無駄な金を。やつが連中にしゃべった内容は知ってるんだろ。

――やつがしゃべった内容はな。おまえがやつにしゃべった内容を知りたいんだ。やつは多額の投資を掻き集めようとしてた張本人だぞ。そんな男が、あの伝道師の土地には茨《いばら》以外に何もないなんて言うか?

――自分で行って調べたらいいだろ、レスター……グラスが空《から》になって下がり、よろめきながら手探りで着地する場所を探していた。――向こうに行って自分で調べろ、地図もあるし、高解像写真もある、当時の私よりたくさんの資料があるじゃないか。必要なのは虫眼鏡とハンマーだけ、その書類の下にあるから持っていけ。君がさっきから踏んづけてる古いテントも持っていけ。おんぼろトラックに乗って、伝道会の子供を二、三人連れていって自分で調べろ。

――この場所で充分だ。どうしてわざわざ俺が行かなけりゃならない。ここで充分だろ? このごみ溜めの中から何か見つけてくれ。向こうで見つけたものは、どんな屑《くず》でも大事に取ってあるんだろ……。男は一ポンド袋三十六個入りのクリスコの段ボールにブーツの踵《かかと》を引っ掛けて引き寄せ、

――今、向こうがどんなことになってるか、知ってるか? あの国境には近づけない。国境がないんだ。伝道会の土地とリンポポ川との間には、カラシニコフやカチューシャ・ロケットを持ったアフリカ国民会議のやつらがうろついてるし、PLO、キューバ人、衛生工学技師を装ってるKGB、それに、あらゆる国から集まった屑《くず》みたいな傭兵、フランス人、ポルトガル人、東ドイツ人、モサ

ド〔イスラエルの秘密諜報機関〕のスパイ、SWAPO〔南西アフリカ人民機構、ナミビア独立を目指す黒人解放組織〕も流入してるし、南アフリカのZ部隊とMRMとが事態を不安定にして、決定的対立が生まれるのを待ってる。今、向こうにのこのこ出かけたら、三メートルも歩かないうちに足を吹き飛ばされる。連中が尋問のためにおまえを捕まえたとき何をされたか、おまえは実際に経験しただろ。何をされたか言ってただろ。何があったか言ってたじゃないか、マキャンドレス、今回は話をでっち上げる必要なんかない。今回は、やつらはアファール〔ジブチの一地域〕のダナキル族みたいにおまえのあそこを切り取って、ガールフレンドへのプレゼントにするさ。地獄の幼稚園だ。向こうで何が起きてるか知らないのか?

——何が起きてるのか知らないし、別に……

——みんな待ってるのさ、誰かが介入して境界線を引くのを。あそこでも別の場所でも構いやしない。新聞を読まないのか? おんぼろトラックに汚いテントと伝道会の子供を二、三人乗せて出かけてみろ。水を探して伝道会本部からさまよい出た、あの二人の伝道師みたいに。二人は運良く、喉を切られただけで済んだ。その記事も見てない?

——見てない。新聞は読まないし、向こうで何が起きても興味がない。さっきから言ってるだろ、レスター。その件からは足を洗った。この話はもう二度目だ。また同じ話を最初から始める気はない。分かったか?

——じゃあ、おまえがクリンガーのためにやった仕事は何の役に立つ。おまえにとっても無駄になるじゃないか。今片づけようとしてるこのごみの山の一部になってるんだろ。ブーツがふたの開いた段ボールをあさり、ページのスクラップ、破れた封筒、得体の知れない地形をひっくり返し、

——ベンゲラ鉄道の時刻表、何の役に立つ。列車が来るのを待ってコルエジ駅に立ってるときでも、

何の役にも立たない。こっちには安楽死協会との契約書。自ら決断できないときが来たら。署名がない。何の役に立つ。現金で五千。この時刻表や他の屑《くず》に五千ドルっていうのと、おまえの野外ノート、図表、オリジナルの地図や、その他すべてに五千ドルっていうのと、何か違いがあるのか。向こうで何が起こってるか全然興味がないんだろ、どんな違いがある？　男は再びキャビネットの引き出しの中を掘り返して、取り出したのはへこみだらけの黄色い缶で、――ステート・エキスプレス〔タバコの銘柄〕。開けたのはいつ、十年前か？　無効という文字が穴で開けられたパスポートを取り出して、青、緑、赤、楕円、三角のスタンプの押してあるページをめくり、写真のところで止まった。――この頃はおまえも見映えがしたな。フランク・キンキードみたいに。キンキードの外見はこんな感じなんだろ。これからは慎重に生きていくって言うときの、冷たく動じることのない目。おまえに似てるんだろ。キンキードはみんなが自分と同じように振る舞うことを期待してる。自分が他の連中の置かれてる状況にいたらどうするかを考えてな。もしみんながおまえと同じだったら、そもそもそんな状況に置かれるはずはないのに……。男は吐き出された煙の灰色の波を手で扇いで、――だけど、やつは立派な男だから鼻くそなんてほじらない。自分の運命を偶然から救い出すのに忙しいってわけだ。

――どんなふうに終わるか、読んだろ。

――どんなふうに終わるかは知ってる。終わるんじゃなくて、ただばらばらになる。つまらなくて中身がない小説。登場人物も全員そうだ。そのためにこれを書いたのか？

――なぜそれを書いたかは話しただろ。単なる後知恵さ。どうしてその小説のことでそんなに腹を立てる。この小説は単なる脚注、後書きだ。ハッピーエンドを求めたって、結局は君やクリンガーのような連中の巻き添えになる。

――五千。男は無効の穴の開いたパスポートを口の開いた段ボールに投げ入れて、――そのうち必要になる……ブーツが突き出して、膝の上に組まれた靴を突つき、――見えるか？　おまえの足首、ずいぶん上の方まで毛が生えてないだろ？　さっき言ったのはこのことだ。ウィスキーとタバコが一緒に作用してる。血液の循環が悪くなってる。そうして爪先が緑色になるんだ。好きなタバコを吸うか、ウィスキーを飲むか、どっちかにしろ。その場合は自分で決めたってことになる、自分で選んだってことだ。でも、両方一緒にやるっていうのは、どういうことか分かるだろ、マキャンドレス？　人格的欠陥だ。劣った人間だって証拠だ、だろ？　おまえの得意なロボトミーの話もそう。脳前葉切開術《フロンタル・ロボトミー》をするくらいなら、目の前の瓶《ボトル・イン・フロント》の方がましだって、おまえはよく言ってたよな。あの言葉はどこから取ってきた、あれも人の言葉だろ。おまえは手術したんだから。事実が霊長類連中を正面から見つめて創世記の息の根を止めたあのときみたいに、肺がんの統計を目の前に突きつけられても、おまえは、そんなのは統計上の平行関係にすぎないって、次の一本に火を点ける。五千。病院代のためにも必要になるぞ……再び段ボールを苦しめ始めていたブーツが男を下に降ろし、男はスクラップ、スナップ写真、同じような地形、地層の傾斜や鉱脈露出部の未整理の写真を手にいっぱい持った。――これか？　男は一枚を取り出して、――これがクリンガーの採掘地？　全部同じに見える。

――自分の探してるものが何か分かってなければ、同じに見えるさ。

――自分の探してるものは分かってる。このごみ溜めのどこかにある。もしおまえが。まさか、そうなのか？　おまえがクリンガーのために手に入れたもの全部、あれを売ったのか、もう売ってしまったんだな。

――ああ、売った。そう言えばここから出ていくなら、売った。

――信じない。誰に、誰に売った。信じないぞ、マキャンドレス。男は丸めたスナップ写真を放り投げて、封筒の破れた半分を引き抜き、――中には何が入ってた。マル秘。何が入ってた……男は屈んで段ボールの中を掘り返して、――この封筒の残り半分はどこだ。このごみの中に秘密の資料が隠されてるのかもしれない、だろ？　おまえが秘密資料を持ち逃げしたかも……男は手には何も持たずに立ち上がった。――連中はこの場所からすべて持ち出すこともできる。裁判所の令状を取ってトラックでここに来て、おまえのものを全部押収することもできるんだぞ、そんなふうに笑っていられるのか？　好きにしろ、もう一杯ウィスキーを飲め。ＦＢＩが暴れるのを見たことあるか？　本箱を引き倒して床をめくる。そんなことはしないとでも思ってるのか？

――連中がそんな無駄な時間を使うか？　連中は……

――無駄な時間を誰が使うか、教えてやるよ。おまえに残された寿命よりもっと長い時間を浪費しようとしてるのは誰なのか、教えてやろう。それはな、情報が漏れてると考えて、上からの圧力を受けた人間だ。情報漏れの原因を突き止めるまではやめないだろう。たぶん三つか、四つの組織が流れを追っていて、互いに他の組織が何を追ってるか知らずにいる。自分たちの追ってるものを他に誰が追ってるかも知らない。やつらは嫉妬深いから情報を教え合ったりはしない。その争いの中に敵側が加わっているかどうかも知らないし、誰が敵側のために働いてるかも知らない。すべての組織がよその組織にはスパイが入り込んでると思い込んで、互いにスパイを送り込んでる。自分たちが偽情報をつかまされてるんじゃないかと思い込んで、自分たちでも偽情報を流す。連中に分かってることといえば、自分たちより先に誰かが目的のものを見つけたと言ったり、敵側がそれを見つけたと言って捜索を打ち切ったりしたら、そいつらが実際には見つけてないことを証明する方法がないってことだ。おまえはいくら受け取った。クリンガーのためにやったあの仕事、売ったと言っただろ、誰に売った。いくら受け取った。

――私の話は信じないんじゃないのか。

――信じ……。男はブーツの踵《かかと》を下ろし、体を固くして立ち、短い歩幅で歩いて、巻いたテント、積み上げた雑誌を通り過ぎ、再び何列にも並んだ本をじろじろと見た。――ひょっとするとクリンガーはやつらの側に寝返ったのかもしれない。ひょっとするとやつらは、俺たちがやつをスパイに使ったと思って、あの路地で殺したのかもしれない。セイコはやつらの側に寝返った……男は棚の上で本を横に押しやって、本の後ろの壁を覗いていた。――セイコの紹介でおまえは仲間になったんだよな、だろ……男は手を伸ばして壁を叩き、さらに本を横に押しやってまた叩いた。――おまえはそれほど重要な人物じゃない、だろ？　パズルの一ピースにすぎない。大きなパズルの小さな一ピース……。立ったまま、親指の爪で繰形からペンキを剝がして、――いくらまで粘るつもりだ、一万？

――それほど重要じゃないって言うのなら……

――一万ドル、聞こえたか？　驚かせるのは好きじゃないからな。クルックシャンクは例の話には裏があると思ってる。三十年前、おまえが初めて向こうに行ったときのあの発見の話。リンポポ川上流での発見、当時は誰もおまえの話を信じなかったし、当時は……

――それなら、どうして今になって信じるんだ。あの冷血漢。私はやつの言うことを信じてないのに、なぜ今になってやつが私を信じる。やつは今でもあの大陸全体を再び植民地にしようとしてるのか？　あの大陸を百年前に逆戻りさせるつもりか、ヨーロッパ人があそこをパイみたいに切り刻んで一切れずつ分け合ってた時代に？

――現金だ、マキャンドレス。現金で一万。おまえは誰も信じなくていい。このごみ溜めの中に座って、向こうで何が起きているのか知らないふりをしていればいい。見ろ、悪夢だ。独立して二十年経てば大陸全体が悪夢。まとめ上げるのに百年かかったものがすべて帳消し。すべてが昔に逆戻り。百万人以上が自分たちの政府の手で殺されてる。残りの人は食べ物さえ手に入らない。以前は向こうの国の九十五パーセントが自国の食料を自国で育ててた。今じゃ、すべての国が食料を輸入してる。七、八百のさまざまな言語。互いに話すこともできない。百人に一人は難民。睡眠病、オンコセルカ症、飢餓、狂気。どこに行っても狂気。狂気のまなざしの人々が行き来してる。これがましだって？　これがおまえの望んでたものなのか？

――おい、おい、そうじゃない、レスター。私の望んでたものは全然違う。レオポルド王の治める古き良きコンゴに君の得意な伝道使節を送って、ベルギー人がアフリカ人を射撃練習に使った方がよっぽどいい。アフリカ人の手を切り落として、柵に張りつけにして、火を使って……

――いいかげんにしないか？　それは単なるおまえの……どういうことか分かってるのか？　安っぽい話だ。そこの、おまえの本みたいに安っぽい話。同じ、安っぽくて、恩着せがましくて、話をねじ曲げて。聖書に用があるっていう話と同じ。おまえの言うことは他のことも全部安っぽくて……

――安くなんかないぞ、レスター。一兆ドルの兵器。それに、向こうにいる君の仲間の福音主義者連中は緊張状態に油を注いでる。私が地上に来たのが平和を贈るためだと考えて自らをだましてはならない、私が来たのは平和を贈るためではなく、剣を贈るためなのだから、とか、やつらはそんな説教をしてる。聖なるかな、聖なるかな、聖なるかな！　慈悲深く力強き神！　アフリカ人に何小節か歌って聞かせたらどうだ？　神の子が戦線に出陣する、王の冠を得るために、血のように赤い彼の旗が遠くになびき……

――それなら、おまえは誰の福音を聞きたい！　どういう宗教の原理主義者がお望みなんだ、ジョージアの雰囲気を味わうとか言ってたな、イスラム教の味はどうだ？　ジョージアの判事の言ってることは、アヤトラ〔ペルシャ語圏のシーア派で宗教心と学識の特に秀でた人物に与えられる称号〕の言ってることとどこが違う。手を切り落とす？　それなら、公園に座らされた方がましか？　イスラム教の修道士がアラーは偉大なり《アラー・アクバル》って叫びながら公園に群がってきて、座らされてる犯罪者は、さっきの保険証書はどこだ、手首またはその上部での切断。そうして、各地にあるバイ・シムの便利な支社に駆け込んで五千ドルを受け取る。どの宗教の聖戦がお望みだ、マキャンドレス！　やつらは千年も続けてる。一〇九〇年にハッサンがクムから殺し屋連中を連れてきて、首を切れば天国に座席が保証されると言ったときからずっとやってる。聖書に用があるって話でごちゃごちゃ言うのなら、コーランに用があるっていうのはどうだ、もしおまえが……

――気前がいいな。どっちにも用がないっていうのはどうなんだ。よく分からないね、君が何を言おうと……

――おまえは気が付いたら敵側にいたってことになるかもしれないぞ、そうだろ？　分かってるのか、マキャンドレス？

——私に分かってることを一つ教えてやろう。私に分かってることを……

——ひょっとしたらおまえはもう敵側に寝返ってるかもな。ひょっとしたらおまえが寝返ったと、すべての連中が考えるかもしれない。どちらでも同じことさ。

——一つ教えてやろう。そのすべての連中は考えることをしてないってことだ。そんなところで私の本を眺めてるのなら、例の本を探してみろ……

——やめろ、いや、またその話か。国家の第二巻を探せ、持って帰って読め、毒がなくてなかなか面白いよ、だと。その話はさっき終わった。もうその話は……

——いや、いや、いや、違う、クリトン〔『国家』とともにプラトンの対話篇の一つ〕だ、レスター。その中に、多数の人間がどう思おうと関係ないって書いてある。どう思われたって、それで自分が賢くなるわけでもないし、馬鹿になるわけでもないから。クリトンだ、君の探してるのは。そこの百科事典のすぐ横に……

——そんな物を探してるんじゃない！　多数の人間がどう思うかなんてことを話してるんじゃない、俺がどう思うかでもない、クルックシャンクがどう思うかだ。クリンガーのためにやった仕事と引き換えにおまえが一万ドルを受け取らなかったら、やつはおまえが寝返ったと思う。もうおまえが手渡してしまったんだと思う。おまえがただで裏切ったと……。男は急に本棚を離れてテーブルに戻り、雑誌の山につまずき、バランスを取り直して雑誌を蹴飛ばし、——俺の思ってることを教えてやるよ。おまえがクリンガーのためにやった仕事がこのごみのどこかにあったって、見つけるのは無理だ、見つけたくても。おまえはここを片づけに来たって言ったが、片づけるのは無理、どうしてか、分かるか、マキャンドレス？　おまえ自身がごみの一部だから片づけるのは無理なのさ。今ポケットに入ってるだけしか現金を持ってないんだろ、ルワンダに行くだけの旅費もないんだろ、あそこならおまえを入国させてくれるかもしれないのに……。男がすぐそばまで近寄ってきて、煙を扇ぎ、手を伸ばして拾ったのは――おまえの千シリング札だ、ほら、カンパラに戻ったらこれで一泊はできる。その前に、目の玉をえぐられて溝に捨てられてなければの話だがな。ほら。サバイバル教本《ハンドブック》だ。俺たちと一緒に雲の中にピクニックに行けない場合のために持っておけ。ピクニックに行けない人間がもしいるとしたら、それはおまえだから。将来の参考のために手元に常備してくださいって、表紙にも書いてある。きっと必要になる。ほら、時刻表だ。あの当時から何の役にも立たない代物、列車がどれだけ遅れてるかが分かるだけ。今じゃ、廃線になったから、おまえは時刻表を持って待ちぼうけってことさ、タバコを吸いながらな。待て、待て、新しいのを作らなくてもいい、吸うならこっちの……と男はステート・エキスプレスの缶をつかんで、――愚かな人間なんて言いながらおまえは死ぬまでタバコを吸い続ける、ほら、これ全部吸え……缶を振って机の上にこぼし、――全部吸え、この葉も枯れて干からびて、おまえと同じ。フランク・キンキードがわめいてたよな、理性の表面の下には、何でも馬鹿げたものを信じたがってる空虚しかない、その理性の表面を引っ掻くんだって。無料で聖書を配ってる人みたいにキンキードは無料でチェスのセットを配ろうとしてたな。終わりのない、安上がりな娯楽のために。何でもいいから空虚を埋めるもの、人々に自分が壮大なデザインの一部だと思わせる発明品なら何でもいい。馬鹿げてれば馬鹿げてるほどいい。魔法、麻薬、サイケデリック、パンクー、チベットの地蔵車〔経文の記された回転式の礼拝器〕、聖母マリアの被昇天、ファティマの三つの秘密、モロニの金の銘板、あるいは単に、神、神、神……。男は突然瓶の首をつかんで、――ほら、飲め。安楽死の契約書はどこだ、署名しろ、俺が証人になってやる、おまえが身体的・心理的能力を失って自分で判断できなくなったときのために。ひょっとしたら今かもしれない。ひょっとしたら今がそのときかも。二杯飲め、五杯飲め……と男は瓶を下に向けて、その首をグラスに差し入れ、――二十杯飲め……

――いったい、何をやってる！

瓶がねじり取られ、男は後ろに下がり、まるで自分の手ではないかのように押さえた自分の手をじっと見つめ、痛む手首の関節をいたわるように撫でて、飛び散ったウィスキーとそのにおいを拭き取るものを探しながら、――一万六千だ、マキャンドレス。これが最後の金額。連中の限度額だぞ、俺が決めたんじゃない、連中の決めた額だ。俺に許されてるのはその金額までだ……男は立ったままズボンの後ろで手を拭き、――現金で。おまえの好きな通貨で。おまえの好きな場所に振り込む。プラス、そこに行くまでの片道の切符。仮の身分が欲しければ与えてやる。キンシャサに行ってかんじき《スノー・シューズ》が売りたいなら、そうさせてやる。一万六千だ。

――片道の切符って何だ。神に逆らう者は追う者のない場所に逃げるってことか？　私が逃亡者だと？

――ないのにだ、マキャンドレス。追う者も……。男は手の届かないところまで戻って繰形《くりがた》を引っ掻き、羽目板をとんとんと叩きながら、――追う者もないのにだ。箴言二八、しかし……

――そして神に従う人は獅子のように自信がある、だろ？　家に押し入って、書類をあさって、壁を叩いて、いったい何を……

――しかしだ、マキャンドレス。しかし、神に従う人は獅子のように自信がある。箴言二八の一。男はトントン、またトントンと叩き、真っ直ぐに立って、――ここが何だったか、分かるか？　ここはキッチンだったんだ、な？　羽目板が全体に貼ってあって、ほら、聞け……トントン、――今度はこっちの音を聞け。違いが分かるか？　ここは煙道だ。この小さなセメント板。ここにコンロがあったのさ、で、こっちが、あの余計な煙突につながる煙道。外に余計な煙突があるだろ、どこにもつながってない煙突が。俺にはどうしても分からなかったんだ。ここは元々キッチンだった、そこのキッチンは元々ダイニングルームだった、ダイニングルームは元々前室だった。おまえに子供ができなかったのは残念だな、だろ？　男は振り向いて、引き戸のすぐ内側にある辞書立てにもたれ、――子供がいればおまえのすばらしい思想でいじめることができたのに。他の人たちをいじめてるのと同じように……男はウェブスター大辞典第二版〔これはリズが参照する中辞典とは異なる、かなり大型の辞書〕の一ページをめくり、数ページまとめてめくると、その割れ目にははがきが挟まれていて、招待する旨の文章の下には、あなたとアイリーンさんがいらっしゃることを楽しみにしていると書き添えてあった。

――分かってるか？　俺たちは昔、よくおしゃべりした。おまえがしゃべって、俺は聞いてた。ヘレン・ケラーが森の中にいて、木が倒れたらとか、他にもいろいろお得意の。真実と実際に起こること。いいことを教えてやろうか？　俺はやつらにスカウトされたんじゃないぞ、マキャンドレス、クルックシャンクにスカウトされたんじゃない。おまえにスカウトされたんだ。そうだろ？　男はページをめくり、十字やリボンのけばけばしい飾りの付いた騎士勲章と功労勲章の一覧を載せた色刷りページを調べているふりをしながらじっと立っていた。――こんなごみ溜めは放っておけ。そうすれば、向こうに行っても一万六千の現金が付いてくる。俺たちにはあまり時間がない。

――聞こえてるよ。

男は重い本を持ち上げて閉じた。――この部屋に煙探知器を付けようと思ったこと、あるか？

火事になってもおかしくない、な？　本、書類、紙ばかり、梁《はり》だって、九十年も経てば乾燥してる。借家人のことを考えてやれ。赤毛のことを考えてやれ。おまえがここにしまい込んだものも他のごみと一緒に、あっという間に燃えてなくなるぞ。それを追ってた連中も手に入れることができなくなるが、他の誰かがそれを持って現れることもないから、みんなさっさと手を引くだろう。火事はひとりでに起こるものだと思うか？　男はジャケットを羽織ってドアをくぐり、キッチンへ進み、ボタンをはめた。――いつか俺に感謝することになるぞ、な？

――今、君に感謝するよ、レスター、という声が男の後を追ってキッチンへ入り、――出ていってくれることに感謝する。

――今、そこに煙探知器を持ち込んでみろ、取り付ける前に鳴り出すぞ。さっき、サックスの女性トイレのことを言ってたのは何の話だ。

――彼女がバッグを盗まれたんだ。中に鍵が入ってた。

――誰が盗んでもおかしくない……。男がそこで立ち止まってテーブルを見下ろし、腕を翼のように畳んで、十字、汚れ、雨あられと降る矢の描かれた紙を凝視していると明かりが点いた。――あの、おまえの腐った本の中に一か所だけいいところがあるのを知ってるか？　男は紙を横向きにし、反対側に横向きにして、――例のフランク・キンキードがモガディシオ〔ソマリアの首都〕発の夜行船の上で、デッキチェアーを広げてる場面。椅子に座ったときに、蝶番《ちょうつがい》に両手の親指が挟まれて自分の体重でそこから動けなくなって、助けてくれって叫ぶ場面。一晩中その状態で誰もそばを通らない。ただ一人現れたのが黒人の少年で、キンキードが叫びながらのた打ち回ってるのを見て、酔っ払いだと勘違いする。ひょっとするとあのとき起きたのは、そういうことだったのかもしれないな……。男は紙の上下を逆さまにして、再び元のように持ち直した。――ひょっとすると、それが真相かもな。

――ひょっとするとメトセラ〔ノアの洪水以前の族長で九百六十九歳まで生きた長命者、創世記五の二七〕は九百年生きたのかもしれない。さあ、出ていってくれ。

――待て、これが何か知ってるか？　男はその紙を突き出して、――クレシーだ。今、分かった。クレシーの戦いだ、見ろ。こっちの、これがエドワード三世、それから、こっちは……親指の下の細長い汚れ――援軍の後衛中央部隊、エドワード黒太子が右、ノーサンプトンが左。それに矢の射手、イギリス側の左右両翼の射手部隊、一万一千の部隊だ、ほら。戦列はワディコートとクレシーの間に引かれた。ここがクレシーだ。本当ならもっと上だな……電話の横の鉛筆を取って、丸で囲んだXを指し、――ここがクレシーで、こっちがフランス軍。ここがエストレ、本当ならもっとこっち寄りだ……丸で囲んだ＋――これがフランス側の攻撃、ほら、ヴァロアのフィリップ支配下のエストレからこんなふうに長い矢印が出てる。この大きな十字がフィリップだ、そして、ここに現れてる小さな十字は一万二千の兵士、六千の大弓と徴兵で集めた兵士はこの小さなvだな。アブビルから出ているこの不規則な柱形のものは、本当はこっちを通ってる、こんな具合に道があったんだ……太い放物線――それから、これ、これが嵐、ここに大きな稲妻の印があるだろ？　最初の攻撃を遅らせた嵐だ。大弓が飛んで行って、イギリス軍の長弓が両翼から攻撃を仕掛けて、騎兵隊が後ろから襲いかかった……バツ印の群れ――真夜中には既にフランス軍は退却してた、見ろ、十六回の攻撃、大弓が飛んでくるたびに射手が撃退した。この場面見たかったたな。火力を初めて使った戦闘だ……男は汚れを強調してそれを離して持った。――この場面見たかったな。

――いつも君の言うことは正しいよ、レスター。

――一万六千だ、マキャンドレス。これが電話番号……と男はエストレのすぐ東側の余白に書き込んだ。――残り時間は少ないぞ。

――出ていけ。ハロウィンは外でやれ。

――どういう意味……

――そのために来たんだろ？　おやつをくれなきゃいたずらするぞってことだろ？　出ていけ。

――いいことを教えてやろうか、マキャンドレス？

――出ていけと言ったんだ。

しかし、ドアのそばの刺繍細工の下のライトを点けても、ドアを開けてもまだ――ほら、分かるだろ？　ここは前室だったのさ。お客用の。カーペットが日に焼けないようにブラインドを閉めっ放しにしてたんだろう。そこのカーテンも、そこの絹《シルク》の花も全部、なかなかいい趣味してるじゃないか、あの赤毛。あの女もおまえを捨てて出ていくことになるだろうな、だろ？　ジェニーは何歳だった、鉱山局にいた女、デュポンサークルに住んでた女。女はいつもおまえを見捨てる、そうだろ？　男は外の闇に向かって開かれたドアの戸口まで出ても、まだ出ていきたくなさそうにドア枠に手をかけた。道路を見下ろすと、白いシーツにくるまれた人影が三つ、四つ、風に乗って、点々とともった街灯の光の方へ近づいてきた。――あの本の中でおまえがやったいちばんくだらないことが何か分かるか？　スライクをモルモン教徒にしたことだ。あんなことは必要なかったのに。それで話の筋が変わるわけでもないのに。いいことを知りたいか、マキャンドレス？　おまえがどう思おうと神はおまえを愛してる。そういうことだ。川から吹いてくる風が、散らばった人影を一塊に吹き寄せた。角を曲がってきた車が通り過ぎるとき、ヘッドライトの中で、仮面を押さえる子供たちが凍りついた。——子供が幽霊屋敷を探してる。ここに一軒見つけたわけだ……そして崩れた煉瓦の上に出ると、飾りの付いた枝の間を吹く風が道路の黒い表面と反対側の柵の上に光をまき散らしていた。向かいの白いフレームガレージの窓に記されていた勧告は溶けて流れていた。——赤毛は運がよかったな。連中がおまえを吊るすのに、あそこを吊るしたりはしなかったから。

ヘッドライトが点灯したとき、四人は玄関前の上がり段に立ち、いちばん小さい少年を前に押し出していた。白いドクロの仮面が傾いて、手が仮面を目の上まで上げると、その目はポケットの奥から出てきたコインを貪欲に見つめていた。やがて黒い車は家の前に光を当てながら動きだし、それに対して玄関のドアが閉じた。

男はキッチンで鳴っている電話を通り過ぎ、立ち止まって食器棚から雑巾を取り、手を拭いて、急に静かになった部屋に戻った。瓶を拭き、グラスの震える口を持ち上げてたっぷり一オンスをこぼしながら半オンスを瓶に戻し、それを拭き取り、座り、一口飲み、散らばった紙巻きタバコを一本一本拾って缶に戻し、最後の一本に火を点けた後、書類、請求書、フォルダーを、開いたファイリングキャビネットから段ボール箱に移した。ところどころで立ち止まり、何かを脇によけ、紙や絵を眺め、他のものと一緒に丸めていると段ボールがいっぱいになり、それを暖炉まで運び、しゃがんで中からマッチを掘り出し、空《から》の火格子の上に山のように積み上げて、炎が上がってくると、袖付き椅子を近くに引き寄せて座り、ノートを閉じたまま膝の上に載せた。窓のところでヘッドライトが光り、アルコーブを通り過ぎて、消えた。外では風が強くなり、葉のない枝が黒いシルエットの中で踊り、階段の上の方のどこかで梁《はり》がきしむ音がした。男は身を乗り出して、そのノート、学校で使うような古いノートの端で火を掻いた。表紙は出来の悪い明暗対照画法で装飾され、おもてには作文と書いてあり、名前の欄は空白になっていた。それを火の上にかぶせて立ち上がり、先ほどからずっと着ていたジャケットを脱いでキッチンに歩いていき、冷蔵庫を覗き、ダイニングルームに行って植物を見、きれいなグラスを満たしてホウセンカ科のしおれた植物に水をやり、さらにゆっくりと移動して、再び本棚の本を見つめ、一冊取り出し、また一冊、ぱらぱらと目を通しながら、余白に書き込みのあるページで止まり、当惑したようにその一節を見つめていたが、それはまるで、誰か別の人が書き込みをしたに違いない、誰か別の人がこの取るに足りない文章に、あの取るに足りない文章に、何か鋭い啓示を見出したに違いないという様子だった。本を無理やり元のように本棚に詰め込んでいると、まるで先ほどから探していたかのように、オレンジ色の薄い本を見つけた。その本と、グラスと、テーブルの下のクモの巣の付いた書類を持ち出して、居間の火のそばまで運び、暖炉の脇の銅の桶にあった棒で火を生き返らせ、炎を見つめながら一分間そこに立っていた。そして、真っ直ぐキッチンに歩いていき、冷蔵庫を開けて鍋を取り出し、ふたを開けると、偶然、しわしわ豆、灰色のポテトの姿の見えるシチューが入っていて、それをコンロにかけた。さらに先に行って、中の明かりは点けたまま、引き戸を閉めた。立ち止まって急にしゃがみ、ごみ箱の中から古くなったアドレス帳を掘り出した。キッチンテーブルの端を周ってラジオを点けると、障碍を持った登山者の一行がアメリカ国旗とジェリービーンズを持ってレーニア山〔ワシントン州にあるカスケード山脈の最高峰（四千三百九十二メートル）〕頂上まで登りましたと、熱心に教えてくれた。男は屈んでチューニングダイヤルを回し、ゆっくりと、チェロの豊かな和音に合わせた。

火のそばに戻り、無効のパスポート、古くなったアドレス帳を投げ入れ、丸めた紙、丸めたスナップ写真を加えた。スナップ写真の中の同じような風景、地面の窪み、鉱体の露出部がカールし、黒くなった。銅の桶から少し灰を取って加え、袖付き椅子に深く座って新しい紙巻きタバコを作り、肘のところにグラスを置いて薄い本の紙の表紙を開けると、紙切れの挟んである二百七ページが開いた。紙切れには気前のよさそうな筆跡で買い物リストが書き込まれていた。牛乳、ペーパータオル、タンパックス、チューリップの球根。それを丸めて炎の中に放り込み、二百七ページを読んだ。

私はロマンスを信じていなかった。が、現実にはロマンスに屈していたのだ。

人が戦うのは、希望を持っているとき、秩序の夢を持っているとき、自分の歩いている地球と自分との間に何かのつながりがあることを強く感じるとき、そんなときだけだと私は思う。しかし、そのときの私にあったのは、一人の人間では正すことのできない無秩序のビジョンであった。私は自分が場違いな存在だと感じていた。その感覚は私が戻ったあの朝の静寂とともに始まった〔V・S・ナイポール『ザ・ミミック・メン』からの引用〕……その間、キッチンから、バッハの協奏曲ニ長調の和音が男を包むように部屋に流れてきて、そのまま家具のように居座った。

女はまるで一度もベッドを離れなかったかのように、仰向けにベッドに横たわっていた。湿ったシーツは冷たくなって下に落ち、外の木々の間から入ってくる陽光の浮かれ騒ぎの中で、脚はベッドの上に丸められていた。乳首は縮まって固くなっていた。一方の手が胸を撫で、手が届くように曲げられた膝に触れ、固い爪の先を立ててゆっくりと滑り降りて盛り上がった勾配に達し、そこには産毛の生えた両膝の緊張に閉じ込められた暖かな息とともにぬくもりが残っていたが、突然、自分の声に驚いて遮られた。――驚くべきことよね、生きてるって、ねえ……と男の手を捕まえ、白い乳房を握らせて、――だって、その、死んでしまった人たちのことを考えたら。そして急に肘を立てて起き上がり、――あれって本当なの、昨日の話？　マラリアにかかったって？　しかし、男が何と返事をしたにせよ、その声は乳房に覆い消されて聞こえなかった。男の口が開いたままそこから上に向かい、舌も、――待って……。女はその顔を引き離し、横顔の目の下のところを指先でつまんで、――ちょっと、じっとしてて……

――いったい何を、痛っ！

――いいえ、ただの、じっとしてて、ただのニキビ……さらに顔を近づけて、目の周りにしわを寄せ、医者のように神経を集中して、鋭く爪で押し潰し、――ほら。痛かった？

——そんなことをされると思っていなかったから、何を……

——待って、もう一つ……しかし男は体を回して女の手首をつかみ、女はまた枕の上に沈み、男の手が再び二つの乳房を寄せ、男の唇も、——あれって変な夢ね？　男の顔を自分の体に強く押しつけながら、——でも、夢っていつも変よね、人が死ぬ夢の時は。つまり、誰かが死ぬ夢なんだけど、それが誰なのか分からないって夢。女の指は額を撫で、固い頬骨を撫で、胸をじっとむさぼる顎のくっきりした線を撫でて、——父さんは私に本を読んでくれた。私はどの本にも父さんのことが書いてあるって思い込んだわ。でも、父さんは本当は私に読んでたんじゃない。ハックルベリー・フィン、野性の呼び声、キップリングの物語、それにあのインディアンの出てくる本、最後のインディアンだったかしら〔正しくはジェイムズ・フェニモア・クーパー著『最後のモヒカン族』〕？　父さんはただページをめくって好きなように物語ってただけ。自分の話を。いつも自分の物語……女の指のタッチは強くなり、指先のたどっている顔立ち同様に固くなって、——きっと父さんのことだったんだわ、あの夢は。そう思わない？

——列車から突き落とされたって、昨日の夜、言ってましたね。いつ亡くなったのか訊いたら、列車事故で亡くなった、列車から突き落とされたって。ひょっとすると、それも夢だったのかもしれません。

——いいえ、でも、妙なものね？　ていうか、夢を見るといつも誰かに細々した部分まで話したくなる。人はそんな話聞きたくもないのに。私は夢の話をしたいとは思いません、と男は言った。いいえ、悪い夢だというわけじゃありません、ややこしいわけでもありません、ただ、つまらないんです、この家の夢ですよ、よく見るんです、気が付くと、ポーチにぽっかり穴が開いてたり、ポーチの脇の壁がすっかりなくなってたり、見たこともない人間がリビングルームにいて壁をオレンジ色に塗ってたり。男の手が今度は下の方で太股の膨らみに沿って、盛り上がった骨盤の上に伸びた。それ以外には、二十年前の出来事を夢に見ます、今さらどうしようもないこと、今では何の役にも立たないこと。男の手はさらに、白い肌がビロード状の柔毛の生えた領域に変わる場所へと所在なさそうにさまよい、その指先は湿地の中に逃げ込み、――でも、考えたことある？　女がまた肘をついて起き上がって男の方を向いたので、男の手は白いシーツの上に落ちて動かなくなった。

――何光年ってこと。

――何のこと？

――つまり、もし、とっても強力な望遠鏡を手に入れて、どこかとても遠いところにある星に行くの。そうすれば、遠い昔の地球上の出来事を生で見ることができるんじゃないかって。とても遠いところですか、と男は言った。歴史が見られますね、アジンコート〔フランス北部カレー近くの村。百年戦争時ヘンリー五世が長弓の威力により九千の手勢だけで六万のフランス軍を破った戦場〕、オムデュルマン〔スーダン中部の都市。マフディーの後継者が英国元帥キッチナーに破れた戦場（一八九八）〕、クレシー……。それ、どのくらい遠いところなの、と女が訊いた。何ですか、それ、星の名前？　星座？　戦争ですよ、と男は言った、でも、私が言ってるのは戦争じゃない、戦争なんて見たくない。――自分の姿を見るの……。ああ、それなら、と男は言った。強力な望遠鏡があれば、自分の頭の後ろが見えるはずです、それなら可能ですね。――そういうことを言ってるんじゃない。私を馬鹿にしてる。

――まさか、どうしてあなたを……

――つまり以前、本当に起きたことを見るの……

――分かりました、じゃあ、アルファ・ケンタウリに鏡を置くことにしましょう。望遠鏡を使えば、ここに座ったまま、自分の姿が見えますよ、四年、約四年半前の自分の姿が。こういうのが望みなんでしょう……

——いいえ。

——でも、さっきの話だと……

——だって、そんなの見たくないから！　女は身を引き離してシーツを引っ張り、天井をじっと見上げた。——でも、外側が見えるだけね。ただ山が見えて、落ちていくのが見えて、炎も見えるけど、中は見えない、あの人たちの顔は二度と見られない、それに音も聞こえない、百万マイルも離れてたら叫び声は聞こえない……。何の叫び声ですか、と男は訊いた。——いいえ、駄目、その星は近過ぎる、もっと遠くの星がいい……男はどっかと座って、喉元で握り締められたシーツとその下に隠れた体を端から端まで眺め、シリウスを奨めた。いちばん明るい星、天狼星に装置を置いて、八年半、九年前を見るのはどうですか？　——その頃何があったか話したでしょ……とシーツを強く握り締めて、——昨日の夜話したでしょ、駄目、二十年前、二十五年前、すべてがまだ、何もかもがまだ、自分の思ってる通りに進んでいくと思えた頃。

——ああ……。男がシーツの端を優しく引くと、女は引っ張り返した。

——だって、その頃なら、ロングビューにいる私の姿が見える。人の出入りが多かったわ。父さんが狩猟パーティーを開いてたから。ジョージ・ハンフリー、ダレス、そういう人たち。ワゴンに乗って狩りに出かけてた。鳥とか、よく知らないけどキツネとか？　父さんはジャック・ラッセル・テリア犬を持ってたわ。あの頃からいろんなことがおかしくなってきた。ジャック・ラッセル・テリア犬を乗せたあのステーション・ワゴン。だって私たちはただただ父さんを崇拝してた。

小さかった頃は、父さんには何でもできると思ってた。その後、私たちが大きくなってきたら、言ってることが反抗的に聞こえるようになって、父さんは手を引いたっていうか、そんな犬を飼うようになった。あの憎たらしいジャック・ラッセル・テリア犬。犬はひたすら父さんを崇拝した。犬は父さんの行くところにはどこにでも付いていったし、父さんの機嫌を取るためには何でもやったのに、私たちにはそんなことはできなかった。ビリーは四歳になった頃にはもう、父の機嫌を取ろうともしなかった。ビリーは時々私の小さなお人形のお皿に泥を盛りつけて、犬に餌をやるふりをしてた。ままごとみたいに。そうしたら犬が目の下を噛んで、父さんが入ってきて犬を抱き上げた。電話の前に立って犬を抱いたままお医者さんに電話した。犬は父さんの顎の下で震えながら丸くなってたわ。そしてお医者さんに、ビリーが犬をいじめてたら犬が噛みついたから、往診に来てくれって。そう、あの頃から、その、変な感じが。父さんがビリーに本を読んだことは一度もなかった、読んでるふりをしたことも。変だったわ。

変ですか？と、男の手がシーツの下でうろつき、見えないところで、そしてまるで無意識であるかのように、女の胸に戻って止まり、変というよりも失望ということが問題なのかもしれませんね、と言って、自分が失望するという意味じゃなくて、誰か他の人を失望させるんじゃないかという恐れです、とその言葉はうろつきまわる手と同様にゆっくりとその動きに合わせた。誰か親しい人を失望させる恐れです、遅かれ早かれふとしたことで相手に知られてしまうんじゃないかとぎりぎりのところで生きているという恐れ。男の指先はシーツの下の形の崩れてない柔らかな隆起の上で探し求めていた固い露頭に達することなく、波打つ小道を通り、下の窪地にある平原に下りて、——ほんのわずかなことであっても。贈り物でも、例えば、女の人にまずいものを贈ったりして相手に知られてしまうんですよ、実は相手のことがよく分かってないことや、その人に別のタイプの女性像を求めていることを。互いに感じてるんです、相手を失望させるんじゃないかという恐れを、そして、ちょっとしたことでうっかり相手に知られてしまうんじゃないかって、それで何もかも駄目になるんじゃないかって。そういうことなんじゃありませんか？　そういう要素もあったんじゃありませんか？　そして男の手は今、丘から台地へとさまよい、そこで止まり、男の声もそれぞれの場所で空転し、まるで何度も何度もなくして見つけてなくしてきたものを取り返そうとするかのように、――昨日の夜、と男は続けた。誰か他の人の希望の虜《とりこ》になるっていう話をしましたよね、あれにも、そういう要素があるんじゃありませんか？　男の手の重みが小山に深く沈んだ。誰か他の人を幸せにする責任を引き受けるっていう図々しさ。物差しのような指がそこに隠された溝を測り、――それはただ図々しいだけじゃなく侮辱なんです、明らかな侮辱なんです……男は急に体の向きを変えて女の太股に触れ、――不毛なことです、たとえ相手が子供であっても……

シーツが一瞬にして落ち、女は足を組んで座っていた。――その、聞いたことある？　本当は子供たちの方が親を選んでるって、生まれるために？　男は急に高いところに移動した膝に対して何か恨みがましいことを言って、その手は膝を倒そうとした。――駄目、駄目、待って。つまり子供が適当に誰かを捕まえるっていうことも時にはあるんじゃないかしら。一緒になる理由なんか全然ない男と女を適当にくっつけて。つまり、一緒になる理由がないっていうか、一緒にならない理由がそろってる、例えば、お互いに会ったこともないとか、ほとんど知らない者同士で、他のことをする可能性を持ってて、例えば、船で遠くに行ってしまうとか何か。それなのに、実際そうはならなくて、その……女の顔が赤くなり、うつむいて、――馬鹿にしてる。

——どうして私があなたを……

——だって、その、あなたはとても。ただ、馬鹿にされるんじゃないかって不安なだけ。

しかし男は寝返りを打って証拠を隠し、その手は女の膝のところにとどまった。それはまるで、通りを渡るときに肩か肘に手を添えるみたいだった。あるいは、女の腕を取ってディナーに向かっているかのよう。あるいは、まるで二人が会ったばかりで、二人のうちの一方を知っているホスト役の世話で単に儀礼的に引き合わされ、スープが出るまでの間、優雅に挨拶を交わしているかのよう。——私の友達がそうだった、と女は言って、まるで裸の姿がまだデコルタージュ〔首と肩のはだけた服〕のドレスに隠されていて、相手の目の中でのみ透けて見えるかのように、機敏に起きて座り、親友の話を持ち出した。——私たちはよく外泊して、ジプシーに盗まれる話をささやき合った。自分はジプシーの手から奪われてきたんだと思うって、その子は言ってた。だって、父親は、その、あなたがエディーの父親を知ってれば……男はエディーやジプシーにさほど興味を持っておらず、ましてその父親には興味がなさそうだった。女の膝に置かれた男の手は、ワインが注がれている間にテーブル・クロスの下で膝に置かれているようだった。——だって、私はエディーが物知りだって思ってたから。例えば、男にはない余分な脂肪の層を女が持ってるのは生き残るためだって言ってた。それで、私たちは二人ともがりがりに痩せてたから、駄目じゃないかって不安になって。つまり、生き残れないんじゃないかって。それから、前世の話をして、私はその話も信じた。つまり、望遠鏡の話を考え出したのは本当はその子なの。とても遠いところまで行けば、自分の前世が見られるんじゃないかって。前世は何だったんですか、と男は知りたがり、あるいは、知りたそうなふりをして、女の太股を味気なく走っていた男の手は失速した。——毎回違ってた。それに、その、赤ん坊が生まれようとしてるって話を私にしたのもエディーだったわ……。そうだとしたら空気の中が赤ん坊だらけで、息もできないでしょうね、と男が言った。大変だ、死んでいったすべての人のことを考えたら。――ほら！　優雅さ、巧妙さ、そしてシーツは、すべて破れてしまい、それとともに、テーブル・クロスの見え透いた戦略も失われて、――私を馬鹿にしてる、そうでしょ……

　しかし男は女を引き倒し、自分の横に真っ直ぐに寝かせて、――いえ、違います、違います。女の背中をたどるその手と同様に、男の声は穏やかだった。それもまた永遠のナンセンスの一つにすぎないんです、すべてのナンセンスは復活と輪廻と、天国と業《カルマ》と、そういうたわごとから来てるんです。――すべて、恐れなんですよ、と男は言った。――考えてみてください、この国の四分の三の国民が本当に信じてるんです、イエスは天国で生きてるって。そして三分の二の国民が、イエスは永遠の生命へのチケットだと信じてる。指先が息のように軽く、割れ目のてっぺんの周囲を囲むように進み、その縁をたどりながら下った。存在しなくなるってことを考えただけでパニックを起こしてしまうから、生まれ変わったときには同じモルモン教徒の妻と家族に再会するとか、審判の日に皆が集まるとか、大イマーム〔シーア派の最高指導者〕とともに戻ってくるとか、チベットのどこかの掃き溜めで両親を選んでダライ・ラマとしてこの世に戻るとか、何になってもいいから戻ってくること、――犬でも、蚊でも、二度と戻ってこないよりましだから。どっちを向いても同じパニック。どんなものでもいい、夜をやり過ごすための、狂った作り話《フィクション》。現実離れしてればしてるほど好都合。人生で絶対に避けることのできない唯一の問題を避けられるものなら何でもいい……指が探るように割れ目の縁をたどり、その下へ、さらに深く進んだ。絶望的な作り話《フィクション》です、不滅の霊魂だとか、いまいましい赤ん坊たちが生んでもらうために、生まれ変わるために押しかけてくるとか。湿り気を帯びた手の幅まで割れ目を広げて、――生まれ変わるならコンドルに生まれ変わりたい、昔、フォークナーがそう言ったそうです。コンドルなら、憎まれもせず、望まれもせず、必要ともされず、ねたまれもせず……

――あ！と女は身を引き離し、恨みがましいことを言われた肘をついて起きて、――フォークナーはたくさん読んだ？

――ずいぶん昔に。読んだとすれば、ですが。

――え？

――気にしないでください。男は起きて座り、一方の足を床に下ろした。

――でも、その、フォークナーは好きじゃないの？

――フォークナーは好きじゃありません。フォークナーは嫌いでもありません。男はズボンをつかんで、――とにかく、どうしてフォークナーの話をしなきゃならないのか分かりませんね。

――でも、どうして、その、どこに行くの？

――タバコ……男は一方の足をズボンに入れて、――下に全部置いてあるから。

――でも、駄目……女は男の肩をつかんで、――その、今すぐじゃなくてもいいじゃない？　その、今、起きなくても。

――どうして。

――その、だって、あなたは、その、私たちは今、話の途中なんだから……女の目の前でぐったりしていた男の腕を女の手が伝い、――それに、あなたは戻ってこないかも。

――生まれ変われないってことですか？　犬とか？　蚊とか？　男は強くズボンを引っ張り上げ、

反対側も通そうと脚を上げ、――コンドルに？

――いいえ、そうじゃなくて、私、私の言ってるのは、別に、フォークナーのことで問い詰めるつもりはなかったの。たしか、あなたがフォークナーの話をしたから。それに、その、私だって、ちゃんとフォークナーを読んでるかどうか怪しいし。でも、闇の奥〔フォークナーの作品ではなくコンラッドの小説〕は、あれは一度読んだと思う。

男は後ろにもたれかかって、ただじっと女を、その顔のきれいな表面を覆い、目の光を曇らせている努力を見つめていた。――あの作品はすばらしいですね、とようやく男が言った。

――あの小説、最初のところで女の子の死体が南部のどこかにある家に送られるんですよね？墓地に行く途中で霊柩車が何度も故障して〔コンラッドの『闇の奥』でもフォークナーの『死の床に横たわりて』でもなくスタイロンの小説『闇の中に横たわりて』の冒頭部の描写〕。男はただ女をじっと見ていた。――その、私、時々、いろんなことを一緒くたにしちゃうの。例えば、ラジオで聞いたんだけど、ボートの転覆の話もそう。溺れかけた人たちが絵はがき《ポストカード》〔コースト・ガードの聞き間違い〕のスリリングな救助活動で救出されたって。女の手はベッドの上でむき出しになっている男のふくらはぎ、膝の上をさまよい、――だから人は書くんだと思わない？　つまり、フィクションを？

――ひどい苛立ちから……と言いながら男は足をそろえた。

――いいえ、ていうか、ひょっとして単に退屈だから、つまり、だから父さんはあんな作り話をしたんだと思うの、父さんは退屈してたから、膝の上に座らせた女の子に本を読みながら退屈してた、だからいつも話の主人公は父さんだった……女の手は動き続け、そのゆっくりとした行程で毛を撫でつけるためにとどまり、――だって、あなたの言ってた話、誰か他の人の希望の虜になるっていう話。それに失望の話。つまり、人がものを書くのは、いろんな事柄が思ってた通りにならなかったからだと思うの。

——あるいは、自分自身が自分の思ってた通りにならなかったのかも。いや……男の脚は、毛を巻いてねじっている女の指先のために広げられていた。——いや、みんな作家になりたがっているんですよ。自分の身に何かが起こったら、自分に起きたことだから面白い気がするんです。何でも安っぽいものを書けばお金が手に入るっていう噂も聞いてるし。感傷的《センチメンタル》で低俗なものなら何でも。本でも歌でも。連中は自分を売りたくてたまらないんです。

——え。そう？　女の手は男の股間にたどり着き、まるでそこで見つけたものの重さを量ろうとするかのように開かれていた。——だって、その、私はそうは思わない。そんな人の本は売れないわ、と言った女の声はまるで初めてその考え方の重さを量っているかのようだった。——つまらない本やひどい歌を書いたり、歌ったりしてる貧しい人たちのことだけど。ああいう人たちも精いっぱいやってるんだと思う……女の手はそこで優しく閉じられた。——だからこそ悲しいことなんだわ。

——そうですね……男はほとんどコソコソしているかのように動き、そっとズボンを脱ごうとして、——あなたの言う通りですよ。

——そしてうまくいかなかったら……女は急に盛り上がってきたものをしっかりと握り、——努力したけど、うまくいかないときには……

——そう、それが、そのときが、それが最悪ですね、そう……男の親指がベルト通しに掛かり、穿いたときと同様に急いでズボンを下ろそうとして、——それが、そう、それが最悪です、ええ、元々やるだけの値打ちのなかったことをやろうとして失敗する、それが……

――だって、あなたにはやろうと思えばできたのに！　女の手は離れていた。――すばらしいものを書けたのに、そうでしょ。だって、あなたの手は……と、近い方の手を取って、――あなたの手を見たわ。いろんなことをやってきた手……女はその手を男の前に差し出した。

――ええ、自分の手なら見たことありますよ、と男は言ってまた座った。

――だって、そうしようと思ったことは？　つまり、何かを書こうって？　その、あなたが今までに行ったたくさんの場所のこととか、ロマンチックな体験とか、昨日の夜、暖炉の前で話してくれたいろんなこと。若い頃初めてアフリカに行ったときに金《きん》を見つけて、みんなに狂人扱いされたときの話とか。それに今までに行った場所のこと。つまり、例えばマラカイボとか、地名を聞いただけで、地名だけでもとても神秘的な感じがして……女は一息置いて熱心に男の手を調べ、その指を広げた。マラカイボには行ったことありませんよ、と男は言った。あの電話ですか？　あれはただの仕事の話です、向こうで仕事を探そうとしてるんです。――え。だって、私……

女は親指を他の指から離して、その黒ずんだ爪を目の前に近づけて調べ、――どうしたの、これ。どうして……。車のドアに挟んだんです、三年か四年前、運良く爪は残りました。とそのとき電話が鳴った。女はベッドの上を這って電話を取り、――もしもし……？　いいえ、違います、いえ、以前もここに電話なさいましたよね、二年前にここを出ていったんです、私は全然その人のことを……

――ちょっと、貸してください！と言って男が電話を取り、――ブライアン？　君か？　いったい何の……。今聞いただろ？　二年前に出ていったって。彼女はもう……ああ、うん、君も長い間よそに行ってたからな、別に……。ブライアン、いいか、君がユカタンに旅行してきた話なんか私は興味がないんだ。君がインディアンと暮らしてた話なんて聞きたくない。君のことには少しも興味が……。いや、それに、今度会ったら伝えろだと。君の住所なんか聞きたくない！　彼女の居場所も知らない、頭に叩き込んだか？　とにかくここに電話をかけてくるな、ちゃんと頭に叩き……
男は切れた電話をもうしばらく手に持ったままだったが、やっと女に手渡して仰向けに横たわった。受話器を置いた女の手が男の平らな腹の上に戻り、再び、先ほどその手で熱くたぎらせた盛り上がりに戻ったが、それは手探りしている間にも萎《な》え、包み込む手の中でさらにしぼみ、――あのいまいましい馬鹿野郎め……

――今の人は、あなたの知り……

――誰でもありません！　ただの、ただのいまいましいガキ、昔は細長いひげを生やして、サンダルを履いて、そこの床に座って、ハウスボートを建造する話や、イースター島の話や、ペヨーテ〔幻覚剤の取れるサボテンの一種〕の話をして、彼女はそれを聞きながら目を輝かせてました、あのいまいましいほど偉そうな野郎、ウィスキーを注いでやったり、タバコに火を点けてやったり、最低の奴隷みたいに扱われて、一方、あいつはマリファナを巻いて仲間で回しのみ、彼女はワインを注ぐ、いや、いや、あの男に悪気があったわけじゃない、そうじゃなくて、彼女が、彼女も悪気があったわけじゃない、そうじゃなくて、私が、いや、嫉妬ってものは一人で目を覚ましたときに耐えられなくなるものです。明かりを点けて、酒を注いで、誰もいない家の中を歩いていると、少なくともその点ではあなたも同じ、少なくとも旦那さんがいるから、そういうときには、自分がやつのひげを引っこ抜いて、顔を蹴飛ばして、煙を吐いてる拳銃を手にしたまま、裸でベッドに入っている二人を見下ろしてる、そんな自分の姿が見えるんです。本当はたぶんその頃、彼女は一人どこかで皿を洗いながら、明日は何があるかなとか考えてるのに、いや、いや、嫉妬心って、そういうものなんです。傷口をふさぐために焼きごてを当ててるようなものです、結局、勝手に腹を立ててただけで、別に何もなかったんだと分かっても。だから、耐えられないんです。

――嫉妬って、どういうものか私は知らない、と女は言った。――つまり、いつも本とか映画の世界のもの、だって、だって、どんな感じがするのか知らないし、今までは嫉妬するような相手もいなかったし、その、ひょっとして奥さんがここに来たらって思わない？　つまり、今。急に玄関に来たら。家に入ってきたら？　だって、奥さん、だって、階下《した》には奥さんの素敵なものが、まるで出ていったときのまま家具が残ってるから、今にも帰ってきそうな感じだし、まるであなたも寂しい思いをしなかったみたい……女の手が男のふくらはぎの上を走り、女は膝で男の腕を押さえて座っていた。――その話を書けばいいのに……指先が男の足首を触り、――その、その話を書けばいいのに。

――書けますかね？　踊り、しゃべり、服を着、服を脱ぐ。賢い者たちは夏の虫をうらやむふりをし……

――なんですか、それ。

――バッタの種族が金切り声で言う、「未来なんてどうでもいいじゃないか、僕らは死ぬんだから」。ああ、バッタよ、死は獰猛《どうもう》なマキバドリ……

――へえ、それ素敵、それ、あなたが書いたの？

――え、私……男は頭を持ち上げて、自分の裸体の足元で女の裸体が肌をほてらせて波打っているのを見て、――いえ、違います、いえ、いえ、実は、この詩を書いたのは……

——その、交尾してるところを見たことある？　バッタとか、カマキリとか、何かそういうの。とても、とても、精妙な……女の指先は骨をなぞり、——素敵な足首、毛が生えてなくて、きれいですべすべ、ずっとこっちの方まで……ふくらはぎを越えて、まさぐりながら膝を過ぎ、さらに上へと移動して男に乗り、女の指に大事そうに包まれた陰毛の盛り上がりは、取り囲まれた中で膨らみ、——以前、テレビで見たの、とても、とてもエレガント……上がったり下がったり、上がったり下がったりする女の手は、木の葉に遮られながら肩口から昇り、体を下げると沈む日の光のように、上がったり下がったり、女の指先はたけり狂っている亀頭の裂け目まで膨れ上がった血管をなぞり、その先では舌が光るビーズ細工のような細い線を引いて、そこに女の肩越しに差してくる陽光が当たり、ふと止まって、焦点を合わせているかのようにそれを離して持ち——これ何……そして、——これ何……そして舌の先で、爪の先で、——ほら、ここのところ、小さなかさぶたができてたみたい……

——そう見えるのならそうなんでしょう！　もう、何だろうと知ったことじゃありません、戦争のときの傷ですよ、板切れにピンで留められたバッタみたいな格好をさせられて、これは何、あれは何って、いちいち体を調べて……

——でも、別にそういうつもりじゃ……女の手が固く閉じられると、獲物は怒りの色で膨張した。女はバランスを取りながら乗り出し、電話に手を伸ばして、——誰、もしもし……？　女は唾を飲み、咳払いをした。——はい、どなた、どなたですか……息が乱れ、——は……？　ええ、ちゃんとしました！　話そうとしたんですけど、あっちが……。二十五ドル、それで全額、最終的な支払だって書き添えました、はい、それで……。いいえ、ちょっと、待って、待って！　あなた、あなたがこんな電話をかけてくる権利はないでしょう。電話でこんなふうに脅す権利はないでしょう、スタンプさん。ドクター・シャックには私から話そうとしたんです、私の体調のことや、看護師のことや、診察のこと。先生は全然耳を貸さなかった、先生方は請求書のことしか言わなかったんです、どうしてまだ支払わないのかって……。ええ、分かりました、じゃあ、分かりました！　そう伝えてくださって結構、取り立てしたけりゃしやがれって伝えればいい、と女は激しく電話を切り、膝を引いてそこに顔を埋め、息を整えた。

――私はスタンプさんじゃなくてよかった。

――笑い事じゃない！　女は肩の周りにシーツを巻きつけ、震えが女の全身に息を送って、――お、お医者さんが、馬鹿なお医者さんが……と、女はドクター・シャックとそのスタッフたちのもとで堪え忍んだ不正行為を一気に吐き出した。ドクター・シャックのスタッフの――意地悪な看護師が私に向かってわめいたのよ、私は発作の真っ最中だったのに、それに……と今も息をするのが苦しそうで、顔を膝に押しつけていた。総合的診察、その結果をあの医者は間違った人に、間違った医者に送ってしまって、それも本当に送ったと仮定しての話だけど、それに私のカルテも送りましたって言ってたくせに本当は送ってなかったし、その詳細な――あの医者は詳細なカルテっていう言い方をしてたけど、診察の時間は五分もなかった、パーム・スプリングズに出かけるところだったから、パーム・スプリングズでゴルフをするために。そうして、このスタンプさんが、取り立て屋のスタンプさんが、今回の件はドクター・シャックの弁護士のロポッツさんに任せるって言いだしたのよ。もし私が取引に応じて百ドル支払わなかったら、ロポッツさんから連絡が行くって。そうしたらロポッツさんが、笑い事じゃないわ、笑い事じゃない！　女は小さいながらもその手で拳を作り、男の肩を殴り、小指の側でもう一度打った。

――いや、いや、いや、スタンプさん？　ロポ……？

――やめて！　女は枕に顔を押しつけて倒れ込み、両手を拳にして、肩に吹きかけられた息に対して、――いや！　女の白いうなじにはビーズ細工のような汗が輝き、男の手は背中を下って割れ目を広げ、体重がその上に乗ろうとしたとき突然、女が仰向けになって、両手で男を捕まえて招き入れ、頭をのけぞらせて、その間ずっと、精いっぱいふくらんだ喉がハトのような鳴き声を上げながら、男を受け入れるために突き出した顎の下の窪んだアーチの中で上昇し、最後に男が倒れてきたときには、男も息をするのに必死で、息が整ったときには女の横にじっと横たわっていたが、数分後に、ベッドの端から音を立てずに下りてズボンとソックスを搔き集め、シャツを着て、じっと女を見下ろした。そこに横たわる女の頭は右の肩にもたれかかり、目は引き攣《つ》って、口は生命を感じさせない様子で半開きのままだった。唯一生命を感じさせるのは、不規則に震える下唇が息をしようとする努力に伴って吸い込まれ、また吐き出され、動かない舌の先がこぼれ出ている様子だけで、男はそこに立ったまま女を見下ろしていたが、それはまるで見知らぬ女を見ているかのようで、まるで歳月と女のアイデンティティーがどこかへ逃げ去り、それとともに、知ること、あるいは、知ることができるのではないかという希望、そして美しさ、あるいは、美しさを主張する権利、これらのものも失われたかのようだった。両足は広げて投げ出され、腕は体の両側にだらしなく置かれ、両手の親指はいまだに強く拳に握られていた。その体にシーツを掛けようと男が屈んだとき、そしてシーツが胸の谷間と膝の間に沈み、足の爪先で再び盛り上がったとき、突然、胸が急に持ち上がり、舌が出てきて上唇の汗を舐め、息をする喉の音が大きくなり、一つ大きな溜め息を吐いて体を横にし、動かなくなった。男はしゃがんで靴を取り、急いで部屋を出た。

女を目覚めさせた音はもう聞こえず、横に誰もいなくなったベッドの上で耳を澄ましていると、動いているのはただ壁に映る陽光のまだら模様だけで、やがてまた、外の枝に隠れたノバトの鳴き声がした。女が起き上がり、廊下を進むとき、鏡の中の裸の亡霊を見たその目は、見つめ返している目と同じくらい驚きに満ちていた。下でトイレを流す音が聞こえて裸の震えが全身を駆け巡り、立ち止まった。その場で壁にもたれてしゃがみ込み、やがて咳の音、下の床に擦れる椅子の音が聞こえたのでゆっくりと廊下の奥に歩いていき、風呂に湯を溜め、青ざめた顔をいろいろな方向に向けて、鏡の中の顔を飽き飽きするほどたくさん目に入れてから櫛《くし》を取り出し、濡れたほつれ毛と格闘し始めた。

女は寝室で引き出しをがたがたと開けたり閉めたりし、目の前に一つ広げては次のものを広げ、ずっと着たことも見たこともなかったプリント柄の絹モスリンの薄いブラウスを試し、次にシンプルなラッグのニットセーター、それは茶色の斑点の入った明るい灰色の田舎風・秋物風の服だったが、離れて見ると奇妙に緑がかって見え、長い間埋まっていてほとんど着たことはなく、いつかのクリスマスにもらった別の薄緑色の服ほどの刺激はなかったが、それでも目を惹いたので着替え直して、ゆっくりと集中しながらアイラインを引き、それから階段を下りてきた。

いく層にもなった煙が立ち込める部屋で、男は片膝をついて、撚《よ》り糸で雑誌の山を束ねていた。

――何か要るものは？と女は部屋の入り口で言った。――その、朝食に何か。コーヒーを飲みました、と男は顔も上げずに答え、結び目を強く引っ張った。カップに入ったコーヒーはあふれそうな灰皿の横で冷たくなっていた。――手伝いましょうか？

――ごみ袋はありますか？

――見てみる……ところが、女はそうはせず、そのまま部屋に入ってきて、しばらく男を見下ろし、次々と物を拾って、一つ脇に置くとすぐ別のものを取って、――あ、これ！　何？

――それ？　帯状クジャク石と呼ばれてます。

――きれいね。この緑色のところ、こんなきれいな緑色は見たことない……手の中で石を裏返し、

――どこから持って来たの？　カタンガ〔現コンゴ民主共和国シャバ州の旧称（一九七二年まで）〕です、ただの硫化銅だから、そんなに珍しいものじゃありません、と男が手を止めることなく言って、また屈み、校正刷りの山からクモの巣を払いながら、机の上のごみを増やしていると突然、――まあ、これ！　本物？　女が巻いてある縞を広げると、穴の開いた顔、ところどころ剛毛のあるたてがみが覗いて、――あなたが撃ったの？

――撃った？

――その、訊きたかったのは、訊きたいのは、向こうの人たちってシマウマを撃つんでしょ、アフリカの人は。

――シマウマなら撃ちますよ……と言いながら男は座り、タバコを巻く紙を平らに延ばし、そこにタバコの粉をぽんぽんと落とし、女が物を拾っては置くのを見ていた。女は逆向きに持った双眼鏡越しに男の手、足首を調べ、舌の先で繊細な青い血管をたどったのと同様に一心不乱に、その距離から男を眺めていた。まるで知らぬ間に何かの取引に巻き込まれ、男が二階のベッドや女の体の奥や割れ目を調べたことと引き換えに、今度は女が男の生態を調べる権利を得たかのようだった。女はごみ溜めの中から黄色がかったオレンジ色の岩を拾って、それを落とし、光沢のある色付きの

四角を拾った。

——これ、捨てないでしょ？

——捨てても構わないでしょう。

——でも、きれい。何。

——大地溝帯《グレート・リフト・バレー》の北端、衛星から撮った写真です。上下逆さまですよ。

——へえ。女はそれを床に落とした。——芸術作品かと思った、と言いながら女はフォルダーの中のタイプで打たれたページをめくり、——でも、これ、全部あなたが書いたの？　自分で？

男は先ほど作ったタバコに火を点けた。——ごみ袋があるって言いませんでしたか？

——でも、あなたが？　だって、作家じゃないって言ってたのに。

——私は作家じゃありませんよ、ブースさん！　私は、さあ、お願いです、ごみ袋、お願いですから……

——ブースさん？

——ええ、と男は再び立ち上がって、——お願いですから、ごみ袋を見つけてきて……

——うわ、あきれた、ブースさん？　女は束ねた雑誌の上に沈み込み、——まるでただの、ただの集金人か何かが玄関から入ってきたみたいに、あなたは私の名前さえ、いや、触らないで、いや！　女は手を伸ばして何か、何でもいい、何かを取ろうとし、シマウマ革の首筋の不ぞろいのひだを引きずり出し、座ったまま、白い縞から黒い縞へとそれを撫で、——私は作家じゃありませんよ、ブースさん。だって、そんなのは私の名前じゃない、私の名前はエリザベス、女はフォルダーに入った書類の方を示して、——それに、その、私はブースさんじゃないし、あなたは作家じゃない、だったら、あれは何。

　男はジャケットを着ていなかった。それはまだリビングルームの椅子の上に置いたままになっていて、男の肩越しに見ると落ちそうに見え、その中身を引き渡し、脱ぎ捨てようとしているように見えた。男はそこに立ったまま、いつもの朝と同じく片手に箒《ほうき》、反対の手に潰れたちりとりを持った老人がまるで定時の出勤のように角から現れるのを見ていた。――じゃあ、読んだらいいじゃないですか、と男は言った。――持っていって読んだらいい。

　女はそうはせず、ただ、――それも捨てちゃうわけ？

――捨てても構わないでしょう！　男は一枚を丸めて差し出し、――何だと思ってるんですか、うっとりさせるような含蓄ある散文だとでも？　心に訴えかける洞察？　人の心に隠された暗い情熱の探求？　叙事詩みたいな、よく分かりませんが、高尚な比喩？　挫折した天才？　知りたいとも思ってなかった真実のきらめきですか？　学校の教科書の一章ですよ、それだけのものです、五億年前、古生代に現れた生物に関する一章。こっちで新たにやり直そうとしたときに、そういう仕事をしたんです、教科書や百科事典のためにものを書いた、それだけのこと。この本棚ですか？　自分で作りました、本は箱に詰めたままだったから何年も自分の本を見たことがなくて、天井と床を張り替えて、ここの床は全部私が張ったんですよ。でも結局、窓の外を見れば、あの老人が、役に立つ存在に見えるように努力しながら、いまいましい礼拝から退出する牧師みたいにごみ捨て場に向かっていく姿が見えました、そしてとうとう私は、とうとうあの老人のせいで私はこの家にいられなくなりました。

――え、あの人、あの老人のせいで？　その、あの人のことを知ってるの？

——知ってますよ！　雲のような煙が波のように窓に当たり、男は屈んでタバコを消して、——顔を上げるたびにあの老人が見える、私が顔を上げるたびに、あの老人は価値のあることをしているふりをする、ほら、いまいましいちりとりの中に落ち葉が十枚、いまだに自分がここにいるのには目的があるんだってことを証明しようとしてる。静かに揺れよ《スイング・ロウ》、素敵な荷馬車《スイート・チャリオット》、私を家に導いて〔有名な黒人霊歌の冒頭の歌詞〕、彼はああして、自分を家に導くトイレットペーパーを見上げてる。ああ、裸の朽ちた聖歌隊席？〔シェイクスピアのソネット七三からの引用〕まるで聖歌隊の甘い歌声が呼ぶのが聞こえてるかのように空を見上げて。それ以来、私は朝から酒を飲むようになりました。

——いえ、でも、この仕事は、その、あの老人とどう関係があるのか、私にはよく……

——同じことだからですよ！　ほら……男は別の山を掘って、——ハイスクール用百科事典のダーウィンに関する項目です、この青いペンの書き込みが見えますか？　千六百語から三十六語にカットされたんですよ、進化論の説明も三千語から百十語に減った、きっと次の改訂ではなくなってしまう。生命の起源が二十八語、当たり障りのない二十八語、聞いてください……男が持っていたのは一冊の本、あるいは本の残骸、本から破り取られた数ページで、——こういうのが連中の望みなんです、いいですか、聞いてください。ある人々は、地上の生命体の多様性は進化によって説明が可能だと考えている。また、進化を信じない人々もいる。後者の立場の人々は、多様な生命体が今あるままの形で創造されたと信じている。いかにしてこれほど多様な生物が生まれたのか、はっきりしたことは誰にも分かっていない。どれほど多くの無教養の独善的馬鹿野郎が存在するのか、はっきりしたことは誰にも分からないですよ、まったく。こんなたわごとを言いふらして。ここにもう一つある、聞いてください。あらゆる生命体とともに宇宙が創造されたのではないかという別の仮説は特殊創造説と呼ばれ、この説によれば、創造において神に重要な役割が与えられている。進化論と特殊創造説が同等に教えられるべきだとする教育体系もある。仮説という微妙な性質にかんがみれば、これは健全な態度だろう。健全な態度！　男はそれを段ボールに放り込み、——連中の生物学の教科書を持ってきて、地質学上の年代を調べたら？　遺体化石を調べたら？　何も載ってないんです。古生物学は？　単語そのものがどこかに行ってしまってる、ただ、消えてる。その頃から酒を飲むようになって、あの老人を見るようになりました。朝起きるのにも何かの理由があるみたいなふりをしてるあの老人を見るようになりました。男は瓶に手を伸ばしたが、ただそこに手を置いたまま立っていた。——ほら、見て。バランスを取るために立ち止まるとき、あの男の唇が動いてるでしょう？　私の名は死、私が最後の親友、いまいましい箒を持ってあそこに立って、自分を支えてくれる存在を裏づけてる。死よ、あなたの手は何と冷たいことか。私の胸でその手を温めなさい。ふん。そうして私はあの男を憎むようになりました。

女は刺繍をしているかのように一心不乱に、今度は黒い縞から白い縞へと模様を追いながら座っていた。だって、本人はそんなことを知りもしないんだから。きっとびっくりする……——あなたに憎まれてることに。——あの人、きっと驚くわね、と女はしばらくしてから言った。

——びっくりするでしょうね。私が外に出ていって、あの男を惨めな状況から救うために、突き倒して車に轢かせたりしたら。そんなことも考えました。

——その、新聞に出てる人たちもそうなんでしょうね、神のお告げでやりましたとか言ってる人は。女は革の顔を膝の上で平らに広げて、元々目のあった穴に指を通して、——不思議よね。その、考えてみたら例のバッタなんかは、たぶんどのバッタでも同じことを知ってるんだろうけど、その、人間は、世界中にいるたくさんの人間は、他の人の知ってることを誰も知らない。そうでしょ？

——バッタが何を知ってるにしても、それは話が別です。メスの言い分を聞くことはありません。メスはほとんど黙ってますから。鳴くのはオスだけ……

——バッタの話じゃない！　私が、つまり、私が言いたいことは全然違う、あなたのことを言ってるの、他の人は知らないのにあなただけが知ってること。だって、物を書くってそういうことでしょ？　私は作家じゃありません、ブースさん、とかあなたは言うけど、つまり、バッタや進化や化石の話は、そんなことは全部、誰にでも書ける。私の言ってるのはあなただけが知ってる事柄、そのことを言ってるの。

——ひょっとしたらみんな、そういう事柄から逃げ出したいと思ってるんじゃないですか。ひょっとするとそういう事柄が、生きたまま人を蝕《むしば》んでるんじゃありませんか。さっきの話、強力な望遠鏡を持って星に出かけて、ジャック・ラッセル・テリア犬を連れたお父さんを見る話。もし私がその星に行ったら何が見えるかお話ししますよ。私に見えるのは、焼けつく太陽の光から逃れるためにトラックの下に横たわってる自分の姿、トラックが故障して案内の少年も逃げ出した。夜の間にこっそり出ていったんです。警察に連行されて、あそこに金《きん》があるって言ったら、狂人扱いされたっていう話はしましたよね。実際、私は狂ってました。あの場所で生きたまま二日も三日も焼かれて、トラックのラジエーターの錆びた水を飲んで、頭がおかしくなってました、でも、もし生き延びることができたら、実際に起きたことを決して忘れはしないと自分に誓ってたんです。自分が正気を失いつつあることが分かってた、でも同時に、そこにある、そこに金《きん》があるってことも分かってた、だから完全に正気を失うことはなかったんです。そして、二十年後に連中が見つけたときには、もうどうでもよくなってた、最初に連中に教えたのは私だってことは、そんなことはもうどうでもよくなってた。大事なのは、実際に起きたことを忘れないと誓ったことによって生き延びたという事実、そして過去を振り返ってロマンチックな思い出に変えたりは絶対にしないこと、若くて愚かだったのにやり遂げたというだけの理由で過去を美化しないこと。私はそう誓って、それを実行した、そしてずっとそうしてきました。それは、最も困難なことです。審判の日に雲の中に吸い込まれて主《しゅ》に出会うとか、大イマームとともに戻ってくるとか、そんなのより困難なことです。このフィクションは全部自分のものだから。全人生をそのフィクションに賭けてきたから。今の自分、過去の自分というフィクション。すべてが可能だった頃の自分。あなたは言ってましたね、万事がそうなるべくしてそうなったって。隙《すき》を見て私たちがひねくり回して、もっともらしい過去をでっち上げても、万事がなるようにしかならなかったって。強力な望遠鏡を持って天狼星に行く話をしてくれましたね？　あなたに見えるのはそういうものだって。誰かの葬式で誘惑されてる場面だって。八光年、九光年のかなたから。そして実際に起こったことが見えるって。キッチンで電話が鳴った。　——でも、あの話は事実ですか？

——いつも電話！　女は縞を強く握り締めながらさっと立って、——もう。決まって私たちが。いつも電話……

——じゃあ、出なければいいでしょう？

——だって、ポールかもしれない！　女は一瞬、顔が赤らむ間、そこに立ち止まり、部屋の入り口に向かい、そこを通って出た。——はい、もしもし？　咳払いをして、——ああ、おたくから電話があるかもしれないって言ってました、ええ、出かけてます、明日までは戻りません、ひょっとしたら木曜になるかも……。ええ、財産のことですね、大きな裁判の前に株式選択権《オプション》をどうするとか？　返事がイエスかノーなのかだけを訊きたいって……いいえ、分かってます、はい、でも……。はい、でも、準備不足だっておっしゃるのは、その、時々あの人が短気を起こすことがあるのは私にも分かってます、でも、本当は仕事熱心なだけで……。分かりました、はい、じゃあ、アドルフに電話をするように伝えます、おたくにはもう電話しないように、アドルフに電話するように……

女は電話を切って、電話機を見つめたまま立っていた。それからまた受話器を取って、がさがさと書類を掻き分けて電話番号の書いてある紙を探し、ダイヤルし、しばらく待ってようやく——もしもし？　はい、すみませんが……私が何？　私、いえ、いいえ、お祈りのパートナーじゃありません、違います、私は……。神のホットラインに電話をかけてるわけじゃないんです、そうじゃなくて、私はただ……何に？　いいえ、いいですか、その、私が電話をしたのはただ、連絡したいんです、私の夫……。ええ、ありがとう、でも、そんな用件で電話したんじゃなくて、連絡するためです、私の夫……いいえ、神のホットラインじゃなくて、違うんです、ひょっとしたらそちらに……ありがとう、と女はまた電話を切って、そこに立ったまま郵便の山を見下ろし、突然そこに手を伸ばし、下の方から新聞のスクラップを掘り出すと、紙袋の穴から両目がこちらを見つめており、手の中でそれを丸めながらリビングルームを通り抜け、玄関のドアを引き開けると、外には静かな一日が広がり、それを妨げているのは、夜の屑《くず》の向こうのどこか高いところにいるカラスの刺すような叫び声だけだった。女はためらうことなく郵便受けに手を伸ばし、家に戻ってそれをテーブルの上に投げ出した。ドクター・ユーント、B&G倉庫、B・フィッカート夫人（鉛筆書き）、キリスト教を復興、FXロポッツ代理人会社……

――さっき言ってたごみ袋、見つかりました?

――え? ああ。ほら、あの人たち、待たなかったんだ! 今朝電話をかけてきた人、あのひどいスタンプさん……紙が破れ、――取引に応じなかったらロポッツさんから連絡が行くって言ってたけど、もう郵便を出してたんだわ。

――ロポッツさん。

――もう、笑い事じゃない! 請求の金額をお支払いいただけない場合、結果として貴方に対して訴訟を起こすことになり、お支払いいただく金額も、利子、法廷費用、代理人報酬、営業費用等を含め、増額……

――単なる脅しですよ、ちょっと……と男は女から手紙を取り、座って、――電話を貸してください。

――ええ、脅しだわ。ただちに支払がなされなければ、当方としてはやむを得ず……。男は既にダイヤルを回していた。――待って、何を……

――ロポッツさん? 私はブース夫人の代理人としてシャック医師対ブースの件でお電話させていただいているのですが、今、こちらに……今ここにあります、口座番号が記載されていませんね、こんなのは安っぽい脅しの真似事としか思えま……。そんなことは今どうでもいいじゃありませんか、ロポッツさん、いいですか。そちらがこのようなことを続けるおつもりなら、ブース夫人はご自分に対する召喚状であろうと告訴であろうと、法に則って対処するのにやぶさかではありません。夫人は、面倒ではありますが、ちゃんとした法廷であなたの依頼人と対決する用意はできていますし、仮に彼の方が裁判に勝った場合、そんな可能性はほとんどありませんが、その際には各種の費用を支払う準備もできています……

――駄目、待って、お願い！

――あなたの方の依頼人は今回の裁判でどれだけの時間が取られるかご承知なんでしょうね、ロポッツさん、それに、いざブース夫人が出るところに出たときに、土壇場で訴訟を延期しようというお考えなら、そちらの依頼人のもとに召喚状が届くことになりますよ、今回の件に関する記録をすべて持って出廷するよう裁判所命令が出されます。例のいわゆる詳細な個人カルテとか、総合的診察の結果とか、そういう書類、間違ったところに送ったんでしょう、それも、もし本当に送ったとすればの話ですがね。そのあたりのことは全部はっきりさせてあるんですか？　もしももう一度、あなたが依頼人と相談をして、既に送った支払を受け取ることをお決めになったら、こちらが小切手の支払を止めないうちに急いで夫人にお知らせした方がいいですよ。ありがとう、ロポッツさん、失礼。

――でも、本当にあの人たち……

――もう、忘れなさい……。男はコンロの上に屈んでタバコに火を点けた。――ね？　連中は相手を脅すような口の利き方をしてますが、悪意はないんです、ただ、愚かなだけで……男はその手紙を丸め、――ごみの一部でしかない……と、それを中に落とした。

――ゆっくりしていく？　突然、女が口を開き、――その、お昼、もし昼食をとりたくても何もないの、私は時々ミルクを飲む程度、でも夕食なら、昨日の夜みたいに暖炉の前で一緒に過ごせる。店に電話すれば何か配達してくれるから。もし私たちが、その、もしあなたがずっといるんだったら。じゃあ、上等な子牛肉を配達してもらえますか、と男が訊いた。薄切りの子牛肉を四、五枚。

それとマッシュルームはありますか？　新鮮なマッシュルーム、それと生クリーム……――いいえ、でも、注文はできるけど、つまりその、そういうのはレストランでしか食べたことないから、私にはうまく、でも、チキン料理ならできる、もし嫌いじゃなければ……。私が料理します、と男が言った。それからタマネギ、タマネギがなければネギでも、それとマデイラ・ワイン。マデイラ・ワインはありますか？　――ないと思うけど……。じゃあ、白のベルモットが少しあれば、それで代用します、と男は言って部屋の入り口に向かったが、女がその場から動かなかったので立ち止まると、女が肩に腕をかけて抱き寄せて、――できるの？　その料理？

――もちろん……。男の手が女の肩をつかみ、――身の回りのことはできるようになるものです。

――でも、奥さんが……

――今、いちばん離婚率が高い職業は地質学者なんです……と頬骨の隆起にキスできるくらい近づいて、――医者よりも高い……男の手が女の胸にとどまり、体を押した。――それで、ごみ袋は？

子牛肉、と女はB＆G倉庫の裏に書いた。マッシュルーム、タマネギ、クリーム、マルサーラ・ワインだったかしら？　その後、女は奥で引き出しを開け、ナプキンの下を掘って、五ドル札、一ドル札三枚、二十ドル札を見てから、戻って電話のダイヤルを回し、注文を繰り返した。――ええ、分かってます、でも、今回は現金で払いますから……とそのとき、ちょうど女の正面で玄関のドアがガタガタと開き、女は受話器を落とした。

――ビブ？

――駄目！　あなた、何……

――やあ……男は玄関から入ってきた。――ほんとにひどい格好だな。

――待って！　女は受話器を置き直して部屋に入り、抱擁を利用しながらソファーまで後ずさりして、――あなた、突然うちに来て、何？

――ああ、帰ってきただけだよ、てか、ちょっと寄ってみただけ、どうしてるかと思って……

――いつも、ちょっと寄ってみただけ！　あなた、あなた、いつも……

――ビブ、なあ、何があったの、その……

――何があったか分かってるでしょ！　さっきも電話が。座って。とにかく座って。

男は袖付き椅子にどさっと腰を下ろした。――ビールあるかな？

――いいえ、ない。ビリー、まったく、どうしてあんなこと、マリンズさんが電話で大声出してたわ、警察を呼んであなたを逮捕させるって。シーラの部屋の家賃を払っているのは自分だから、あなたがみんなから巻き上げたお金を全額渡さなきゃ刑務所送りにしてやるって。本当の話？　お金の出所はそういうこと？　新しいスーツ買ったり、カリフォルニアに行くって言ったりしてたのは？

――ああ。あいつは馬鹿なんだよ、あいつのことなんかほっとけよ、ビブ。金を渡したらあいつも共犯になるだろ？　挙げ句に、俺もあいつもライカーズ・アイランドで九十日間刑務所暮らし？　つまり、あいつはくそ馬鹿だから、それだけのことも分かって……

――マリンズさんはお金が欲しいって言ってるわけじゃない、自分のお金にするんじゃなくて、お金を巻き上げられた人たちに返そうとしてるの。だって、その人たちはみんな、あなたを追ってる、シーラとお父さんを追ってる、だって、あそこはシーラのアパートなんだから。いくら盗ったの。

——けど、シーラは今回のことは何にも知らなかった。シーラは二週間前に例のがりがりのチベット人と一緒に、ジャージーにある僧院に出かけてた。だから、そんなに大げさに……

——それで留守の間に、あなたが新聞広告を出したのね。寝室は二つ、大きなリビングルーム、テラス、家具付き、月三百ドルって。それからあなたが自分で部屋を案内して、一人一人とこそこそ交渉して、とりあえず手付金を払って、また来週来てください、とか言って。お父さんがそうおっしゃってたわ、この話は本当……

——なあ、ビブ、ビブ。てか、どうってことないさ。誰も傷ついてないだろ？　連中が何かを盗ってったわけでもない。くそアパートは今でもシーラのものだし、間抜けな連中が何人か百ドルなくしただけ。自業自得。だって、あんな部屋を月三百ドルで借りられると思うほどの馬鹿なんだから、連中はそのくらいの金額は喜んで人にくれてやるさ。例えば一人、女の人がいたんだけど、そのくそ女なんて寝室に入った途端に……

——そんな話は聞きたくない！　それに、それに、くそって言うのはやめて、とにかくそんな話は。どうしてこんなことするの？

——なあ、じゃあ、どうしろって！　ていうか、アドルフのところに行ったら、知ってる？　ロングビューを売ったんだって。それなのに俺たちはそのお金を五セントでも目にした？　だって、そのお金はそもそも俺たちのものになるはずだったのに。母さんのものになるはずのお金だったんだ、もしも母さんが……

——母さんはロングビューを嫌ってた、怖がってた。沼からあんなものが出てきて、ジューノーを引きずり込むのを見てからは、二度とあそこに戻らなかった、怖がってた。

——だからって、アドルフが七十三万ドルで医者連中に売り渡すのは当然ってことになる？　三百万ドル以上にはなるはずなのに医者連中と取引をしやがって、金もすぐ信託に入れやがった。その金は俺たち二人で分けるのが当然なのに、信託に入れやがったから俺たちには手出しできない。債務に見合うように信託財産を保持するのが管財人としての義務だから、とか言いやがって。未公認の侵入者から信託財産を守るんだとさ。どういうことか分かる、ビブ？　ポールのことさ、くそポール、あの屋敷を担保に金を借りようと駆けずり回ってる、あいつが今やろうとしてるのはそういうこと……

——分かったわ！　でも、アドルフがもっとたくさんお金を融通してくれないからって、それでもシーラのアパートを使ってこんなことをやるのは仕方がないってことにはならないでしょ。何にお金を使ってるの！　麻薬？　麻薬なの、そういうことにお金を……

——なあ、ビブ、いいかい、てか、お金はただなくなるんだ。てか、俺が麻薬を買うためにアドルフから金をせびってるなんて誰が言ったのさ、アドルフか？　アドルフと話した？　だって、俺があいつのところに行ったのは金を搾り取るためじゃない。仕事を世話してくれないかと思って行ったのさ。訊いてみたらいいよ。俺の話が信じられないのなら、あいつに訊いてみたら。つまり、俺は逃げ出したいだけなんだ、ビブ、てか、こんなくだらないことからできるだけ遠くに。アドルフは会社のやることを裏も表も知り尽くしてるから、俺をどこかに送り込むくらいのことはできるだろ。以前は親父が全部切り盛りしてたんだから、何か汚い仕事にでもありつく権利は俺にもあるだろ？

——でも、今の経営者はグライムズさんよ、それにたぶん……

——なあ、どうせグライムズの爺さんの最大の望みは、俺を厄介払いして、アフリカの焼けついた穴の中に送り込むことだろ。あの爺さんは俺がデング熱で倒れてる様子を想像してほくそえむのさ。ひょっとするとジャングルの腐った土地なら少し分けてくれるかも、最後のはなむけに……

——アフリカ？

——連中はアフリカにいるんだろ？　それに、てか、会社は向こうで活動してるじゃないか、アフリカじゃあどこを向いてもVCRの手が伸びてる。てか、このたわごとは全部アフリカに結びついてるじゃないか。株価の下落、親父の財産、それから情報漏れ。アドルフとは話をした？

——いいえ、ポールの話だと……

——ポールの話！　なあ、いつも問題はくそポール、だって、やつなんだよ、ビブ、やつから情報が漏れてるんだ。やつは向こうで親父の指示でヨーヨーみたいに鞄を持って行ったり来たりしてたじゃないか？　てか、連中はあいつを会社から放り出したけど、だからって、プレトリアにいる馬鹿仲間があいつを見捨てたことにはならないだろ。それに、てか、連中の言いなりになってる例の上院議員の汚い爺《じじい》だって、公聴会にはポールを出させなかった。アドルフがそう言ってたよ。爺がみんなをびびらせたんだって。アフリカでの採掘権を確定したのが連中だったとしても、鞄を運んだのはあいつなんだから、あいつは内幕を知ってるんだから、あいつは、ビブ？　女は何を見るともなく、よそを見つめ、別のところの音に耳を澄ませ、一言も言わずに顔を上げた。——あいつがいるの？

——誰。

――ポールだよ、だって、他に誰がいるって言うのさ。あいつがいるような物音がしたけど。

――ああ。いいえ、いいえ、あれはただの……

――実は俺が来たのは、あの信託の契約書のためなんだ、写しを持ってるだろ？　見なけりゃならない。

――どこかの箱にしまってある。二階に上がって探さないと駄目だけど、でも、何が書いてあるかは、あなたも……

――正確な言葉遣いだよ、ビブ、正確な言葉遣いを見たいんだ。アドルフと話してるときに思ったんだけど、お金が分配される前に俺の身に何か起こったらどうなるんだろう。そうなったらポールはどうなるんだろう、ポールと姉さんは。てか、支払がされるまでに姉さんの取り分はもうなくなってしまうんじゃないかな、それに、俺の身に何かあったらあいつが割り込んで来て、何もかもぶち壊しにするんじゃないか。探してきてくれないか？　今。てか、大事なことなんだ。

――ちょっと、分かったけど、でも、ちょっとそこで待ってて。

男は女が階段を上がるのを見ながら、――念押ししなくたって他に行くところなんてないじゃないか？　男は少しの間座り、一方の手の中に他方の手を包んで指を鳴らし、椅子の上でしわになっている風変わりなジャケットをぼんやり見ていると、何かの物音を聞いて、あるいは何かを思い直して、あるいは内臓の動きを感じてキッチンへ行き、冷蔵庫の中を調べ、そこで見つけたパンにバターの最後の残りを塗って、パンを半分に折りながら、開いたドアのところまで来て立ち止まり、パンを噛みながら中を覗いた。――こんちは……そしてもう一度、――こんちは。てか、おたくが大家さん？

咳に引き裂かれながら本棚に手を置いて体を支え、束ねた雑誌の間から立ち上がって、――マキャンドレスと言います、ええ。私が大家です。

――ねえ、結構散らかってますね、その、手伝いましょうか……

――いや、いや、いや、いいえ、それは置いておいてください……。男は咳払いをして座り、散らかった机の上を忙しく掘り返し、つやのあるタバコの封筒を取り出した。――ここの掃除をしてるだけだから、本当に手伝ってもらうようなことは何も……

――変だな。そう思いません？　てか、昔、学校でマキャンドレスってやつが知り合いにいたんですよ。そいつはどちらかと言うときれい好きだったんです。

――どうしてそれが変なんです。

――え？　いや、てか、そういう名前のやつは他に会ったことないから。で、そいつには二百ドル借りたままなんです。てか、そいつはくそ学校の中で、ただ一人まともなやつでね、そいつが……

――ちょっと、それ、気を付けて、それは……

――え、これ、何ですか。

――カメラのシャッター。かなりデリケートなものなんです。

――ああ。で、もしあいつがいなかったら、俺は退学になってたと思いますよ。てか、結局はどっちみち退学になったんだけど、その件では退学にならずに済んで……今度は黄色がかったオレンジ色の岩を拾い上げて、――これ、何、金《きん》？

――金じゃありません、違います、ガム石と呼ばれるものです。

――ガム石？　じゃあ、仕事は何です、地質学者か何か？

――ええ。そう、そう呼んでも構いません。さあ……

――それで、てか、その二百ドルのことがずっと気に掛かってて。タバコ一本もらえません？

――ああ、うん、これ……。男は急に身を乗り出して、使い古しのステート・エクスプレスの缶をごみの山から取り出し、再び深く椅子に座り、煙を手で扇いでいたが、その様子はまるで、ほんの数分前に親しみを込めてなぞってキスまでした顔のいくつかの特徴を、煙の向こうの、今では見苦しいパロディとなって目の前に立ちはだかっている顔の中に探しているかのようだった。あのときの冷たくもろい顎と頬骨は今、目の前ではまったく強く鍛えられることなく、抑制もされないままで、パンを咀嚼《そしゃく》し、手も、パンがなくなってみると、大きくて関節が赤く、爪を噛んで丸くなっている指先がマッチを振って火を消していた。男はすることがなくなるのを同じように恐れながら、タバコを深く吸った。しかし、二人のうちの片方が一般配給品らしい茶色のへこんだケースを手に取って、そのふたを開け、閉め、また開けることで、時折沈黙が遮られた。――まだ名前をお聞きしてませんね。

――俺？　ヴォレーカーズ、ビリー・ヴォレーカーズ。これは何です、コンパス？

――それで、弟さんですか？　ブースさんの？

――あれは姉です。

――ほう。そうですか、とても素敵な人ですよね……。男は身を乗り出してタバコの残りを揉み消し、――とても素敵な方です。

――素敵？　まあ、てか、くそ家族の中でまともなのは姉さんだけですね。てか、姉さん一人ですべてがもってるっていうか……

――二百ドルは、そのお金は何に使ったんですか。

――え、その金？　うん、てか、大したことじゃありません。てか、二年生のときにね、俺が学校の外でマリファナ吸ってたら捕まって、それで、困ったときにいつも頼りにしてたビフっていう不良のやつがいて、で、学校にばれる前にそいつが知り合いの弁護士を紹介してくれて、二百ドルの保釈金を払えば出頭しなくてもいいし、それで片が付くって言われたんです。つまり、保釈金で片が付くって。てか、その弁護士はなかなか手際のいいやつだったんだけど、でも、二百ドルをどこで手に入れるかが問題でね。だって、親父に電話なんかしたらきっと、でかした、独房にぶち込んでください、拷問にかけてくださいとか、むちゃくちゃ言うに決まってたから。だから、ジャックが自分の親父さんに電話をかけて、次の日には金が手に入った。でも、その親父さん、金持ちだったわけじゃないんですよ、他の洟垂《はなた》れ小僧の親父みたいにメルセデス・ベンツで学校に乗りつけるような人じゃなかったし、俺の親父みたいに同窓会宛てに小切手を書いてホッケーの試合に顔を出すような人でもなかった。でも、まさか親父がホッケーを見に来るとはね。俺がペナルティ・ボックスに座ってるときに後ろからささやき声が聞こえて、あいつらを殺せ、殺せって。真後ろに親父がいたんです、毛皮の襟を立てて。みんなが大声を出してるのに、俺に聞こえるのはそのささやきだけ、殺せ、殺せ……

――でも、お父さんは亡くなったんでしょう。

――うん、死にました。

――教えてもらいたいことが一つあるんですが、ビリー……。男は深く座り直し、つやのあるタバコの封筒をごみの山から掘り出して、――君のお父さんは……

――え？　ねえ、ビブ、見つかった？

――見つからなかったわ、駄目。女は戸口に立って、何も持っていない手の震えを抑えながら、そこにあるサイドボード、それともピアノなのか、何であるにしてもそれの瘤《こぶ》の上で手を握り締めて、――上にはない、ポールに訊いてみないと、知ってるかどうか……

――ポールに訊いてみる！　てか、だからなくなってるんだよ、あいつが同じ理由で調べてるに決まってる……

――お願いだから！と言った後、声に冷静さを取り戻し、息を整え、青色が灰色と共謀して層を成している空気を通して二人を交互に見やって、――邪魔にならないように……

――てか、アドルフがあれを書いたとき、親父はひどい状態だっただろ。今になってアドルフは写しを持ってないって言うし。親父がへまをやらかしたときのために、アドルフがうまく尻拭いをできるようにしたんだ。てか、今ちょうど、話を聞いてもらってたんだ、このマキャ……

――聞こえた、と言った女の声は、曲線を描く黒い木の上に置かれた手と同様に締めつけられていた。――それに、よくないと思うわ、こちらの、こちらのマキャンドレスさんは用事がたくさんあるんだから、あなたは部屋から出て、邪魔に……

――いや、でも、待って、ビブ、待って、てか、ポールは今どこ。だって、俺はちょっと前までカリフォルニアにいたんだ。それで、誰かがテレビを点けたら、突然、ポールのお仲間の妙な連中が映ってたよ。例のビリー・フィッカートが葬式みたいに黒いドレスを着て映ってた。ただし、ミニスカートみたいな、ぎりぎり股のところまでしかないドレス。主《しゅ》の胸で安らかに眠るとかいう例の子供の写真を持ってた。それに、軍服を着た、でっかい黒人が車椅子で動き回りながら歌を歌って、次にあの田舎者、ポールがロングビューに呼ぼうとしてた貧乏な南部野郎。ユード牧師ってったっけ？　あいつがフィッカート夫人を慰めてた。イエスのはらわたがどうしたとか、永遠の生命がどうしたとか言って。まったく、まるではらわたの中に手を突っ込んで、生々しい肺をつかみ出してるみたいだったよ、てか、あいつの説教を聞いてみろよ。イエスの血で洗い清めるためにアフリカの最奥部にまで進もうとする輝かしい伝道活動とか、それを妨げようとするサタンの使いが上層部に潜り込んでるとか叫んでた。とにかくあの声を聞いてみろよ。マルクス主義は嘘つきの父、サタンの道具だって叫んだかと思うと、今度は急に低い声になってゆっくりとしゃべる。短い髪の毛を優しくとかしてるみたいに。ウェイン坊やのために……

――ビリー、お願い、そんな話。どうでもいいことでしょ！　さっさと……

――いえ、いえ、いえ。ブースさん、実は面白い話だと思って聞いてたんですよ。

――でも、え……女は言葉に詰まり、突然、戸口に見捨てられて、――ポールは全然……

――いや、いいかい、ビブ、ポールのやつなんだよ、あのフリーク・ショー〔奇形の人や動物の見世物〕をお膳立てしたのは。メディアコンサルタントだとか何とか、くだらないことを言ってたじゃないか？　てか、ユードがみんなに呼びかけてた。この聖戦に参加していることを示すために車のヘッドライトを点けてくださいとか、紫のリボンを付けてくださいとか。政府や正規の教会の内部に入り込んでる悪の勢力、あの牧師を廃業に追い込もうとしてるユダヤ人、そういう勢力との聖戦。あれは、きっとポールの考えたことだ。てか、ヘッドライトのこととか、紫のリボンのこととか、あれはきっとくそポールの入れ知恵。陸軍士官学校のいんちきサーベルと、石の入った箱、頭のいかれた安っぽい南部人のでまかせ、あいつのお得意さ。ウェイン坊やのために祈りを、アメリカのために祈りを、てか、全部あいつが考えたこと……

——いいえ、違う、ほんとに！　ポールは全然、ポールは聖書のこともサタンのことも全然知らない、あなたが仏教のことを分かってないのと同じことよ、それに、それに……まるで、顔に上った血の色を摘み取るかのように息を継いで、——そんな話を聞いて、マキャンドレスさんが聞いて何が面白いの、ポールの悪口なんか。そんなの、そんなの……

——いえ、いえ、そういうつもりじゃ、すみません、ブースさん……煙を扇ぎながら、——面白いっていうのは、ユード牧師のことを言ったんです。エルトン・ユード牧師でしょう？　ああいう男が二人もいるわけはありませんからね。

——え？　てか、あいつのこと、知ってるんですか？

——疫病神《やくびょうがみ》みたいなものです、はい。主《しゅ》のお導きで一度、スマックオーバーで会ったんです。

——え、冗談でしょ。どこでって？

——スマックオーバーで、ええ、ええ、スマックオーバーのことで冗談なんか言えません。スマックオーバーの人は朝になると起きて、夜になると寝て、最後は死んでどこか別のところに行くんです。どこか、きっと午前二時のスマックオーバーそっくりの場所に。本当ですよ。大真面目な話です。あそこの人たちはみんな、ユード牧師が洗うんです、イエスの血で。あの本はどこかな、あのいまいましい本は……。男はいちばん手近にあったごみ袋を捕まえて、破って開け、紙、スクラップ、地形の断片、海岸線、青と黒で印刷された安っぽい新聞記事の手のひら大の切り抜きをホッチキスで留めたものを引き出し、——ほら、一つ見つかった、創世記から黙示録まで、全部がわずか十ページに煎じ詰めてある、無学でひどい漫画ばかりの十ページ。天地創造はこんな感じです。初めに神が天と地を創った。この絵はまるで神がさいころを振ってるみたい。宇宙相手にさいころ遊びをやってるみたいな感じです。ここにあるのは、天地創造を漫画にして教える漫画本です。ユードはこういういまいましいものを町で配ってました。ほら……。男はまたごみ袋を掘り返して、――ここにもう一冊、進化について。さっきのよりもっと面白い。あいつが私に、持ち切れないほどくれたんです。裁判所前の階段で私に近寄ってきて、腕を捕まえて、一緒にひざまずいて悔い改めなさいって。主《しゅ》はそのために私をスマックオーバーに遣わしたのですから、とか言ってましたね。あれはどこにやったかな……

――ねえ、あいつをスマックオーバーに遣わしたのが主だっていうのは分かったけど、あんたを遣わしたのは何だったんですか、何の用事で……

――私？と、さらに奥を掘りながら、丸めたスナップ写真、先ほど女が芸術作品かと感心したスキャニング写真を取り出して、――さっき君の言ってた勢力、上層部に入り込んだ悪の勢力ですよ。余計な部分を削った創世記を創造科学とか呼んで、それと進化論とを同じ時間をかけて学校で教えるべきだっていう裁判です。創造主なくして創造なし、時計職人なくして時計は存在しないっていうわけです。連中はすべての答えを持ってる。オーストラリアのナリア山から持ってきた四十億年前のジルコン鉱石を見せたって、最近ビクトリア湖で見つかった千八百万年前のプロコンスル・アフリカヌス属の類人猿の化石遺骨を見せたって、この骨はいよいよ本当にヒトと類人猿をつなぐ失われた環《ミッシング・リンク》なのかもしれないのに、連中はこう言い返すだけですよ、結構、結構、創造主は天と地とその他一切合切をたった六日でお創りになったくらいだから、その世界に沿ったとても興味深い歴史を作ることなんかたやすいでしょうってね。連中は白亜紀の泥板岩の上に十億年前の先カンブリア時代の岩があるのを取り上げて地質学上の年代の順序の反証にしたり、すべてを例の洪水で説明しようとするんです。さっきと同じく、このいまいましい漫画本にそう書いてあります。そして神は人の悪が原因で、水によって地上の人を滅ぼした。そしてノアだけが、ノアと一緒に箱舟の中にあった者だけが生き残り、地質学上の記録が四十日間の雨水の中で水浸しになって、どこかな、どこにやったかな……男は既に袋を半分は空《から》にして、——われわれは進化論にすっかり洗脳されてしまっています、しかし、失われた環《ミッシング・リンク》を提出した人は誰もいないのです、そう言って、連中はピルトダウンの贋物化石事件〔有史前人類の頭蓋骨としてイングランドのピルトダウンで一九一二年に発見されたが一九五三年に贋物と判明〕に飛びつく。ブタの歯を付けたネブラスカ氷期の人間だと判明したんです。だから失われた環《ミッシング・リンク》なんて贋物、進化論は全部贋物、地質学、天文学、物理学は全部贋物。千五百万年前の地層のあるサンブール山の化石の話なんか、連中は無視するんです。アファール三角地帯の火山灰に埋もれた三百万年前の化石人骨の話なんかまったく無視するんです。グレゴリー断層の鉱山で見つかった原人化石なんてまったく無視。完全に無視。連中は失われた環《ミッシング・リンク》を見せてみろって言ってましたが、失われた環《ミッシング・リンク》は実は連中の目の前にあったんです。暗黒の勢力のことをわめき散らしてたあいつこそ、まさに失われた環《ミッシング・リンク》だ。

　女は突然キッチンに向かった。まるで何か忘れ物をしたかのように、まるで電話が鳴ったかのように、何かがふきこぼれたかのように。そしてそこに立ったまま、空《から》っぽの流しを指で叩き、窓の外を見つめ、やがてやかんを満たしてコンロに火を点けた。

　——ここにもいまいましいものがある、ほら、これを見なさい、ビリー……今回は赤と黒、——呪われた者たちよ、私から離れなさい、悪魔とその使いたちのために用意された永遠の炎の中へ進みなさい。まったく。いつかユードを連れてその場所に行ってやる……。男はスキャニング写真を取り上げて、平らに広げ、――ここが大地溝帯の先端部分、三つの地溝がアファール三角地帯で一つになってます。地震、火山、温泉。日陰でも五十七度、もし日陰があればの話ですがね。あいつを向こうに連れていって、あの漫画本の誕生の地を見せてやる。いや、あいつの声のことは言わないでください、今でも耳に残ってます、裁判のときじゃありませんよ、裁判のときの声じゃありません、連中は創世記を編集するのに忙しくて、あいつを法廷に呼ぶ余裕がなかったんです。あいつは法廷助言者として訴訟をファイルにまとめたり、あちこちで人を集めては、創世記と黙示録、それに少しエレミア書を付け足して配ってました。ニガヨモギと胆汁、つむじ風のように主《しゅ》が降臨して、主は言われた、私の言葉は火のようではないか？　そして岩を砕くハンマーのようではないか？　そういう愚かさ。その手にハンマーを握らせたら、何でも釘みたいに見えてくる。裁判所前の階段で私たちに投げかけられたあの視線、生きてスマックオーバーを出られないんじゃないかと思ったことも一度か二度あります。

女は部屋の入り口に戻っていた。――紅茶かコーヒーは要りませんか？　もしよかったら、今、紅茶を……

――いえ、いえ、充分ゆっくりさせてもらってますからお構いなく……女には男の肘のところにある汚いグラスに少し注いであるのが見えた。――同じことですよ、あなたの言ってるカリフォルニアのフリーク・ショーにあいつが顔を出してるのも。福音書にある真理だけがマルクス主義の台頭に対抗する唯一の武器だって説教してるんです。アフリカの最奥部まで行って、輝かしい伝道活動を妨げようとしている悪の勢力と戦う。伝道活動っていっても、こっちの暗黒大陸から向こうの暗黒大陸へと、次々に愚かさを広めてるだけなのに。私の言ってるのは無知のことじゃありません。愚かさのことを言ってるんです。無知を見つけたければ、いたるところに転がってます。グレゴリー断層にあるルドルフ湖岸のあの鉱山、類人猿の化石、石器、カバの骨、全部が二、三百万年前に火山の噴火にのみ込まれて。あれは無知です。あれは知性の夜明け、現在あるのはそのかげり。愚かさっていうのは、わざと無知を育てることなんです、今起きてるのはそういうこと。敬虔な微笑みを浮かべた独善的な馬鹿者たち、連中は考えただけでも我慢できないんです、自分たちがルドルフ湖岸の群れの子孫だなんて、自分たちの先祖が石のハンマーを振り回しながら何かを学ぼうとしてたなんて。そうじゃなくて、自分たちは神によって地上に置かれたと思ってる。安いスーツと趣味の悪いネクタイを身に付けて、神の姿に似せて創られたと思ってる。この国の半分ですよ、知ってました？　アメリカ人の半分が、人間は八千年から一万年前にほぼ今と同じ姿で創られたと信じてるんです、それだけの人間が信じてるんですよ。

——ああ、てか、いや、てか、そういうのは知りませんでした、でも。ビブ？　ちょっと待って、今そっちに……

——いや、いや、座りなさい、ビリー、いいことを教えよう。ほら、君も一本どうです……と、男はへこみだらけの黄色い缶を差し出して、——生物の化石記録は数十億年もさかのぼるものなんだ、ギャップがあるのは当然のことだし、どのようにして進化が起こったかについてもいろんな議論がある。そこで連中はそういうことを利用して、そもそも進化なんてなかったんだって言う。私たちは疑問を持ってて、連中は答えを持ってる。創世記に飾りを付けて、それを科学だと称して、マラキからさかのぼって、その親、その親、その親、そうして調べた結果、天地創造があったのは紀元前四〇〇四年十月二十六日午前九時、こんなやり方を科学的方法だって言ってやがる。誰かがそれを見たのか？　いや、いや、創世記の最初の数ページにはっきり啓示してある、これこそ啓示の知恵というものだ、とか。聖書に関わりがあるなんて聞いてあきれますよ。スマックオーバーの町を歩いてれば、一度も会ったことのないやつが近づいてきて、あなたは救われましたかって訊いてくる、まるでそのことがそいつに関わりがあるみたいに。実際、そいつは関わりがあると思ってるんです。この国の知能指数は平均が約一〇〇です、知ってましたか？　あきれたもんだ、暗黒大陸なんて聞いてあきれる。一ついいことを教えますよ。啓示というのは、理性から逃れようとする無知の最後の避難場所なんです。啓示の真理というのは、愚かさが知性と戦うときの唯一の武器なんです。それこそがすべての核心だ……。グラスは空《から》っぽになって下りてきて、男が顔を上げた。

女は今回は既に部屋の中に入っていた。女が差し出していたのは――さっき言ってたごみ袋、それから、――ビリー？　男は束ねた雑誌の間からあたふたと立とうとして、――マキャンドレスさんは用事がたくさんあるんだから、マキャンドレスさんは、あなたはこれ以上お邪魔をしない方がいいと……

――そうだね。そうだ。もうそっちに行くよ、もう……

――いや、いや、いや、全然、構いませんよ、ブースさん、弟さんはスマックオーバーの裁判の話に興味をお持ちだっただけです、問題はすべてそこにあるんです。学問の自由、ポンコツみたいな科学的創造説を教える自由。判事はそのことをお見通しだったから私たちが裁判に勝った。でも、健康的態度とは聞いてあきれる。裁判に勝ったのは私たちなのに、連中は同じだけの時間を勝ち取った。健康的態度なんて言うのなら、唯一の方法は学校ではどちらも教えないってことしかない。

待って……男は座って、ごみ袋から引きずり出したものを掻き集めて、――ジョージアの裁判官がどんなことを言ったか教えてあげますよ……男は丸めた紙、新聞の切り抜きを掘り返して、――いや、いや、こっちの方がいい、聞いてください。教科書が変わらない限り、犯罪、暴力、性病、中絶などの件数が減少する可能性はない。こっちのかわいらしい夫婦はテキサスの人で、教科書に目を光らせてる。愛国主義や自由企業、宗教や親の権威を危うくするような教科書を監視してる。もちろん公式なものじゃありません。アメリカ的な自警団精神ってやつです。その精神でもって、どこにやったかな、本狩りをやってる、しっかりした答えを与えないままにいろいろな疑問を提示して絶対的な価値を蝕むような本を追い詰めてる。ね。同じことなんです、私たちは疑問を持ってて、連中は答えを持ってる。せっせと州の委員会に助言してる。各地区の教育委員会は州の委員会で選ばれた教科書じゃないと買うことができない、そんな州が二十は確実にある。中央アメリカかどこかで土地の再分配が行われてるって書いてある教科書をテキサス州が使いたがると思いますか？ ナット・ターナー〔アメリカの黒人奴隷解放運動指導者（一八〇〇―三一）〕が黒んぼのショーなんかじゃないってことを子供に教えるような歴史の本をミシシッピが望みますか？　検閲じゃないかって言われると、針で刺されたブタみたいに大声を上げて否定する。自分たちの代わりに出版社に検閲させてるわけですよ。一年に六千五百万ドル、テキサスはそれだけの金を教科書に使ってます。大金です。一回の発行部数がとても多いから、他の本のことはどうでもよくなる。潰れたくない出版社が、類人猿みたいな連中に十四ドルの生物の教科書を売るときに、皆さんの親戚は石のハンマーを持ってルドルフ湖のそばで暴れてたんですって書いた章のある教科書を売って回ると思いますか？　向こうじゃあ、やっと例の法律が撤回されました、進化論は事実としてじゃなく、数ある中の一つの理論として教えられるべきだっていう法律が。だけど、それで何かが変わると思います？　いや、いや、まったく、愚かさという習慣はなかなか直らないものです。教科書に書いてなければ教えることはできない。愚かさが無知を征服して、みんな、家に戻ってユード牧師の本を読む。ほら。いいものを見せようか、ビリー……

――いえ、てか、俺は、てか、あっちの部屋で確かめたいことがあるから、ビブ？

――いや、いや、座りなさい、座りなさい。これを見て。これがあいつのサバイバル教本《ハンドブック》。四ページしかないのに連中は本《ブック》って呼んでる。将来、参考にするために手元に常備してください、だって。将来っていうのは、いつ何時そうなるか分からないってことです。そのときになれば、何百万というキリスト教徒が突然地上から消えるけど、私たちはそのメンバーに入ってないんだそうです。連中はみんな高いところに行って、雲の中で主《しゅ》に出会って、最高の時間を過ごすけど、私たちは地上に取り残されて七年間の大きな試練を味わう。でも、うろたえてはいけません！　この教本《ハンドブック》を読んで、書いてある通りにすれば大丈夫。ほら。地球規模の戦争と地球規模の飢餓に備えなさい。都市から逃げなさい、都市は滅ぼされるから。山や島から逃げなさい、山や島は滅ぼされるから。海から逃げなさい、海の中のすべてのものは殺されるから。七年分の食料と水を蓄えなさい。飢えた人間と野獣を追い払うための用意をしなさい。地震と五十キロの雹《ひょう》に耐えられるように家を直しなさい。デモンに操られた人間と動物があたりを徘徊し、目に入った人を誰彼構わず拷問にかけたり殺したりするから気を付けなさい。黙示録九の一から一八、ちゃんとそこに書いてある、神の言葉ではありませんか？　神聖なる聖ヨハネに啓示されたことではありませんか？　ファティマで子供たちに三つの秘密を明かしたのと同じように。同じことです。火と疫病。天国まで吹き飛ばされるっていうのはまさにこのことですね。連中が言いたいのはそういうことです。連中は待ち切れないんです。連中は雲の中に引き上げられて主《しゅ》に会うのが待ち切れない、揉み手をしてる主と天使たちと一緒に座って、残された人間が火と硫黄に苦しめられるのを見たがってる、太陽が暗くなり、星が落ち、雹と火、都市が崩れ、海が血に変わるのを見たくて見たくて仕方がないんです。いいことを教えてあげますよ、ビリー。こういういまいましいことは全部、予言の自己成就〔根拠のない予言でも人々がそれを信じて行動することで結果的に予言が現実になる事態〕だってことです。今、いいことを教えてあげます。怒りの最大の根源は恐れなんです、憎しみの最大の根元は怒りです、こういうことすべての最大の根元は今さっき言ったような、愚かな啓示の宗教なんです。どっちを向いても、シク教徒〔インド北部のヒンドゥー教の改革派〕がヒンドゥー教徒を殺し、ヒンドゥー教徒がイスラム教徒を殺し、ドルーズ派〔イスラム教シーア派の過激派イスマイル派から派生した一宗派〕がマロン派教徒〔主にレバノンに住み、アラム語の典礼を用いる帰一教会一派〕を殺し、ユダヤ人がアラブ人を殺し、アラブ人がキリスト教徒を殺し、キリスト教徒が互いを殺し合う。ひょっとしたらそれが私たちに残された唯一の希望なのかもしれない。原罪によって生み出された自己に対する嫌悪を、次に隣人に向ける。ひょっとしたら、ロンドンデリー〔北アイルランドの州〕からチャンディガル〔インド北部の都市〕まで、たくさんの教派《セクト》が互いに殺し合ってるから、最後にはこんないまいましいことは全部一掃されてしまうかも……ほら……。男は突然立ち上がって、――本物を読ませてあげますよ、もし詳しく知りたいと思ってるのなら……本棚で本を横に寄せながら――だって、こういうことは今に始まったことじゃありませんからね、こんなのは今に始まったことじゃ……

――いえ、でも、待って、ねえ、てか、俺は別に、いや、待って、ビブ?

女は部屋に入っていたのかもしれない。しかし今は再び部屋の入り口のところまで戻り、そこに立ったまま二人をにらみつけていた。とそのとき、電話が女をさっきまでいた方に振り向かせた。まだカップの中で抽出されている紅茶を脇に押しやり、電話を取って、――はい？ もしもし……？ そして――ああ……そして――ああ、そして――でも、用事は全部……ああ。ええ、私、私は家にいるわ、ええ、他に行くところなんかあるわけない……ええ、家にいるわ……受話器を持ったままじっとして、やがて電話を置いたが、その様子はまるで、電話に対して、考え直す時間、引き下がる時間、撤回する時間、少なくとも時間的猶予を申し出る時間を与えているかのようだったが、唯一聞こえてきたのは、後ろのドアの方から響く大きな声だけだった。

――深い宗教的信念《コンビクション》とはよく言ったものです、まさに連中はその通りですからね。連中は古ぼけたフィクションの中に閉じ込められた囚人《コンビクト》です。仮釈放のない終身刑。他の人たちも自分たちと一緒に刑務所に入ってほしいと願ってるんです。独善的っていうのはそういうこと。愚かさはそういうところで馬脚を現してるんです、ビリー。いまいましい一人よがりの独善的な態度、ほら、これを読みなさい。百五十年前に、神とイエスがニューヨークの田舎で農家の少年の目の前に現れた。少年は森の中で導きを求めて祈ってたんだそうです、十四歳ですよ、理解はできないけれども、自分の罪を深く自覚して。さらに悪いことに、少年のズボンの中では復活が、生命が、膨らみ始めてた。そこにやってきたのが天からの御使い、よみがえった天使、たまたま十四世紀前にそばの丘の上に皿を何枚か埋めたっていう天使。その皿にすべての知らせ、光景、啓示、預言、異言〔宗教的法悦状態から発する意味不明の言葉〕、按手〔祝福を受ける人の頭や体に聖職者が手を置くしぐさ〕を書いて埋めていたらしい〔この挿話はモルモン教開祖に関するもの〕。その後、そこに書いてあったことすべてを少年が本にしたら、またその本が流血の処方箋になって狂気を生んだ。ミズーリ州での流血、イリノイ州のナウブーでの流血、今度は自分の流血、イリノイ州のミシシッピ川流域のあちこちで流血、待って、待って、わざわざそんなもの読まなくてもいい、必要ない、必要ない、そんなのはただの余興、こっちが本物、これはランシマンの本です、宗教に関わる三千年の虐殺の歴史、ランシマンを読んだことは？　驚異的な著作ですよ、聖書に用があるなんて聞いてあきれる。余興に子供の十字軍でも読んでみなさい。何千人もの子供たちがイエスからの手紙を持った十二歳の子供に導かれて、結局、奴隷として売られたり、死んだり。ユード牧師もスマックオーバーでの裁判の後、それを覚えたんです。何でも十字軍に仕立て上げることを覚えたんです。みんなに神への恐れを抱かせるのは無理だから、何か、今、目の前にあるものに対して恐れを抱かせる。すべては恐れなんです。サタンが少し痩せこけたものだから、神のいないマルクス主義にサタンを縛りつける。すると、みんなをおびえさせるような十字軍の出来上がり。闇の勢力に対する聖戦、アフリカ人をイエスの血で洗う聖戦。すると今度はものすごい流血、タイタニック号を浮かべることができるほどたくさんの血が流れた。教会っていうものは全部、殉教者の血の上に建てられたものなんですよね。ユードが本気で、正しいやり方で教会を打ち立てたいのなら、自分でアフリカに行って銃で撃たれたらいいんです。それに、驚くんじゃないよ、ビリー、あいつなら実際それくらいのことはやりかねない……

　カップの中の紅茶は出過ぎてほとんど真っ黒になっており、女はそれをそのままにして一瞬立ち上がり、再び窓の外を見つめ、ドアを引き開け、外に出て、テラスに敷き詰められた落ち葉の上に倒れている椅子の端に腰かけた。桑の木の枝から垂れている吹き流しが、破れたカーテンのように優しく女の上でたなびき、その向こうの格子柵は部屋の壁が破れたように見え、壁が破れてからずっと修理されないままの家の壁のようだった。

――アフリカで起きていることが本当はどういうことなのか知りたいでしょう、ほら、ほら、これを読むといい……。女が寒くなって再び中に入ると、男は立ち上がって、雑誌の束の上でよろめきながら高い棚から一冊の本を取ろうとしているところだった。部屋の入り口に立つ女の拳は、黒っぽい木の湾曲の上で握り締められ、既に関節の部分が白いまだら模様になっていた。――馬に乗った四人の者〔ヨハネの黙示録六〕がアフリカ中を駆け回ってます、考えられる限りのあらゆる種類の戦争を起こしながら。クーデターならソマリア、ベナン、マダガスカル、コンゴ、民族主義の戦争ならモザンビーク、内戦というおまけ付きの解放戦争ならアンゴラ、革命ならエチオピア、それに部族、部族戦争。ルワンダが独立を勝ち取ったら、独立を祝ってフツ族が十万人のワトゥシ族を殺して過半数を獲得した。すぐ隣のブルンディでは、同じことが自分の国で起こらないようにするために、それだけのためにワトゥシ族が二十万人のフツ族を虐殺した。ジンバブエの第五旅団のショナ族は北朝鮮の訓練を受けた後、赤いベレー帽をかぶって出撃して、南マタベレランドのンデベレ族を切り刻んだ。七百の言語。アフリカ人は世界ができてからずっと、互いの喉に嚙みつき合ってる。戦争、飢餓、疫病、死。食料と水が欲しいってアフリカ人が言うと、誰かがＡＫ47を手渡す。そして突然、すべてがマルクス主義者の陰謀ってことになる。実際に問題なのは西側からの資金と東側からの銃なのに。連中はいちばん高い値を付けた側に寝返るだけなんだ。ソマリア人とエチオピア人は、マルクスなんかが生まれるより千年も前から、オガデン〔エチオピア南東部砂漠地帯〕で互いに殺し合ってたんですよ。エチオピアはわれわれの側からマルクス主義者の側に寝返って、その結果、武器の代金二十億ドルの借金を抱え込んでる。ソマリアは科学的社会主義とかいうものを考えついた。あんなもの、科学的創造説とどっちもどっち、非現実的なものです。ソマリアがその体制を長く続けてるうちに政治的恩恵と腐敗の巨大なシステムができた、するとクーデターが起きて、私たちの側に体制を明け渡した、結局、私たちの側がそのつけを支払わなくちゃならない。いや、いや、いや、もしもこういうことすべてが暗黒大陸を乗っ取ろうとするマルクス・レーニン主義者の陰謀だとしたら、本当にみっともないありさまとしか言いようがありません。アフリカの五十の国の中でマルクス主義を名乗ってる国が七つか八つありますが、全部、どれもこれもひどいものだ。暗黒アフリカを乗っ取ろうとしているマルクス主義の亡霊なんてとんでもない。連中は私たちのいちばんの仲間だと言ってもいい。善良で健康的な無知。連中は私たちと同じものを信じてる。家族の強い絆、宗教、貪欲。

——私、すみません……男が本棚の上の方から本を取るのに夢中になっている間合いを女は利用した。男は片手にさらに二冊取って、他方の手はテーブルの角をつかんでバランスを取り、クモの巣をぬぐい、女を見下ろしたが、その様子はまるで、先ほどから見失っていた顔が今、再びアイラインを引いて、きれいに手を加えられて、先ほどと同じ場所に戻って同じかよわい力で控え目にドア枠を握り、黙ったまま自分を見つめているのに気づいて驚いたようだった。

——いや、いや、いや、構いません、はい、入ってください、ブースさん、入ってください……その本のうちの一冊を叩いてほこりを払い、女に渡すために手を伸ばし、——これはブースさんにとっても面白い本だと思います、ええ、入って……

女はそれを受け取る代わりにくしゃみをした。——いいえ、私……もう一度くしゃみ。

そして、まるで好意を示すかのように男はくすぶっているタバコを手に取って雲を増やし、深く椅子に座り直して、もう一冊の本をテーブルの端で叩いてほこりを払い、——ほら、ほとんど統計ばかりですが、読めば大体の感じがつかめます……と、その本を武器のように振り回し、しまいに取り上げられると、――同じことですよ、ビリー。向こうじゃあ、彼らが座ってるところの下に世界のダイヤモンドとクロムの半分が埋まってる。世界のコバルトの九十パーセント、世界の金《きん》の半分、世界のプラチナの約半分がある。端から端まで銅の鉱脈、ギニアのボケにはボーキサイトの巨大な鉱床。それなのにアフリカの人々は飢え死にしてる。信じられますか。三世紀か四世紀前には、主な輸出品は奴隷だった。今では売れるものは鉱物資源しかない。彼らはわれわれのお金を必要としてる。そしてわれわれの投資を。そしてわれわれの技術を。彼らの政治体制をどういう名前で呼ぼうと、そんなことはどうでもいい。一日に何百万バレルも汲み上げてる、アンゴラの湾岸石油基地、あそこを警備してるのは誰だと思います、合衆国海兵隊？　キューバ人ですよ、キューバ人。腐敗、飢餓、貧困のサイクルを回し続けてるものが何なのか、もし知りたければ、ザイールに行くといい。そして、夜にキンシャサの空港からダイヤモンドとコバルトをいっぱいに積んだ南アフリカのC130が飛び立つ様子を見たらいい。何て言いましたっけ、悪の帝国の攻撃的本能？　それに対する大きな堤防。不安を引き起こす要因、それは世界中どこにでもある、いや、南アフリカに接してる国を一つ一つ見てみたらいい。そうすれば、不安定な状態を引き起こしてる張本人は誰なのか分かりますよ。ナミビア国内では連中は何の権利も持ってない、それなのに西海岸沿いのダイヤモンドの鉱床から人を立ち退かせてるのは誰だと思います。でも、彼らはダイヤモンドのために駐留しているわけじゃないって言う。ああ、とんでもない、とんでもない、違う、違う、北にあるアンゴラ国内の暗黒の勢力を押しとどめているんだって。そして現場に出かけて撃ち殺す。反政府運動が起きるたびに背後には巨大な地球規模のマルクス主義者の陰謀説。例の秘密のマタベレ旅団がジンバブエを不安定にできるように哀れなンデベレ族を新兵に雇って、その新兵を敵に引き渡して、ショナ族にレイプさせ、拷問させ、殺させた、そう仕組んだのは誰だ。ローデシアが潰れたとき、トランスバールでモザンビーク民族抵抗運動を作ったのは誰だ。その誰かさんに手紙を書きたかったら、連中の住所はヨハネスブルグ、ランドバーグ地区ロビンデールのクライブ通り。恐怖政治を見たければモザンビークを襲撃して、暗黒の勢力に味方する地元民や教師やヘルスワーカーたちを殴ったり、レイプしたり、傷つけたりしてる連中を見たらいい。そうして、よろよろの国家が崩れて、モザンビークはレソトみたいにひざまずかされた。レソトっていうのは帽子ほどの大きさしかない国です。何とか泥の中に国を作ったかと思ったら、五万人の国民が国境を越えて鉱山に働きに出てる。そうするか飢え死にするか、どちらかしかないんです。近所の国の力を奪って、自分の国の二千万人の黒人は貧困と病気と家族崩壊の黒人居住区《ホームランド》に閉じ込める。昔の奴隷貿易の時代の生活に逆戻りです。アパルトヘイトが耳に響くままにオランダ改革教会の外に出てみたら、キリスト教徒にはまさに望み通りの立派な奴隷帝国が待ってたわけです。聖書に用があるとは聞いてあきれますね。私たちはそんなやつらを後押ししてるんですから。教会に通う敬虔な人たち？　巨大な地球規模のマルクス主義者の陰謀に対抗する堤防？　バナジウム、プラチナ、マンガン、クロミウム、こういう四つの主要鉱物資源を連中はわれわれの産業と防衛に売ってるんです。それを黒人たちに手渡したりすると思います？　いや、いや、いや、黒人にはサバイバル教本《ハンドブック》だけ手渡して、そっぽを向くんです。刈り入れの時が聞いてあきれる。やってきた伝道会はトラックで精霊のダイナマイトを運び込んで、アフリカを十字架の前にひざまずかせる。地獄を略奪して、天国行きを約束して、天国はきっとすごく混み合うんでしょうね、たぶん、青草《あおくさ》の原〔詩編二三の二〕みたいになるんでしょう。

そこにやってくるのが……

――ねえ……。女は顔にペーパーナプキンを当てて戻ってきていた。――今のは、今のはポール、ポールが……と、女はくしゃみをした。

――ほら、さっき俺が言った通りだろ、ポールがやってるんだって。てか、ポールが向こうで例のウェイン・ヒッカカッタ坊やの十字軍とか言って、魂の刈り入れをしてるって話。運び屋ポール、あいつが……

――いや、いや、いや、いや、今に始まったことじゃないんですよ、ビリー、終わったことなんてないんです、五百年前から終わってないんです。五百年前にポルトガル人が銀や金や銅の大きな鉱山の噂を聞いて、宣教師を何人か連れてザンベジ川の峡谷をさかのぼった。法王にもらった自由貿易独占許可証も持って。宣教師が一人殺されたのをきっかけに、正しい信仰の普及に対立する人々相手に戦争が始まって、モンバサになだれ込み、東海岸を略奪した。真実と実際に起きることの間にある微妙な一線を知りたければ、福音主義と奴隷貿易ってことです。戦いを続けながら谷をさかのぼって、五年後に高原にたどり着いた頃には、死と疫病で壊滅状態。でも、それで終わりじゃなかった。リビングストン博士がやってきて、キリスト教と商業活動に対してアフリカを開かせて、イギリスの軍艦が蒸気を上げながらニジェール川を上ってきて、ブガンダの白人宣教師たちが保護を求めて大声で叫びだしたら、イギリス東アフリカ会社が貿易独占権を得るためにたくさんのアフリカの王国を嵐のように襲って、ナイル川源流まで上がっていった。自由貿易とキリスト教。ドイツ東アフリカ会社、フランス赤道アフリカ、ベルギー人がわずか二十年間でコンゴの人口を二千万から一千万まで減少させた。一九一四年までにはアフリカで略奪するものは何もなくなった、だから、その代わりにヨーロッパで互いに戦争を始めたんです。第一次世界大戦は何だったのかって言えば、結局、そういうこと……

——ねえ！　お願いだから、私の話を……

——ああ、入ってください、どうぞ入って、今……

——入れません！　この煙と、それにほこり、それに煙、話が、ビリーに話があるんです。ポールから電話があったわ、今、こっちに向かってるって、どこか、どこかから、ビリー……に向かって話しながら、その向こうを見ていると、そこで漂いながら化石化した煙とほこりを通して目が合って、——予定が変わったんだって、ここに、うちに帰ってくる、時間はあと……

——なあ、信じられないよ。ほんと、信じられない。俺がここに来て、ポールがいないと思って、初めて、急いで出ていく必要がない、ゆっくりして、ひょっとしたらあとで夕食もとれるかもしれないと思ってたら、帰ってきやがるんだ、くそポールが……

——私にはどうしようもないでしょ！　女はそこから離れて、——もしあなたが。マキャンドレスさんにこんな話を……

——いや、もう行くよ、出ていくよ、ビブ……と立ち上がって、女の後を追ってキッチンへと入り、——てか、俺はさっさとニューヨークに行く、ポールがハンマーを振り回しながら玄関から入ってきて、何でも釘みたいに片っ端から叩き始める前に、それから、ビブ？　てか、二十ドルある……

女はちょうど引き出しを開けたところだった。ナプキン、テーブルマットの下を探っていると、突然——待って。待って、ニューヨークまで車で行くんですか？

――ええ、できるだけ急いで行きますよ。

――ちょっと待ってもらえたら。一緒に車に乗せてくれませんか、すぐに準備をするので。

――でも……女の手は何も持たないまま上げられた。――そうおっしゃらずに、あなたは出ていかなくても、マキャンドレスさん、だって、まだ用事が終わってないのなら……

――乗せてくれるというのに要らないとは言えませんよ、ええ。この袋を縛るのに大して時間はかかりませんから……と、男は部屋のドアを出ていった。

――ビブ？　さっきの二十ドルは？

――今、出すわよ！　女は男に続いてリビングルームに入り、ドル札を突き出して、――ビリー、聞いて。もういいから、あの人のことを待たないで。その、とにかく、もう行ってもいいから。今、今すぐ。あの人には私から言っておく。あなたはとても急いでたから待てなかった、とか、ニューヨークには直接向かうんじゃなくて、ニュージャージーかどこかに立ち寄る用事があるから、とか……

――何のためにそんなことを、ビブ、落ち着けよ……。男は既に袖付き椅子に沈み込んで、――てか、あの人、なかなか素敵なおじさんじゃないか。

――す、素敵な……女はソファーの肘に腰かけて、――素敵なおじさん？

――てか、結構興奮しやすいみたいだけど、でも……

――じゃあ、ニューヨークに着くまで延々とあんな話を聞いていられるの？　あの、あの人は……

――あの人は何なんだい、なあ、ビブ、いったいどうしたんだよ。ポールが帰ってくるって分かってるのに、好き好んでこの家にいたいと思うやつなんか……

——ポールのことを言ってるんじゃない！　あの人、あの人はポールのことなんて知らないのよ、あなたのこともポールのことも。あなただってマキャンドレスさんのことを知らないじゃない。その部屋に入っていって、今まで一度も、赤の他人なのに、そんな人に向かってポールがひどいやつだとか、士官学校のこととか、南部出身だとか、何でもかんでもでっち上げてポールを傷つけるようなこと言って。あなたは知り合いでもない人に……

——でっち上げ！　なあ、冗談だろ、ビブ？　あいつの名前の刻まれた、あのおもちゃの剣はどうなんだよ？　あれも俺のでっち上げ？　軍隊でのくだらない武勇伝、壊滅状態の小隊でクリープランドやデトロイト出身の黒人相手に尻《けつ》を蹴り回して、南部出身の将校を舐めるなって思い知らせたって話、あれも全部、俺のでっち上げ？　てか、あいつは今でもメコン・デルタにいるような気になってる、外を歩いてると、見かける人間が全部、東洋人に見えてるのさ、あいつは……

——いいえ、そんなことない！　ポールは。あなたはすべてを知ってるわけじゃない。何もかも知ってるつもりかもしれないけど。ポールが何を。ポールがどうやって出てきたか、本当は何があったか、あなたは何も……

——ああ、出てきたときも同じ、軍隊に入ったときと同じ少尉の身分だったんだろ。だって、姉さんが話してくれたじゃないか、あいつの実《じつ》の父親も言ってたって、むちゃくちゃ運のいいことだって……

——いいえ、違う！

——だって、姉さんが話してくれただろ、あいつの実の……

——だって、その人は違う。その人がポールの実の父親だなんて、私は一度も言ってない。その人は。ポールは養子なの、これもあなたの知らないことの一つよ。そういうことも知らないくせに、あなたは赤の他人にぺらぺらと……

——なあ、けど、やつが養子だなんて、俺に分かるわけないだろ！　てか、ずっと、あいつはガキみたいな嘘をついてやがったんだから。例の石の話みたいに。番号を書いて木箱に詰めた例の石。祖先のボーレガード将軍〔南北戦争の南軍の軍人〕の暖炉の石だってあいつが言ってた。旧家の邸宅を再建するときに使うために取ってあるって。なあ、つまり、でっち上げのためにってことだろ？　なのに、俺の方がポールを傷つけるために何でもかんでもでっち上げてるって？　なあ、いったい姉さんは……

——だって、本当はポールを傷つけるのが目的じゃない、私なんでしょ。私を傷つけるためなんでしょ。

——なあ、待って、ビブ、てか、何を……

——ポールや父さんの話のことよ、この前、ここに来たとき、私がいつも自分よりレベルが低い人間を見つけてるって、決まって、決まって私より劣った人間だって、私が言ってるのはそのこと……

——なあ、待って、ビブ、なあ、待って！　そんなことを言ってるんじゃ。てか、姉さんは本当の自分をどこかに隠してて、誰もその部分に近寄らせたくない、そのことを知られたくないみたいだってことだよ。誰か、自分より優れた人間が現れたりしたらひとたまりもない、だから不安を感じて、劣ったタイプのやつらを使って、その部分を守ってるみたいだってこと。そういうやつらしか周りに近づかせないようにしてる。連中ならそんなものがあることにも気づかないから。つまり、連中は自分の方が上だと思い込んでるから、姉さんの方が上に立ってるなんて疑うこともないのさ。だって、ほら、それが姉さんの強みだろ、ビブ、そんなふうにして生き延びてきたんだろ。だって、もし、本当にすごい人が現れたりしたら、姉さんなんかひとたまりもない、だから、本当に馬鹿なやつらに近づく。姉さんが本当はどういう人なのか、その手がかりさえつかめないやつら。例えば、ポールのやつに好きなように殴らせて、自分が姉さんを独占してると思い込ませたり。ほら、その肩のあざ？　それも俺のでっち上げ？　てか、あいつがいまいましいほどげすなやつだってことは姉さんにも分かってるはずだよ、だって姉さんは、逃れたい、逃れたいって思ってたのとまったく同じタイプのやつと結婚したんだから、まったく同じ……

——ええ、そうかもしれないわ！　だって、私、時々、私にはあなたとポールの区別がつかなくなるもの。あなたたちは二人とも話し方がそっくり、まったく同じ話し方、一つだけ違うところは、ポールの方は、おまえのいまいましい弟って言って、あなたの方は、くそポールって言うところだけ。あとは同じ。目を閉じて聞いてたら、どっちがしゃべってるのか分からない。だからポールと結婚したのかもしれないわね。私に近づいてくるのは馬鹿ばっかり、私が求めてるのはいつもレベルの低い人ばっかり。あなたの言う通りね！

——ああ、ビブ……。男はまるで唇を隠そうとするかのように、まるで爪の先を噛もうとするかのように口に手を当て、突然、顔を上げたとき、その表情を見て女は後ろのキッチンの方へ顔を背けた。

——ああ、す、すみません、すみません、お話の邪魔をするつもりはなかったんです。ジャケットを……。それが前の晩から椅子の上に丸めて置いてある場所に男が急いで行くのを二人は眺めていた。――ジャケットを取りに来ただけです、向こうの片づけは大体終わりました、もう少しで準備できます……

影のように素早く部屋を行き来するその動きを女は見つめた。残された女は、手が組まれたり、反らされたり、指を鳴らしたりするのをじっと見ていた。――そういうことは言ってほしくなかったな、ビブ……と女の方を見ないまま、――姉さんにそんなことを言わせるようなことを言わなきゃよかった……その声は、二人の間の床のどこかを見ている目と同様にうつろだった。と、急に女は立ち上がり、音も立てずにソファーの端を回ってキッチンに行った。すべてのものを封じ込めて長い間鍵が掛かっていた入り口から、現実の場所と喪失感との間のどこかで首を絞めるような声が聞こえた。そこにはもう何もないことが女には分かっていた。

――すぐにそっちに行きます……。男はごみ袋を強く縛りながら立ち上がり、――このごみ袋を縛り終わったら……

――何してるの！

――ごみ袋を縛ってるんです、急いでここから……

――まだ戻らない、ポールはまだ戻らない、まだ何時間も経たないと帰ってこない、夕食の時間までは帰らない、出ていかなくてもいいの、午後はゆっくりできるのに、どうして出ていくの。

――どちらにしても行かなくちゃなりません。ちょうど、弟さんの乗ってきた車があるし……

――弟は一人で出ていくわ。弟が出ていくからって、あなたまで行く必要はないでしょ？　私と一緒にいられるわ、少なくともまだしばらく……

――いえ、いえ、いえ、構いませんよ、私は……

――構わなくない！　何にも、構わなくない、いえ、触らないで、いや！　弟が来た瞬間から、ずっと、これを見なさい、ビリー、いいことを教えようか、ビリー。私の顔を見るときも、まるで一度も。ねえ、いったいどうなってるの！

男は一方の腕をジャケットに通して、ゆっくりと着ながらそこに立っていた。――思い出したことがあるんです、と男は言った。――街に行って調べたいことが二、三あるんです……。男はジャケットの肩を整え、ボタンを掛けて、――エリザベス、聞いてください……

――聞きたくない……。女は既にドアの方を向いていた。――出ていくならさっさと出ていって。女の後に付いてキッチンに進み、――ああ、ブースさん？　あそこの部屋は開けておきます。あのごみ袋。マダム・ソクラートには来させてるんでしょう？

――あの人は、ええ、ええ、あの人……

――じゃあ、ごみ袋を出させたらいい。文句を言わせたら駄目ですよ。ごみ袋の中には重いのもあります、雑誌の束とか。あの女はよく文句を言うんです。もう聞かされましたか？

――掃除機。ダメって言ってた。

――私は使い方から教えなきゃなりませんでしたよ。掃除機の使い方。男は気を取り直して女の後ろを通り、リビングルームに入り、丸めたレインコートを広げて着た。――部屋に入ると、掃除機を引っ張り回して部屋の隅をブラシで突ついてました。コンセントに差してなかったんですよ。きっとテレビで主婦役の無名のブロンド女優がやってるのを見て、それを真似してたんでしょう。ハワッシュ川のそばに私が連れていった少年と同じです。その少年はシャベルを見たことがなかった、使い方を知らなかったんです。愚かなわけじゃありませんよ、ただ無知なだけ、その子はシャベルの使い方を覚えましたからね。そこが違うところです。準備はできましたか？　男は擦り切れた袖口を突き出して、――待って、さっき渡した本は？

――何、あの本をどうしろって、てか……

――どうするって何。読むんですよ！　二人は男の大声に構わず立ち上がり、キッチンを通り抜け、そこで手の届く程度に離れて立ち、二人の目が合って、女の腕が上がり、急に抱きつき、強く抱き締めた。ビリー、ビリーと繰り返す声が、女をしっかりと守る腕の中からかすかに聞こえた。そのとき男が戻ってきて、キッチンから呼びかけた。――ブースさん？　テーブルの上に紙切れがありましたよね、ほら、矢とか十字架とか、書き殴った紙が。

――その辺のどこかにあったわ……女は手を離して、――でも、いったいあの紙をどう……

――いえ、いえ、いえ、電話番号です、ありました、この紙に電話番号をメモしたんです……。女がドアのところに行くまでに、男はその紙をエストレのすぐ東のところで指の長さくらいちぎり取って、――別に大事なものじゃありませんよね？

女の後ろから、――ポールの落書きみたいだね。

――すみません……。男は本を持って出てきたが、たくさん持ち過ぎて、片方の腕いっぱいに抱え込み、他方の腕が女の手を握ろうと差し出されて、――お邪魔しました、ブースさん、今度、今度来るときは、前もって電話するようにします……。男はそこで立ち止まったが、玄関ドアは男のために開けたまま押さえられていた。

――ビリー？　電話してね？　お願いだから。男が踏み段を下りるときに本が落ち葉の中にどさっと落ち、本を拾うために屈んだレインコートを風がはためかせるのが見える間、女は二人を見送っていた。本はまるで一日の勉強が終わった学校の前のにぎやかな坂に放り出されたかのようで、笑い声さえ響いていたようだったが、もう聞こえなくなっていた。女はその光景に対してドアを閉め、逆の方を向いたので、下り坂へ向かって車がUターンしたとき、振られた手の先には、誰も見送っていない家の窓しかなかった。

女がキッチンを通り過ぎると、時計は今、指先が女の背中をなぞった時刻を刻みつつあった。割れ目のてっぺんに指先がとどまり、探るように縁をたどり、その下へ、さらに深く、絶望的な作り話《フィクション》、例えば生まれること、生まれ変わるために押しかけてくるいまいましい赤ん坊たちの話、すべては恐れなんです。女はそこに立ったまま、タバコの煙が薄れ、汚れた窓の下の散らかったテーブルの上、本、束ねた雑誌、ごみ袋の上にほこりが落ち着いた部屋を覗いていた。突然、一歩後ろに下がり、ドアを勢いよく閉め、手のひらの付け根で南京錠を掛け、振り向いて、ペーパーナプキンを丸めて洟をかんだ。静寂がその場を満たしていたが、女は何かに聞き耳を立てているようだった。お邪魔しました、ブースさん、でも、その子はシャベルの使い方を覚えましたからね、そこが違うところです。そういうことは言ってほしくなかったな、ビブ、姉さんの方が上に立ってた、そんなふうにして生き延びてきたんだろ、でも、あの人、なかなか素敵なおじさんじゃないか、お邪魔しました、ブースさん……。女がラジオを点けると、この国では六秒に一回強姦事件が起きていますと教えられ、ラジオを切り、目は鳴っていない電話を見つめ、やがて電話を取り、ダイヤルを回した。——はい、もしもし？　すみません、私はブースと言います、エリザベス・ブース。アドルフに取り次いでいただけますか？　ちょっと……。ああ、ああ、いえ、結構です、ええ、呼んでいただかなくても結構、お邪魔でしょうから。大した用事じゃないんです。

そして叫び声に乗って、彼らが散り散りに坂を上ってきた。どれもこれもそっくりで、しみのある、風に吹かれた落ち葉のようだった。黄色がかった部分、引き攣《つ》ってしなびた茶色の部分、でもすべて落ち葉。帽子、そして指の分かれた手袋か、それともミトンか、それとも靴下だろうか？空中の本からページがこぼれ、いちばん小さい子供の顔からこぼれていたニヤリとした笑みが、目を見開いたままドアのガラスパネルに半分だけ映っている女を見て凍りついた。女はそこで、何とかバランスを取ろうとしているかのように親柱につかまり、外で方向感覚を取り戻そうとして箒《ほうき》を支えにしている老人のように動かなかった。老人は足場を確かめて、何ものかの動きに備え、女の動きにさえ備えていた。突然、女はドアを引き開け、落ちている場所の落ち葉とほとんど区別できない二冊の本を取りに出た。一冊は黄色い装丁、もう一冊は茶色のバックラム革で装丁されていた。本を取り込み、ドアをしっかり閉め、南アフリカのバンツー族預言者と書いてあるのを見てから、階段に向かった。

ドルヲフランニリョウガエスルノハ、ドコデデキマスカ？〔原文フランス語〕

画面では唇が単語一つ一つを形作っていたが、女はその策略に対抗して自分の唇を引き締め、くしゃくしゃになったシーツを引っ張り、下のシーツを延ばして端を折り込み、上のシーツを振るようにして広げた。

ホテルでドルの両替ができますか？

ゲンキンヲリョウガエデキマスカ……

そしてそこに立ったままシーツが落ち着くのを見て、しわを延ばすと、手を触れるたびにすぐに湿気を帯びた証拠が戻ってきた。女は一気に二枚のシーツを剝ぎ取り、丸めたソックス、ズボン下、濡れたタオルとともに廊下の奥に持っていき、バスルームの床に置いた。

ギンコウハ、ナンジニアキマスカ?

女が置きっ放しにしたまま、そのページの上で、関節の外れたような男の手には錆色のしみがあり、もろく崩れたような顔立ちは鈍く疲れていた。女はマニラ紙のフォルダーをきれいなシーツの上に広げ、鉛筆を取ろうと手を伸ばしたが見つからず、消音された唇が歪みながら音のない音節を発している画面の灰色の光の中で静かに、新しい枕カバーの上にゆっくりと横たわった。窓の外の明るさが衰えるにつれ、画面はピアノを弾いている女性に変わり、部屋が暗くなるにつれてゴルフをしている男性、葉の生い茂る光景、陰鬱な行進をしている兵隊蟻に変わり、大砲の爆発に変わり、一瞬壁が明るくなり、担架を運ぶ人たちが映ると暗くなり、男たちが榴弾砲に弾薬を装塡し、迫撃砲に点火し、ドン、ドン、という音から顔を背けて耳を押さえていた。女は起き上がり、足を床に下ろし、明かりに手を伸ばし、呼びかけるように、——今行く!と、階下のドアのドン、ドンという音に向かって言った。少しためらった後、ベッドからフォルダーを片づけて、引き出しのブラウスやスカーフの下に戻してから暗い階段を下り、刺繡細工の下の明かりを点けてドアを開けた。

——お留守かと思いました。

——あなた誰！

——この食料品。注文してないですか？

——ああ。ああ、ごめんなさい、そうです、忘れてました、ちょっと、ちょっと待っててください。

——ワインだけ、ワインはお届けできませんでした。

——構いません、と女は言って、キッチンの引き出しから紙幣を数えながら戻ってきた。——構いません。

女はカップをセットして、やかんを火にかけ、ラジオに手を伸ばし、ハーディガーディ〔リュート状の楽器〕がナポリ王のお気に入りの楽器だという忠告を聞き終わらないうちに、ドアを蹴る音に女は振り返って、——ポール？

——いまいましい玄関、でかでかと開けっ放しだぞ、リズ、分かってるのか？

——ああ、ええ、食料品がさっき届いて、私……

——でかでかと開けっ放し、と男が暗がりから入ってきた。ドアに肩を当てながら床に落とした鞄《バッグ》を運び入れ、腕いっぱいに抱えた書類をキッチンテーブルの上に置いてグラスを探した。——電話は？

——ええ、電話が……

——そうだ、忘れる前に言っておく。もしもティーケルのオフィスのマクファードルから電話があったら、もし、そいつが。待て、待て、ひょっとしたらまだやつを捕まえられるかもしれない。何時だ……。男はグラスの縁に強く押しつけられた瓶から目を上げて、——いまいましい時計、リズ、このくそ時計、まだ時間を合わせてないのか？と、女の見ているのと同じところを見て言った。そこでは、女が濡れたままバスルームから出て、引き出しをがたがたと開け、目の前に一つ広げては次の物を広げ、ずっと見たこともなかったプリント柄の絹モスリンの薄いブラウス、次にシンプルなラッグのニットセーターを見ていたあの瞬間に、時計の時刻が追いついていた。――郵便は？男はテーブルの後ろの椅子にどさっと腰を下ろして、――リズ？

――え？

――郵便は来てなかったかって訊いたんだ。郵便は来てなかったか、電話はなかったか、何を訊いても返事がない、今の時間さえ分かりゃしない。ラジオは……ダイヤルを回して、小言を言っているハイドンの夜想曲《ノットゥルノ》第五番ハ長調を消すと、全国で痔を病んでいる人たちへの希望の言葉が聞こえてきた。――今が何時か調べようとすればこのざま……男はグラスを置いたが手は離さず、しっかり握り、突然の手の震えを押さえた。

――郵便は、あれは、そう、そこ、昨日の分と混ざっちゃってるけど、それから、電話があった、うん、あなたが言ってた人から、例のスロト、ポール、どうしたの！　袖が全部、それ、どうしたの！　男は再び立ち上がり、空いたグラスの縁に瓶を押しつけて中身を全部注ぎ、ジャケットを脱ぐために激しくそれを置いた。――それに腕も！　腕、待って、私が……

――触るな！　手を出すな、いい、とにかく、とにかく、これを脱がせてくれ……男は背を向け、女は肩口からジャケットを引っ張って、手首から肘まで切り裂かれた袖を広げた。――ハロウィンの案山子《かかし》みたいな格好で俺が帰ってきても、おまえは気づきもしない、玄関で……

――でも、シャツも、血が、これ、どうして……

――飛び出しナイフだ。男はグラスを持ち上げて、ゆっくり飲んで空《から》にした。――ただのかすり傷だ、だけど一張羅のスーツが台無し。強盗にやられたんだ、リズ、真っ昼間、周りに人がたくさんいる場所で、例の祈りの朝食会から出てきたところを強盗にやられた、それだけのことだ。

――まあ、でも、それ……

――黒人、当然だろ、黒人野郎だ！　あいつにそっくりだった。俺を襲う前のやつの目を見て分かった。ナイフを見る前に、やつの黄色い目を見て、来るぞって分かった。

――でも、それ、傷を洗う、それとも、それとも、氷は？　氷を……

男は再び椅子に座り、じっとグラスを見つめ、それを女の方に突き出して、――ああ、ここに氷を入れてくれ。きっとあいつは俺を待ち伏せしてた……。男は手を伸ばして丸めたジャケットを引っ張り、――これであいつの手を絡めてやろうとしたんだ。きっとあいつは待ち伏せしてた。

女がグラスに氷を入れたとき、男は何の飾り気のない封筒を取り出して、中の紙幣を親指の先でパラパラとめくっていた。――でも、何、どこで……

――本だよ、リズ、本。出かける前に言ってただろ、出版社の人に会って、前払い金を受け取るって。おまえは俺の後押しもできない、俺を信じようともしない。せめて話を聞くくらいできないのか？

――でも、それ、ポール、それ、全部、百ドル札、それに、それに、現金、全部現金？

――俺が現金でくれって言ったんだ！　男はまたグラスを持ち上げ、中の氷をカタカタいわせた。

――そこの玄関を出るときに話したのに、おまえは俺のことを信じてなかったんだろ。おまえのいまいましい弟に向かって格好をつけようとしてるだけだと思ってたろ。あいつはどこだ。百ドルの小切手で俺から二十ドル巻き上げようとしやがった。あいつはどこだ。またここで床に小便をまき散らしてるんじゃないのか。

——食事は、夕食はとるの、すぐに用意を……

——おまえは何の本かって訊いただけ。俺に本が書けるなんて思ってないから、何の本かって訊いただけ……。男はジャケットのポケットからタバコの箱を掘り出して一本に火を点け、——何の話か知りたいか、タイトルを教えてやるよ、ウェイン・フィッカート物語、そういう話だ。大まかなところを書いて、例の記者、例のドリス・チン、新聞社の女、新聞で少年の話を扱った記者、あの女に仕上げをしてもらう。それから映画化。もう映画化の話が出てる。少年の母親を本人役で出演させる。ビリー・フィッカート、本物の母親だ。いろんなことの手はずを整えてる。女を俳優スタジオに入れて、あとは少年役の子供を見つけるだけ。大きなプロジェクトだ。大きなプロジェクトなんだぞ、リズ。今晩にもその仕事に取りかからなきゃならない。それがこのざま……男は部屋に入ったときテーブルの上に落とした書類の山を払いのけて言った。グラスの中で氷をカタカタと動かし、やがて瓶に手を伸ばした。——きっと俺を待ち伏せしてたんだ。

——水、要る？

——あいつの目を見て分かった。あの目つきは前にも見たことがある。何が起こるか、俺には分かった。

——子牛肉があるの。ちょっと、ちょっと子牛肉の料理にも挑戦してみようと思って。

——ここに水を入れてくれないか？　早く仕事を軌道に乗せないと、あいつが、そんなにたくさん入れるな！　早くしないとあいつが八つ裂きにされちまう。あいつは連中に追われてるんだ、リズ。

女は男の前にグラスを置いた。――真っ昼間の事件だったのなら、たぶん警察が……

――どこの警察の話だ、警察の話をしてるんじゃない、連邦政府の話だ、連邦政府の上層部から郡レベルにまで潜り込んでるやつら、その連中がやつを捕まえようと追ってる、ほら……新聞の上の灰を手で払って――ここに全部書いてある。俺たちが西海岸でこの大々的な聖戦の広報キャンペーンを始めて、減量道場から帰ってきたばかりのビリー・フィッカートを連中にたっぷり見せてやったら、早くもあの女のところに契約の申し込みが二、三件。今回の映画提携の話が軌道に乗ったら、連中は横十列に並ぶことになるさ。もう既に、ベイエリアのスタジオから契約申し込みが来てる。ただ、こっちが思ってる種類の映画とは少し、ほら、この女……男はそのページを取り上げて、

――リズ？

――へえ！　その人、思ったより。その人から手紙が来てたわ、その辺に。

――え？　どこ。

――その辺のどこか、すぐ見つかるわよ。鉛筆書きの手紙だし。

――どこだ。玄関を入ったときに郵便はないかって訊いただろ。ここにあるのはいまいましいB＆G倉庫……紙が破れた。――ほら見ろ。小切手を送ってきたぞ、リズ、見ろ……振って封筒から取り出して、――千二百十六ドル八十セント、見ろ、もう必要なくなったってときに連中が帳簿の整理をして千二百十六ドル送ってくる。で、誰だ、ドクター・ユーントって。

――その先生は……

――毎度毎度、このいまいましいＯＶ五十ドルっていうのを送ってくる。一年前？

――いえ、破っていいわ。私はそこの待合室で一時間も待たされて、テレビが点いてたからバッタの番組を見てたら、嫌な女の人が来て昼の連続ドラマにチャンネルを変えたのよ。足をなくしたお医者さんが主人公。それで私がテレビを消したら、看護師さんが入ってきて、あなたには他の患者さんの楽しみを奪う権利はありませんって言われて、私は出てきたの。ポール、この手紙……

――ざまあ見やがれ……紙が破れて、――ドクター・ユーントが足をなくしたって。自業自得だ。それこそ……

――この手紙、ポール、小切手の入ってた手紙、こんなことが書いてある、あの会社、まさか。まさか、売ったって、全部売っちゃったって書いてある、ポール、全部売られちゃったのよ！　あの請求書、私たちの未払い分が九百十ドル、広告代、手数料、オークション費用が四百八十四ドル二十セント、税金とそれから。オークションで二千八百ドルが手に入ったって。あれ全部売った！　何とか、何とかできないかしら、会社に電話して、何とか、あのタンス、母さんの、きれいで古めかしくて、ああ、ポール……

男はグラスを置いて、それをじっと見つめた。――あいつ、俺を待ち伏せしてたんだ、リズ。

――私の話、聞こえたの！　この手紙？　売られちゃったのよ……

――さっきから俺がそう言ってるだろ？　玄関を入ったときに、郵便はないかって訊いたのに。さっきからそう言ってるじゃないか。問題はな、リズ、おまえは人の話をちゃんと聞いてないってことだ……。男は瓶を置いて、――問題は……

――ポール、お願い、問題の話なんか聞きたくない。女は食器棚を開け、ソースパンを取り出して、――夕食は……

——全部、ここに詳しく書いてある、ほら。丸々見開き二ページ。アメリカのために祈りを。上に大きく書いてある、ほら。男はどうしたわけか瓶を倒さずに新聞を大きく広げていた。——組織的陰謀が合衆国憲法を破壊しようとしています。今、私たちの目の前で、一つの陰謀が私たちの教会や私たちの自由な出版や神の前に静かに集う私たちの権利、これらすべてを破壊しようとしているのです。これを見過ごしてもよいのでしょうか？　田舎で読まれてる田舎の週刊新聞にこの広告を出したんだ、どうせ田舎者はこんなものしか読まないからな。これがみんなの写真、一ページの半分を占めてる。そのすぐ下にあいつの言葉だ。私たちはピーディー川のほとりに集《つど》ったちっぽけな教会にすぎません、しかし、この人たちこそ神の民なのです、皆、神の民なのです、ピーディー川の土手に集まった人々、私のラジオを聞いている人々、全米各地でテレビを見ている人々、そしてアフリカ暗黒大陸の人々、アフリカでは各地で罪なく苦しんでいる人々に私たちの伝道ラジオ放送が希望と救いの言葉を伝えています。今日、私たちは高いところにいる悪魔の勢力と独力で闘っているのです。ここでパウロからオペソの信徒への手紙〔「オペソ」は「エペソ」の言い間違い〕を引用してる。聖書学校の学生に瓶詰工場の仕事を中断させて調べさせたんだ。私たちの戦いは血肉を相手にするものではなく、支配と権威、暗闇の世界の支配者、天にいる悪の諸霊を相手にするものなのです〔エペソ書六の一二〕、リズ、いったい何してるんだ、そこらじゅうに鍋をぶつけて。いいもの見せてやるよ、ほら。

——夕食の準備を始めたの。

——続けてこう言ってる、いいか。私たちは闘っているのです、というのも、もし私たちの教会が。合衆国憲法への第一弾攻撃が成功したならば、他の教会も同じ道を歩むこととなり、ついには偉大なキリスト教国の教会が一つ残らず倒れてしまうことになるからです。ピーディー川の土手に集い、苦境の中にあって私たちが今、目にしているのは、アメリカ的自由の根幹への最も悪魔的、反憲法的な攻撃なのです。マルクス主義独裁国家の不気味な始まりが、世界中に暗黒の勢力の影を落としているのです。アメリカのために祈りを、そして、リズ？

――一緒に豆も食べる？

――何と一緒に。

――子牛肉。言ったでしょ、今日はちょっと挑戦してみるって……

――豆？　連中があいつの聖書学校を潰そうとしてるっていうのに豆の話か。キリスト教を復興するアメリカ人の会を消し去ろうとしてるんだぞ、アフリカ伝道を失敗に追い込もうとしてる、なのに、おまえは豆の話か？　見ろ。ちょっとこっちを向いて見てみろよ。

――ポール、私は今、火を使ってるところなんだから。その女《ひと》の写真はもう見せてもらったし、私は別に……

――女の写真じゃない、見ろよ、半ページにわたって出てるんだ、ユードとティーケル、ティーケル上院議員だ。

――へえ？　女は半分振り向いて、――二人が何してるの？

――おい、何してるように見える。二人でひざまずいてサイコロ賭博をしてるように見えるのか？　テキサスの病院で撮った写真だ。ティーケルが向こうに見舞いに行ったときに……

――セティーの見舞いね、うん、うん……と女は完全に振り向いて、――あの子はどう。

――誰、娘か？　あの女と一緒にいた男と、二人で自動車会社を訴えてる。弁護士は千二百万ドルの賠償を求めてる。ブレーキの欠陥だそうだ。弁護士の話だと、会社側のテストでもブレーキがロックする可能性が分かってたのに、会社がすべてを……

——私の言ってるのはそういうことじゃない！　誰かを訴えるとかじゃなくて、ただ知りたいのは、セティーが今……

——いいや、いいか、おい、リズ、これは大事な話だ。グライムズがその自動車会社の重役、ティーケルはグライムズの手先みたいな上院議員、で、ティーケルの娘が裏切って連中を訴えてる。ややこしい、いろんな新聞を騒がせて。こういうチャンスにつけ込んでマスコミが首を突っ込んできて、くさびを打ち込む。あいつらはティーケルを追い込もうとしてるからな、だからあいつらはユードを追ってるんだ、ティーケルをやっつけるためなんだ。何もかもそのため。分かるか？

——放っておけばいいじゃない。女は流しに向き直り、空《から》っぽのフライパンを手にした。後ろの壁と食器棚とドアがガラスに映っていたが、そこに暗闇が自分の体の形に切り取られていて、テーブルの上のランプとその横で瓶に伸びる引き裂かれた腕が見え、その向こうの暗闇に目を移した。

——リズ？

——放っておけばって言ったのよ！

——問題はな、リズ、事態がどれだけ深刻か、おまえには全然分かってない……瓶がグラスの縁で震えて、——あいつを追い詰めたら今度は俺の番だ、俺たちみんなが追い詰められる……。男はジョージ・ワシントン橋入り口付近で二台のトレーラーが転倒炎上中という言葉の上に崩れるように座り込んで、——パズルのピースを全部合わせてみろ、何もかもうまく組み合わさることが分かるだろ。証券取引委員会が入ってきて、聖書学校の債務証券にちょっとした不備があるって文句を付けて、その後、今度は国税局が手始めに教会資金の不正流用とか何とか言いだす。問題は、あそこの新しいコンピュータは郵送先リストの整理を始めたばかりだってことだ。郵送先リストをまとめないと、資金が集まるはずないからな。要はそういうこと。聖書学校の学生でもオペソ書を調べる程度の頭は持ってる、けど、あいつら、指を使って物を数えてるんだ。小銭がいったいどこに使われたかなんて誰も把握してない。ユードが広告の中で、これは神のお金なのですって言ってるのはそういうことだ。ユードには。電話を取れ……そして受話器を受け取り、――もしもし？　誰……？　いや、おい、ちょっと待て、オペレーター、今その電話は受けられない、駄目だ、大事な電話を待ってるところだから。その女に伝えてくれ、今、電話をふさぐわけにはいかないって……

――待って、ポール、今の電話……

――電話をふさぐわけにはいかないんだ、リズ……男は受話器を置き、グラスを手に取って、――あんなことで尻尾をつかまれてたまるか。連中はやつの宗教法人非課税特権を取り上げたがってる。ピーディー川の水を送ってる瓶詰工場。私の作った団体、アメリカのための祈りクラブに参加してください、ついでに十ドルの寄付をってやつが呼びかけた。それが営利活動になるって連中が言うんだ。それで食品医薬品局が乗り出してきた。連中はみんな知り合い同士なんだ。向こうでは何もかもそうなんだ。ワシントンってそういうものさ。互いに知り合いで、一人やっつけたと思っても、そいつから情報が流れる。国税局が食品医薬品局の仲間に電話をかけて、田舎に調査に来てチフス発生事件をほじくり返して、郵送先リストを押収して、ジョージア、アーカンソー、ミシシッピ、テキサスに調査員を送ってチフス症例を探す。ピーディー川の水を飲めなんて誰も言ってないのに、向こうのいまいましいアホどもが、瓶を見たら開けて飲みやがる。おかげで今度は郵政省と連邦通信委員会がやってくる。連中はみんな知り合い。やつの郵便発送許可証を停止して、テレビからも追い出そうとしてる。ティーケルの連邦通信委員会とのコネをユードが利用してるのをぶち壊しにしようとしてる。だって、連中の狙いはティーケルなんだから、ティーケルこそが本当のターゲットなんだからな。やつのアフリカ食糧援助計画を潰して、伝道活動への寄付金が集まらないようにして、向こうの〝救済の声〟ラジオ局を叩きのめすつもりなんだ、灰皿は？

——ポール、誰だったの。

——俺が誰の話をしてると……

——さっきの電話。

——誰からの電話だと。アカプルコからのコレクトコールだ、誰からの電話だと思ってる。ウィスキーはこれで全部？

——だって、もしエディーからだったら、エディーからだったんじゃないかしら……。女は振り向き、流しの縁をつかんだ両手にしっかりもたれかかって、——セティーみたいに。私がセティーのことを訊いてるのに、セティーが生きてるかどうかも私には分からない。そうしてあなたは訴訟の話を始める。エディーと話もさせてくれない。元気かどうか訊くだけなのに、エディーに元気かどうか訊くだけなのに、元気かどうか訊いて、どうしてるかを……

——電話を待ってるんだぞ、リズ、大事な電話をしなくちゃならないんだ、エディーとの電話で一晩中くそ電話をふさぐわけにはいかないだろ！　あの女がどうしてるか知りたいって。ビクター・スイートのくだらん宣伝活動さ、それがあの女のしてることだ。同じ連中だ、リズ、いまいましい同じ連中があの女の金を使ってる。あの女はまた父親に嫌がらせをしてる、それ以外のことはしてない。グライムズはティーケルの後押しをしてる、かたや、例の宥和政策連中がビクター・スイートを引っ張り出す。やつがどこから命令を受けてるか分かるだろ。ティーケルを落選させるためにユードを利用してるのと同じいまいましい連中だ。手当たり次第に中傷デマを流して。例の宿なし女を掘り出してきたのは誰だと思う？　ショッピングバッグいっぱいにキャットフードを持って突然現れて、あの溺れたホームレスの妹だと言いだしやがった。郡営墓地に埋めたホームレス。墓を掘り返す裁判所命令を取りやがって、検死解剖を要求してる。過失致死で訴訟を起こすって息巻いてる。何でもかんでも思いつくことを並べ立てて。アール・フィッカートと同じことを並べ立てて。ただの偶然の一致だと思うか？　ミシシッピでごみ捨て場を経営してる。あの男を沼から掘り起こしてきたのは誰だと思う？　宣誓供述書に署名させるために、字も書けないあの男にバツ印を書かせたのは誰だと思う？　不法行為による死亡、宗教儀式での過誤、極悪行為や何かで告訴する宣誓供述書だ。ただの偶然の一致？　過失保険を引き出そうとした、そうしたら保険会社がカンザスの十年前の新聞の黄ばんだ切り抜きを持ち出してきた。同じことだ。ユードはカウンセリングに来た十三歳のガキに聖書を読ませて、テープ録音の説教を聞かせて、君は罪人だって教えて、神に対する畏れを植えつけてやった。ガキは家に帰って首を吊った。家族はローマ・カトリックで、過失致死、不法行為による死亡で訴えた。どれもこれも同じことを並べ立ててるだろ。ユードは通信販売牧師、カリフォルニアのモデスト市のどこかで牧師の身分を通信販売してる団体に任命された牧師、そんなことを言いふらしてる。その団体は国税局の目をごまかすために毎年一千万人を牧師に任命してるとか。思いつく限りの中傷デマ。全部噂話。思いつく限りの中傷デマ。最近はこんな噂まで流してる。やつの聖書学校の六年生に神の言うことを聞くように教えるために、自動車のバッテリーを椅子につないで、神が何かを命じてるのに言うことを聞かないときには、ビリビリ！

空《から》にしたグラスをテーブルに叩きつけて、――向こうでこの噂を流してるのも同じ連中。嫌がらせの手紙が届くようになった。殺すぞっていう脅迫も二、三通届いてる。同じ連中だ。そういう連中の中でエディーが、おまえのお友達のエディーがビクター・スイートのためにパーティーを開いてるわけだ。連中はくだらんパーティーを開く以外には何もできやしない……新聞のページをめくりながら、――母親がこのどこかに出てたな。おまえのお友達のジャック・オーシーニに収益金を渡してる場面。おまえの親父さんが設立した財団のための資金調達。八百万ドル、これだ。ハロウィンパーティーの収益金。ゲストに挨拶するシシー・グライムズ夫人、中央。故オゴダイ・シャー夫人シャジャール皇后と、その付き添いをする、おい、ドクター・キッシンジャーだぞ、請求書、送ってこなかったか？　著名な飛行機往診医師ドクター・キッシンジャーは明日ヨハネスブルグに出発の予定。人工肛門形成手術を南アフリカ大統領に、リズ？　例の医者に診てもらったか？

女はフライパンを置き、流しの縁をつかんだ。――どの医者のこと、ポール。

――保険会社の医者に診てもらうって言ってただろ。飛行機事故裁判に備えて俺の連携裁判の方の準備をしなくちゃならない、準備しとかないと……

――ドクター・テラノバね、うん、診てもらった。ひょっとしたら高血圧気味なのかもしれないって。

――高血、それだけ？　高血圧、そんなことが分かって何になる。外を歩いてみろ、高血圧だらけ。陪審員の前に出てみろ、陪審員だってみんな高血圧だ。連中が高血圧に五十万ドルの賞金を出してくれるようなお人好しだと思ってるのか？

――ポール、私にはどうしようも……

——きっと俺も高血圧だな、ちゃんと医者に診てもらえば。俺にはその時間さえない。次から次に医者医者。おまえにはたっぷり時間があるんだろ。次々に医者に診てもらって、もし俺が。きっと俺もそうだ。心臓発作。通りでバタッと倒れて、周りのやつらは遠巻きに避けて歩くだけ。男の手は散らかった紙の上をさまよい、瓶の上に居場所を見つけ、——何もかもちゃんとしろよ。もし俺が。でかいプロジェクトなんだ。ちゃんと全部整理しろ。分かりゃしないだろ、あれが、郵便がどこにあるんだか……瓶の首がカタカタと音を立ててグラスの縁から離れ、——郵便はないかって訊いても、何を訊いても、電話はなかったかって訊いても、おまえは……

——言ったでしょ、ポール。スロトコさんから電話があった。

——スロ、言ったって？　スロトコから電話があったって言った？

——ええ、私、うん、その、つまり私……

——スロトコから電話があったって。俺は全然。何だって。何て言ってた。

——あなたが。あなたはアドルフと話した方がいいんじゃないかって言ってただけ。アドルフならいろいろ分かってるからって……

——アドルフと話せって。あいつにはくそほども分かってないのに。だからスロトコに頼んでるんだ。信望のあるワシントンの大手法律事務所なら何がどうなってるか分かるはずだ。あそこじゃあ、互いにみんな知り合いだからな。だからスロトコに頼んだんだ。何もかも。財産の方に株式売却の金が入るようにできないかどうか。早くしないと、例のベルギー人のシンジケートはレンドロを乗っ取ってしまったし、南アフリカ金属企業連合の株も買ってる。ＶＣＲに迫ってる。グライムズが知らないのかどうか。きっとあいつは例のクルックシャンクとかいうやつのことを知ってるんだ。いまいましい重役たちが今すぐにでもＶＣＲを売ろうとしてるって知ってるのさ。だから俺はワシントンのスロトコを雇う。みんなのことを知ってるから。そういうことなんだ。あいつらみんな知り合いなんだ。だからチャンピオンのスロトコに頼んでる、だからおまえは。スロトコは何て。

――その。言ったじゃない、言ってたのはただ……

――アドルフと話せって。いまいましい。リズ。何て言ってた！　ここに電話をかけてきて、何て言ってたのか、細かく言ってみろ。

――言ってたのは……流しをつかんだ両手に再びもたれかかって、――言ってたのは、ポール、あなたが馬鹿なんじゃないかって。あなたは私の父さんのために仕事してたからって偉そうにしてる。自分で采配が取れると思い込んでるんじゃないか。あなたには財政のことなんて全然分かってない、青っ洟を垂らしてる六年生くらいのことしか分かってない。電話であなたに罵られるのはもううんざり、反吐《へど》が出そうだ。もしあなたが。アドルフに電話して、もしあなたが。もしアドルフがあなたみたいな人間に我慢できるようだったら、アドルフから説明してもらえばいい。アドルフに電話しろって。

――そう言ったのか？

――その。正確に言えって言うから……

――やつがそう言ったんだな、リズ？　ぐったりと椅子に深く沈み、肩口から腕の先まできれいに切れた赤いスリットに沿って動かした指が、手の甲に浮き出た腱に達した。――どういうことか、おまえに教えてやるよ……と男はグラスを取り、――それがどういうことなのかおまえに教えてやる。リズ。スロトコは精いっぱい芝居してるんだ。あいつは単なるお飾りのユダヤ人。でかい法律事務所にスロトコは潜り込んだ。事務所にはお飾りのユダヤ人が必要だからな。これもまた同じ連中。そういうことだ。例の中傷デマを流してるのと同じ連中。又聞きの噂。何でも手に入れた情報を使って。今度はユードをやっつけるためにやつが反ユダヤ主義だって言いだした。あいつは二十歳になるまでユダヤ人を見たこともなかったのに。そこで連中はどうするか。ユードの昔の演説を持ち出して、重箱の隅を突つくのさ。ユダヤ人が二千年もの間生き延びてきたのは、まさに憎まれることによってである、とかいう演説。隣に引っ越してきたら、お酒をご馳走して、ちゃんと付き合いをしてやってるのに、ユダヤ人連中は自分たちのアイデンティティーを失うんじゃないかと不安になって、だからイスラエルって国を作って、何とかしてみんなに憎まれるように新しい方法を考え出す。みんなに憎まれることだけがユダヤ人を結束させてる。ティーケルをやっつけようとしてる。同じ連中だ。ビクター・スイート。ユードを使ってティーケルをやっつけようとしてるのと同じいまいましい連中。ユダヤ人票を引き離そうとしてる。問題はあのいまいましい演説を誰かがテープにとってたってことだ。あの声は聞き間違うはずないからな。あいつの声は一回聞いたら聞き間違うはずがない。おまえ何を。どうした……

——食事をするなら、この紙を少しどかさないと。それもどかしてよ、あなたの……

——待て、グラスは俺に貸せ。ひどい煙、これじゃあ……

——あ！

——だからあいつをマスコミに出したんだ。みんなに向かって、私はシオニストですって、ここに書いてる。ここのところ。あの広告はどこだ。何とか事態を収拾しないとな。あいつには宗教の違いを超えた朝食会を呼びかけさせた。連中のトップを一人抱き込むためにな。そいつを向こうに招待して、嘆きの壁に連れていって、一緒に心行くまで泣く。どこにでも味方が必要なんだ。何だこれ。

——それはただの、子牛肉を料理しようと思ったんだけど……

——これは何。

——それは豆よ。危ない！

——いまいましい電話を取るだけだ、もしもし……？　女がコードをのけられるよう男が皿を持ち上げると、ひざまずいて祈っている二人の男の間に豆の水路ができて、——ちょうどよかった、電話をかけてくれて。俺は結局……そう、だから俺は結局向こうに行けなかった。どこでその話を聞いた……きっとそうだ、きっとそうなんだ、そこらじゅうに人がいる場所で、あいつは真っ直ぐ俺に向かってきた。ぼこぼこに痛めつけて突き出してやったさ。しばらく待たないと尋問を始められないだろうな。一つ一つのことがぴったりつながってるのが分かるだろ。全部、外から来てる。いまいましい地雷原を歩いてるみたいなもんだ。人民会議解放軍の黒人を鉄砲玉《てっぽうだま》に使いやがって。あいつはＡＫ47を持ってた。全部、出所は……。連中はどんどん俺たちを追い込んでる。伝道会のガキを向こうに送って、いまいましいガキたちを全員送り込んで、ハンマーを持たせて、地面に杭を打たせた、所有地全部を杭で囲わせた、全部……いいや、あいつらの土地、伝道会の土地だ。金属企業連合が片方から迫ってて、レンドロが反対側から迫ってて、ＶＣＲはすぐ隣にいて拡張権を狙ってる、もうすぐ連中は伝道基地の真下にまで潜り込んで、全部吸い取って、かすだけ吐き出すんだろう。それが連中の……。いや、もう登記は済んでる、採掘権は謎の名義人の名前で登録されてる。そいつが採掘権を教会に譲り渡して、誰がいちばん高い値段をつけるか見守ってる。恐らく例のベルギー人だ。どういう連中かよく分からん。リヒテンシュタインで法人登録されてるシンジケートだ。リベリアの貨物業者とか、何でも株を買い占めようとしてる。連中は。おい、いまいましい豆がこぼれて新聞が……。これをどかせ。何……？　いや、おまえじゃない、こっちの話だ、話の途中で……。それについては新聞を読んでおいてくれ、後で向こうで会おう。リズ？　これ、乾かしてくれないか？　何かこぼして、もう汚れてる、いまいましい……家の片づけはちゃんとしろ。あいつにしゃべり過ぎたな。電話をかけてきて、うまく聞き出しやがって。しゃべり過ぎた。

——悪いけど、子牛肉はあまり柔らかくないかもしれない。

男はグラスに残っていた分を飲み干した。——何肉？

——子牛肉。少し硬い。

——少し硬い……。男は鸚鵡《おうむ》返しにそう言ってフォークで攻撃を仕掛け、フォークを置いた。男の頭が前に傾いて両手の中に入り、皿をじっと見つめ、赤い線となった傷口が真っ直ぐ目まで伸びた。

——痛くないの、ポール？　何か手当を……

——少し硬い、それだけのことだ。少し硬い……。再び、フォークを手にして——問題はな。いまいましい一つ一つのこと。全部つなぎ合わせてみろ。あいつにはいろいろ言わなけりゃよかった……フォークの根元でぎしぎしと切りつけて、あきらめ、標的を豆の群れに変えたが、皿を離れる前に取り逃がしてしまい、マッシュルームの焦げた群落を引っ掻き、散らかして、——まるでちょうど、あいつはきっと俺を待ち伏せしてたんだ、リズ。

女はその皿をどかし、半分だけ片づけた自分の皿を安全な隅に移動させて、瓶に手を伸ばし、

――よく分からないけど、私、そうじゃないと……

――よこせ。

――ポール、お願いだから、ねえ……

――言ってるだろ！　男は瓶の喉元をつかみ、――言ってるだろ……と傾け、上へ、上へ、――パズルのピースが全部うまく合わさってる、問題はとにかくそのピースがいまいましいほど多過ぎることだ。バチカンにまでスパイが入り込んでる、きっとそうだ、リズ。いまいましい第三世界の大々的な平和攻勢、バチカンの情報ネットワークはあの大陸中に張り巡らされてる。アフリカにまでスパイがいる。スワヒリ語をしゃべるイエズス会員がいいポジションにいる黒人を二、三人改宗させて告解室に連れ込む。その言葉が司教に伝わる。すぐにいまいましいホットラインを通じてローマに伝わる。分かるか？　あいつの〝救済の声〟ラジオを叩きのめそうとしてるんだ。だから、ティーケルがアフリカ食糧援助計画のためって言って、わざわざ現地まで視察に行った。ユードを通じてあいつをやっつけようとしてる。州レベルまで同じ連中が入り込んでる。あそこの州の道路交通局は、例のスクールバスのブレーキドラムがすっかり錆びついてたって言ってる。それだけじゃ、叩き方がまだ足りない。連中はこの件であいつにとどめを刺そうとしてる。郡保健委員会があそこの事業《ビジネス》を全部閉鎖に追い込もうとしてる。聖書学校も全部。郡レベルまでスパイがいるんだ。ピーディー川に下水をそのまま垂れ流してるって。新しい屋内配管が全部駄目だって。草むらで用を足してるときには、草むらにしゃがんで用を足してたときには何も文句を言わなかったくせに。新しく屋内の配管をした途端に。郡レベルにまで。何もかもそういうことだ。中傷デマ、噂、手段を選ばずあいつをやっつける。あいつに濡れ衣《ぎぬ》を着せて。パーリー・ゲーツがキリスト教徒サバイバルキャンプを山の中で開いて、武器の使い方、素手での戦い方を教えて、保安官代理が子供たちに教えて。みんなが。フリーズドライの食糧、M1Aライフルの標的射撃訓練、爆薬の取り扱い。この同じ新聞に。その件でもまたやつに濡れ衣を着せようと……。手でそのページをきれいに払って、――同じ新聞にだ。一ページ全面広告の金をこっちが出したら、連中はゲーツにまつわるこの中傷デマを紛れ込ませやがった。別のページをめくり、そして――待てよ！　どこに行った！

――何がどこに……

――封筒、あの白い封筒、一万ドルの入った分、どこに……とページを散らかして――あった……血の付いた袖が肘から垂れ下がり、瓶に向かって伸びた手が逸れて電話を取り、――もしもし……？　誰に電話を。間違い……

――ポール、お願い、もしその電話が……

――よう！　おまえか。おまえなんだろ……。男は元通り椅子に深く掛け、――馬鹿言え、まじか？　六時のニュース、まじかよ……？　俺があいつを突き出すところも見たか？　へなちょこ政治家連中があそこで朝食会を兼ねて祈禱集会をやってたからカメラがたくさんあったんだ。チョップ二発で仕留めてやった。あのくそ野郎、俺を待ち伏せしてやがったんだぜ、チック。見たか？チガーそっくりだっただろ？　あの顔見たか？　あいつと一緒で黄色い目。あの最後の日、M60をぶっ放して、兵舎から、ガキから、ニワトリやブタまで撃ちまくって、村を丸ごとやっちまいやがった。同じだ。ナイフの刃が見える前から、あいつの目の中に見えた。あいつは……くそ野郎は俺の腕に切りつけやがった、それだけだ。言ってやったさ。チック。あいつを警察に引き渡すときに。尻《けつ》にもう一つ穴を作ってほしかったら、また俺のところに来いってな。言ってやった。ああいうやつらは向こうじゃ五分と経たないうちにいかれちまうからな。あと二週間で除隊だっていうのにコワルスキーは待ちきれなかったんだから。七号線をのこのこ歩いて射撃の的になっちまった。何？誰……いいや、誰からも。連中から電話が来るはずないだろ。ただ一本だけ、ろくでもない軍曹から電話があった。聞いたこともない軍人の葬式に来てくれってな。パレードに参加してくれって。いいか、そいつは俺に車椅子を用意してやるなんてほざいてた。パレードの尻《けつ》に付いてこいって。あっちの軍が全部取り仕切ってるんだそうだ。軍旗衛兵、あちこちの軍支部から集めたブラスバンド。野戦服野戦帽を身に付けたくそ連中が棺桶と一緒に行進するのを見たい連中がいるか？　死体袋に入ったコワルスキーだってそうだ、コワルスキーの残骸の手が二本、人目に触れないように死体袋に入れられた。次の戦争に勝つためにドレスアップの最中だってときに、負けた戦争を見たいと思う連中がいるか？　人目に触れないところに締め出してしまうのさ。だから、あいつらはちゃちな行列の後ろに並ばせて、いまいましい記念碑の前を通って、旗をなびかせ、ブラスバンドの伴奏でアーリントン墓地まで行進。軍隊葬の永別ラッパを吹いて、どこにもありゃしない的をめがけて空砲を二、三発撃って、ささげ銃《つつ》！　になえ銃《つつ》、くそったれ！　ドラッカーが袋いっぱいに耳を詰め込んで来たら。あいつらはそれを……。大丈夫だ、いや、いや、俺は大丈夫、ああ、俺は、俺は……何？　本当に大丈夫、おう、本当に大丈夫、で、どんな名前だ……。いいや、俺がちゃんと。俺がおまえにちゃんと、すぐにでも、おう、俺がおまえにちゃんと本当にいい名前を見つけてやる。でも、今回は自分の尻《けつ》に気を付けろ。おまえのところ電話はないのか？　俺がちゃんと。探せ、鉛筆は？　リズ？　男の手が紙を破り、——いまいましい鉛筆を探せ。

男が電話を切ったとき、女は男をじっと見つめていた。男の目はうつろなまま女に留まり、男の方へ近づいてくる女の足取りを凍りつかせ、――ポール、お願いだから、もうそれ以上……を喉元で凍りつかせた。

しかし男はそれを手に取っていた。瓶の固い首をつかみ、グラスの上で傾けて、――いとおしいやつ。

――ポール……と女は一歩前へ進んだ。

――今の電話は俺のいとおしい仲間だ、という言葉が女をその場に立ち止まらせた。――独身将校宿舎から救い出してくれたやつだ、リズ、チックが俺を救い出してくれた……。男は腕を上げて袖で汗を拭こうとしたが、袖は肘のところから垂れ下がっていたので、血が乾いてほとんど黒くなった傷口の真っ直ぐな線が湿った額に残された。――名前が要るんだってさ。あいつは最近出てきたって話はしたよな。俺に電話してきて、一からやり直したいって。名前が要るんだって。問題は、おまえが俺の話を聞いてないってことだ。あいつは仲間の通信兵だった。命を懸けて無線を守る。あの部隊でただ一人俺の言うことを聞いてた。黒人連中に命令したって、あいつら頭が麻痺してる。みんな頭が麻痺してる。すぐに戻ってきて、何もありません、上官殿。あそこのボーモントの尾根に登って、戻ったら、何が見えたか報告しろ。何もありません、上官殿。偉そうににやにやしやがって、俺に恥をかかせようとしてたのさ。俺に自分で尾根に登らせて、俺が吹き飛ばされるのを見ようとしてたんだ……。男はグラスに注いだものをじっと見てから、それを飲み下し、――名前が要るんだってさ。あいつが出てきたばかりだって話はしたか？

――その話は聞いたわ、ポール。

――問題は、おまえが聞いてないってことだ。俺は何て言った。

——チックは最近軍隊を出てきたばかり。それで今、必要なのは。新しく一からやり直すから、仕事をくれそうな人の名前が必要。

——言っただろ、聞いてない、リズ、おまえは聞いてない、聞け。強盗で五年。やつはそこから出てきた。ただ一人、技能を身に付けて除隊になった。二つ目の勤務地で軍があいつに技能を仕込んだ。あいつは軍情報部に引き抜かれたんだ。どんな金庫でもやつに見せれば開く。軍の情報部がそれをやつに教えた。一から出直すってのは、医者みたいな連中の名前ってことだ。国税局から隠すために壁の金庫に現金を入れてる連中。チックは暗闇でも金庫を見つけられる。カモは強盗が入ったことを通報したりしないのさ。そもそも、そのいまいましい金自体、申告してないからな。やつが俺を救い出してくれたんだ、リズ、あれをテレビで見たんだってさ。聞いたか？　六時のニュース、ナイフの刃が見える前に、あいつの目の中に見えてたんだ。あいつは俺を待ち伏せしてた……

女は今、男の肩に手を置けるほどそばに立ち、汗でびしょ濡れのシャツの上に手を置いた。するとその手の下で、まるで重しが載せられたかのように肩が沈んだ。——ポール、私、二階まで手を貸すわ、あなたは……

——仕事がある、おまえに二階まで手を貸してる暇なんてない。リズ。しなきゃならない仕事が山ほどある。仕事に取りかからないと駄目なんだ。

——無理よ、駄目、今は仕事しようなんて、あなた……

——仕事しようなんておまえに言われたくない！　男は再び新聞に向かって、——でっかい計画。とにかく一つ一つのピースを組み合わせてみろ、ただピースが多過ぎるんだ……新聞を手で払って、

――見えるか？　さっき言っただろ、ゲーツにまつわる中傷デマ、見えるか？　あいつが向こうでやってるキリスト教最終戦争準備キャンプ、M2迫撃砲の撃ち方を教えてたら砲弾のかけらが一人の子供に当たった。聖書は輸血を禁じてる。濡れ衣《ぎぬ》だ。新聞が話をねじ曲げてる、見えるか。この隅のところ。FBIが迫ってる。連邦保安官も。同じ連中だ。ユードを追い詰めてるやつら。ゲーツと一蓮托生でユードを引きずり下ろそうとしてる。一ページ丸々広告を買ったら中傷デマを返してきやがった、見えるか？　広告文は四日前までにお渡しください。中傷デマを見つけるための時間稼ぎさ。同じ日の新聞に。見えるか？　豆の奔流が残した水なし川を男の指が下り、――宥和政策。あいつらを怒らせたってわけだ。宥和政策が聞いてあきれる。ここ。ヤコブとエサウ〔創世記二五―二五〕みたいなキリスト教徒がそこらじゅうにうようよしてる。私がなだめます〔創世記三二の二一〕、私がこの悪の帝国をなだめますって言ってる。連中は神のないマルクス主義を恐れてる、スイート応援の邪悪な計画を進めてる戦闘的無神論者を怖がってるのさ、分かるか？　あいつの言ってる宥和政策とか、軍縮とか。ビクター・スイートがどこから命令を受け取ってると思う？　連中にとって平和は攻撃の武器なんだ。ここにまた聖書が引用してある。さまざまな警察《ポリス》。さまざまな計略《ポリシー》を使い、その手にかかればどんな悪だくみも成功し、驕り高ぶり、平和によって滅ぼす〔ダニエル書八の二五。「平和によって」と訳した部分は「平然と」と解釈するのが普通〕、ここにちゃんと書いてある、平和によって多くの人を滅ぼすってな。全国的な宗教的目覚め、見えるか？

　女は見た。たしかにそこに書いてあった。でも――もう遅いわ、ポール……女の手は湿って落ち込んだ男の肩を撫でて、――もう遅いわ、今から……

　――もう遅い。

——私の言ってるのは、今夜はもう遅いから、今から……

——もう遅いんだ、リズ、全国的な宗教的目覚めっていっても。連中はみんな最後のとどめを刺そうとしてる。ダイナマイト四十本。向こうにある〝救済の声〟の放送タワーをぶっ飛ばそうとしやがった。だから。どこだ……男は空《から》のグラスを手に取って、——どこに行った。

——なくなったわ、ポール。もうない。

——そんなはずない！　いや、やめろ、もう遅い。もうない。やめろ、やめろ……袖が書類の上を引きずり、それをつかんで、血の付いたものを破り捨て、——やめろ、おい、ただ立とうとしてるだけだ、そこ……と、よろめきながら立ち上がり、また書類を散らかしながらテーブルの前に立ち、——何回言えば。このいまいましいのは捨てろって言っただろ！　男はナチュラルヒストリーをつかみ、まずマサイの戦士の裸の胸を破り、さらに編んだ髪の毛を破り、さらに——いまいまい目、と流しに向かって放り投げ、ドア枠にもたれてバランスを取り直し、振り向いて、突進するように階段の下のドアをくぐり、暗闇の中で便座を手でつかんで吐き、——やめろ……。女は電気を点け、おしぼりを濡らして男の肩を支え、——とにかく俺に手を貸すのをやめろ！

——気を付けて、ポール、気を……

——気を付けてる！　男は立ち上がり、壁にすっかりもたれて、また階段の親柱に手を伸ばしてバランスを取った。女も親柱をつかみ、そこにとどまり、男が階段のいちばん上まで行くのを見ていた。そしてやがて女自身が階段を上り、暗闇で服を脱ぎ、半分しか服を脱いでいない男の重い体をベッドの片側からどかし、枕に顔を埋めた。

その枕の中で女は目を覚まし、仰向けになり、暖かさ、あるいは暖かな感覚を求めてシーツと毛布を脱いだ。暖かな感覚が部屋の壁と天井をまだら模様にし、赤、黄色、燃え上がってオレンジ色となって優しく上がったり下がったりするのを見て、女は肘を立てて起き上がり、――ポール！とベッドの足元に行き、外の枝を通して炎が浮かれ騒いでいるように見える窓辺へ駆け寄った。男の肩をつかみ、揺すり、明かりのスイッチに手を伸ばし、電話に手を伸ばしたとき、ずっと下の方で丘の麓あたりに赤い光と白い閃光が噴出し、カンカンという鐘の音が坂を上ってきた。――ポール、お願い！　両手で男をひっくり返すと、目は封印したように閉じられていて、口はだらしなく開いたままま、手は何も持たないまま床に垂れ下がった。女が窓辺に戻ると、外はすっかり光と音に満ち、拡声器の声が響き、柵を越えてホースが引っ張られていた。そのとき、上の枝に手を伸ばそうとする炎がガレージの最後の窓とシラカバに燃え移り、ある場所に火が点いたかと思うと、すぐ上に火が移り、まるで燃料を補給しながら天空への階段を上るかのようだったが、突然、屋根が火の粉のシャワーを散らしながら崩れ落ち、暗くなっていく光の中に少年たちをシルエットで浮かび上がらせた。今日の午後、坂を上ってきたのと同じ男の子たちが少し年を取ったのか、それともあの子たちの年上の兄弟なのか、子供たちは火災用ヘルメットを深くかぶっているので顎の先しか見えず、足首まである黒いレインコートを着て、何もすることがなく落ち着かないので、自分の背丈ほどもある火災用斧をいじっていたが、いちばん小さい少年が振り向いて、明かりの点いた窓の際にいる女を見つけ、他の少年たちに声を掛けて自分の発見を知らせたので、女は戻って部屋を暗くし、シーツを引っ張り上げて、横で穏やかに続いている波のうねりと煙のにおいとともに静かに横になった。

坂を上り、息が整うのを待った。年老いた犬が横に並び、もうすぐ坂を上り切るというところで女は再び立ち止まり、手は焦げた柵をつかんでバランスを取り、いまだに空気中に漂っている灰のにおいを深く吸い込み、家を見上げてから、大きく口を開けた黒い道路へと足を踏み出した。玄関のドアが大きく開けっ放しになっていた。女がまだ渡り終えないうちに、犬も急いでよろよろと横を追い抜いて段を駆け上がったので、女はバランスを失い、けつまずき、入り口に手を伸ばして、しっかりしがみついてバランスを取り、中を覗き、後ずさりし、うつろな声を発した。——誰……

——出ていけ！　この畜生、出てけ！と畜生呼ばわりされた黒い犬が出てきて、女の横を通り抜けた。その耳は恍惚として後ろ向きに寝ていた。——この家、何があったんです。

——私には何も。何が……

——それからあの家も……。男は階段の親柱まで出てきて、その手が擦り切れた袖口から伸びて女の横を通り過ぎ、指していたのは——あの家、何があったんです。

——あそこは、あそこは火事になったの、先週火事で燃え落ちて。あなたがここに来た日の夜。それで、でも、何が……家に入ると、床の上で割れた花瓶の破片の中に絹《シルク》の花が散らばっているのが見えた。——どうして、あれ……

――私は今来たばかりです、玄関が開けっ放しになってました、誰かが押し入ったんでしょう。きっと急いでたんです。さあ……と男は女の腕を取り、しっかりと手を握ったが、女はその手を振りほどいてソファーの端に腰を下ろした。――いつから出かけてたんですか？　今朝です、と女は言った、今朝早く。サックス・デパートのゴールドさんって人から電話があって、私のバッグが見つかったって言うから、それにどっちみち街に行く用事があったし。弁護士の書類に署名する用事が。それでその後、バッグを受け取りにサックスに行ったら、ゴールドなんて聞いたことがないって、ゴールドっていう男はいないって、だから、――そうですか、それで、あなたがゴールドさんに会いに出かけてる間に、連中がここに来て家を荒らしたんですね。連中はあなたの鍵を持ってたんですよ、それにあなたの。何です……。女は立ち上がってくるりと振り向き、キッチンへ行って引き出しを開け、ナプキンとテーブル敷きの下を探っていた。――何かなくなってますか？

――いいえ……と引き出しを閉じて、――別に、何でもない。

――そこの私の部屋に入る南京錠をもぎ取ってます。鍵は掛かってなかったのに。私は開けたままにしておきましたよね？　マダム・ソクラートがごみを出せるように。

――私が鍵を掛けた。

――あなたが、どうして。どうして鍵を掛けたんです。

――分からない。

男はそこに立ったままレインコートを脱ぎ、記憶と照らし合わせるように散らかった部屋を観察し、それから、――エリザベス？と女の方を振り返らずに言った。――私は、本当に何と言ったらいいのか分かりませんが、これは、ここで起こったことは本当にお気の毒だと思ってます。何かお力になるようなことが言えたらいいのですが……。女はそれに対しては何も言わず、うつむいたまま、靴のせいでできたストッキングのしわを伸ばし、髪の毛は白いうなじから流れ落ちていた。と、突然、男の息が近づき、その腕に体を抱かれ、頭を上げた。――本当にお気の毒だと思ってます……

――ブースさん？と、胸をまさぐっている手を身をよじって振りほどき、――本当にお気の毒だと思ってます、ブースさん、そう言うんでしょ？　お邪魔して申し訳ありませんでした、ブースさん、とか？　それならどうして電話もかけてくれなかったの。

――今朝、電話しようとしたんです、私は……

――私はここにいなかった！　私はここにいなかったって、さっき言ったじゃない。ニューヨークに行ってたって話したでしょ。あなたは私のことを。私がこのひどい一週間、あなたからの電話を待って、ただずっとここに座ってたと思ってるの？

――そういうつもりで言ったんじゃ……

――お茶を淹れるわ。要る？

――私は、結構……。男は椅子の上に放り出していた束ねたレインコートを押しやって座り、タバコの入った光沢のある封筒を掘り出し、忙しそうにやかんに水を入れている女の背中を眺めていた。――彼女はここに来ましたか？　マダム・ソクラートは？

――その、あの人は。来たとは言えない。

――来たとは言えない？

――つまり、あまり信頼できないの、あの人。警察に電話した方がいいのかしら。通報した方が。

――それなら私はちょっと。電話は後でいいでしょう……親指が紙を丸めたとき、タバコがこぼれ、――そこの部屋を先に調べさせてください。ひょっとしたら何か……

――だって、あの男の子たちの仕業かもしれないから、あのとんでもない子供たち……女は手を止めて電話を見て、二度目のベルで緊張し、そして三度目のベルで、――駄目、出ないで！

――でも、ひょっとしたら……

――あの人たちが何度も何度も電話をかけてくるのよ。新聞社の人。その、そもそもここの番号をどうやって知ったのかしら。わざわざ家まで来た人もいたわ。玄関、裏口、窓からも覗いて。階段の下の小さなトイレに何時間も何時間も隠れてなきゃならなかった。あの人たちは自分に。あの人たちは、世間の人には知る権利があると思ってる。人のことを何から何まで知る権利があると思ってる。あの人たちは……

――いえ、いえ、違います。世間の連中は楽しませてもらう権利があると思ってるんですよ。それだけのことです……。男は受話器を上げてベルを止め、受話器を戻した。――だからみんな、映画に行ったりするんです。だから小説を読んだりする。内輪の話を聞いて、人間の心に隠された暗い情熱を探る。プライバシーを侵害すれば侵害するほど、いっそう面白いってわけです。それで賞がもらえる。あなたの好きなユード牧師がティーケル上院議員と密談してる写真が新聞の一面に出てたでしょう？　テレビ放送免許のために一万ドルの賄賂を手渡してる場面。あれこそピューリツァー賞ものですよ。あれは芸術じゃない、文学でもない、永続的なものとは何も関係がない。あれは新聞的精神。今日ここにあっても、明日になれば魚を包むのに使うだけ。あれはただの……

――それはそうじゃないわ。

――どれがどうじゃないって、その……

――それはそうじゃない！　それに私はユード牧師を好きじゃない、違う。私も見たわ、あの馬鹿げた写真は前に見た、でも、あれはそうじゃない。

――あれほど陰謀に夢中になってる二人組の顔は見たことありませんね。

――夢中なのはお祈りをしてたからよ……。棚から下りてくるときにカップが受け皿にカタカタと当たり、――笑い事じゃない！　何を笑ってるの、笑い事じゃない、あれは、あれは、裁判所の階段のところであなたに近寄ってきたっていうのと同じよ。あの、あのスロップオーバーの裁判所であなたの手を取ったって言ってたでしょ、懺悔のために一緒にひざまずいた話。あそこは病院なの。ティーケル上院議員の娘が入院してて。二人の後ろに趣味の悪い花も写ってたでしょ。そのへんにあるわ、見てよ。そこの新聞の山、その下で他の紙屑《かみくず》と一緒になってるわ、いろんな写真も。あの人たちは写真を撮って、それから写真に合う話をでっち上げるの。ポールが言ってた、全部ビクター・スイートの仕業だって。ビクター・スイートの後ろにいる連中だって。その人たちが賄賂の話をでっち上げて中傷デマでティーケル上院……

――写真はどこで手に入れたんでしょうね？

――知らないわ、誰が写真を渡したか、私には分からない……

――じゃあ、どうしてあなたにそういうことが分かるんです……

――だって、私にはベッドに横たわってるのが誰なのか分かってるからよ！　病院のベッドに横たわってるのはセティーだから。ベッドの角が後ろに見えてる。趣味の悪いあれの後ろ。趣味の悪い花の十字架。だって、私はセティーだと知ってる！　だって、私たちは大の親友だったんだから。

セティーとエディーと私。エディー・グライムズ、父親はティーケル上院議員と親しい友人。エディーはお金集めをしてた。つまりその、ビクター・スイートのためにね。魅力的だと思ったからよ。それでお金を使い果たしちゃって、つまりその、集めたお金っていうのはほとんど自分のお金だったから。きっとお父さんに怒られるって言ってた。お父さんはビクター・スイートのことを黒いマシュマロとかって呼んでるから、お父さんに怒られるって言ってた。でも、そうじゃなかった、逆にお父さんは、あの子の信託財産からもっとたくさんのお金を渡したのよ。だって、そうすれば……

――だって、連中はビクター・スイートの足をすくおうとしてたんですからね、それに例の話、前科者だって話、あれの出所を教えてあげますよ。あの男はね、間抜けなことに、テキサスの柄《がら》の悪い町の道路に車を停めてしまったんですよ、そうしたら、たちの悪い子供たちが二、三人で車に火を点けて、それを警察に通報したら、道路上にごみを不法投棄したってことで刑務所行き。連中はあの男の足元を狙ってたんです。

――だから、私がさっきからそう言ってるじゃない！　エディーのお金はそのために使われたって、あの人の足元固めを狙ってたって。セティーの父親の上院議員に対抗して立候補できるように……

――いや、いや、そうじゃありません。グライムズは、今朝の新聞の一面で血を求めて叫んでたあの党派は、黒人の平和主義者のマシュマロを候補者に立てておいて、後で突然その足をすくうつもりだったんですよ。ところが、事態の進み方が思ったよりも速かった。最終段階に突入して、航空母艦の一団をモンバサ沖に派遣、モザンビーク海峡に駆逐艦を数隻、緊急派遣部隊を投入、戦略空軍司令部は緊急非常事態体制。連中は望み通りのものを手に入れたってことです……。男は作っていたタバコにやっと火を点け、舌に付いたタバコの粉を手の甲でぬぐった。——それで、たまたまティーケルと同じ飛行機に乗り合わせることになってしまったのが……

——あなたにも分かると思ってた、と女は言って、そこのカップに湯気の立つお湯を注いだ。

——ええ、はい、ええ、もちろん、ああいう辺鄙《へんぴ》なところに行く飛行機の便はそんなにたくさんあるわけじゃありませんからね。週に二便くらいでしょう。こういう連絡が入ったときは、コネさえあれば、知り合いにいろいろやってくれる人物がいれば大体、簡単に……

——それは新聞の話、新聞に書かれた話でしょ、そうじゃなくて、私の言いたいのは、あのご立派な台詞《せりふ》のことよ、あなたが。何の意味もない台詞のこと。逸れることなく確実に訪れる偶然、とかそういう台詞。

男はタバコを吸い、雲のような煙をふかした。——お酒はありませんか？

——勝手に探せば。

——どこに……

——どこにあるかなんて知らない！　そこでしょ、あるんだったら、その新聞の後ろ、カウンターの上。ポールがいつも飲んでる、だから、いつも空《から》っぽみたいだけど、タマネギの袋の後ろ……急に身を引いて——やめて！と突然後ろから腰を抱いた男の手を振りほどきながら、——ほら、あなたのせいでお茶をこぼしたじゃない……手が申し訳なさそうに急いで退却して、ふっくらした太ももに移動し、——やめてってば！

——いや、すみません、エリザベス、ちょっと聞い……

――それに、その呼び方もやめて！　その呼び方、何がすみませんよ、もう、その呼び方は父さんが私を呼ぶときの呼び方、そう呼びながら、すまないって言いながら、私を撫でて、私にキスをしようとした。でも違う、いつも何か別のことなのよ、すまないっていうのは、いつも何か違うもののことをすまないって謝ってる、だからみんな、すまないって言うの。すみません、お邪魔して、ブースさん。そう言いながら、弟にたくさん本を持たせて車で出ていって、弟の頭の中に何か、何だか知らないけど、いろんなことを詰め込んだりして。あの瞬間、弟の名前を聞いた瞬間から、ヴォレーカーズだって聞いてから急に、あなたはたいそうなお芝居を始めた。化石とか、硫黄とか、ユード牧師のことを失われた環《ミッシング・リンク》って呼んだりして、弟にポールのことを馬鹿扱いさせるために。どうして、どうして。弟とポールとの仲をもっともっと悪くする、ただそれだけのため？　そう、それに私との仲を。

――あなたという存在だけがあの二人をつなぎ止めてたんですよ。

――私が？　あなたは。あなたは言ってたわよね、自分が釘だと思えば、何もかもがハンマーに見えてくるって。私がそういう。それであの二人がつなぎ止められてたって、そう思ってるの、弟がそう言ったの？　弟を食事に連れ出して、ニューヨークでお酒を飲ませて、いろいろ質問攻めにして、父さんのことや会社のこと、ポールのことや何もかも。だって、ここに来たのよ。出発する前の夜、ここに来たの。でも、あれは弟じゃなかった、ビリーじゃなかったわ、弟にはあなたの口癖がうつってた。いや、いや、そうじゃないとか、ベルギー人が手をちょん切る話とか、聖書やユード牧師の漫画の話とか、教会は殉教者の血の上に建てられてるって話とか、あなたが吹き込んだんでしょ、そうでしょ？

——ああ、私、本当は、それはテルトゥリアヌスをおおざっぱに訳した言葉です。殉教者の血が種子となり……

——いいえ、あなたの言葉よ。あなたが言うのを私は聞いた。それに、ユード牧師が正しいことをやるつもりなら、自分で出かけていって撃たれるのがいちばんだ、とか。十字軍は虐殺以外の何ものでもなかったとか、ユード牧師の十字軍も同じことになる、とか。魂の刈り入れを悪の帝国に対する聖戦にすり替えるとか。ちょうどリンカーンがアンティータム運河の戦闘の後、連邦を救うための戦争を奴隷解放の聖戦にすり替えたみたいに、とか。だって、弟がそういう話を全部どこで仕入れてきたっていうの。ビリーはアンティータムなんて聞いたこともなかったのに、全然。何もかもポールに喧嘩を仕掛けるため、それだけのためだった。ポールは南部出身だから。南部の若者という花の話。ビリーがそれについて何を知ってたって言うの。南部の若者って花を摘んだのはリー将軍さ。負けだと分かってたのにリー将軍が戦争を続けたから。そして、南部ってところはいまだにそういう場所なんだ。パラノイアみたいな感傷的な作り話《フィクション》さ。負け犬の群れだよ。南部では、落ちぶれた上流社会の人たちが、同じ親戚なのに自分たちは哀れだって言って、自分たちの生得権を盗んだ北部の裕福な親戚連中の悪口を言いながら、田舎流の人生哲学を語り合ってる。自分たちの勝てる戦争を誰かが与えてくれるまで記憶を鮮明に保ってる、だから、南部出身の人が軍の上層部にあんなにたくさんいるんだ、とか。国家の威厳を取り戻す戦争。だって、百年前に威厳を失って、誰もそれを取り戻してくれなかったから。だから、ポールが行ってたあの戦争になった。でも、勝たせてはもらえなかった。つまりね、南北戦争やそういうことについてビリーが何を知ってたっていうの？　ただポールをからかうためだけに、そんなことを全部自分一人で思いついたっていうの？　南部がいかに愚かさを育ててるか。南部では愛国精神とイエス・キリストをごちゃ混ぜにしてる、だって、あれは負け犬どもの宗教だから。どこか別の場所で褒美を受け取ることになってる。だから、自分たちだけが本当の良きキリスト教徒のアメリカ人だと信じて、感傷的な過去のごみ溜めみたいな南部に暮らしてる。愚かさの中には強みがある、ユード牧師みたいに口ごもった下品な言葉には強みがあるよ、とか。ユード牧師をだしにしてポールをあざけってた。けど、ほんとは、あのときのビリーはあなただったのよ、そうでしょ。本当は、ずっとあなただったの。

　男は受け皿の上でタバコを潰し、燃えさしの部分を少しも残さず、一筋の煙も残さないよう、黄色くなった中指と親指との間でボロボロになるまで潰した。——そこのお茶が冷めますよ、と男がやっと言葉を発し、それから——いいですか、私が飲みに連れ出したんじゃありません、私は飲みに連れ出されたんです。尋問したわけでもありません、そんな必要はなかった、ほとんど口を挟むことができないくらいでしたよ。弟さんの方が……

——ポールが南部人でさえないとかいうのも？　私が。誰かが弟にポールは養子だって教えたら、ひょっとするとポールは本当はユダヤ人で、本人もそのことを知らないのかもな、とか。運び屋ポール？　父さんのために賄賂や何かを運んでたのはポールだとか……

——いえ、いえ、いえ、いいですか、そういうことは全部新聞に出てたじゃありませんか？　弟さんに訊く必要なんかありませんよ、あなたも新聞を見たでしょう？

——だからさっきからそう言ってるじゃない！　新聞ならそこにある、そこに積んである、さっき言ったでしょ、父さんとかロングビューの昔の写真や、それから、それからビリーの卒業アルバムの写真が載ってる。あの人たちはそんなものまで探し出したのよ。そんなものまで。

——きっと元々持ってたんですよ……。男はまた一本タバコを作り始めて、テーブルの上、膝の上にこぼれたタバコの粉を払い落としながら、——死体置き場《モルグ》に。連中のところの死体置き場《モルグ》に元々あったんですよ。

——でも、どこの死体置き場《モルグ》の話、どこ、違う、違うわ……蒼ざめ、手も、後ろでしがみついている流し同様に白くなり、——死体置き場《モルグ》に写真なんかなかったわ、あの人たちは……

——新聞の話ですよ、私が言ってるのは新聞社の話。連中は資料ファイルのことを死体置き場《モルグ》って呼ぶんです。ポールの話もそうです。爆弾で吹き飛ばされた電撃部隊の英雄《ヒーロー》が……

——あの人たちが写真を持ってたからだわ。そのことを言ってるの。だから一面に大きくあの写真を出して、写真に合う話をでっち上げたのよ。あの人たちが写真を持ってたからだわ……

——なかなかいい写真でしたね。

——それで人殺しに仕立てるの？　戦争に飢えた殺人者。誰があんなこと言ったのかしら。

——まあ、仕方ありませんね。男を殺したのは事実でしょう？

——殺すつもりはなかったのよ。

——殺すつもりはなかった？　痩せこけた十九歳の少年が物盗りのために襲いかかった、ただ殴り倒してやればそれで充分じゃありませんか？　しかし女は後ろを向いて、外を見、色褪せていく外のテラスの混乱を見つめ、ひっくり返った椅子、落ち葉とノバト、保護色で落ち葉のようにまだら模様の三羽か四羽が、暖かさあるいは暖かさのように見えるものをまだそこに投じている日の光の中で餌をついばむのを見ていた。その日の光は女が先ほどしゃべったときの声のように、少し弱まり始めていた。——話してくれませんか……男はタバコに火を点けて、咳をした。——どうしてお父さんは列車から突き落とされたなんて言ったんです。

——どうでもいいでしょ……。女は動かず、二人の間にあるテーブルと同じように、かたくなに背中を向けたまま、——父さんは死んだんだから、そうでしょ？

——構脚橋を渡ってるとき？　列車の上から落ちて？　というのはね、私も覚えてるんですよ、そのシーンを覚えてるんです。私も同じ映画を見たんです。

——嘘は良くないって言うんでしょ……と女の肩が少し落ち、——だって、人が嘘を言うときには……

——いいえ、そういう意味じゃないんです、私の言ったのはそういうことじゃなくて……

——どうしてか教えてあげる。ええ。だって、どうして人は嘘をつくのかっていったら、人が嘘をつかなくなったら、もう相手のことを気にも懸けてないっていう証拠だからよ。

——待って……しかし女は急にドアに向かっていき、あっという間にドアを引き開け、そこを通ってテラスに出て、ひっくり返った椅子の端に一人で腰を下ろしていた。一瞬、後を追おうとした男は立ち止まり、外の女を見つめ、太陽の中でくすぶっている髪の赤色と、女の着ている服、気が付かなかったがセーターだろうか、の黄緑色を見た。女の顔の青白いアーチまでもが周囲の落ち葉のくすんだ色に反抗しているようだった。男はまた咳をし、まるで話しかけようとするかのように、まるで震えを抑えようとするかのように咳払いをし、振り向いてキッチンの床をうろつき、窓のそばを通るたびに外を眺め、最後に電話に手を伸ばしてダイヤルを回し、くぐもった声で——チラカサレテマス、レイノイエ……アス？　アサハヤク、デスネ？　ショウチシマシタ……〔原文フランス語〕と言ってから電話を切り、青白い太陽のぬくもりの中に歩いて出た。

女は顔を上げたが、男を見たわけではなく、その後ろの家を見たのだった。外から見ると対称的な尖塔。その下には双子の窓があって、二つはとても近くにあるので一つの部屋に二つ窓があるのだろうと思わせるが、実際には二つの部屋の隣接した側に一つずつ窓が作られているのだった。どちらの部屋もほとんど家具は入っていなかった。一つの部屋には空《から》の本棚とたるんだソファー兼用ベッド、もう一つの部屋ではフランス風渦巻き彫刻の長椅子が金のビロードをほこりの中に引きずっていた。床のほこりは、女がそこに立ったとき以来、女がこの家に住むようになってから恐らく三、四回、そこに立ったのだが、それ以来、掻き乱されたことがなかった。女がそこに立ったとき見ていたものは、下の芝生の緑と、まだそれぞれの色を声高に主張していなかった木の葉、個々のアイデンティティーを手に入れる前の木の葉だった。今では、朱色に枯れ急いで古傷のような赤色になったところもあり、発育不全のツルウメモドキの淡い黄色が最後のスペクトルの歓喜の中で鮮やかなオレンジ色に変わり、そして散り、足元の汚れて単調な無生命の中で再び目立たなくなっていた。地面では、あたりに散らばった最後の証言の間でノバトがあら探しをしていた。その証言はどこか手の届かないところ、山と称している丘の上の、どこか目の届かないところから吹き寄せられてきたのだった。クレナイカシの葉が、乾いてから時間が経った血のような黒ずんだ赤色になって、あちこちに散らばっていた。——さあ……。男がテラスに出て、ひっくり返った椅子を元に戻し、——ここに座って……と椅子から木の葉を払い、——私は、私はあなたの話してたことをよく考えてみたんです、それで、悪く思わないでほしいんですが……

女は動いていなかった。——ちゃんと見たことは一度もなかった。

——何を……と女の見ている方を見ながら男が言った。

――この家を。つまり、外からってこと。

――ああ、この家、そう、この家ね。そういう建て方なんです、ええ、外から見てもらうように建てられてるんです、それが流行だったんです、と確信の持てない状態から救われて水面まで引き上げられた男が近づいてきて、――そうなんです、スタイルブックを持ってたんですよ、田舎の建築家とか大工《カーペンター》とかいう連中がね。全部派生的なものです。いくつもいくつも部屋があって、塔、キューポラ付き、驚くほど手の込んだ鉄細工のある大きなビクトリア朝風の邸宅。発想としては中世ゴシック風建築なんですが、このあたりの哀れな田舎大工《カーペンター》には材料が手に入らなかった。石細工とか錬鉄とかがね。連中が持ってたのは、昔ながらの頼りになる単純な素材、木材とか、ハンマーとか、のこぎりとか。それで、連中は不器用ながらも工夫して、巨匠たちの残した壮大なビジョンを人間のサイズに引き戻した。連中なりのちょっとした工夫を付け足して。軒先から下に向かってる垂直なダーツ、分かりますか？　それから、その下に明かり取りの円窓が並んでるの、分かります？　男は立ち上がって落ち葉を蹴散らし、身振りを添えて、何かを抱くように両手を上げて、

――奇抜な発想と、借りてきたものと、ごまかしとのつぎはぎ細工です。中身は善良な意図のごた混ぜ。こんな小さなスケールでも何か値打ちのあることをやろうとする、馬鹿げた最後のあがきみたいなものです。だって、ここにずっと立ってるわけですからね、馬鹿げた発想や何かが。九十年もここに建ってるんですから……そこで言葉が途絶え、女の視線が再び逃げこんだところを見上げた。その視線の先には塔とキューポラがあり、まるでこだまを聴こうとするかのよう、マキャンドレスさん、それならあなたの頭の中みたいね、というこだまを聴こうとするかのようで、だから、男がこう言い足したのかもしれない。――いいですか、誰かが押し入るっていうのは、攻撃を仕掛

けられたようなものです、それは……

——黙って！　中で電話が鳴り、女は二回目のベルで立ち上がり、三度目のベルで沈むように座った。——私の言いたかったのは、この家は、中に隠れるのに向かない家だってこと……。再び、双子の窓に目を上げ、——この家を外から見て、あそこを見上げると、あたり一面緑色をしてた頃にあそこから外を眺めてた自分が見える。何もかもがずっとずっと大きく感じられた。ベッドフォードみたいに。最後にベッドフォードに出かけたとき、母さんは運転手と一緒に車の中に座ってるだけだった。車に二時間座ったままで、そこを離れるときに母さんはただ一言こう言ったの。緑色にあれほどたくさんの色合いがあるなんて、今まで気づかなかったって。

——ベッドフォードって。

——私たちの持ってた田舎の大きな別荘。火事になった。

——あなたが子供の頃ですか？　それは……

——先週……。女は落ち葉に足を突っ込み、いちばんそばにいたノバトを飛び立たせたが、それはまた下りてきて鳴いた。——母さんがまともなことを言ったのは、そのときが最後だった……テラスから下を眺めて——そして今は、ほら見て、憎らしいちっぽけな裏庭。

——ああ、それは、ええ、もちろん、それはどうしようもない、そうでしょう、と男はまた説明を求められたかのように言い、家の話と同じように話の先を続けようとして、無意味な美辞麗句に左右されることのない事実を歓迎して、——紅葉の色はどれもこれも見事ですよね。秋になって葉緑素が壊れて、葉緑素の分子と結合してる蛋白質がアミノ酸に分解されて茎や根の中を下りていく、そのときの葉っぱの色。人間が年を取ったときにも同じことが起こるのかもしれません。代わりの蛋白質ができるよりも速いスピードで蛋白質が分解して、そして、ええ、そう、そして、もちろん蛋白質っていうのは、すべての生きた細胞に欠かすことのできない要素だから、体全体が徐々に崩壊……

——どうして私にあんなこと訊いたの。

——私が、何を、私には……

——父さんのこと。

——分かりません、私は……男はむき出しになった椅子の足置きに座り、まるでしみを落とそうとするかのように手の甲を親指でこすりながら、——分かりません。

——じゃあ、どうして訊いたの。だって、どっちみち、あなたは全部知ってたんでしょ。本当は何があったか、あなたは知ってた。ビリーがあなたに全部しゃべってたんだから……

——ちょっと、お願いです。お願いだから話をちゃんと聞いてくれませんか。ビリーからあれこれ聞き出す必要なんかなかったんです。いまいましい新聞で読む必要もなかった。あの当時、私は向こうにいたんですから。まったく。向こうでは、誰でもヴォレーカーズの名前を知ってますよ、デビアス［世界最大のダイヤモンド会社］の名前と同じように有名だから。ヴォレー《V》カーズ《C》合同《R》鉱山の名前は、国の名前みたいに誰でも知ってます。周りの大概の国より大きいんですから。裏金でアフリカの国の半分を売り買いしてる。それが仕事。それがあなたのお父さんのしてたことです。秘密でも何でもありません。ロッキードみたいな大きな賄賂事件が表沙汰になって、こっちの新聞があれも賄賂事件だと騒ぎ立てるようになるまでは、スキャンダルでも何でもなかった。あのとき何があったのか。あのとき何があったかを私がビリーに教えてもらう必要なんかありますか？　夜中まで酒を飲むのに付き合わせたなんてとんでもない、違います、私が付き合わされたんです、私はほとんど口を挟むこともできなかった。若者に怒りというものを教える必要があると思いますか？　ポールだけじゃない、あなたのお父さんだけじゃない、弟さんはすべてのものに対して腹を立ててましたよ。目の前の人間すべてに腹を立ててました。私だけは例外だったと思いますか？　私だけについては何かロマンチックな想像をしてたと思いますか、あなたみたいに？　私がビリーくらいの年の頃に向こうで金《きん》を見つけたって話をしたら、何て言ったと思います？　地面に千二百メートルの穴ぼこが一つ増えるだけだって、そこを掘るために自分たちの代わりに黒人を詰め込む、いまいましいほど聞き飽きた話だって言ってましたよ。若い世代は、厄介なことを引き継がされたって古い世代を責める。古い世代は全部、十把ひとからげ。だって、彼らには現在のわれわれの姿しか見えてないんですからね。若い世代はわれわれを待ち伏せしてて、われわれが一歩でも道を踏み外したら襲いかかってくる。ちょっとでも便宜的手段に逃げようとしたら、裏切り者だって言って飛びかかってくる。彼らを裏切ったとか、金で寝返ったとか言う。当人としては精いっぱいやってるのに、悪い本を書いてるとか悪いことをしてるって非難されるのと一緒です。われわれとしては文明が頼りだと思ってきたのに。二百年もの間、中流の価値観、フェアプレーの精神、借りた金は返すこと、誠実な仕事にはそれに見合う報酬を与えること、二百年間、ほとんどずっとそれを繰り返してきた、一にも二にも、進歩、改善、いやしくもする価値のあることは立派にするだけの価値がある。挙げ句に連中は、それがいちばん危険な思想だって言いだした。われわれが出した偉大な解答が彼らにとっては悪夢になった。あらゆる場所に安いエネルギーを供給するはずだった核エネルギー、ところが彼らが今耳にするのは放射能汚染、放射性廃棄物をどう処理するかってことだけ。何百万もの人に食糧を供給するっていう夢があったのに、今ではみんな、有機栽培の芽キャベツと石挽きの小麦粉に逆戻り、だって、他のものは全部有害な添加物、地球を汚染する殺虫剤、川を汚染して、海を汚染して。宇宙の征服は、今では軍事衛星とハイテク。連中にわれわれが与えた比喩といったら中性子爆弾。そしてニュースといったら、今日の一面みたいな……。男は立ち上がって、落ち葉を蹴散らして道を作りながら進み、その道の一つが男をテラスの端まで導き、そこで男は川を見下ろしながら立った。――ここで日の出を見たことがありますか？　そしてまるで女が見たことありませんと答えたかのように、まるで女が一言でも返事をしたかのように、――特に冬に。冬に見えるんです。太陽が南に寄って、川がいちばん広くなったあたりで太陽があっという間に昇るんです。まるで昼の存在を証明したがってるみたいに。残りの一日をのんびりできるように、早く昼にしたがってるみたいに。すべてのことを一手に引き受けて、それを全部解決しようと一生懸命努力して、かえって事態をややこしくして、人生の最初の半分を過ごす。そして残り半分の人生を費やして、人生の前半でもたらした混乱を整理する。そういうことが連中には分かってない。結局、最初に見たときよりも事態をましにして後に残すなんて無理なんだと気が付く。せいぜいできることといったら、前よりひどくない状態で後に残すように努力するだけ。でも、若者は許してくれない。一日の終わりが近づいてくると、キーウェストの日没みたいに。ご覧になったことありますか？　夕日を見るためにみんながあそこに集まるんですよ。太陽がバケツ一杯の血みたいに沈むのを見て、太陽が沈む瞬間には手を叩いて、歓声を上げて。古い世代が退場するのを拍手で送る、その最期を見届けるのがうれしくてたまらないんです。

しかし、女が目を上げて探した太陽は既になく、光沢のない空にはその跡形もなく、まだ終わらない一日が太陽とともに去り、後に残されたのは女の全身を震わせた寒さだけだった。――あんなことがなければ、弟は絶対行かなかったのに、と女は言った。――あなたがいろいろしゃべって、弟を、弟に何をさせようとしてたのか知らないけど、弟を、その、弟子っていうか、そういうものにしようとして。いえ、絶対、弟があの飛行機に乗ることなんてなかったはずなのに。

――私には。どういう意味です。私は全然知らなかったんですよ、まさかそんな行動に出るとは……

――黙って！　家の中でもう一度電話が鳴り、その後に続いた静寂の中で女は立ち上がってドアをくぐり、その前に立ち、待って、その上に置いた手は新たなベルに一瞬しか鳴らさせず、――ポール、うん、うん、よかった、電話してきてくれて……。うん。どうしたの……テーブルの端に後ろ向きにもたれかかり、外を見、男が向こうを向いて蹴散らしながら小道を作っているのを見た。――誰がそんなことを！　でもあの人、どうしてあの人がそんなこと！　あの人たちにそんなことができるわけない……でも、ここに来たりはしないでしょ？　あなたを逮捕しに？　そんなことができるわけない……いいえ、でも、誰もあの人の言うことを信じたりしないわよ、誰も信じないわ、ポール、今となったら、そんなことを証明する方法なんかないんだから。たとえ。今じゃ、あなたとあの人しかいないんだから、あなたが反論すれば、誰も……それで、もうそのことは否定したでしょ？　新聞に写真が出て、飛行機が出発したあの日、断固として否定する声明を出してたでしょ？　あの人たちにそんなことできるわけない……だって、もう死んだじゃない！　女は外にいる男の手が背中に回されるのを見た。一方の手が他方の手の中でもがき、まるで束縛から逃れようとしているかのようだった――ポール、そんなこと関係ないわよ！　もうそんなこと関係ない、そんなことは全然。もし私たちがただ。もしあなたがただ、今の生活からあの人たち全員を追い出してしまいさえすれば。うんざりするようなユード牧師とか、エディーのお父さんとか、そういう人たち全員。あなたは、あの人が望んでたことは全部やったじゃない。望み通りの証言もしたし、そして救ったわけでしょ、あのすべての……いいえ、じゃあ、私からエディーに電話をかけてみるわ、私からかけてみる。エディーに電話がかけられればいいのに、居所が分かればいいのに。そうすればエディーから言ってもらえる、エディーが伝えてくれるのに……外をじっと見ていると、一方の手が他方の手の束縛を逃れ、逆につかみ返し、新たに闘争を始めていた。――そんなこと関係ない！　そんなこと関係ないわ、ポール、そんなことは、もう、全然関係ない。あのときのあなた、あの、夜出ていく前のあなた、私、いやよ、駄目、あんなあなたは見たくない。いやよ。私の望みは、私たちがただ……。そして外では両手が突然視界から見えなくなり、体の前に回され、後ろから見る限りでは、明らかに両者の協力が求められているようで、男はテラスの隅から下の濡れた落ち葉に向かって小便をしていた。――ポール？　ポール、お願い、聞いて、私……いいえ、今朝行ってきたわ、宣誓証言書に署名してきた、うん。私、私は婚姻者としての義務を遂行することができない状態がずっと継続してるって。あの人たちが法律関係の独特の言い回しで書いた証書よ。でも、その、たしかに私はいろいろとちゃんとできなかった、いろんなこと。あなたがやろうとしてたいろんなこと、あなたが、私たちが抱いてたいろんな希望をかなえるために、あなたがどれだけ一生懸命頑張ったか。それで今、もし私たちが一からやり直すことができるんだったら、ポール、もし私たちがどこか、よそに行くことができるんだったら、もし……何の？　七百……いいえ、あなたはなくしてない、いいえ、憶えてないの？　家を出る前に私に七百ドル、家賃のお金を渡してくれたじゃない？　家賃を払うために。それに、それは……うん、それは支払った、それから……。いいえ、いいえ、あなたの言った通り、電話には出てない、電話は一本しかかかってない、その電話は……いいえ、その電話は、その電話はチックだった、電話はチックよ、チックだけ、昨日の夜電話をかけてきた、それで私、それだけ、あの人はただ、ただ電話をかけてきただけよ、ポール。明日は何時に帰ってくるの？　だって、こんなの全然。ただ私たち、どこかよそに行けたら？　だって、こんなの全然……いいえ、ちゃんとそうするわ、ポール、ちゃんとそうする……

テーブルの前に座っている女の後ろで男が入ってきた。切れた電話を握っている女の手の中でナプキンの塊が潰されていた。そして男は両手を上げて女の肩の峰をしっかり抱き締め、両親指の先を首の隆起のところで互いに触れ合うまでわずかに動かしただけで、——ただ私たちがどこか、よそに行けたら……と女が繰り返すと、男の指が鎖骨の上を滑り、下り、胸のぬくもりを求めた。

——私もそのことを考えてたんです、と男は言った。

——何のこと？

——ここを片づけて、出ていくんです。服を二、三枚詰め込んで、二人で出ていく。あまりたくさん物を持っていく必要はありません。

——でも、私が言ってたのは……女の目は下を向き、胸をかくまっている二本の手をじっと見た。その手は上がったり下がったりする胸をまるでこの家の建築のごまかし技術のように器用にそしてさりげなく押さえようとしているかのようだった。ブラウスやスカーフの下に震える手で隠した罫入りの紙の上に女が書き残したときのままに、その手には血管と筋が黄色く浮き出て、錆色のしみがあった。女の胸は大きく息を吸うのと同時に盛り上がり、——私には何のことか……

――軽いもの、夏服、セーターを一枚か二枚、それとレインコート、レインコートは要ります
……男の指は自分が挑発したものを静めようとするかのように獲物に迫り、――ああいう暑い場所
ではね、要るのはそれくらいのものです。
――でも、私たち、何日か、一週間でも、私……
――一週間？　こそこそと動いていた男の手が堂々とその場に居座った。――一週間なんて何の
役に立つんですか、違いますよ。永久にです。
――行ってしまうの、永久に？　急に女が振り返ったので、男の手による拘留が解かれた。――
そんなのとても、絶対無理……
――どうして無理なんです！　持ち物を奪われた男は後ろに下がり、空《から》っぽになった手を大きく
広げて、――何もかもばらばらになろうとしてるんですよ、片方からは狂気が忍び寄って、反対側
からは愚かさが近寄ってきてるんですよ？　黙ってここに座ったまま、その二つに押し潰されよう
っていうんですか？　そんなのとても……
――あの人、逮捕される。
――誰、誰が……
――ポール。さっきの電話はポールだった。
――電話？　電話には出ないって言ってたんじゃ。何で、何の容疑で逮捕されるんです。
――贈賄。
――本人だって今さら驚いてるわけじゃないでしょう。グライムズがとうとうロープの両端から
手を放したってことでしょう？

――グライムズさんじゃないわ、違う……

――グライムズの仕業に決まってますよ。今日、ポールがその件で向こうに呼ばれて、証言してるんでしょう？　昨日の新聞のビジネス欄の隅っこに隠してあった小さな記事。こういう賄賂なんか日常茶飯事、重役もみんな承知してたことだって、もしそんな証言をしたら、この裁判はＶＣＲにとって、それからグライムズにとって致命的になります。三重のダメージ。グライムズの仕業に決まってます。ビリーが私を飲みに連れ出したらって話はしたでしょう、私は一言も口を挟めなかったって。その話をしてましたよ。その話をしだしたら止まりませんでした。グライムズとティーケルがポールの首根っこを押さえてる、そしてポールが出るところに出て、全部あなたのお父さんの仕業で、他には誰も賄賂の件を知らなかったって証言する手はずだって。賄賂の件は全部あなたのお父さんのやったことで、そのことはあなたの父親しか知らなかったって証言するって。だから、すべてがばれたときに銃で自殺したんだって。株主連中はきびすを返して、お父さんの財産を処分する。そしてポールはお咎《とが》めなし。だってティーケルはポールに適当な証言をさせて、それで終わりにする予定だったんですからね。この図式の中からティーケルが消えた今、グライムズがロープの両端から手を放すのは当然、ポールが贈賄で訴えられるのは当然です。

――いえ、それは違う……

――どうして違うんです、ポールは例のアフリカのごたごたの中に首まで漬かってしまってるじゃないですか？　向こうでは今、みんなが戦争戦争って叫んでるし。悪の帝国相手に線引きをしようとしてる伝道会の土地のこともそうですよ、そもそも彼がユードの馬鹿を祭り上げたんでしょう？　ユードの伝道会が採掘権を取ることができるように、あの土地を全部杭で囲わせて、やつを謎の受取名義人にして、いちばん高い競り値をつけたやつに売り渡そうという魂胆です。そうすればいまいましい十字軍に金が入ってきますからね。で、誰がいちばん高い競り値を付けたと思います。ＶＣＲが伝道会の土地ぎりぎりのところまで坑道を掘って、グライムズがそれを引き継いで、例のベルギー人の組合と協力関係を結んだ。発起人《プロモーター》が現れて、伝道会の土地に大きな鉱床が見つかったって言いだしたから、連中はクルックシャンクを引っ張り出してシナリオを書かせた。するとたちまち大地溝帯は、端から端まで地獄。ポールは知ってるんですか？　クルックシャンクのことを？

――ポールが誰のことを知ってるか、私の知ったことじゃない！　それに、その、とにかく問題はそういうことじゃない、ポールが戦争をしたがってると思ってるんだったら、誰がそんな作り話をしたのか知らないけど、あなたには全然分かって……

――レスターのこと覚えてますか？　一度、私のことを訪ねてきたでしょう、あなたが玄関に入れなかった男。

――その、私の言ってるのはそういうことよ、あなたのお友達っていう人たち。もしあんな人を信用したりしたら、もしあんな人の言うことを一言でも……

――全部が全部、友達とは限らないってお話ししたでしょう？　レスターを少しでも信用したことなんてありません。黒いスーツ、黒いネクタイ、黒い聖書、あいつは自腹を切って向こうに行ったんですよ。連中が伝道師を送るときは、カトリックの連中とはやり方が違うんです。向こうの連中はあいつのことを一目見て、何かのスパイだと思った。バガンダもそう思った。やつは向こうの連中にキリスト再臨を売り込もうとしてたのに、しばらくして気づいてみると、やつはニュー・スタンレーのバーでオレンジジュースを飲んでて、周りのどこにも聖書なんか見当たらない。やつはスカウトされたんです。あいつの小さくてきつい目の中に冷血な熱情があるのをクルックシャンクが見抜いたんです。やつが支局長だった。トラックのタイヤ泥棒で十年間ぶち込まれてたソマリ族の男を使ったんです。レスターが目を覚ましたときには、もう終わってた。向こうでは同性愛は最低のことだと思われてますからね。みんなが彼のことをスパイだと思ってるのなら、本当にスパイになっても同じことですよ。ちゃんと規律を叩き込まれてて、言うことをよく聞く、伝道師らしい熱意もある、そういうやつの手に握らせれば、銃でも聖書でも、同じように強力な武器になります。連中はやつを仲間にして、不測事態対応計画の仕事をさせた。連中はいつもそんなことばかりしてるんです、そんなことばかりして書類仕事や通信を増やして、CIA本部に仕事してるってことをアピールしてるんです。ちゃちなシナリオを書いて、いろいろなところで衝突のお膳立てをして、誰かが線引きをするのを待ってる。何もかも決まり切った仕事だったんです、ところが、とうとうクルックシャンクはあまりにも顔を知られ過ぎてしまった。やつは地元の民芸品屋ってことになってたんですがね、やつがバーの隅に一人で座ってるのを見ても誰も話しかけなくなった。やつはアンゴラに転勤になって、アンゴラで引き起こした混乱が治まるとアメリカに返されて、人前で身に付けることのできない勲章を与えられました。それもまた、CIA連中の子供じみた儀式の一つです。その後、やつは牧場に放されて、陰気で個性のない畜生連中と同じように、コンサルタントと名乗って独立した。どうやって生き延びるか、連中はそれだけしか知りゃしないのに。十万ドルの依頼料ですよ。連中が学んだのは、金がどこを動いてるかってこと、誰が金を持ってるかってことだけです。連中が究めたのは、どうやってそのおこぼれにあずかるかってことだけ。リスク・アナリストと名乗って。後に残してきた混乱が大きければ大きいほど、それだけいっそう高い料金が取れる。イラン、チリ、フェニックス計画、アンゴラ、カンボジア。一つとんでもない計算違いをして、何千人という死者数が後で出てくる。それでも連中はル・サークとかアカプルコで枕を高くして、こびへつらうような笑みを浮かべながらタイムズのインタビューを受けて、ディナーパーティーに出席して、自分の黒い閻魔帳《えんまちょう》を他の黒ネクタイの屑《くず》連中と比べ合う。そこには元大統領とか、ボーっとした元大統領夫人とかいう連中も二、三人、室内装飾デザイナーとか、婦人服デザイナーとかも二、三人、短期の滞在者もあれこれやってくる。現実に対する最低の冗談ですよ。だって実際には、そういうやつが副業で混乱を売買してるんですからね、レスターみたいな毒入りパッケージにして。幻滅した熱心な伝道師っていうものは、より高いレベルの大義のためじゃなければ、嘘をついたり、盗んだり、殺したりすることがない。タバコを吸ったり、酒を飲んだり、女の尻を追いかけたりしないんです。青春の果実が全部、苦《にが》くなってしまってる。まるで、まるで、そこの芝生の裾に生えてるセイヨウミザクラから落ちてくる果実みたいに。まるであの禅問答みたいに。師匠が森を指差して、何が見えるって弟子に尋ねる。木こりです。では他には。真っ直ぐな背の高い若木が、すべて切り倒されているところが見えます。では、その他には。ええと、あとは全部。いえ、あそこに一本、ねじれて腐って曲がった老木が見えます。彼らはその木だけを残そうとしています。そう、それがクルックシャンクなんです、うまく生き延びた男。グライムズがやつをコンサルタントとして雇った。やつはレスターを引きずり込んだ。ポールは足元のおぼつかないユードの馬鹿を歴史の中に引きずり込んだ。ユードと一緒に、悪の勢力と闘うことに熱心な無知の大軍を連れて、イエスの十字架のもとに……

――そう、あなたの考えはそこのところから反対向きになってるのよ！　つまり、もしあなたがポールには分かってると思ってるんだったら。もしあなたが、ポールとグライムズが。グライムズがポールのことを気に入ってると思ってるの？　もしあなたが、ポールとレスターが。グライムズさんがポールを気に入ったことなんか一度もない、まさか、とんでもない、ポールを信頼したことなんて一度もない、ポールはいつも私腹を肥やそうと野心満々だってグライムズさんは思ってたのよ、それに、ポールは、ポールは……

――ポールのことを気に入ってるやつなんて一人もいませんよ、とんでもない、そんなことじゃない、そんなことはどうでもいいんです。自分のものじゃなければ信用しない、グライムズはそういうやつでしょう？　ティーケルは自分のものだった、そうでしょう？　ずっと下のレベル、腹を空かせたエージェントのレベルまで行くと、エージェント同士が互いに嫌ってる方が望ましいんです。だって、すべては不信に基づいてるんですから。互いに顔も知らないって方が望ましいんです、ポールとレスターみたいにね。そういう連中は単なるパズルのピースみたいなものなんです、突然大きなことを思いついて、勝手に空を飛ぶような連中。もしうまくいけば実績になる、うまくいかなくても尻拭いはやってもらえる、連中はそう思ってるんですよ。ポールはユードを利用したと思い込んでますが、ユードがポールを利用したんです、そして、レスターはその二人をともに利用したんです、だってシナリオを書いたのはやつですから。あそこの土地を手に入れて、伝道会のメンバーを二、三人殺させて、そして、あの飛行機が撃ち落とされて。クルックシャンクがシナリオを引っ張り出してきて、ほこりを払い落としたら、私たちはみんな十六世紀に逆戻り、銅、金《きん》、連中が黒人居住地区《ホームランド》とか呼んでるところでは消毒済みの奴隷制、そして先頭にはイエスの十字架。ティーケルが現地調査と称する旅に出る前に上院でやったあの演説、自由主義《リベラル》世界全体の鉱物資源に対する大きな脅威とか何とか。あのほこりまみれのちっぽけな土地、あれは別にどこの土地でもよかった。人類の前に邪悪の影を落としているこの陰謀に対してわれわれはいよいよ正面切って闘わなければならない。国家の名誉を保ち、合衆国の生命に関わる利権が脅かされれば、それが世界のどこであろうと、ひるむことなく守ることを誓わなければならない。そんなことを言って守ってるのはあいつの種子販売会社、あいつの家族の種子販売会社、それがあいつのアフリカ食糧援助計画の正体です。飢えた国々は合衆国の生産物を買うために合衆国の援助による信用貸しを受ける。ティーケル一家の種子販売会社は新しく交配した新種のトウモロコシの特許権を持ってる。そして向こうの国々がその種を買ったら、作付けのスケジュールが完全に狂った。今でもです。傑作ですよ、今でもです。今でも。神に仕える二人の青年が水を手に入れるために伝道会の土地から勇気をもって飛び出して、理不尽に殺された。水ですよ、私たちなら蛇口をひねれば出てくる、それが当たり前と思ってる水。信じられませんよね。キリスト教的な愛のメッセージを伝える伝道会ですよ。それがシナリオだったんです。伝道師を二、三人殺させて、最終行動に出る。そのとき何を考えてたんでしょうね。地上千五百メートルを飛ぶ飛行機の座席で酒を飲んでたら突然、ミサイルが接近してきて、煙と炎に包まれた世界の終末が見えたそのとき。雲の中で主《しゅ》に出会うなんて聞いてあきれますよね、やつは、やつは……振り返ると女が呆然としていた。——そんなつもりじゃ、私はそんなつもりじゃ……男の手は無を握り締め、——そんなつもりじゃなかったんです、すみませんなんて言葉は意味ありませんが、ええ、あなたのおっしゃる通りですが、でも、本当に、本当にすみません！　そして男は両手を拳にしてそこに立っていた。——私は思ってもなかったんです。考えもしなかった。だって……どうして飛行機に乗ったりしたんです。どうしてビリーがあの飛行機に！

――でもとにかく、実際乗ってたんです。

――そうじゃなくて、その。乗れる飛行機に乗るしかないような、辺鄙な土地。ティーケルがいんちきの現地調査のために乗るって分かってた飛行機、そのための飛行機だったんです。南アフリカ大統領の葬儀に代理で出席させるために大統領がやつを選んで送り出した、あのとき風向きが変わったことは誰にでも分かった。そして、やつは田舎の飛行機会社の便に乗った。ビリーも同じ飛行機に乗った。誰が飛行機を撃墜したのか、それさえまだ分かってない。新聞をご覧なさい。新しい情報によると、黒人左翼抵抗組織の一つがあの飛行機を標的にしてたって書いてありますよ、悪の帝国の攻撃本能についてティーケル上院議員が遠慮のない発言をしていたことが原因だそうです。情報源は特定してません。情報部関係者からの新情報っていうだけで、情報源は特定してません。誰が情報源かは見え見えですよ。金を受け取ってるクルックシャンクです。グライムズのシンジケートは喜んで金を払う。あの飛行機は間違った空域に入り込んでたんだから、誰が撃墜してもおかしくなかった。あそこら一帯には南アフリカのミサイルの砲台が並んでます。連中は動くものなら何にでも狙いを付ける、そして撃つんです。連中は何でも撃つ、そして今回は実際撃ち落とした。で、ただちにわれわれを吸い寄せることになった。モンバサ沖に航空母艦艦隊、駆逐艦の艦隊もモザンビーク海峡を下がってきた。連中はわれわれを吸い寄せた。戦争で国家の威信を回復する。今回の戦争は勝てますからね。それに、階級をいくつか上げるチャンスです。平時の軍隊なら二十年椅子に座ってるばかりで大佐になんかとてもなれない。でも戦闘があれば、星印が初めて味見できるくらい目の前に近づくんです。何十億ドルもしたへんてこな兵器が本当にちゃんと動くのかどうか確かめるチャンス。マプート〔モザンビークの首都〕からアフリカの角《つの》〔アフリカ大陸北東部の突出部〕まで、大地溝帯のすべてを、地溝帯ができた当時の地獄の炎に逆戻りさせる。ヨルダン峡谷から死海。平原にある都市に主《しゅ》が硫黄と炎の雨を降らせた、あの死海です。そして、見よ。炉の煙のように地面から煙が立ち昇っていた〔創世記一九の二八〕。連中は待ち切れないんです。いいですか、エリザベス、聞いてください。私は本気です。荷造りができたら出ていくんです。あなたをここに引き留めるものはもうない。あなたにできることも。もう終わったんです。連中にはあのちっぽけな土地をめぐってシナリオ通りにやらせておけばいい。議会の中でティーケルに同調してるピグミー連中には自由主義《リベラル》世界の鉱物資源を守らせておけばいい。あそこには茨のやぶ以外には何にもありゃしないのに。あそこは別のところと何の変わりもない場所なのに。レスターのやったことです。言ったでしょう、片方からは狂気が迫ってきて、反対側からは愚かさが迫ってくるって。この家は売りに出しました、代理人《エージェント》にはもう電話してあります。荷造りをして、出発しましょう。

――私はあなたのことを言ったんじゃない。私の言ったのはポールのことよ。

――ポール、何、ポールのためにここに留まる？　もう、あきれましたね、ポールの仕事は終わりましたよ。ユードを引っ張り込んで伝道会の土地を杭で囲わせた。それがこのシナリオ全体の口実になってるんです。重要な鉱物資源が脅《おびや》かされてるって新聞がやたらに煽り立ててる。あそこにはやぶ以外には何にもありゃしないのに。

――やぶだけ？　どういうこと……

――やぶ。とげのある木が何本か生えてるだけ。何もありません。

――でも、あの人たち、それを知ってるんだったら、どうして……

——誰も知らないんです。クリンガーは知ってた、でも、やつはもういない。わずかばかりの水晶と泥しかない二、三千エーカーの土地を手に入れるために、ベルギーのシンジケートが戦争の後押しをするわけがないでしょう？　銅だって、シャベルを持ち上げるのも面倒なくらいわずかしかない。鉱脈はもう掘り尽くされた。私があそこで最後の採掘調査をしたんです、地図とか、フィールドノートとか、全部。クリンガーがほら話を広めたんですよ、大きな鉱脈を掘り当てたってね。それをレスターが聞きつけて、シナリオに書き込んだ。それで私は抜けることにしたんです。万事おかしな方向に行きだして、私は抜けたんです。

——でも、どうしてあなたはみんなに言わなかったの……その声は男がそうしなかったことに抗議しているというよりも、むしろ自分がよく理解できなかったことに抗議していた。女の目も、テーブルの木目とそこに置いた自分の手の甲との間にどんなに小さなものでもいいから何かの関連性を探し求めていたが、やはり木目と肌の小胞しか見えなかった。女は顔を上げて、——元々あなたには分かってたのなら。

——連中に何て言うんです、誰に言うんですか。いや、いや、いや、私は向こうに行ってたんですよ。連中に化石を見せてみなさい、そうしたら連中は創世記に手を伸ばす。連中の喉元まで戦争が押し込まれてることを教えてやりなさい、そうしたら連中は黙示録を読んで聞かせてくれますよ。そう、そもそも問題はユードと伝道会と十字軍なんかを一緒に祭り上げることだったんです、そうでしょう？　クルックシャンクや他の連中が今回自らの引き起こした一連の惨事から学んだのは、スマックオーバーなんかの後押しがなければ良い戦争を続けるのは無理だってことです。そこでポールが扇動のためにユードを引き込んだ。神なきマルクス主義が聖なる伝道に攻撃を仕掛けてる。

暗黒アフリカの最奥部まで。連中全員をイエスの血で洗う。熱いお湯にしっかり浸《つ》からせてやる。アメリカのために祈りを。そして終わったときには、哀れな木造の小さな家の一軒一軒に金のメダルを飾ってやる。車のヘッドライト？　紫のリボン？　ウィリー・フィッカート少年のために祈りを。今回は勝てる戦争を手にした。偉大なる電撃部隊の英雄《ヒーロー》。彼ならこの賄賂の件の告訴を切り抜けますよ。大丈夫。連中が救い出します。ユードをふところに抱えてるんだし、それに……

——あなたは間違ってるんじゃないかしら。

——何についてですか。ポールについて？　ポールは……

——あなたは間違ってると思う。全部のことについてあなたは間違ってるのかもしれない。

——賄賂の運び屋じゃないって言うんですか？　人殺しじゃないって？　ポールが……

——ユードをふところに抱えてるって言ったけど、そうじゃないわ。だって、ユード牧師の方がポールを抱えてるんだから。賄賂の件だってそう。ユード牧師なのよ。ユード牧師が言ったのよ、ポールが悪いって。テレビ局認可のために賄賂を払わなきゃならないってポールが言ったって。だからティーケル上院議員に渡すための一万ドルをポールに持たせたって。だからさっき電話があったのよ。公吏を買収する意図を持って別の州に移動した罪で逮捕されそうだって。

——ほら。そうでしょう。そうじゃなかったって思ってるんですか？　あなたの考えでは、彼は……

——だって、人殺しじゃないわ！　だってポールは。あなたには何にも分かってない。そのことも何にも分かってない！　勝てる戦争を探し求めてる電撃部隊の偉大な英雄《ヒーロー》。あなたは傷痕を見たことないじゃない。あのものすごい傷痕、あなたは見たことないじゃない、あなたには分かってない、真実と実際に起きたこととか、大げさな言葉をあれこれ使ってるけど、そんなの全然意味ない。だって、やったのは部下の一人だったんだから。それが真実。それが実際に起きたことよ。ポールはフラッグ〔上官を破片手榴弾で故意に殺傷すること〕されたのよ。意味、分かる？　フラッグされたって。ポールがヘロインの件で班長のことを密告したら、その人がポールのベッドの下に手榴弾を放り込んだの。だから、あんな話をでっち上げた。独身将校宿舎に敵が押し入って、迫撃砲で吹き飛ばしたって。そしてチックに助け出されたって。だってチックが、チックがさっき私に話してくれたんだから。何度も言ってた、何度も言ってたわ、ああ、くそ、ブースさん、知ってると思ってた、知ってると思ってたよって……

　男はそこに立ったまま、少し間《ま》を置いてから言った。――じゃあ、それは狂気じゃありませんか、それはまさに狂気です……。男はカウンターの前まで下がり、そこに積まれていた新聞を広げて、――片方からは狂気が迫ってる、そして……

――あの写真。あの写真を探してるの？　じゃあ、見たらいいわ！　探して、そうよ、見たらいいわ。あれを探してるのなら。一緒に強盗の写真も。そうよ、だって、あのことがあったから、チックは私が本当のことを知ってると思い込んだんだから。あの十九歳の少年が近づいてくるのをポールが見たとき。それはまさしくあのときと。その班長は十九歳だった、だからみんなが事件を隠したの、爺《じじい》をフラッグしてやったって本人は言いふらしたけど、みんなが事件を隠した。爺《じじい》！　まだ二十二だったのに！　探してよ、そう、見たらいいわ、あれを……

――いえ、いいえ、私はただ、このタマネギの袋、さっき言ってたでしょう、私はただ……

――どうしてタマネギの袋なんかが欲しいの！

――いいえ、お酒ですよ、私。あなたがさっき言ってたでしょう……。しかし女は立ち上がって男に近づき、手を伸ばし、突然、冷蔵庫のドアの取っ手にしがみつき、男がその肘をつかんで、――どうしたんです、いったいどう……

――分からない！　女は腕を振りほどき、――時々私、ひょっとすると高血圧なのかもしれない。外を歩けば。そんなのは何の役にも立たない。陪審員の前に出たって、陪審員も全員高血圧。そんなのは何の役にも立たない……。男の脇を通り抜けて隅に行き、瓶を取り出して、――だって、何が起こったのか、あなたには分かってない。あなたはここにいなかったんだから。あなたがここにいたとすれば、それは口調だけ。お得意の、いえ、いえ、いえ、とか、お得意の、無知を愚かさが征服する話とか、そういうあなたの口調だけはたしかにここに来てた。ビリーが出発する前にここに来たあの夜。雲の中の主《しゅ》とともにあるユード牧師。あなたのお得意のポルトガル人、手を切り落として、蒸気船でニジェール川を上流にさかのぼって。ユード牧師と戦いを始める気だったわ。

――いえ、それは違います、正しくはザンベジ川です。ザンベジ川沿いのいくつもの王国……。女が一オンス、二オンス注ぐのを見て、――それで充分です。私。氷は要りません、少しだけ水を、その中に……と手を広げて差し出した。

――弟は言ってた。出かけていく戦争を持たない人殺し？　クラウスニッツは間違ってた。戦争は手段の異なる政治だっていうのは間違いで、本当は、戦争は手段の異なる家族だっていうのが正解なのさ。あいつは勝てる戦争を探し求めてるだけなんだ？

――その、たしか、たしか……男の手は何も持たずに落ちた。女がグラスを持ち上げ、そこから一息にたくさん飲むのを見ながら、――それはフォン・クラウゼビッツです。彼が言ってたのは……

――ほらね！　弟はいったいどこでクラウスニッツの話なんか仕入れたの？　うちの家族はまさにそういう状態だって。運び屋ポール。本人も分かってないユダヤ人のポール。人殺しポール。たった十九歳の少年を？　ただ殴り倒せばそれで充分じゃないかな？　そしたらポールが言ったわ、ほとんどささやくような声で。ビリー、分からないのか？　俺たちは闘い方なんか教わってない、俺たちが教わったのは殺し方だけだ！　ポールは。俺たちが教わったのは殺し方だけだ！　そしてポールは、ポールの手は震えてた……再びグラスを持ち上げている女の手と同様に。白い喉は女がグラスを下げるまで小波のように波打っていた。――そうして、ビリーはしつこくポールを責めた。俺は自分で行ってみる、自分でアフリカに行く、アドルフに頼んでアフリカに送り出してもらうって。逆に、ポールとグライムズさんと他のみんなは安全な場所にいて、海の向こうで戦争を始めたんだって。そう言いながらポールを小突いた、肩を小突いたの。しまいにポールが弟につかみかかって、抱えたの。そこに立ったまま、腕ごと身動き取れないように子供みたいに抱え込んで大声で叫んだわ。くそ食らえだ、ビリー、よく聞け！　**おまえが今言ったのと同じくだらん理由で俺はベトナムに送り込まれたんだ！**って。

――いや、ちょっと。待って。私はそんなことを……

――いいえ、待たないわ、待たない……しかし待った。息を整え、目の端はウィスキーのせいでうるんでいた。――だって、ポールが弟に言ったこと、それこそ本当に起こってることよ、そうでしょ。別にあなたの言うようなものじゃない。あなたが弟を何に仕立て上げようとしてたか知らないけど、弟子か何か知らないけど、怒りを教える必要はないのよ、そんな必要ない、ない、そうじゃなくて、あなたは怒りを利用して弟につまらない力みたいなものを与えたのよ。本物じゃない力を。ポールをやっつけるための力を。突然、次の日にアフリカに旅立たせるような力を。それもこれも証明して見せるためなのよ、自分は。弟は絶対行くはずなかったのに……

——ええ、でも、本当のところは……男は少し前に作ってあったタバコが電話のそばにあるのを見つけた。最後の太陽の光に照らされ、テラスの上で枯れている葉の吹き溜まりの中のひっくり返った椅子に女が一人ぼっちで腰かけ、男が外に出ると上を見た、そんな女を家の中から見つめていたときから置きっ放しになっていたタバコだった。今では、その後起きたいろいろなことのせいで、すべてがずっと昔に起こったことのようだった。男は女の脇を通り過ぎ、コンロに火を点け、バーナーの上に少し身を屈めて、言葉を発する勇気を溜め、——もしあなたがそのことを考えてるのなら、弟子作りのことを考えてるなら、言っておきますが、その仕事はうまくいけばいくほど……喉に詰まった煙の塊とともに背筋を伸ばし、——それだけいっそう、いい背教者を作り上げるものです。そういうものなんです。その……

——いいえ、もうそれは聞いた、それは聞いた。みんなが待ち伏せしてるって話でしょ。こちらが人生の後半を費やして人生の前半で引き起こしたごたごたを片づけてるのに。いろんな偉大な進歩や文明の思想がごみのようになってしまったこの世界を子供たちに残すのはひどいことじゃありませんか、とか何とか言ってるくせに、あなたは最初から知ってたですって？　前より良い状態で後に残すことができないなら、少なくとも、前より悪くない状態で後に残す、とか、偉大な思想を持ち続けてるのは自分だけだ、とか、そんなことを言ってるくせに、ここにただ突っ立って、この家の中、キッチンの中、こんなところに突っ立って、タバコを吸って、咳をして、おしゃべりをして、放っておくつもりなの。みんなが向こうに行って、そこにありもしないもののことで互いに殺し合いをするのを放っておくつもり？

――ああ、困りましたねえ！　そういうことは連中が二千年前からずっとやってきたことじゃありませんか？　それであなたは私なら。新聞はご覧になりましたか、今朝の新聞？　それであなたは、私なら止められるって思ってるんですか？　スマックオーバーに出かけていって、あの小さな木造のボロ家のドアをノックして、大変な勘違いがあったんですって連中に説明するんですか？　キリスト教徒サバイバルキャンプまで出かけていくんですか。今あそこでは、ユードのゴスペル歌手が連邦保安官を近寄らせないようにＭ16で武装してるんですよ、写真、見ましたか？　南部連盟旗が頭上に翻って、あそこの建物は破片手榴弾や手榴弾発射機やＭ2迫撃弾なんかを詰めた木箱でいっぱいです。その男に、あそこには何にもないっていう証拠を見せて、別の新しいゲームの計画を持ちかけろって言うんですか？　あの男はユードのちゃちなサバイバル教本《ハンドブック》を読んだんですよ。悪魔に操られた生き物たちが拷問と殺戮を求めて地上をうろつき回ってる、彼らに備えて頑強な警備を敷くようにって、その本に書いてあるんです。やつは本気で信じてるんですよ、自分を追い詰めてる連邦保安官やＦＢＩは陰謀に荷担してる連中だ、とか、連中は獣を崇拝してて額には獣の印がある、とか、連中は神の怒りのワインを飲むことになるだろう、とか、その本に書いてあるんです。世界には罪と邪悪が存在している、私たち全員が全力でそれに立ち向かうようにと聖書と主《しゅ》イエスが命じてる、とか、やつにとっての最高司令官が言ってるんです。そして、やつは第十一機甲隊でタイガー・ハウエルの命令に従ってたのと同じように命令に従ってるんです。主こそ戦人《いくさびと》〔出エジプト記一五の三〕、これは出エジプト記でしたよね？　主に結ばれて死ぬ人は幸いである〔黙示録一四の一三〕、天の声がそう告げてる、そこに書いてあるんです。雲の中で彼に出会うとか。いや、いや、いや。弟子なんて言うなら、間違いなくあの男が一等賞。私が弟さんをあんなふうにしようとしたって言うんですか？　さっきからあなたが言ってるのはそういうことですか？　弟さんの人格をすっかり変える？　私のせいでアフリカ行きを思いついた？　私の話を聞いたせいだって言いたいんですか？　連中は自分の手で予言を成就させることに夢中になってる、とか、愚かで無知な連中がみんな……

——だって本当は、それを望んでるのはあなたなんだもの、と、ひどく平坦な声で急に女が言ったので男は黙り、ただじっと女を見た。女の手に握られたグラスが上がって、そこに残った最後のもののために頭が後ろに反らされ、喉の膨らみ全体が、漂白した骨のように固い顎の線のうつろなアーチの中で盛り上がった。その喉の動きは男が以前にたった一度だけ見たことのあるものだった。——そう、だからあなたは今まで何もしなかった……。女はグラスを置いて、——みんながあの炉の中の煙みたいに燃え上がるのを見物するためなのよ。愚かで無知な人たちが雲の中で吹き飛ばされて、そこにはもう誰もいない、天国に連れていかれるなんてこともない、何もない。ただみんなが永久に消え去るのを見物する、それだけ。本当はあなたなのよ、そうでしょ。世界の終末、ハルマゲドンを望んでるのはあなた。太陽が完全に消え去って、海が血の海になって。あなたは待ち切れないんだわ、そう、待ち切れないのはあなたの方なのよ！　硫黄と炎と地溝帯。大昔の噴火みたいに。だってあの人たち。だってあなたは軽蔑してるんだもの。あの人たちの、あの人たちの愚かさじゃなくて、あの人たちの希望を軽蔑してるんだもの。あなた自身が希望を持ってないから。だって、あなたを愛した後、あの朝また目が覚めてあなたがうちにいるって分かったとき、一階で咳をするのが聞こえてあなたがここにいるって分かったとき、私はあのとき初めて。あの晩私が暗い中で坂を上ってきたら明かりが点いてて、あなたがその暖炉の前にいて、座って何かを読んでたあのとき。だって、私のものだっていう感じがしたことは一度もなかったんだから。家庭に帰ったたって感じがしたことは、あのときまで一度もなかった。だって、私たちが家庭を持ったことなんか一度もなかった。だってポールは。この家は単に食べる場所、食べて寝てセックスして電話に出る場所。だってそういうものを持とうとしない人だから、家庭を持とうとしない人だから。でも、あの朝、二階から降りてきてあなたがここにいるって分かったとき、私は思った、私は安心だっていう感じがした。あの一晩と、その次の朝。そして、生まれることを求めてる赤ん坊たちの話。どこか遠くの星で望遠鏡を覗いて、過ぎてしまったことを眺める話。だって、そうでしょう、本当にすぐ過ぎてしまったのよね。ビリー、これを見なさい、これが失われた環《ミッシング・リンク》ですよ、暗黒大陸なんて聞いてあきれますよね、連中は神が自分たちにぼろスーツと安物のネクタイをまとわせてこの世に送り出したと思い込んでるんです、いや、いや、いや、座りなさい、いいことを教えてあげましょう、すべて単なる恐れなんですよ。あなたは言ってたわ。どんなものでもいいから夜をやり過ごすための作り話。死んだ人たちのことを考えたら。そういうのは他の誰かの希望に閉じ込められることだって言ってたわね。でも、それでも、他の誰かの絶望に閉じ込められるよりはましよ！　だって、あれはすべてあなたの。私は作家じゃありません、ブースさん、違います、とか言って。だって、あれはすべてあなたの絶望なのよ。あそこの部屋に煙や蜘蛛の巣と一緒に閉じ込められたあなたの絶望。朝起きるのにも理由があるふりをしてるあの老人とちりとり、そんなのを見ながらお酒をカップに注いで。奥さんは希望から締め出されて、その希望がここに広がってるわ。絹《シルク》の花とランプと金のカーテン。奥さんの希望はこの家の中に広がってる。朝には戻ってくるみたいに。でも、それは私のものになった。奥さんのベッドの上で大の字になった私のもの。

男は食器棚を開け、以前グラスの置き場所に決めていたのかもしれない場所できれいなグラスを探していたが、取り出したのはカップだった。瓶を真っ直ぐに立て、かろうじて口を温められる分量、一口にもならない分量だったが、そこに残っていた半オンス足らずにわずかの滴まで加えて注いだ。——私は、ところで、私は、マダム・ソクラートに電話をしておきました。明日朝いちばんにここに来ます。掃除をしに……

——あなたの優しい。あなたの手が私の胸や喉やいろんなところを撫でて、あなたのすべてが私を満たして、ついに他には何もなくなって、ついに私、ついに私はいなくなった。私は存在しなくなったけど、私は存在するもののすべてだった。ただ頂点に達して、そう、頂点、そう、あれが天に昇るってこと、そして、あの甘くて優しい、そしてあなたの手、あなたの思慮深い手。雲の中で主《しゅ》に出会う。悲しくて愚かな、哀れで悲しくて愚かな人たち、でも、それがその人たちにできる精いっぱいのことだとしたら？　その人たちのつまらない感傷的《センチメンタル》な希望をあなたは軽蔑してる。その人たちの本、その人たちの音楽、その人たちなりに考えた絶頂感、そういうのもあなたは軽蔑してる。でも、もしそれがその人たちにできる精いっぱいのことだとしたら？　もし。人が無駄に死んだわけじゃないことを証明するために、窓に金の星を掲げたり。だって私、だって、私をビブって呼んでくれる人はもういないのよ……。男は空《から》のカップを持って、まるでその置き場所を探すかのように、まるで逃げ場所を探すかのように、そこに立っていた。女は男を真っ直ぐに見つめ、そして——あなたにもう二度と会えないって分かったとき、私はあなたを愛したような気がする、と男を見つめながら言った。

——でも、そういう……

——でも、あなたは行くのね。

——私は、ええ……カップをカウンターの上に置いて、——ええ、さっきお話しした通りです。

——夏服、暑いところ、傘、私はそれしか聞いてない。

——仕事のある場所です……。男は新たにタバコを作り始め、紙からタバコをこぼし、——パプアニューギニア、あそこの山奥に大きな鉱山があるんです。精錬工場ができれば百万オンスの金《きん》、五十万トンの銅。キウンガからフライ川をさかのぼったところです……男がねじると紙が破れた。

——それともソロモン諸島にしましょうか。こういう暑い場所っていうのは、どこでも同じですよ。かかる病気が違うだけ。それにあの……と、紙とタバコを一緒に丸め、——いいですか、本気ですよ、その、現金もあります。およそ一万六千ドルとどこにでも行けるチケットを手に入れました。私たちは……男は手を伸ばし、最初のベルで電話を取り、——私たちは自由に……

——何してるの！

——いや、別に……と受話器を戻し、——電話に出る気はないみたいだったから……

——とにかく、とにかく、電話には触らないで！

——でも……

——だって、またポールからだったかもしれないでしょ。二回ベルが鳴って、切れて、また鳴ったら。駄目。どこにでも行けるチケット？　どんな病気にかかるかを調べないと自分のいる場所も分からないような、そんな暑いところに行くチケット？　ただ荷造りをして出ていく？　止められるのはあなたしかいないのに。あそこにはやぶ以外に何にもないってみんなに教えられるのはあなたしかいないのに。あなたは何とも思わないの、もしみんなが……

――分からないんですか、私は。困りましたね。それで、私なら戦争を止められるって、本当にそう思ってるんですか？　お話ししたでしょう、連中に何かを証明して見せようとしたって、証拠が明白であれば明白であるほど、それだけいっそう必死になって連中は証拠を否定しようとするんです、連中は……

――やるだけやってみることはできるでしょ！

――そんなのは。もう手遅れですよ……しかし女は男の方さえ見ていなかった。――私に、私にできることはします。レインコートの袖をつかみ、羽織って、――暗くなるまでに街に着くのは無理でしょうね。着いたら電話します。

――駄目、待って、待って……

――私にできることはやるって言ったでしょう！　終わったらあなたに電話します。今夜電話しますから。同じように二度鳴らします。二度鳴らして切ります。荷造りしてくれますか？　ちょっとした身の回りのものだけで充分です。私はできれば……

――ちょっと私を抱いて、と女が言って、既に男の手首をしっかり握っていた。

――私が電話したときに……と、女を抱き締め、――もし何かまずいことが起こったら……

――駄目、ただ抱き締めて。

女はじっと立ったまま、その視線はテラスの上の空《から》っぽの椅子に向けられ、玄関のドアのカチッという音に振り向くのと同時に壊れたような音が女の喉から出かかり、キッチンの沈黙の中でまるで挑発を探し求めるかのようにきょろきょろとしていると、おもむろにカウンターの上に散らばって待ち伏せをしていた見出しの断片という伏兵に遭った。夜間便飛行機撃墜で上院議員死亡　ベトナム帰還兵《ヴェト》が強盗を殺害　忍び寄る悲劇　見出しのすべてがあからさまに意味を持ち、混乱の中で粉砕したものを取り戻させてやるからもう一度読んでくれとあからさまに要求していた。ウィングカラーを身に付けて正装した上院議員が夜間便飛行機の明るい窓から手を振っていた。ドクター何とか、何ていう名前だったっけ、は今も現役かもしれない、だって、あの頃まだ若かったから、あの獣医《ヴェト》さんがロングビューでジャック・ラッセル・テリアの虫下しとか食事療法とかをしてくれた。女はそこに立ったまま、まるで見出しの暴虐をこれを最後に粉砕しようとするかのように、黒い見出しを丸めて新聞紙の屑《くず》にし、山のような新聞を体に押し当てて支えながらキッチンテーブルを通り過ぎたので、決まり文句で麻痺した文章、署名入り記事の格別の熱意で奇妙な形に組み合わされた文章、女自身が言ったように、ある写真をその日のニュースに仕立てるための隷属的説明文、その一ページも一段落も一単語も床に落ちなかった。女は開いたドアを入り、腕に抱えた荷を下ろし、印刷された言葉の中の自分の言葉も一緒にそこに下ろした。

　階段を上がり切ったところで女は立ち止まり、手すりにつかまってから、中に入って洗面器の中でおしぼりを濡らし、額に当て、廊下を進んで寝室に入り、叫んだ。——ああ、何これ！　まるで誰かがその声を聞いてくれているかのように。スカーフ、セーター、下着、書類、タンスの引き出しそのものまでがベッドや床の上に投げ出されていた。クローゼットのドアは大きく開け放たれ、下から見えないようにブラインドまで引かれていた。女はゆっくりと中に入り、何かがなくなってるとは感じながら、何がなくなっているのかは分かっていない様子でものを拾い、再び落とし、結局、散らばった紙を集めることに取りかかった。まるで、フォルダーの中で紙をそろえながら、少なくともその手の中では秩序の希望のようなものが取り戻されたかのようだった。そこに過去の希望さえあるかのようだった。その過去はずたずたにされ、書き直され、修正され、実際冒頭から真実味に欠けるいくつもの部分を並べ替えて組み立てられていた。もし父と母が出会っていなければ、いったい何がどうなっていたか。もし父が母ではなくコーラスガールと結婚していたら。もし母が過去にいくつもの人生を引きずった男と結婚していたら。その男のもろく崩れたような顔立ちは集金人と見間違うほど鈍く疲れて。そこから先は、バツ印で消されたり、こまごまとした挿入があった。波線の引いてある部分は以前、女の指が狡猾（cunning）を探して割引（cut-rate）やぶっきらぼう（curt）を通り過ぎた場所だった。次にほんの何日か前に引っかかった部分があり、それは、ジャック・ラッセル・テリア（Jack Russell terrier）の綴りを調べながら、未熟者（jackleg）、マアジ（jack mackerel）と進んで、マスターベーションする（jack off）〈通常卑語とみなされる〉につまずいた部分だった。何となく、looseが厳密でないという意味で使われる用例を探し、そこにウミドリの雌雄別役割に関する引用が用例として挙げられていたが、著者の名前が間違っていた〔リズの読んでいる新ウェブスター中辞典の引用ではMatthiessenという名をMathiessenと綴っている〕。割れ目（rift）と裂け目（cleft）の混同、そこに待ち構えていたのは、人の体のお尻の〜。また、こちらには鉛色（livid）があり、灰色の、青白い、という定義を飛ばして、こじつけじみた意味を探し、繊細な小説家〔トルーマン・カポーティのこと〕が赤みがかった色として使っている例文〈ネオンサインのもとで〜に顔を赤らめたグラジオラスの扇の中で〉を見つけて励まされ、鉛色の勃起、女の手が固く閉じられ、その獲物は怒りの色に膨れ上がり、と女は急に顔を上げ、真っ直ぐ前を見た。テレビがなくなっていた。テレビは単にそこに存在しなくなっていた。しかし、元あった場所を見つめる女の視線もまた単に、ぽかんとしながら、どうしても記憶の中の家具の配置しか目に入らないという様子だった。元々なかったかのように突然テレビが消えてしまうのなら、まるで、あの男が構脚橋を走る列車から飛び降りたのもなかったことのように感じられた。月桂樹の散歩道を風が吹き荒れ、すべてが影に包まれ、遠くでも近くでも激しく何度も雷が鳴り、稲妻が光って、庭の下の方にある大きなセイヨウトチノキに落ち、木の半分を打ち砕いたのも、なかったことのように感じられた。

車のクラクションの高い音が聞こえ、女は窓のところまで行ってブラインドを上げた。外に残ったわずかの光の中で、大人の腰くらいの背の高さの男の子が二人、角の裸の木の下に座ってタバコを回しのみしていた。そこに使い古したステーション・ワゴンが大きく揺れながら停まり、男の子の一人が立ち上がり、次に男の子たちが二人とも玄関を、女の家の玄関を指差しているのが見え、車がするすると動いて、崩れた煉瓦を通り過ぎたところでエンストし、停まった。女が階段を下りたときには、もう誰かがドアをノックして、中を覗き込んでおり、ドアが開くと、――あの、マキャンドレスさんに会いたいんですが。

――ああ。その、ここにはいないんです、少し前にここを出ました、あの人は……

――ちょっと近くを通りがかったもので、とその女は言って、大きく開けられたドアに対して

――いえ、いえ、いえ、いえ、中に入れていただかなくても結構です……しかし、中に入ってきた。女が少しだけ中に入ると、刺繍細工の下のランプがともり、色褪せたブロンドの髪の毛を照らし、疲れ切ったかよわい顔の全体が部屋全体を眺め回し、ほとんど、後から思いついたような口調で、

――私、マキャンドレスの元妻です。

――まあ、私、全然。お入りになって、さあ、そこらじゅう、少し散らかってて申し訳ありませ

ん。ひょっとして。家具のことでいらしたんですか？

——どの家具のこと？

——いえ、私が言ったのは、家具全部のことでっていう意味です。ひょっとして今日いらしたのは、あ、あ、その花、ええ……と、女の見ているところに目を向けて、——すみません、人がひっくり返してしまったんです、片づける時間がなくて、でも、それ、大丈夫だと思いますよ、壊れたのは花瓶だけだと思います、花瓶は取り替えます、でも、その、花、持っていかれますか？

——持っていく？　女はしおれた絹《シルク》を見て、床の上に飛び散った陶器を見た。——どこに？

——いえ、つまり、お持ち帰りになりますかってことです。その、お座りになりませんか？　お茶はいかがです？

——ありがとう。そうさせていただくわ、ええ、本当に、かなり疲れてるから……しかし、女はキッチンの中まで後を付いてきて、——私、本当にちょっと寄っただけなんですよ、ジャックから何か便りを受け取ってないか訊こうと思って。

——はあ。私は知りません。その、ジャックさんって人のことは知りません、ジャックさんって？

——ジャックですか？　ジャックはあの人の息子。

——あの人の……女はやかんに水を入れる最中で半分振り向いて、——でも、たしか子供はいないって。

——子供、そうね。たしかに、あの人ならそういう言い方をするでしょうね、子供はいません、か……。女は向こうへ行って、ダイニングルームを覗き、窓際の植物を見ながら、——他には白人の子供はいません、少なくとも私の知る限りではね……そしてゆっくりとキッチンに戻ってきて、テーブルを通り過ぎ、ドアのそばに立って部屋を覗いた。——ひどい散らかりようね。

——ええ、あの、あの人がさっきまで片づけをしてたんです、その部屋で片づけを。

——まったく、あの人はいつも片づけばかりしてるでしょう……そして一歩、部屋に入って、——そうして毎回、これが最後だって言ってるのよね、これっきりで何もかも片づけるって……姿が見えなくなり、暗闇の手前の方から声だけが聞こえ、——全部あの人の本、この本全部、どうするつもりかしら。本も全部これっきりで処分してしまえばいいのに。あの人、教員を辞めてから、ここの本、一冊も読んでないんでしょう。

——私には全然。教員？　全然知りませんでした……

——それで、あの人、これも捨てるつもり？　この古いシマウマの革。

——さあ、そんなことないと思いますよ、だって、その、アフリカから持って帰ったものでしょう、捨てたりなんか……

——あの人がそう言ったの？

——その、ええ、たしかそうだったと思います、私……

——いえ、いえ、いえ、これは病院でおまるを捨てる係をしてた若いナイジェリア人から買ったものです。医学の勉強のためにアメリカに来てた留学生で、医学校の学費を払うためにこんなものをたくさん持ってきてたの。百ドルよ、あの人、これを買うのに百ドル払ったんです、それで私、本当に腹が立って。あの頃、私たちにとっては百ドルっていったら大金でしたから。あの人は退院したばかりだったし、他にもたくさん請求書が届いてて。

テーブルの上に置こうとする手の震えの中で、空《から》のカップが受け皿をカタカタといわせた。女はテーブルの上の明かりに手を伸ばした。——その病院はどういう病院……。女はもう一つのカップを置いた。一筋の湯気がやかんから吹き出し、女は注意してそれに手を伸ばし、——つまりその、まさかその病院って……

——あの人、たぶんあなたにも例のいろんな話を聞かせてるでしょう、という声が暗い部屋の入り口から聞こえて、——ジャックと同じ年齢《とし》のときに、金《きん》を見つけたけど、誰もあの人の言うことを信じなかった話とか。リンポポ川の上流で。どの話を聞いても全部、リンポポ川の上流の話ばかり……そして、中で何かにつまずいたような音がした。——それとか、あの人がシャベルの使い方を教えた少年の話とか。

——その部屋、明かりが要るんじゃありませんか？　スイッチはその上のところに……

——いえ、いえ、いえ、ざっと眺めてるだけですから……と、床に放り出された新聞を踏みつけて、——あの人、何でも取っておくのよね……そして明るいところに出てきて、——あの人がさっきまで部屋にいたことがすぐに分かる。煙、何年も残るのよ。それに、あの咳のことをご存じかしら……。女は腰を下ろし、カップの取っ手を自分の方に向けた。——あの人、年を取るのを嫌がってるでしょ？

——私は全然……

——手の関節炎、三十歳の頃からずっとなの。あの人の父親もそうだった……女は湯気の立つカップから一口すすった。——あの人が前歯をなくしたときの取り乱し方、あなたに見せたかったわ。大変だったのよ。まるで玉を抜かれたみたいな大騒ぎ。フロイトの説でそういうのがあるじゃない。

でも、慣れるのが大変だった。あの人、あまり笑ったりするタイプじゃないでしょ、でも、プロテスタント的で途切れがちな灰色の笑顔にずっと慣れてたのが、急に、その、こぎれいに生えそろった白い歯並びを見せられたらねえ。あれは、あの人があなたと知り合うちょっと前だった。それもきっと同じようにフロイト的な反応ね……女はカップを持ち上げ、――だって、あなた、お若いもの。あの人は自分がまだあれをなくしてないってことを証明したかったんだわ。

――でも、私には何だか……

――もちろん、あれっていうのは歯のことを言ってるんじゃないわよ。

――私には何だかさっぱり、つまりその、私、全然知りませんでした、あなたがそんなお年だとは。つまりその、二十五歳の息子さんがいらっしゃるようなお年だとは。

――私だって、あなたが赤毛の方だとは知りませんでした、と女はもう一人の女を見て言った。玄関から入ってきてリビングルームを見回したときと同じように値踏みをする目だった。まるでそのためにここにきたかのようだった。女はカップを置いた。――お酒はありますか？

――お酒なら。いえ、申し訳ありません、ないんです、お酒は……女の視線を追うと、その先にはカウンターの上の空《から》になった瓶があった。――つまりその、さっきまではあったんですけど……

――いえ、いえ、いえ、分かってます、困ったものですよね、分かってます！　女は立ち上がろうとして、――ないならないで構いません、本当に……

――待って、待って、蜘蛛の巣が付いてます、スカートの後ろに。あそこは、あの部屋は、そこらじゅうに蜘蛛の巣があるんです……それを払おうとしてしゃがむと、膝が上がってきてスカートがねじり上げられ、両ももの内側に肉が垂れ下がっている様子が目に焼きついた。あのときには、二階のあのベッドでは自分が同じようなものの内側にいて、その間ずっと男を受け入れるためにのけぞり、最後に男が倒れてきたときには男も息をするのに必死だった。しばらくして女は腰を伸ばしてよろよろと後ろに下がり、流し台にもたれて、――私、何か拭き取るものをお持ち……

――大丈夫よ、いいわ、まったく嫌なものよね……毛のように細長いものが女の指から黒くぶら下がっていた。――こんなにねばねばしてるのは、きっと煙のせいね、煙は何にでもまとわりついて、いつまで経っても取れないから……それを自分のティーカップの中に落とし、真っ直ぐに立って手の甲でスカートを払ってしわを再び伸ばし、肩を払い、袖を払い、まるで払いのけるかのように尋ねた。――あの人はもう教員はやってないんでしょう?

――さあ、あの人は、いえ、いえ、つまりその、よく知らないんです、あの人が何を……

――あの人が何をしてるか知ってる人なんていないんじゃないかしら……女は玄関の方へ進んで、――何でも手近にある仕事。ギリシャの劇でも。いかにもって感じでしょ。でも、あの人、本当は歴史を教えてたわけじゃないのよ。違う、違う。歴史を変えようとしてたの。それとも、歴史を終わらせようとしてたのかも。どっちなんだか、よく分からない……女はドアを開けていた。――これっきりだって言って、歴史を片づけようとしてた。あそこの部屋と同じ。暗くなってきたわ……女は一歩踏み出したが、そこで立ち止まった。――もしあの人にジャックから便りがあったら、でも、そんなことないわね。あの二人は結局、お互いに相手の期待を裏切ったって感じてるから。相手にあまりにも多くのことを求め過ぎてしまって、もう何も残ってないって感じ。でもあの人は私の連絡先を知ってるから。お邪魔して申し訳ありませんでした。暗い中で車を運転するのは好きじゃないんです。九十六ドル払って新しい燃料タンクをボロ車に取り付けてもらったんだけど、まだエンストするんです、まさかと思うようなときに限ってね……そして女は突然手を差し出した。――お顔の色がさえませんね、と女が言い、部屋の方をもう一度振り返って、――あなた、かわいらしい趣味をしてらっしゃるわ……と、ドアをしっかりつかんでいる手を握り締めてから向こうを向いた。

角のところでは街灯に明かりが点いていた。車のドアがバタンと音を立て、暗い中、車が静かに動きだし、道路に出て、咳をし、加速しながら坂を下り、そして見えなくなった。まるで車など最初からそこにはなかったかのように。

電話が鳴ったとき、女はちょうどキッチンに戻ってカップを手に取り、暗いテラスの向こうをじっと見つめていたところだった。そこでは、あの裸の案山子《かかし》のような木のねじれた手足がまるで突然、末期の苦しみに遭っているかのように、擦り切れた手足の届く範囲を掻き回していた。女はカップいっぱいに入れ過ぎて湯がこぼれ、あせったために一度目のベルで電話を取ってしまい、受話器を重りのように不安定に持ち、耳を澄まして、そして――まあ！とテーブルの端をつかみ、――エディー！　ああ、本当にうれしいわ、あなたから……いいえ、でも、あなたすぐ近くじゃないの！　タクシーに乗ったら一時間もかからないわよ、ここまで一時間もかからない……。いいえ、私、私は大丈夫よ、エディー、私、別に何も、大丈。何もかも、すごいわよ、私、電話じゃ全部話せないけど、きれいよ、うん……うん、じゃあ、明日、早い時間にね？　待ち遠しいわ……そして電話を切り、両手でテーブルをつかみ、まるで一瞬一瞬の時間と闘っているかのようにゆっくりと立ちながら、闘いで解放した片方の手で明かりを消し、立ち上がり、深く息をし、さらに深く息をしてから振り向いてリビングルームに向かい、階段に向かい、親柱に向かった。そこを照らしているのは、刺繍細工のガラスに反射した色のきらめきだった。

玄関は閉まっておらず、そのガラスパネルの向こうでは、街灯の当たった枝の影が微風に吹かれて黒い道路の上で上がったり下がったりしていた。疲れ切って眠っているときに上がったり下がったりする優しい寝息のように微かな風だった。まるでその部屋に差し込んでいる微かなまだらの光から身を守るかのように、女はさらに一瞬の間、親柱にしがみついたままでいて、そして突然、キッチンの方へ引き返し、まるで何か忘れ物をしたかのように暗闇の中に駆け込んだ。女が倒れていくとき、こめかみの部分にちらりとテーブルの角が見え、そこに手が伸びた。

しばらくして、頭を肩の上に落として倒れている女には手が届かない上の方で、電話が鳴った。首を絞められたハトのような声が大きな溜め息となって女の喉からむなしく洩《も》れ、膝が急に引き寄せられて体が横に倒れ、親指は両方とも手のひらに食い込んだまま、片方の腕が投げ出され、不規則な唇の震えが急に静まって舌の先を覗かせた。電話はもう一度鳴って、止み、それからまた鳴り、鳴り続け、やがて切れた。

アルコーブの窓の赤い輝きが冷たいリビングルーム中に広がり、下の川に太陽が赤く昇るにつれて壁を燃え上がらせ、袖付き椅子の脇の空《から》になった瓶とグラスの中で輝いた。星条旗よ永遠なれがキッチンでけたたましく響いて新しい一日の放送が始まったことを告げたのと同時に手が動いて、椅子の腕をつかんだ。男は目を開け、すぐに閉じ、部屋の輝きがピンク色になり、ばら色になり、やがて電話の音で足をもつれさせながら立って、コーヒーテーブルに向こうずねをぶつけたときには、あたりはすっかり普通の昼の日の光になっていた。

——もしもし？　男は座ったまま、向こうずねをさすり、その床にチョークで引かれた線の断片的な痕跡を見つめながら、——その、電話代がどうしたって、何のことだかさっぱり……。違う、俺はマキャンドレスさんじゃない、マキャンドレスさんがどこにいるんだか、俺の知ったことじゃない、おい、俺は会ったこともないんだ、俺はただ……。おい、今言っただろ、その男には会ったこともない、そいつがおまえにいまいましい電話代の小切手を送ったかどうか分かるわけないだろ、俺は何も……。分かった、言っといてやるよ、そいつに会ったら言っといてやる、今日の午後五時までに電話代を払わなかったら回線を切られるってな、そういう……いや、じゃあな、玄関に誰かが来てるから……

その誰かが屈んで、中を覗き、バッグをカチッと開けて出てきたのはＩＤカードでそこに貼ってある写真は目立たない特徴のどれを取ってみても、ドアが開いたときそこに立っていた男と同じ顔をしていた。――ちくしょう、ずいぶん朝早いじゃないか？　男はシャツの裾をたくし入れ、ズボンのジッパーを閉めて、――俺に分かることは昨日の電話で全部話しただろ？　警察にも同じ証言をして、署名もした。全部このいまいましい新聞にも書いてある、と言いながら男をキッチンまで招き入れ、テーブルの上の山から見出しを取り上げて、**高級住宅地で女性相続人殺害**――家には略奪の痕跡。ハドソン川沿いの豪奢な自宅で行われていた強奪行為を阻止しようとしたものと見られる。今は亡き鉱業王、故Ｆ・Ｒ・ヴォレーカーズの一人娘が死亡しているのを幼なじみの友人が今朝発見した。ＦＢＩは新聞を読まないのか？　ジージーボーイ夫人。連中はどこでそんな名前を聞き出したんだ。きっと結婚してからその名前のままなんだろうな。汚いおむつをつけたあのインド人。ほら、話は全部ここに書いてあるだろ？　警察発表によれば、被害者はミシガン州の一等地グロスポイント地区から以前社交界にデビューした魅力的な赤毛の上流階級女性、後ろから鈍器で一撃された。そこを踏むな！　男が相手の腕を強くつかみ、暴力的に組み合う格好になった。あまりに本気で組み合ったので、男の手が下がってくるときには腕全体が震えていた。

――二度とこんなことをするな。

――俺は、ちくしょう、俺は、俺には……そして男の手首をつかんだ手が緩み、肘に移動し、二人は床に引かれたチョークの線から離れて、――俺は頭がいかれてるって思ってるんだろ、たぶん、それも新聞に出てたんじゃないか、おい。おい、ちょっと中に入って現場を見たいって言ったけど、何なんだ、俺が警察に出したあの証言の中に話は全部書いてあるだろ？　おまえたちは警察と話をしないのか？　あの朝俺がここに帰ったら、屋敷の周りにマスコミが集まってサーカスみたいな騒ぎだった。エディーが、あいつの友達のエディーが朝早くここに来たら、玄関がでかでかと開けっ放しになってた。俺はいつも鍵を掛けとけって言ってたんだ。ちょうどこの床の上に倒れてた。引き出しからナプキンやテーブル敷きやスプーンが飛び出してそこらじゅうに散らかってた。くそ女が玄関先で俺の顔にマイクを押しつけやがって。家に帰って奥様の死体を発見なさったときのお気持ちを聞かせていただけませんか。おまえの死体じゃなくてよかったなって言ってやった、おい。どうして急にＦＢＩが興味を持ちだしたのか、教えてくれないか？　まさか俺が。おい、俺にはアリバイがあるぞ。俺は正午のワシントンからのシャトルバスに乗ってた。連中が空港リムジンとか呼んでるやつだ。ただのバスのくせに。俺がここに着いたら家の周りは……俺が出る、こっちに貸してくれ……。男は椅子に腰を下ろし、――誰だって？　おい、俺は……。いいか、シーラ、何の話だ！　あいつにとってはよかったじゃないか、仏教式の葬式にならなくてよかった。それから、ごちゃごちゃ……。おい、今俺が言ってるだろ、シーラ、そっちにいるスキンヘッドのアジア野郎を一人俺のところに送ってこいよ。小さな赤いマントラを着て〔マントラとは仏教の真言のことだが、ポールは衣装と勘違いしているらしい〕、鈴を鳴らして、ウーン、ウーンってうなってるやつ。そうしたら、おいしい坊主のバーベキューをおまえに食わしてやる、そういうことだ……くそ食らえだ、シーラ、いいか、あいつの業《カルマ》が輪廻の車輪を逃れるとか何とか、そんなことは誰も気にしちゃいない。あいつが次に何に生まれ変わろうと。おい、おい、今ここのテーブルにいまいましいハエが止まった、これがあいつか？　今天井に飛んでった。自分がどこに行くかも分かってないんだ。あれがあいつだと思うか？　たしかにあいつは頭がいかれてたけどな。この家に来て床に小便したり、一度は俺を殺しかけたんだぞ、知ってるか？　家の前で、棒切れをジャッキ代わりにして持ち上げた車の下で。あいつが棒切れを蹴飛ばしたんだ、車全体が落ちてきて、俺は危うく、危うく、俺は、俺は……手の中で電話が震え、さらに受話器を離し、離したまま持ち続け、電話を切り、手をじっと見つめ、やがてその手が上がってきて顔の汗をぬぐった。――え？　男は急に立ち上がり、――ちょっと中に入って現場を見たいって言ったけど、いったいその部屋で何を探してる。そこには一度も入ったことないぞ。俺たちが引っ越してきたときからずっと鍵が掛かってた。手がかりを探してるのか？　手がかりを探すことでおまえたちは給料をもらってるんだからな。何の手がかりを……男は脇へよけた。――俺に訊いても無駄だぞ、俺の言いたいのはそれだけだ。そこに何があるのか、俺に訊いても無駄だ……と、男の後に付いて玄関まで行くと、男が立ち止まり、部屋をじろじろと見て、男をじろじろと見た。

――ひげを剃った方がいい。

――玄関には鍵を掛けとけって、いつも言ってたんだ。俺の代わりに鍵を掛けるやつを誰か雇えばよかったって、あんたそう思ってるのか？　新聞読んでみろ、女が財産持ってただろって、そう言いたいのか？　そして男は玄関の戸口を塞いでそこに立っていたが、やがて特徴のない灰色の車がUターンして坂を下っていった。男は階段に立て掛けた箒《ほうき》をひっくり返し、拾い上げ、そこに立ったまま階段を見上げ、結局、また箒を床に落として、階段を上り、廊下を進むと、スカーフ、セーター、書類、タンスの引き出しそのものさえ男が見つけたときのまま、まだベッドの上や床の上に放り出されたままになっていて、マニラ紙のフォルダーも最初に見つけたときのままベッドの上で開いており、開いたページには、パン、タマネギ、ミルク、それにチキン？などを綴っているのしか見たことのない筆跡が、ここではいくつもの段落に引き伸ばされ、削除線、余白に書かれた不満のコメント、こまごまとした挿入、女の手の中で鉛色に握り締められ先まで固くなった隆起に沿って舌が膨れ上がった血管をなぞり、その先では舌がビーズ細工のような細い糸を引き、そのあと男を迎え入れ、続いている間ずっと男にあわせてのけぞり、麻痺したようにその場に立ち尽くし、やがて、注意深くそれをフォルダーに戻し、しゃがんで靴を拾い上げ、急いで部屋から出て、廊下を進むと、同じ麻痺した顔が洗面台の上の鏡の中で男を出迎え、そこで見つけた白い毛のような房が、まるでどうしたらいいのか分からないでいるかのように指から垂れ下がっていた。その後、男はいっぱいに湯を出して、蛇口の下に頭をもっていき、やがて傷痕を見せ、シャツも着ないまま、ひげを剃って出てくると、鳥の翼のはばたきほどのわずかな動きが階段の下のガラス越しに男の目をとらえ、誰かがつま先立ちで中を覗いているのが見え、男は階段を下りてきた。

——何だって？　少女の背丈は男の腰ほどまでしかなく、すっかりおびえて戸口に立っていたので、男がしゃがみ、——いいか、お嬢ちゃん、そいつがどこに行ったか、俺は知らない。あそこの箒《ほうき》を持ってる爺さんが見えるか？　あの人なら、爪の赤い黒いワンちゃんをちゃんと見張ってくれてる。いまいましい爺さんはそれしかすることがないんだから。爺さんのところに行って訊いてみな……男は少女がためらいがちに道路へ出ていくのを見て、後ろから呼びかけた。——その犬の恋人の居場所も訊いとけよ……その後、男はドアを閉じ、つぶやくように、——ここはくそ寒いな……部屋に入りながらサーモスタットをひねり、ダイニングルームのテーブルに広げられたスーツケースのところに行き、シャツを引っ張り出したが、その場所は前の晩、それとも、前々日の夜、それとも日暮れ時だったかもしれない、に男がめまいを感じながら女の名を呼び、椅子につかまってバランスを取り、立っていた場所でもあった。その場所に立って、まるであの怒りの叫びが今でも空気の中に残っているかのようにうめき、シャツを羽織り、今度は濡れた雑巾を持って床に膝をつき、流しに向かって投げ出されたのかもしれない腕を除いては不定形の囲いになっているチョークの線を再びこすっていると、電話が鳴った。

——アドルフ？　おまえか？　何度もおまえに連絡しようとしたんだ、いったいどこに行ってた……。分かった、いいか。いまいましい内務省がティーケルと一緒にあいつをこっちに送り返した。連中は、死体を受け取る前に運搬料金として三千何ドルだかを払えって言ってる。やつらのところに行って、言ってくれ、金曜の葬式にミシガンに死体が届いてなかったらグライムズがおまえらをただじゃおかないってな。それから、例の信託証書のこと、そっちの写しは見つかったのか？　何……。おい、俺の方にはちゃんとある、俺は今ここに、目の前に写しを持ってる、それに遺言の写しもある。問題なのは、こんなふうに死体の配達が遅れてる状態で、あいつの取り分の方の半分がいつになったらリズの財産に加えられるのかってことだけだ。おまえは……。あいつの方が先に死んだじゃないか？　おまえは何を……。おい、ちくしょう、アドルフ、一つだけはっきりさせようじゃないか、今おまえは俺のために働いてるんだぞ、おまえが何を考えようと俺の知ったことじゃない、おまえの好きなようにはさせない、スロトコのところに話を持っていくぞ、それで……母親の請求ってどういう意味だ、ウィリアム伯父さんと一緒にあの一日千ドルもする老人ホームに入ったんだろ。おまえの仲間の医者のシンジケート、オーシーニ、キッシンジャー、その他大勢がロングビューに作った老人ホーム。婆さんは植物人間だ。どういう……。いや、じゃあ、他には何だ。それを読んで聞かせろよ……。拳に止まったハエを追い払うために手を鋭く動かすと、ハエは流しの上で方向転換し、膝に下りてきたので、男は狙いをつけて叩いた。——待て、何？　一ドルってどういう意味だ……ハエはテーブルの角に止まり、急に方向を変えて飛び立ち、アフリカ沿岸に十キロ「破壊」爆弾、戦争情報、二面に写真の上をジグザグに進み、――弁護士費用に消えたってどういうことだ、保険会社が四百万ドルで和解したのに、リズもあの飛行機の他の乗客も全員一ドルだけ受け取って、他は全部弁護士費用に消えたって？　男の空いた方の手が大統領発言　まもなく悪の帝国に最終決断の上をそっと這い、それを振り下ろし、――おい、グライムズはそのいまいましい保険会社の重役なんだろ、会社に行ってあいつに言ってやれよ、何とか力ずくでどうにか……共同経営者《パートナー》って、何の、どこの法律事務所の……。ああ、ちくしょう！　そんなの倫理的って言えるのか？　そろいもそろってくそったれの……じゃあ、俺はどうなる、俺の訴えは……どういう根拠で、どういう根拠で却下に、ちくしょう、リズだって宣誓証言書に署名したじゃないか。私は義務を遂行できませんって……よく分かった、じゃあ、やれるもんならやってみろ。それからもう一つ、この新聞記事はどういうことだ、向こうの消防隊がベッドフォードの屋敷を消火訓練のために燃やしたって。あそこはうちの不動産だ、損害賠償を求めちゃいけない理由は何もないな……。じゃあ、つべこべ言わずにそうしろ！　おい、迎えの車がそろそろ来る、今日の午後のミシガン行きの便に乗る。電話を切ったら、おまえはその内務省のやつに電話して思いっ切り文句を言ってやれ。用が終わったらこっちからまた電話するからな……男は電話を切り、――リズ？　聞いたか？　いまいましい裁判所が俺の連携訴訟を却下しやがった。俺の請求、俺の請求、リズ！　そして手が上がり、顔を押さえ、まるで目鼻を取り去ろうとしているかのように掻きむしり、下がったときには、男は震えていて、ハエがサバイバルキャンプ銃撃戦、帰還兵逮捕の上を進んでいくのを見つめ、それをつかんで、破るようにページをめくり、電話のダイヤルを回し、――もしもし、なあ、おたくの出したこの新聞広告、写真に写ってる嵌め込み細工のタンス二棹、セットで八千ドルっていうやつ。どこでこれ……いや、買いたいわけじゃない、おたくがいったいどこで手に入れたか訊きたいんだ。誰の……遺産オークションってどういう意味だ、誰の遺産、何……おい、他に何があった、ひょっとして……。だから、俺が知りたいのは石があったかってことだ、箱に入った石、その石は……石って言ったんだよ、ああ、何がおかしい……。おい、それくらいのこと、教えてくれてもいいだろ……。覚えてろ、何がおかしい、こっちの弁護士から連絡が行ってから後悔するなよ！　そして叩きつけるように電話を切り、深く息を吸い、そして新聞を手に取って、悟られないように丸め、**贈賄事件で牧師銃撃**の上を新たに侵略しているハエの上に構え、力いっぱい振り下ろし、立ち上がって冷蔵庫を叩き、カウンターの上、テーブルを叩き、最後にそこに立ったまま手で顔を上から下にぬぐい、椅子に深く沈み、封筒や見せかけの挨拶状や請求書の山を掻き集め、いちばん上にあるプロのサービスが何と……四千ドルをじっと見つめ、また電話を取った。

——おう、貴様か？　この前、おまえにいい名前を教えてやるって言ってただろ？　目の前の請求書を丸く固めて、——キッシンジャー、この男は……近々だ、この男は海外に出かける予定なんだ、新聞に書いてあった、ローマ法王に穴を開けに行くらしい、法王に新しい尻《けつ》の穴を……すぐにそれも調べてやるよ、それからもう一人、オーシーニ、ジャック・オーシーニ……と話を続けながらしわくちゃのシャツにボタンを掛け、名前を言い、番地を言い、立ち上がってズボンにたくし込み、——いまいましい悪夢だ。一ついいことを教えてやる、チック、一つ、一つだけ。あの独身将校宿舎で起こった事件の真相、リズは結局知らずじまいだった、ほんとによかった、リズは、リズは、真相を聞いてもどうせ信じなかっ……そのことも結局知らずじまいさ、ああ、とうとう、タイのどこかの難民キャンプから手紙が俺のところに届いちまった、けど、ここには誰も来てない。新聞にあの写真が出るまでは誰も知らなかったんだ。ただ、どこかの慈善団体がテレビで俺を見つけて、俺のところに来て、むちゃくちゃ吹っかけやがった。あの人たちの渡航費用を負担してもらえませんか、あの人たちのアメリカ入国のために保証人になってもらえませんかってな。あの女とその息子のために。男の子だったんだ。残りの人生全部を使って、あそこでくそったれどもに押しつけられた過ちをいちいち償わせようとしやがる。いまいましい復員軍人局が新聞の写真を見て身体障碍手当をカットしやがった。昨日の新聞見たか？　またまた同じことだ。また同じくそったれどもが何もかも台無しにしてやがる。今回は目尻のつり上がった東洋野郎じゃなくて、黒人だ。連中の小屋を壊しちまえ、連中のいがぐり頭を燃やしちまえ、若い娘は売り飛ばしちまえ。頑張れよ、また電話するからな、尻《けつ》を引き締めてうまくやれ、また電話する……と電話を切ったかと思うと、すぐに鳴った。

――もしもし……？　よう、ボビー・ジョー、どうした……おい、ちょっと、落ち着け、落ち着け、ボビー・ジョー、まあ落ち着け、おい、何がうれしくて俺がそんなことをするんだ、いいか。おい、例の上院議員の爺さん、あいつがそのことは否定してただろ？　墜落事件の前に。おまえももう新聞で読んだだろ、ボビー・ジョー。俺があれを勝手に使おうとしてる？　おい、何がうれしくて俺があんなもののためにおまえの父さんを銃撃させたりする。だって、おまえの父さんは……。そうか、おい、もしも俺がおまえだったら、みんなの前でそんなでまかせを言いふらしたりはしないな。そう、ひょっとすると、ローマ・カトリックが裏にいるのかもしれない。だって、向こうでローマ・カトリックが飼い慣らした群れをおまえの父さんが刈り入れてたんだから。訴えられる可能性だってあったんだ。そうすれば……いいや、そっちの陪審員のことは俺もよく知ってる、だけど、そんなことは問題じゃ……。いいや、おい、よく聞け、ボビー・ジョー、ここのところはよく聞け。おまえの父さんは今はもう大丈夫なんだろ？　肩に一発。俺は昔、それよりひどいけがをした部下を戦闘に戻したことがある。おい、連中が警察に突き出したその黒人青年、自分がやったって言ってるんだろ？　誰か、おまえの父さんの味方だって名乗るやつから百ドルもらったとか、おまえの父さんは教会の血のために殉教者になりたがってるって言われたとか、いろんな話をでっち上げてるんだろ。おい、おまえの父さんは今から俺が言う通りにすればいい、ボビー・ジョー、おまえから父さんに伝えろよ、聞いてるか？　その野郎、そいつはきっと懲役二十年だ。場所が場所だし、おまえの父さんがこれからやろうとしてたことも考えれば、そのくらいだろう。おまえの父さんはその野郎を許すんだ。アール・フィッカートが斧を持って追いかけてきたときに許してやったのと同じようにな。でも、おまえの父さんは、情状酌量を求めることはしちゃいけない。告訴を取り下げたりしちゃいけない。おまえの父さんは肌の色で区別をしたりしないってことを自由主義《リベラル》マスコミの連中に見せつけてやるんだ。あまり強く非難し過ぎてもいけない。黒人はみんなそんなことをするやつばかりだと思ってるみたいに聞こえるからな。白人だって、他の白人を撃ったりすれば刑務所に行くんだ。だからおまえの父さんは、その野郎が他の人と同じようにフェアに扱われるのを望んでるだけだってことにする。二十年の懲役を受けなさい、そうすればおまえの父さんは祈ってやる、こういうわけだ。おい、それからもう一つ、ビリーがここに電話をかけてきたんだ。ビリー・フィッカートが。俺がここを出てハイチで暮らしてると思い込んでたみたいだ。俺に書いた小切手がハイチのどこかの銀行で現金に換えられて戻ってきたから、そう思い込んだらしい。裏にサインしてあった俺の名前が何かおかしいって言ってた。おい、あの女に伝えといてくれ、それはほんとの話だって。俺はハイチに移住して、当分、会えないって。だって……ああ、ただ、そうするだけのことだ、ボビー・ジョー、向こうの刈り入れの進み具合を見に行く、ただ、そうするだけのことだ。父さんにもそう伝えといてくれ。もう電話を切るぞ、外に今、車が停まった。行かなきゃならない。玄関に誰かが……

その誰かが外に立って、黒い川のような道路の先を見つめ、色の輝き、赤や明るい黄色の輝きが下の川の静かな光を妨げるほど残っていない場所を見つめていた。男はダイニングルームに行って椅子の背からジャケットを取り、パチッとスーツケースを閉じ、玄関を出ながら、――車を降りなくてもよかったのに、エディー……と、後ろ手に玄関のドアをカチッと鍵が掛かるまで引いて閉め、急な寒さの中、郵便受けのそばで女の腕を取り、女が乗り込むまで黒いリムジンのドアを手で押さえ、その横に座ると、車が道路上をほとんど音を立てずに動きだし、両側にいた少年たちを土手のように積もった落ち葉の中に追い散らした。反対側の色付きガラスの外を見ていた女の後ろに、シートの背もたれの上から男が腕を回して言った。――時間はたっぷりある……そして、――知ってるかな、とにじり寄って、――俺は昔からおまえのうなじが大好きだったんだ

旧版訳者あとがき

日本では、これまでほとんどまったくと言っていいほど紹介されたことのない「ウィリアム・ギャディス」という作家の作品の解説を書くにあたって、まず簡単に伝記的事実を挙げておく必要があるだろう。小説家ウィリアム・ギャディスは一九二二年、マンハッタンに生まれ、両親は彼が三歳のときに離婚、その後は母親と暮らすこととなる（このことを彼の作品における母性の優位や「不在の父」と結び付ける批評家もいる。またギャディス本人も現在までに二度離婚している）。ロングアイランドのハイスクールを出た後、ハーバード大学に一九四一―四五年の間在籍するが結局学位を取らずに退学、『ニューヨーカー』社で記事内容チェック係を一年余りつとめた後、およそ五年にわたって中央アメリカ、ヨーロッパ（特にスペインとフランス）、北米などを旅行しながら第一作となる小説を執筆、五二年に帰国し、五五年に第一作を出版、一部の読者にカルト的人気を博するが売れ行きは悪く、第二作で全米図書賞を取った頃から注目され（見直され）始め、それ以後は、およそ十年に一作のペースで小説を発表しながら、大学でクリエイティブ・ライティングを教えたり、短い文章を雑誌に発表したりしている。

ギャディスは現代アメリカ文壇において非常に高く評価されている一方で、読まれることの少ない作家でもある。というのも、作品の長さと複雑さがともに群を抜いているからである。彼はさまざまな点で、しばしば『重力の虹』の作者トマス・ピンチョンと比較され、両者が百科全書的である点、文学的アリュージョンに満ちている点、緻密な構築性、黙示録的ビジョンなどが特に顕著な共通点として指摘されているが、例えばピンチョンに見られるような大衆文化的要素はギャディスには見られないなどの相違もあり、ある批評家が両者のスタイルの大きな違いについて、ギャディス作品をクラシック音楽に、ピンチョン作品をジャズに喩えているのも興味深い比較である。

第一作『認識』（一九五五）はペンギン版で九五六ページ、絵画の偽造をするワイアット・グワイオンを主人公として登場人物が複雑に錯綜し、該博な背景的知識と引用に満ちている。全米図書賞を受賞した第二作『JR』（一九七五）は七二六ページにわたって、章・節の区切りなしにほとんど全編会話で貫かれ、JRという十一歳の少年が電話や郵便などの手段で海軍の余剰品や株の売買を行うという話を中心に、「紙の帝国」アメリカの高度資本主義経済をコミカルに描いている。第三作『カーペンターズ・ゴシック』（一九八五）は、前二作に比べて原著で二六二ページとコンパクトな長さで、「とき・ところ・筋」の三点がかなり絞り込まれている。二度目の全米図書賞を受賞することとなった第四作『フロリック・オブ・ヒズ・オウン（自己責任の浮かれ騒ぎ）』（一九九四）は再び五八六ページと長くなり、法と正義のテーマを扱っている。

さて、本書『カーペンターズ・ゴシック』は、ギャディス作品の中では最も短いとはいえ、内容の密度は非常に濃い。文体から構成、主題にいたるまで現代アメリカ小説の中では出色の傑作である。この作品は『JR』に似て会話が中心となっていて、ト書きにあたる部分は登場人物や小説中の事件についてほとんど情報を与えてくれることがない。会話を除いた地の文で、「エリザベスが」、「マキャンドレスは」などと人物名が言及されることさえ一度もない。このため、読者は人物の言葉の一つ一つをジグソーパズルのようにつなぎ合わせて「いつどこで誰が何のために何をしたのか」を再構成する作業を強いられる。しかも、この小説内の発話は（一部を除き）、通常の引用符（〝……〟、日本語なら「……」）に囲まれているのではなく、ジョイス流にダッシュ（――）で導入されており、また、通常の「会話中心」の小説の場合と大きく異なり、まるで録音した発話を活字に起こしたもののように、言いよどみ、中断、繰り返し、言い直し、脱線、他人の言葉の引用などに満ちている。それらはただ単に生《なま》の会話の口調を伝えているというだけではなく、それぞれ言いよどみや言い直しの理由を読者がある程度読み取れる仕掛けになっている。したがって、英語と日本語の語順の違いを考えれば、翻訳は非常に困難であり、「何を言いかけてやめたか」、「突然出て来た『彼』という代名詞が誰をさしているのか」など、訳者の解釈を加えなければまともな日本語にならない部分が数多くあった。結果として原作の曖昧さをいささか減ずることになったかもしれないが、それでも、まだ本作品中で何が起こっているのか把握するには一度の通読では足りないだろう。

そこで、この小説を一通りお読みになった後で混乱されている読者の便宜のために、絡み合ったいくつかの筋をほぐしてみたい（作品内の出来事について余計な説明はしてほしくないという読者の方は次の長い段落は無視していただきたい）。

この小説は一九八三年十月から十一月にかけて、エリザベス・ブース（リズ、ビブ）の生涯の最後の一か月を扱っている。彼女は三十三歳、真っ赤な髪の毛をしていて、「今は亡き鉱業界の大物F・R・ヴォレーカーズの娘」である。以前アフリカ東南部で、ヴォレーカーズ合同鉱山（VCR）の社長をしていた彼女の父親は、小説が始まる時点より八、九年前に、賄賂のやりとりがあったことが暴かれそうになったとき、自殺をした。その葬式のとき、ベトナム帰還兵で南部人（実は、出自のよく分からない孤児）、そして、ヴォレーカーズの賄賂の受け渡しのために鞄を運ぶ役をしていたポール・ブースがリズを誘惑し、彼女と結婚をした。これは彼にとっては二度目の結婚で、最初の妻には生活費を払い続けている。彼は下手な企業計画にリズのお金の多くをつぎ込んでいる。エリザベスの父親の遺産はアドルフという人物が管理するように依託されているため、ポールは手出しができない。小説中の現在よりも四年前にエリザベスは飛行機事故に遭ったが、生き残った。四年経った今、事故被害者たちによる損害賠償の裁判とは別に、ポールは妻が「夫婦間の儀式」を果たせなくなったと言って損害賠償を求め、訴訟を起こしている。金銭的な困難が原因となって、二人はニューヨークを出て、ハドソン川をさかのぼったところに九十年前に建てられた「カーペンター・ゴシック」様式の家を借りて暮らしている。ポールはメディアコンサルタントとして成功するつもりでいる。小説が始まる時点で、彼のいちばんの得意先はエルトン・ユード牧師である。南部出身の福音主義的伝道者であるこの牧師は、浸水洗礼の際にたまたま人を溺れさせてしまったことを逆手にとり、ポールの口車にのって、溺死事故は悪の勢力に対抗する聖戦を挑むようにという神のお告げだと解釈をする。悪の勢力とは具体的には、共産主義、進化論を教える教師、ユダヤ人、マスコミ、人道主義者らを指している。ポールはカーペンター・ゴシック様式のその家を、「食べて寝てセックスして電話に出る」ためだけに使っていて、それ以外の時間はほとんど外で過ごしている。エリザベスは、弟ビリーが時折訪ねてくるけれども、たいてい暇を持て余しながら、次々にかかってくる電話に対応している。電話の多くは、その家の持ち主が今どこにいるのかを尋ねるものである。その家主はマキャンドレスという名で、五十代の後半くらいの年齢らしい。マキャンドレスは元々は地質学者で、現在VCRとユード牧師が手に入れようとしているアフリカの大地溝帯周辺地域にある鉱原を最初に調査したのが彼だった（ユード牧師はアフリカに伝道会を送り込み、現地のラジオ局を一つ持っている）。一九五〇年代に始まったアフリカ諸国の独立への運動にCIAがますます深く関与しているのに嫌気がさして、マキャンドレスは数年間当てもなく放浪した。彼は結婚してジャックという名の子（ビリーと同じ学校に通ったことがある）をもうけ、教師の仕事をしたり、百科事典や科学雑誌に記事を書いたりして生計を立てた。アフリカとCIAとの関係を取り上げた小説も書いた。一度結婚した後、離婚し、アイリーンという名のより若い女性と再婚したのだが、小説が始まる時点より二年前に、彼女は彼のもとを去っている。現在、マキャンドレスは国税局とCIAの両方に追われている。彼を追っているCIAの工作員《エージェント》はレスターという男で、マキャンドレスのアフリカ時代には同僚だった。レスターは、マキャンドレスが問題の鉱原について重要な情報を隠し持っていると確信している。マキャンドレスはある霧の深い朝にやって来て、鍵の掛かった部屋の中にある書類を持ち出す。エリザベスは年の離れたマキャンドレスを謎の過去を持った男だと考え、ロマンチックな想像を膨らませる。一週間後に彼が再び姿を現したとき、いつものようにポールが留守にしていたので、エリザベスは彼と一夜をともにする。マキャンドレスは翌日の午後、ビリーと一緒に家から出ていく。そのときとその晩のニューヨークでの二人の会話によって、以前からアフリカの父の会社で働こうと考えていたビリーの決意が固まる。二人が家を出ていった後、まもなく、路上強盗に遭って金を取られそうになったポールがぼろぼろの身なりをして帰宅する（ポールに激しく反撃された犯人はその後死んでしまう）。彼のメディア計画も頓挫する。ポールはユードがティーケル上院議員と連邦通信委員会に渡そうとした賄賂の一万ドルを着服し（リズにはこの金のことをこれから書く小説の前払い原稿料だと偽り）、ユード牧師殺しを百ドルで黒人の若者に依頼する。その晩、同じように金で雇われた放火魔が、マキャンドレス家と間違えて近所の家に火を点け、その家は焼け落ちる。一週間後、マキャンドレスが戻ってみると、家は物色されている。エリザベスは、弟ビリーの乗っていた飛行機がアフリカ沿岸部で撃墜されて彼が死んだことを知り、悲しみにうちひしがれている。その砲撃はティーケル上院議員に向けられたものだった。上院議員は、表向きには「自由世界の鉱物資源を守る」ための現地調査に出掛けたことになっていたが、実際は、自分の所有する農産物種子販売会社の投資対象を視察するためにアフリカに向かったのだった。マキャンドレスはアメリカを離れる準備を始め、問題の書類をレスターに一万六千ドルで売り渡すことにする。エリザベスもともに出国するように誘うが、彼女は断る。マキャンドレスが出て行った後、彼の最初の妻がエリザベスのところにやって来て、お互いに相手が（二番目の妻の）アイリーンだと思い込む。彼女が出て行って、一人になったとき、エリザベスは心臓発作に襲われ、机の角に頭を強打して死ぬ。心臓発作の兆候は小説中で何度か現われているのだが、医者たちは高血圧のせいだと診断していた。家の中は、その日の午前中に泥棒が入ったときのまま散らかっていたので、マスコミは勘違いをして、物色中の泥棒を遮ろうとしたために彼女が殴り殺されたという報道をする。ポールは彼女の死を知って取り乱しながらも、時をうつさず、エリザベスとビリーの遺産が自分の手に入るように手配する。読者がポールの姿を目にする最後の場面では、彼は二人の葬式に出掛ける途中で、昔エリザベスを誘惑するのに使ったのと同じ台詞を使ってエリザベスの親友のエディーを誘惑している。さらに細かい挿話について言えば、復員軍人局の手違いでポールが八割の重度身体障害を負ったことになっていること、また戦争当時、現地の女性との間に子供をもうけていること、などの事実を読者は知る。

以上はあくまでも最もメインプロットに近い部分の概略にすぎず、さらに細かい無数のパズルのピースが作品のいたるところに散らばっている。この作品の構成の驚嘆すべき緻密さは、再読、再々読の作業で浮かび上がると言っても過言ではない。また、先の要約はすべて確かというわけではない。エリザベスはポールとエディーが共謀して殺したのだと言う研究者もいるし、マキャンドレスが狂人だという批評家も複数いるし、その他の点でも読む人によって解釈が異なる。加えて、答えのない謎もある。ニューヨークでバッグを盗まれ、財布をなくしたエリザベスはどうやって家に戻ったのか。マキャンドレスがフランス語でかけている電話の相手は誰か。エリザベスが倒れるときに鳴っているのは、誰からの電話なのか。

この小説の中心にあるのは、「愚かさ」が「啓示によって示された真実」の力を借りて、「しっかりした答えを与えないままにいろいろな疑問を提示して絶対的な価値を蝕むような」本・人・思想を攻撃していく現代アメリカ社会の病的な姿である。さまざまな問題を提起し社会の矛盾を考えようとする人々（マキャンドレスを代表とする人々）が、思考の停止・麻痺を引き起こすような宗教的政治的言説を弄する人々（ポールを代表とする人々）によってますます追い詰められている。エリザベスは両者の間で、小説冒頭のノバトのように翻弄され、死にいたる。題名の「カーペンターズ・ゴシック」（文字通りには「大工のゴシック」）は、エリザベスの借りている「カーペンター・ゴシック」様式の家を指し、さらに、「奇抜な発想と、借りてきたものと、ごまかしとのつぎはぎ細工」から成るその建築様式に似たアメリカ社会を指し、さらに「大工《カーペンター》の息子」（イエス・キリスト）の教えが引き起こしたゴシック的惨劇の数々をも指している。この小説自身も、オーソン・ウェルズ主演の『ジェーン・エア』（一九四四、米）（実際には、映画というよりも原作小説）や聖書、T・S・エリオットなどからの引用のつぎはぎのようになっている（本文中の訳注はむろん網羅的ではない）。特に、エリザベスがテレビで『ジェーン・エア』を見ている場面では、現実と画面上での出来事が微妙に絡み合っている。

なお、本書は最初、テキスト中にも引用されているシェイクスピアのソネット七十三の冒頭「君が私の中に見るのは一年のあの季節」を取って『一年のあの季節』というタイトルになる予定だったらしい。このソネットは、季節としての秋、夕暮れ時という一日の秋、愛の秋、人生の秋を重ねたすばらしい作品であるが、そこにさらに、知性の秋、歴史の秋、社会の秋を加えて小説にしたのが『カーペンターズ・ゴシック』であると言ってもいいだろう。

訳者にとって、小説の翻訳はこの作品が初めてであった。数多くの現代アメリカ作家がさまざまな形で日本で紹介されているにもかかわらず、これまでギャディスの小説の邦訳が出ていなかったことは、驚くべきことであると同時に、実質上私が初紹介・翻訳者となることを意味する幸運でもあった。翻訳の機会を与えてくださった京都大学の若島正先生、編集を担当してくださった本の友社の石村健氏、その他、今回の翻訳にあたってお世話になった方々に心よりお礼を申し上げたい。

追記（二〇〇〇年一月、訳者）

本訳稿とあとがきは一九九七年に完成したが、その後、ギャディスは一九九八年十二月十六日、前立腺がんのため、ニューヨークの自宅で亡くなった。七十五歳だった。彼が病床で格闘した小説第五作『アガペー・アゲイプ』（「神の愛〝アガペー〟が唖然としている」の意）の最終原稿が後に残された。この作品は自動ピアノの歴史を扱った小説だと言われている。『JR』の登場人物が同じく自動ピアノの歴史に関する同名の本を書いているが、『JR』中の説明によると、「秩序と無秩序に関する本、ていうか、機械化と芸術、機械化と破壊的要素を扱った社会史みたいなもの」らしい。『アガペー・アゲイプ』の出版を待ちながら、ギャディスの冥福を心から祈りたい。

改版にあたって

以上が、私の翻訳者としての原点となった『カーペンターズ・ゴシック』が二〇〇〇年に刊行された際に記したあとがきである。その後、本書は残念ながら絶版となったまま二十年近い時間が経過したのだが、幸いにもギャディス『JR』の訳を出してくださった国書刊行会の方から、「『カーペンターズ・ゴシック』も復刊しませんか」とのうれしいお声掛けをいただき、お言葉に甘えることにした。これを機に訳文は大幅に練り直したので、旧訳をお読みいただいた読者にも喜んでいただけるのではないかと思う。

『JR』を訳した経験をもとにして『カーペンターズ・ゴシック』という作品を見直すと、もちろん発話・会話の部分もさらに洗練されているのだが、それ以外の、発話と発話をつなぐ「ト書き」の部分にも巧妙な工夫が凝らされていることに改めて気付かされた（少しでも翻訳でその技巧が伝わればうれしい）。『JR』でさえかなり高密度な作品なのに、『カーペンターズ・ゴシック』ではさらに密度が増している印象を受けるのは、もちろん訳文の文字数にして約四分の一とコンパクトになっているという物理的な問題もあるが、それ以上に、ギャディスの筆が円熟味を増していることが主な理由だろう。できればそれを読者に直に味わっていただきたいという意図でこの訳書では『JR』に添えたような人物一覧や詳しい註を省いたので、読者諸賢におかれては、読み進めるにつれ、あるいは再読するたびに事件や人物がつながり、パズルのピースが組み合わさるような喜びを味わってみていただきたい。

本書では登場人物の発話と地の文との見分けが付きにくいということには既に触れたが、区別が付きにくいのは実は、発話と地の文だけではない。例えば一三〇頁には次のような一節がある。

女はその紙を適当に元に戻して、ベッドの上に広げられたフォルダーの中に落とし、そのままベッドに横になり、最後のページに向かって鉛筆を手に取り、いくらか年上の男、まで進んで、別の人生を削除線で消し、他のいくつもの人生と書き込み、別の女を他の女たちに変え、どこかを、今マラケシュにひっそり暮らしている妻に変え、じっと動かない男の強健な手を眺めながら鉛筆に付いた消しゴムを噛んでいると電話が鳴って、女は起き上がった。

少し注意して読むとお分かりいただけるだろうが、ここではエリザベスが書こうとしている小説（現在、推敲中）の語句が混じっている。お節介に鉤括弧を添えるなら次のようになるはずだ。

女はその紙を適当に元に戻して、ベッドの上に広げられたフォルダーの中に落とし、そのままベッドに横になり、最後のページに向かって鉛筆を手に取り、「いくらか年上の男」まで進んで、「別の人生」を削除線で消し、「他のいくつもの人生」と書き込み、「別の女」を「他の女たち」に変え、「どこか」を、「今マラケシュにひっそり暮らしている妻」に変え、「じっと動かない男の強健な手」を眺めながら鉛筆に付いた消しゴムを噛んでいると電話が鳴って、女は起き上がった。

それなら最初から鉤括弧（か引用符）を添えれば分かりやすくていいのに、とお思いになるかもしれない。しかし、流れが分かった上で改めて原文の方を見ると、鉤括弧を付けないことで生まれる効果があることに気付いていただけるのではないだろうか。つまり、例えば、「別の人生を削除線で消し」という部分は一瞬、人生そのものを削除しているかのように読めるし、「じっと動かない男の強健な手を眺め」る部分も、まるで本当に男の手が目の前にあるように感じられる。本書には他にも、テレビで放送されている映画の場面、辞書の説明、新聞記事などが発話や地の文に混じってくる部分もあるが、それらもギャディス流の語りのトリックとして余計な加工はせずに訳出したので、そうした各種表象レベルの混在も（少し混乱しつつも）楽しみながら読んでいただきたい。

　また、全編ギャグやコント的な展開に満ちている『JR』のようなコミカルさをこの作品にも期待していた読者はきっと、トーンの暗さに驚かれたのではないだろうか。本書はいわばギャディスが喜劇《コメディー》である『JR』で完成させた技巧を、悲劇に応用した作品だと言えるかもしれない。リベラル勢力と反知性的右派が各国で鮮明に対立している今こそ、（まさに新自由主義の時代を予示するロナルド・レーガンがアメリカ大統領を務めた一九八〇年代を舞台とする）『カーペンターズ・ゴシック』が読まれるべきではないだろうか。

　一つだけ、訳者以外にはおそらくどの批評家、研究者も気付いていないと思われる巧妙な仕掛けをご紹介して、蛇足でしかない訳者あとがきを閉じることにしよう。それは、マキャンドレスを訪ねてきた怪しげな男の名前を思い出せなかったエリザベスが鳥の図鑑を見ているときに突然、それを思い出す場面（「鳥たちが……生み出してくれた休息は、次のページをめくった瞬間に消えてなくなった」本文八八頁）に隠されている。どうして彼女はそのタイミングで思い出すのか？　レスターが訪ねてくる直前に図鑑を見ていたから図鑑で記憶が喚起された、という可能性もある。しかし、それ以上に面白そうなのは、図鑑でコキアシシギ《レッサー・イエロー・レッグズ》を見た途端に、印象的な黄色《イエロー》のズボンを穿いたレスターの名を思い出したという可能性だ（レッサー＝レスターという連想）。ただしこれは極端に手の込んだマニア向けの読者サービスで、訳者がいまだに見落としている仕掛けもあるに違いないので、読者の皆様には肩の力を抜いて、ギャディスの不思議な語り口に身を委ねていただきたい。

今回の改訳・再版にあたっては、『JR』に引き続き、国書刊行会の伊藤昂大さんに企画・編集で大変お世話になりました。どうもありがとうございました。また、いつものことながら訳者の日常を支えてくれるFさん、Iさん、S君にも感謝しています。ありがとう。

二〇一九年六月

JR
ウィリアム・ギャディス／木原善彦訳
A5判／九四〇頁／八〇〇〇円

【第五回日本翻訳大賞受賞作】十一歳の少年JRが巨大コングロマリットを立ち上げ、世界経済に大波乱を巻き起こす――⁉ 殊能将之熱讃の世界文学史上の超弩級最高傑作×爆笑必至の金融ブラックコメディ!!!

教師人生
フランク・マコート／豊田淳訳
四六変型判／三六〇頁／二四〇〇円

『アンジェラの灰』でピューリッツァー賞を受賞したマコートが、一筋縄ではいかないアメリカのティーンエージャーを相手（敵手？）に奮闘した三十年の「教師人生」を、ユーモアたっぷりに描いた感動作。

さらば、シェヘラザード
ドナルド・E・ウェストレイク／
横山茂雄・若島正監修／矢口誠訳
四六変型判／三三二頁／二四〇〇円

謎が謎を呼ぶ、伝説の怪作がついに登場！〈悪党パーカー〉シリーズや数々のコメディ・ミステリで知られる巨匠ウェストレイクによる仕掛けに満ちた半自伝的＆爆笑のメタ奇想小説！

愛なんてセックスの書き間違い
ハーラン・エリスン／若島正・渡辺佐智江訳
四六変型判／三六八頁／二四〇〇円

カリスマSF作家エリスンはSF以外の小説も凄い！初期の非SF作品を精選、日本オリジナル編集・全篇初訳でおくる暴力とセックスと愛とジャズと狂気と孤独と快楽にあふれたエリスン・ワンダーランド。

カーペンターズ・ゴシック

ウィリアム・ギャディス　著
木原善彦　訳

2019年9月10日　初版第1刷　発行
ISBN　978-4-336-06371-7

発行者　佐藤今朝夫
発行所　株式会社国書刊行会
〒174-0056　東京都板橋区志村1-13-15
TEL　03-5970-7421
FAX　03-5970-7427
HP　http://www.kokusho.co.jp
Mail　info@kokusho.co.jp

印刷・製本　中央精版印刷株式会社
装幀　水戸部功

ウィリアム・ギャディス　William Gaddis
1922年ニューヨークに生まれる。ハーバード大学を中退後、「ニューヨーカー」誌の校正者などを経て、『認識』（1955年）でデビュー。ジェイムズ・ジョイスを継ぐ作家と激賞されたが、作品の長さと難解さのために、当初はカルト作家として一部に知られるのみだった。その後、社内文書作成の仕事の傍らに書き上げた『JR』（1975年）で全米図書賞を受賞。これにより、「読まれざる大作家」だったギャディスの実力が広く認められた。その後『カーペンターズ・ゴシック』（1985年）を発表。そして『フロリック・オブ・ヒズ・オウン』（1994年）で二度目の全米図書賞を受賞した。1998年死去。寡作ながらも、トマス・ピンチョンやドン・デリーロ、ジョゼフ・マッケルロイなどにも決定的な影響を与えた、現代アメリカ文学の最重要作家の一人である。その他、遺作中編『アガペー・アゲイプ』（2002年）やエッセイ集などがある。

木原善彦　キハラ ヨシヒコ
1967年生まれ。京都大学大学院修了。大阪大学大学院言語文化研究科教授。著書に『UFOとポストモダン』（平凡社）、『ピンチョンの『逆光』を読む』（世界思想社）、『実験する小説たち』（彩流社）、訳書にウィリアム・ギャディス『JR』（国書刊行会）、トマス・ピンチョン『逆光』、リチャード・パワーズ『幸福の遺伝子』『オルフェオ』（いずれも新潮社）、ハリー・マシューズ『シガレット』、ハリ・クンズル『民のいない神』、ベン・ラーナー『10:04』（いずれも白水社）、デイヴィッド・マークソン『これは小説ではない』（水声社）など。

英国怪談珠玉集
南條竹則編訳
A5判／五九二頁／六八〇〇円

英国怪談の第一人者が半世紀に近い歳月を掛けて選び抜いた、イギリス怪奇幻想恐怖小説の決定版精華集。シール、マッケンなど二十六作家の作品三十二編を一堂に集める。既訳作品も全面改訂、磨き上げられた愛蔵版。

怪奇骨董翻訳箱　ドイツ・オーストリア幻想短篇集
垂野創一郎編訳
A5判／四二〇頁／五八〇〇円

ドイツが生んだ怪奇・幻想・恐怖・耽美・諧謔・綺想文学の、いまだ知られざる傑作・怪作・奇作十八編を収録。ほとんど全編が本邦初訳となる、空前にして絶後の大アンソロジー。美麗函入。

死者の饗宴
ジョン・メトカーフ／横山茂雄・若島正監修／横山茂雄・北川依子訳
四六変型判／三二〇頁／二六〇〇円

二十世紀英国怪奇文学における幻の鬼才、知られざる異能の物語作家、ジョン・メトカーフ。不安と恐怖と眩暈と狂気に彩られた怪異談・幽霊物語・超自然小説の傑作を集成する本邦初の短篇集がついに登場！

蝶を飼う男　シャルル・バルバラ幻想作品集
シャルル・バルバラ／亀谷乃里訳
四六判／三〇四頁／二七〇〇円

親友ボードレールにエドガー・ポーと音楽の世界を教えた影の男、シャルル・バルバラ。《知られざる鬼才》による、哲学的思考と音楽的文体、科学的着想、幻想的題材が重奏をなす全五篇の物語。

ショーペンハウアーとともに

ミシェル・ウエルベック／アガト・ノヴァック＝ルシュヴァリエ序文／澤田直訳
Ａ５変型判／一五二頁／二三〇〇円

《世界が変わる哲学》がここにある——現代フランスを代表する作家ウエルベックが、十九世紀ドイツを代表する哲学者ショーペンハウアーの「元気が出る悲観主義」の精髄をみずから詳解。その思想の最奥に迫る！

H・P・ラヴクラフト　世界と人生に抗って

ミシェル・ウエルベック／スティーヴン・キング序文／星埜守之訳
四六判／二一二頁／一九〇〇円

ミシェル・ウエルベックの衝撃のデビュー作、ついに邦訳！「クトゥルフ神話」の創造者として、今日の文化に多大な影響を与え続ける怪奇作家H・P・ラヴクラフトの生涯と作品を、熱烈な偏愛を込めて語り尽くす！

ウィリアムが来た時　ホーエンツォレルン家に支配されたロンドンの物語

サキ／深町悟訳
四六判／二九六頁／二四〇〇円

ドイツ帝国に支配された架空のロンドン。華やかな社交界を舞台に、さまざまな思惑を抱えた人物たちが、したたかな政治劇を繰り広げる……「短編の名手」サキによる、本邦初訳ディストピア歴史ＩＦ群像劇！

ジーヴスの世界

森村たまき
四六判／三六〇頁／二四〇〇円

ウッドハウスのユーモア小説《ジーヴス・シリーズ》全十四冊の個人全訳を成し遂げた著者が分かりやすく解説する、ジーヴスとウッドハウスの愉快な世界。入門者からマニアまで、だれでも楽しめる最高のガイドブック。

税別・また価格は改定することがあります

CARPENTER'S GOTH

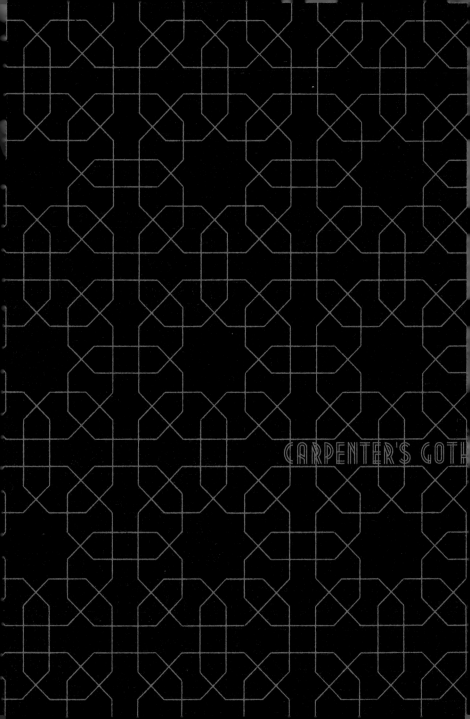